Jorge Amado

Die Abenteuer des Kapitäns Vasco Moscoso

Roman

Aus dem brasilianischen Portugiesisch
von Curt Meyer-Clason

Piper
München Zürich

Die Originalausgabe erschien 1961 unter dem Titel
»A Completa Verdade Sôbre as Discutidas Aventuras
do Comandante Vasco Moscoso de Aragão,
Capitão de Longo Curso«
bei Livraria Martins Editôra, Sao Paulo.

Von Jorge Amado liegen in der Serie Piper außerdem vor:
Nächte in Bahia (411)
Viva Teresa (454)
Dona Flor und ihre zwei Ehemänner (666)
Tieta aus Agreste (926)

ISBN 3-492-11187-4
Neuausgabe 1990
2. Auflage, 10.–19. Tausend August 1990
(1. Auflage, 1.–10. Tausend dieser Ausgabe)

Umschlag: Federico Luci,
unter Verwendung eines Gemäldes von Willy Gutbrod
Satz: Mandruck München Theodor Dietz KG
Druck und Bindung: Clausen & Bosse, Leck
Printed in Germany

Für Dória und Paulo Loureiro
an ihrem Meer von Maria Farinha,
wo der Landwind
die Kokospalmen ausreißt

»Kein Mensch kennt ihn, und nie
wird einer je ihn kennen,
denn er hat nie gelebt,
er war nicht ja, nicht nein,
wie alles, was sich regt
in unsrer Phantasie.
Fällt dir was Neues ein?«

CARLOS PENA FILHO
(»DÜSTERE EPISODE«)

»Alle Winde der Welt
trafen sich auf einer Tagung.«

JOAQUIM CARDOZO
(»TAGUNG DER WINDE«)

ERSTE EPISODE

Von der Ankunft des Kommandanten im Vorstädtchen Periperi, im Staate Bahia, vom Bericht über seine berühmtesten Abenteuer auf den fünf Ozeanen, auf See und in fernen Häfen, mit rauhen Seeleuten und leidenschaftlichen Frauen, und vom Einfluß von Chronometer und Teleskop auf die friedliche Vorstadtgemeinde

Wie der Erzähler dank gewisser früherer, angenehmer Erfahrungen daran geht, die Wahrheit vom Grunde des Brunnens heraufzuholen

Meine Absicht, meine einzige Absicht – glaubt es mir! – geht dahin, die Wahrheit wiederherzustellen. Die vollständige Wahrheit, und zwar dergestalt, daß keine Zweifel über den Kommandanten Vasco Moscoso de Aragão und seine ungewöhnlichen Abenteuer bleiben.

»Die Wahrheit ruht auf dem Grunde eines Brunnens«, habe ich einmal gelesen – ich weiß nicht mehr, ob in einem Buch oder in einer Zeitung. Jedenfalls habe ich es gedruckt gesehen, und wie darf man an einer gedruckten Behauptung zweifeln? Ich jedenfalls pflege den Wert von Literatur und Zeitungsschriftstellerei nicht in Frage zu stellen, geschweige denn abzulehnen. Und als ob das nicht genügte, haben verschiedene Personen diesen Ausspruch mir gegenüber wiederholt, ohne auch nur den geringsten Zweifel daran aufkommen zu lassen, ob die Wahrheit, statt in einem Brunnen, nicht vielleicht in einem besseren Unterschlupf zu finden sei, etwa in einem Palast: »Die Wahrheit wohnt im Königspalast«, oder in einem Busen: »Die Wahrheit verbirgt sich im Busen einer schönen Frau«, oder endlich im Volk: »Die Wahrheit ist beim Volk zu suchen«. Alles Aussprüche, die meiner Meinung nach ansprechender, anmutiger sind, und nicht jenes dunkle Gefühl von Verlassenheit und Kälte auslösen, das dem Wort Brunnen anhaftet.

Der hochverdiente Herr Dr. Siqueira, Richter im Ruhestand, ein achtbarer, redlicher Bürger mit schimmernder Gelehrtenglatze, hat mir auseinandergesetzt, daß es sich dabei um einen Gemeinplatz handle, das heißt, um etwas so Augenscheinliches und Selbstverständliches, daß das Wort sich in ein Sprichwort, in ein Allerweltsschlagwort verwandelt habe. Dann fügte er mit seiner ernsten entschiedenen Stimme eine merkwürdige Einzelheit hinzu, nämlich: die Wahrheit ruhe nicht nur auf dem Grund eines Brunnens, vielmehr liege sie dort völlig nackt, ohne daß ein Schleier auch nur die schamhaftesten Teile ihres Leibes bedecke. Auf dem Grunde des Brunnens und nackt.

Senhor Dr. Alberto Siqueira ist die gesellschaftliche Spitze, der kulturelle Höhepunkt der Vorstadt Periperi, die wir bewohnen. Er ist es, der am zweiten Juli auf dem kleinen Platz oder am siebten September in der Volksschule die Ansprachen hält, nicht zu reden von anderen weniger bedeutenden Anlässen oder von Geburtstags- und Taufreden. Vieles von dem wenigen, was ich weiß, verdanke ich dem Herrn Richter und unseren allabendlichen Unterhaltungen im Garten seines Hauses; ich schulde ihm daher Ehrerbietung und Dankbarkeit. Wenn er mit feierlicher Stimme und sprechenden Gebärden eine Unklarheit erläutert, erscheint mir in diesem Augenblick alles klar und verständlich, und kein Einwand bedrängt mich. Sobald ich ihn jedoch verlasse und ernstlich über das Thema nachdenke, schwinden Verständlichkeit und Beweiskraft, wie zum Beispiel im Falle der erwähnten Wahrheit. Wieder ist alles dunkel und verworren, ich suche mich an die Erläuterung des Hochverdienten zu erinnern und vermag es nicht. Es ist ein Kreuz. Wie kann ich aber am Wort eines so hochgebildeten Mannes, dessen Wandborde von Büchern, Kodexen und Traktaten überquellen, zweifeln? Indessen, je mehr er mir erklärt, es handle sich dabei lediglich um ein beliebtes Sprichwort, desto häufiger muß ich an jenen fraglos tiefen, dunklen Brunnen denken, in dem die Wahrheit ihre Nacktheit verbirgt und nur bewirkt, daß wir in die größten Verwirrungen geraten, über des Kaisers Bart streiten und damit nichts stiften als Ruin, Verzweiflung und Krieg.

Brunnen ist demnach nicht Brunnen, Grund des Brunnens ist demnach nicht der Grund eines Brunnens; und im Sinne des Sprichworts bedeutet das schlicht und einfach, daß die Wahrheit sich ungern offenbart und ihre Nacktheit nicht in aller Öffentlichkeit dem Zugriff jedes gewöhnlichen Sterblichen darbietet. Dennoch ist es unsere Pflicht, die Pflicht jedes einzelnen von uns, die Wahrheit jedes Tatbestandes zu suchen und in das Dunkel des Brunnens zu tauchen, bis wir ihr göttliches Licht finden.

»Göttliches Licht« ist ein Ausdruck des Herrn Richters, wie übrigens der gesamte vorhergehende Absatz. Er ist so gebildet, daß er im Rednerton spricht und sogar in häuslichen Unterhaltungen mit seiner hochwohllöblichen Gemahlin, Dona Ernestina, wunderschöne Worte gebraucht. »Die Wahrheit ist der Leuchtturm, der mein Leben erhellt«, pflegt der Hochverdiente mit gerecktem Zeigefinger immer wieder zu sagen, wenn wir abends unter einem von zahllosen Sternen flimmernden Himmel bei gedämpfter Beleuchtung über die Neuigkeiten der Welt und unseres Vorstädtchens plaudern. Dona Ernestina, eine überaus korpulente Dame, glänzend von Schweiß und geistig nicht sonderlich gesegnet, pflichtet, ihren Elefantenschädel hin- und herwiegend, dem Gatten eifrig bei. Ein mächtiger, weithin ausstrahlender Leuchtturm, das ist die Wahrheit unseres noblen Herrn Richters im Ruhestand.

Vielleicht dringt sein Licht gerade deshalb nicht in die nächsten Winkel, in die krummen Gäßchen, in den Beco das Três Borboletas – die Sackgasse der drei Falter –, in deren verschwiegenem Baumschatten das Häuschen der bildhübschen strahlenden Mulattin Dondoca liegt, deren Eltern einst den Hochverdienten aufsuchten, als Zé Canjiquinha von einem Tag auf den anderen spurlos von der Bildfläche verschwand und in den Süden verduftete.

In der plastischen Ausdrucksweise des alten Pedro Torresmo, ihres bekümmerten Vaters, hatte dieser Zé seine Dondoca kurzerhand »abgehängt« und die Kleine ohne Ehre und Geld sitzenlassen:

»Im Elend, Herr Doktor Richter, im Elend ...«

Der Herr Richter hielt daraufhin eine Moralpredigt, die sich hören ließ, und versprach, das Nötige zu veranlassen. Angesichts des rührenden Bildes jenes Opfers, das unter Tränen lächelte, ließ er sogar eine Kleinigkeit springen, da – so unglaublich es klingen mag – hinter der gestärkten Hemdenbrust des Magistraten ein gütiges Herz schlägt. So versprach er, einen Such- und Haftbefehl gegen den »schmutzigen Don Juan« zu erlassen, wobei er in der Begeisterung für die Sache der verletzten Tugend völlig seinen Ruhestand und damit die Tatsache vergaß, daß ihm jetzt weder ein Staatsanwalt noch ein Polizei-Delegierter zur Verfügung stand. Außerdem würde er seine Freunde in der Hauptstadt für den Fall zu erwärmen suchen. Der »billige Verführer« solle der verdienten Strafe nicht entgehen ...

Höchstpersönlich – denn so gewissenhaft kommt der Herr Dr. Siqueira seinen Verpflichtungen des (wiewohl im Ruhestand lebenden) Richters nach – überbrachte er die Nachricht von den eingeleiteten Vorkehrungen in die entlegene Behausung der gekränkten, bedürftigen Familie. Pedro Torresmo schlief schon, er schlief seinen Schnapsrausch vom Vorabend aus; die hagere Eufrásia, die Mutter des Opfers, rackerte sich im Hinterhof beim Wäschewaschen ab, während ihr Töchterchen den Kessel bediente. Auf Dondocas schwellenden Lippen erblühte ein schüchternes, aber ausdrucksvolles Lächeln, als der Richter sie ernst anblickte und ihre Hand nahm:

»Ich bin gekommen, um dir tüchtig den Kopf zu waschen ...«

»Ich wollte ja erst gar nicht. Er war's, der ...«, plärrte die Schöne los.

»Das war sehr ungerecht gehandelt!« Damit ergriff er ihren strammen Arm.

Schon löste sie sich in reuige Tränen auf, während der Richter, um sie besser zurechtweisen und ermahnen zu können, sie auf seinen Schoß setzte, ihr Gesicht streichelte und ihre Arme tätschelte. Ein zauberhaftes Bild: die unerbittliche Strenge des hohen Staatsbeamten, gemildert durch die verständnisvolle Güte des Menschen. Dondoca barg das beschämte Gesichtchen an der trostreichen Schulter, und ihre Lippen kitzelten unschuldig den illustren Hals.

Zé Canjiquinha wurde nie aufgestöbert, dafür blieb aber Dondoca seit jenem erfolgreichen Besuch unter dem Schutze der Gerechtigkeit. Heute geht sie fein herausgeputzt, sie hat das Häuschen in der Sackgasse von den drei Faltern als Geschenk bekommen, Pedro Torresmo braucht nicht mehr zu arbeiten. Dies ist eine Wahrheit, die der Leuchtturm des Herrn Richters nicht anstrahlt, ich mußte sie aus dem Brunnen heraufholen. Um übrigens alles, die ganze Wahrheit, zu erzählen, muß ich hinzufügen, daß der Sprung hinunter angenehm, ja reizvoll war, denn auf dem Grund jenes Brunnens lag die gut gepolsterte Sprungfedermatratze von Dondocas Bett, auf der diese mir – nachdem ich mich gegen zehn Uhr abends von der gelehrten Suada des Hochverdienten und von seiner massigen Ehegattin getrennt – höchst ergötzliche Intimitäten des berühmten Staatsbeamten erzählte, die sich leider nicht zur Drucklegung eignen.

Wie man sieht, besitze ich gewisse Erfahrungen in der Angelegenheit und erforsche die Wahrheit nicht zum erstenmal. Somit fühle ich mich durch die Anregung des Herrn Richters – »Es ist unser aller Pflicht, die Wahrheit jedes Tatbestandes zu suchen« – beflügelt, den Knäuel der Abenteuer des Kommandanten zu entwirren, wobei ich eine so umstrittene und verzwickte Frage ein für allemal aufklären will. Hier handelt es sich freilich nicht nur um die verwickelten Fäden eines Wollknäuels, sondern um etwas viel Schwierigeres. Mitten drin finden sich nämlich blinde Seemannsknoten, Schifferknoten, lose Enden, abgeschnittene Stücke, Fäden anderer Farben, Geschehenes und Eingebildetes. Wo ist da die Wahrheit der ganzen Geschichte? Zu der Zeit, in der all das geschah, im Jahre 1929, mithin vor über dreißig Jahren, bildeten der Kommandant und seine Abenteuer den Mittelpunkt des periperinser Lebens; sie lösten glühende Diskussionen aus, sie teilten die Bevölkerung in zwei Lager, sie entfesselten Feindschaft und Groll, ja fast einen heiligen Krieg. Auf der einen Seite standen die Parteigänger des Kommandanten, seine bedingungslosen Bewunderer, auf der anderen seine Schmäher, an der Spitze der alte Chico Pacheco, ehemaliger Steuerprüfer des Landesfinanzamts, Abteilung Umsatzsteuer, noch heute erinnert und belächelt als ein Mensch von ätzender, verletzender Rede, dem nichts ernst und nichts heilig war.

Zu all dem werden wir jedoch mit der Zeit und mit Geduld vordringen, die Suche nach der Wahrheit erfordert nicht nur Entschlossenheit und Charakterstärke, sondern auch guten Willen und Methodik. Vorderhand stehe ich noch am Rand des Brunnens und überlege, wie ich am besten auf seinen geheimnisvollen Grund hinabsteige. Und schon enttaucht seinem Grab auf dem entlegenen Friedhof der alte Chico Pacheco, um mich aus dem Konzept zu bringen, mir seine Gegenwart aufzuzwingen, mich ins Boxhorn zu jagen. Er ist nämlich ein ärgerlicher, aufdringlicher Kumpan, der es darauf anlegt, sich in Szene zu setzen und zu glänzen; sein Ehrgeiz war stets, die erste Geige zu spielen in diesem schmucken Vorstädtchen, wo alles, selbst das Meer -- das Meer einer Bucht, in der die Wellen nie wüten, deren Strand das Wasser ohne Wogen und Brandung bespült – sanft und zahm ist und in dem das Leben friedlich und behäbig dahinfließt.

Mein Wunsch, mein einziger Wunsch – glaubt es mir! – ist, objektiv und gelassen vorzugehen. Um die Wahrheit selbst mitten im Streit zu suchen, sie aus der Vergangenheit auszugraben, ohne Partei zu ergreifen, und den verschiedenartigsten Lesarten sämtliche Schleier der Phantasie abzureißen, die die Wahrheit in ihrer Nacktheit auch nur teilweise zu verhüllen vermögen. Wenn ich auch die Gelegenheit gehabt habe, am eigenen Leib, richtiger gesagt, am goldbraunen Leib Dondocas festzustellen, daß die völlige Nacktheit nicht immer verführerischer ist als jene halb versteckte, halb sichtbare Nacktheit unter einem Bettlaken oder einem Stoffetzen, der einen Busen, ein Bein oder eine geschwungene Hüfte verhüllt. Aber schließlich suchen wir die Wahrheit nicht mit soviel Verbissenheit und Verbitterung in der ganzen Welt, nur um uns mit ihr ins Bett zu legen.

Von der Landung des Helden in Peripéri und seiner Vertrautheit mit dem Meer

»Vorwärts, Jungs!«

Eine Stimme, die gewohnt ist zu befehlen. Ein Mann, der, die Hand fest am Steuerrad, die Augen wachsam wie ein Kompaß, eine Überfahrt geleitet hat. Er machte eine Handbewegung, die die Marschrichtung anzeigen sollte, und stieg die drei Stufen vom Bahnsteig auf die Straße hinunter.

Alsbald bildete sich eine Art Zug durch den Strandort. An der Spitze, entschlossen, gelassen, der Kommandant. Einige Schritte dahinter Caco Podre und Misael, die beiden Gepäckträger, mit einem Teil seiner Koffer. Caco Podre hatte zu jener Stunde bereits sein übliches Gläschen gekippt, und sein Schritt war unsicher; der »Junge«, mit dem der soeben Angekommene ihn angeredet hatte, stand ihm nicht übel zu Gesicht. Gleich anschließend trotteten in einer ständig wachsenden Gruppe unter anhaltendem Getuschel die Gaffer, da das Steuerrad auf Misaels Kopf einen starken Anziehungspunkt zu bilden schien.

Der Kommandant ging nicht unmittelbar zu seinem Hause, sondern beschränkte sich darauf, es den Trägern zu zeigen, und schritt weiter zum Strand. Dort drang er bis zu den Felsen vor und machte kurz halt, um diese mit Kennermiene zu prüfen; dann begann er den Aufstieg. Hoch waren sie nicht, die Felsen, auch nicht steil, nur eine sanfte Rampe, auf der an Sommertagen die Kinder hinauf- und hinunterkrabbelten und wo sich nachts Liebespärchen versteckten. Aber in der Haltung des Kommandanten lag soviel Würde, daß alle die Schwierigkeit des Unternehmens begriffen, als hätte sich der bescheidene Felsenhang mit einemmal in eine steile Felswand verwandelt, die bisher nie von einem Menschen bezwungen worden war.

Als er den Kamm erreichte, blieb er, die Arme vor der Brust verschränkt, stehen und betrachtete das Meer. So unbeweglich dastehend, das Gesicht der Sonne zugewandt, das Haar dem Winde überlassen – jener sanften, unablässigen Brise von Periperi –, glich er einem strammstehenden Soldaten, oder, angesichts seiner eindrucksvollen Haltung, dem Bronzestandbild eines Generals. Er trug einen merkwürdigen uniformartigen Rock, blau und dick, mit breitem Kragen. Nur Zequinha Curvelo, ein eifriger Leser von Abenteuerromanen, erriet, daß da ein leibhaftiger Seemann vor ihnen stehe, dessen Heimat das Schiff und die stürmische See war. Flüsternd gab er seinen Eindruck an die anderen weiter: jener Rock gleiche einem, den er auf dem Einband eines Seeabenteuerromans, der Geschichte eines schmächtigen Seglers auf riffdurchfurchter sturmgepeitschter See, gesehen habe. Der Seemann auf dem Umschlag habe einen solchen Rock getragen.

Jene Regungslosigkeit dauerte nur einen Augenblick und doch einen langen, fast ewigen Augenblick, der das Bild den Nachbarn fest einprägte. Dann streckte er den kurzen Arm in einer langen Geste aus und sprach:

»Hier sind wir, Ozean, von neuem vereint.«

Wieder verschränkte er die Arme vor der Brust, es war eine Bestätigung und zugleich eine Herausforderung. Sein Blick umfaßte die ruhigen Gewässer des Golfes, in dessen gastlicher Bucht Meer und Fluß verschmolzen. In der Ferne waren ankernde schwarze Schiffe zu sehen und schnelle Fischerboote, deren weiße Segel in den heiteren Himmel der Seelandschaft stachen. Sein Blick und seine unbewegliche Haltung offenbarten die uralte Vertrautheit mit dem Meer, gewachsen aus Liebe und Haß, aus starken Erlebnissen; selbst jene friedlichen Gemüter fühlten sie, denen Abenteuer und Heldentum fremd waren. Gerechterweise muß Zequinha Curvelo von ihnen ausgenommen werden, denn er lebte von nichts anderem – er, der Dreigroschenromane verschlang und, mit Piraten und Pionieren wie seinesgleichen umgehend, geradezu dafür prädestiniert war, der Protoprophet, der Johannes der Täufer und Herold des gelandeten Helden zu sein.

Als dann der Kommandant die Felslehne hinabstieg und, wie im Selbstgespräch, »Fern vom Meer kann ich nicht leben...« murmelte, betrat er zugleich endgültig den Kreis seiner neuen Bewunderer und Mitbürger. Indessen schien er sie nicht zu sehen, sich kaum ihrer Gegenwart und Neugierde bewußt zu werden.

Als ob jede seiner Gebärden genau berechnet wäre, maß er zuerst die Entfernung, die ihn von dem am Strand liegenden Haus trennte, dessen Fenster auf das Meer gingen. Dann trat er auf die Türe zu und begann zu entern. Aufmerksam verfolgten die Nachbarn seine Bewegungen: das runde gerötete Gesicht, die üppige Silbermähne, den Seemannsrock mit glänzenden Metallknöpfen. Als der Marsch begann, hatte Zequinha Curvelo bereits seinen Posten zwischen dem Kommandanten und dessen Gefolgschaft eingenommen.

Inzwischen waren die Träger mit dem übrigen Gepäck angekommen, der Kommandant erließ genaue, kategorische Befehle. Koffer, Betten, Schlafzimmerschränke, Gitter und Kisten waren im Wohnzimmer abzustellen.

Erst jetzt, nachdem die Arbeit getan war, schien er von der kleinen Menschenansammlung, die ihn von der Straße aus betrachtete, Kenntnis zu nehmen. Er lächelte, begrüßte sie mit einem Neigen des Kopfes und legte die Hand auf die

Brust in einer Gebärde, der etwas Orientalisches, Exotisches anhaftete. Ein im Chor gerufenes »Einen schönen Nachmittag wünschen wir« beantwortete seinen Gruß. Zequinha Curvelo nahm sich ein Herz und schritt auf die Türe zu.

Der Kommandant zog gerade aus einer seiner weiten Rocktaschen einen unerwarteten Gegenstand, anscheinend einen Revolver, vor dem Zequinha zurückwich. Wenn es kein Revolver war, was war es dann? Der Kommandant steckte ihn in den Mund, es war eine Pfeife, aber nicht etwa eine einfache Pfeife – was in dem friedlichen Vorstädtchen ohnehin etwas Ausgefallenes war, sondern eine reichgeschnitzte Meerschaumpfeife: Der Pfeifenhals stellte Beine und Schenkel, der Kopf Rumpf und Kopf einer nackten Frau dar. »Oh!« murmelte Zequinha, starr vor Staunen.

Als er sich von seiner Verwunderung erholt hatte, zog sich der neuangekommene Nachbar gerade aus der Türe zurück. Zequinha trat rasch vor und bot seine Dienste an, könne er ihm irgendwie behilflich sein?

»Vielen, vielen Dank ...«, lehnte der Kommandant ab. Dann entnahm er seiner Brieftasche eine Besuchskarte und reichte sie Zequinha mit den Worten: »Ein alter Seemann, zu Diensten.«

Später sah man ihn, wie er mit Hilfe der Träger im Wohnzimmer mit Hammer und Brecheisen Kisten öffnete. Dabei kamen seltene Instrumente zum Vorschein, darunter ein riesiges Fernglas, ein Kompaß. Eine Weile noch blieben die Neugierigen in der Nähe stehen und schauten zu. Dann gingen sie fort, um die Neuigkeit zu verbreiten, wobei Zequinha die ankergeschmückte Visitenkarte vorzeigte:

Kommandant VASCO MOSCOSO DE ARAGAO
Kapitän auf großer Fahrt

So spielte sich an jenem tiefblauen Frühnachmittag seine Ankunft in Periperi ab, bis er dann mit einem Schlage seinen Ruf begründete und sein Ansehen festigte.

Wo von Rentnern und Ruheständlern die Rede ist, von Frauen am Strand und im Bett, von durchbrennenden höheren Töchtern, von finanziellem Ruin und Selbstmord, und von einer Meerschaumpfeife

Ein günstiges Klima, gemischt aus Tragödie und Mysterium, war dem denkwürdigen Ankunftstag des Kommandanten vorausgegangen, als hätte das Schicksal die Bevölkerung auf die bevorstehenden Ereignisse vorbereiten wollen.

Nur sehr selten pflegt in den Monaten März bis November etwas Unerwartetes die Eintönigkeit unseres Vorstadtlebens zu unterbrechen, weil sich nur in den drei Ferienmonaten Dezember, Januar und Februar alle jene Vorstädte der Leste Brasileira – der Ost-Brasilianischen Eisenbahnlinie –, von denen Periperi die größte, einwohnerreichste und schönste ist, mit Sommergästen füllen. Viele der hübschesten Wohnhäuser, die städtischen Familien gehören, sind fast das ganze Jahr geschlossen und werden nur im Sommer geöffnet. Dann wird Periperi von einer fröhlichen Jugend überschwemmt und lebt plötzlich auf: Halbwüchsige spielen Fußball am Strand, junge Badeschönheiten liegen im sonnigen Sand, Boote kreuzen auf dem Wasser, man unternimmt Ausflüge und Picknicks, gibt Tanzereien, trödelt unter den Bäumen des Stadtplatzes oder im Schatten der Strandfelsen.

Von den Erinnerungen dieser drei Monate, vom Klatsch über Geschichten und Ereignisse der vergangenen Sommersaison lebt die dort ansässige Bevölkerung während der anschließenden neun Monate. Man erinnert sich an Liebeleien, man erlebt von neuem Feste und Wettkämpfe zwischen verliebten eifersüchtigen jungen Sportlern, die Geschichte eines mit knapper Not aus dem Wasser gezogenen Kindes, Geburtstagstänzchen und nächtliches Schwärmen, das die Bettruhe störte.

Die Einwohnerschaft – wenn wir die Fischer und eine Handvoll Handelsleute ausnehmen: Inhaber der einzigen Bäckerei, der zwei Bars, einiger weniger Lebensmittelgeschäfte, der Apotheke, außerdem einige Angestellte der Ost-Brasilianischen Eisenbahngesellschaft, die neben dem Bahnhof wohnen – setzt sich zusammen aus Beamten im Ruhestand und privatisierenden Geschäftsleuten mit ihren Familien, die meist nur aus der Ehefrau und bisweilen einer unverheirateten Schwester bestehen. Einige dieser älteren Herrschaften behaupten, Periperi in seinem Alltagsfrieden vor und nach dem Sommer vorzuziehen, in Wirklichkeit lassen sie sich jedoch alle nur zu gerne früher oder später in den Ferientrubel hineinziehen. Selbst wenn es bloß darum geht, mit langen Hälsen und aus dem Kopf tretenden Augen die im Sand ausgestreckten halbnackten Mädchenkörper zu bespähen – was gibt es doch für stramme Puppen! – oder über die Liebespärchen in den dunklen Ecken zu lästern. So zieht Seu Adriano Meira, Privatier eines Eisenwarengeschäftes, allabendlich im Sommer nach neun Uhr mit einer Taschenlampe aus, um, wie er sich ausdrückt, »die Pärchen zu überwachen und zu sehen, ob sie gut arbeiten«. Zu diesem Behuf hat er sich eine vollständige Sondierungsroute ausgearbeitet zu Winkeln, Felsen und Geröll, zu Hinterhöfen,

Portalen und Ecken, in denen die Liebespaare die der Liebe günstige Einsamkeit suchen. Am darauffolgenden Tag liefert Seu Adriano dann einen ausführlichen malerischen Rechenschaftsbericht. Die alten Rentner reiben sich die Hände, ihre Augen glänzen.

All das dient nicht nur im Sommer als Gesprächsstoff. An jedes Faktum erinnert man sich auch noch nachher. Es wird ausgiebig in seine Bestandteile zerlegt und gesichtet – wenn die Sommergäste längst abgereist sind und wieder der Frieden der Welt über Periperi gesunken ist, wenn die Zeit langsam verstreicht und die Stablampe des Senhor Adriano in den dunklen Ecken nur noch einen besoffenen Caco Podre oder ein Techtelmechtel zwischen einer Köchin und einem Fischer zu beleuchten vermag.

Es gibt aber außergewöhnliche Sommer. Nicht etwa durch die Schönheit ihrer Tage, durch den strahlenderen Glanz von Grün und Blau auf Bäumen und Meer, durch Nächte mit frischerer Brise und reicherem Sternhimmel. Solche Dinge bedeuten den Rentnern und Privatiers wenig. Außergewöhnlich sind Sommer, in denen ein anständiges Ärgernis zu berichten ist, ein echter, himmelschreiender Skandal, ein fetter Brocken, der allein die Unterhaltungen der toten Monate zu beleben vermag. Aber dergleichen kommt nur alle Jubeljahre einmal vor. Schade!

Nun gut: der der Ankunft des Kommandanten vorausgegangene Feriensommer war von ungeahnter Reichhaltigkeit gewesen. Zwei Skandale, der eine gleich Anfang Januar, der andere, tragischen Ausgangs, nach dem Karneval, verliehen ihm einen Sonderplatz in den Annalen des Vorstädtchens.

Eine Beziehung zwischen dem Fall des Oberstleutnants Ananias Miranda von der Militärpolizei und der Ankunft des Kommandanten Vasco Moscoso de Aragão läßt sich guten Glaubens kaum herstellen. Trotzdem besteht die allgemeine Tendenz, die beiden Tatbestände miteinander in Verbindung zu bringen, als sei das Mißgeschick des Senhor Ananias eine Art Prolog zu den Abenteuern Vascos.

Verdiente die Stimme des Volkes nicht die Beachtung der Historiker, würde es sich kaum lohnen, das unblutige Spektakel des Monats Januar zur Kenntnis zu bringen, wenngleich es aus jedem Faktum etwas zu lernen gibt. So können wir aus den geräuschvollen – und blitzschnellen – Ereignissen, in die der Oberstleutnant, seine Gattin Ruth und der junge Rechtsstudent im sechsten Semester, Arlindo Paiva, verwickelt waren, zumindest zwei wertvolle Lehren ziehen. Erstens: selbst die besten, reinsten Absichten können falsch ausgelegt werden. Zweitens: man darf sich nicht einmal auf den strengsten Stundenplan verlassen, von militärischen Stundenplänen ganz zu schweigen.

Die Absichten beziehen sich auf den Studenten, der Stundenplan auf den erzürnten Offizier von der Militärpolizei. Auf Ruth bezieht sich die Einsamkeit heißer Nachmittage, die Schwermut leerer Stunden, das Bedürfnis nach seelischem Trost. Sie war eine Schönheit von saftiger Reife, sie hatte Augen mit langen schwermütigen Wimpern, ihr Körper verzehrte sich klagend in der Sonne des Strandes: Wozu hatte man einen Mann, wenn er einem an den trägen Nachmittagen Periperis keine Gesellschaft leistete? Der Herr Oberstleutnant aß gegen zehn Uhr vormittags zu Mittag und rannte dann zum Bahnhof, um seinen Zug zu erwischen; der Stundenplan seiner Truppe war streng. Erst kurz vor sieben Uhr abends kam er heim, zog seinen Pyjama an, aß zu Abend, setzte sich in einen Liegestuhl vor die Türe und entschlummerte sanft. Hieß das verheiratet sein und einen Mann haben, der verpflichtet war, sie zärtlich zu umhegen, für das Wohlbefinden ihres Leibes und ihrer Seele zu sorgen? So fragte sich, sehnsüchtig und verlassen am Strand hingestreckt, Ruth de Morais Miranda, während die Sonne ihren Körper durchglühte und die Verlassenheit an ihrer Seele nagte.

Tief gerührt über die Schwermut der Frau Oberstleutnant und über ihr heftiges Bedürfnis nach seelischem Beistand, nach Gesellschaft, die ihre schmerzliche Vereinsamung brechen sollte, zögerte der junge Paiva keinen Augenblick, ihr einige Stunden seiner mit angenehmen Obliegenheiten angefüllten Tage zu opfern. Sofort gab er Spaziergänge auf, spannende Fußballwettkämpfe am Strand, aufschlußreiche Unterhaltungen mit Kommilitonen, ja einen vielversprechenden Flirt. Das war hochherzig und lobenswert gehandelt von einem Menschen, der das Herz auf dem rechten Fleck hatte. Da die lebenshungrige Dame ihre Nachmittage in Periperi nicht mit Kinobesuchen, Teevisiten und Einkäufen in der Rua Chile ausfüllen konnte, stellte er seine Gaben, seine Jugend und ein schüchtern-verführerisches Schnurrbärtchen in den Dienst der Trostlosen, Bekümmerten.

Andrerseits gelang es schließlich dem Oberstleutnant, eines Tages sich der Strenge des soldatischen Stundenplanes zu entziehen. Er wollte sein Frauchen überraschen, das nicht müde wurde, sich über sein langes Ausbleiben zu beschweren. Wenn er, bei Einbruch der Nacht nach Hause kehrend, sie nämlich in seine Arme schließen wollte, hatte die in ihrem Frauenstolz Verletzte ihn rachsüchtig zurückgestoßen:

»Du läßt mich den ganzen Tag allein, als ob ich überhaupt nicht da wäre ...«

So kaufte er denn zwei Pfund Trauben, Ruths Lieblingsfrucht, die sie stets genießerisch zwischen den Zähnen auspreßte. Er kaufte einen Käse, außerdem eine Büchse Quittenpaste. Er nahm den Zug um zwei Uhr dreißig nachmittags, Ruth würde einsam und traurig auf ihn warten, die Arme ...

Sie war weder einsam noch traurig. Kaum hatte der Oberstleutnant die Schwelle seines Hauses überschritten, als er die erste Überraschung erlebte: bei seinem Anblick verschwand Zefa, die Hausangestellte, die dem Ehepaar seit Jahren treu ergeben diente, hilfeschreiend durch die Hintertür. Aus dem Schlafzimmer drangen fröhliche Laute, Ruths Lachen und ein zweites Lachen – großer Gott! Mit den an seinen Fingern baumelnden Paketen, die Weinflasche unter den Arm geklemmt, stieß Ananias mit einem Fußtritt die Tür zum Alkoven auf. Als Mensch ohne Schönheitsgefühl ließ er sich weder von dem Schauspiel der jungen nackten Körper noch von der Poesie der zwischen dem begabten Studenten und der bildschönen Oberstleutnantsfrau ausgetauschten Zärtlichkeiten hinreißen. Er quoll nicht über vor Bewunderung, sondern vor Wut, seine Pakete störten ihn – er hatte die Finger in die Bändel verwickelt – und raubten ihm einen Teil seiner für einen solchen Auftritt nötigen Würde. Was den jungen Paiva rettete. Ohne sich um seine Kleider zu kümmern, sprang er aus dem Bett, stieß das Fenster auf und erreichte die Straße. Nackt wie Gott ihn erschaffen hatte, rannte er im Sprintertempo über den menschenwimmelnden Platz. Endlich befreit von seinen Päckchen, die Pistole gezückt, erschien der Oberstleutnant auf der Straße und verfolgte den Flüchtigen mit Schimpfworten und Schüssen. Durch das offene Fenster konnten die kühneren Gaffer noch die nackte, für ihre Einsamkeit getröstete Ruth sehen, die wehklagend ihre Unschuld beteuerte.

Der Student verschwand von der Bildfläche und fand bei seiner Familie oder bei Freunden Unterschlupf. Es folgten lange Erklärungen zwischen dem Offizier und seiner Ehefrau hinter geschlossenen Türen. Koffer wurden gepackt und noch am selben Abend mit dem letzten Zug spediert. Nach den Aussagen einiger Glückspilze, die der Abreise beiwohnen konnten, benahmen sich die Eheleute wie Turteltauben.

Diese Tatsachen mit dem Kommandanten in Beziehung zu bringen, scheint keine leichte Aufgabe zu sein. Indessen weist der alte Leminhos, ein im Ruhestand lebender Postbeamter, der einzige lebende Zeuge der Ereignisse, jedesmal, wenn das Gespräch auf den Kapitän auf großer Fahrt kommt, auf folgendes hin: »Die Dinge begannen, als ein Major des ruhmreichen Heeres seine Frau mit einem Studenten im Bett erwischte.« Man fragt sich, warum Leminhos den Oberstleutnant zum Major degradiert und eine Verbindung zwischen den Hörnern des Ananias und den Abenteuern des Kommandanten herstellt. Indessen ist Leminhos' Behauptung kategorisch, er ist ein ruhiger, überlegter Mann; er muß seine Gründe haben, und wir müssen sie achten.

Der zweite Skandal hatte bereits in greifbarer Weise mit dem Kommandanten zu tun. In dem Haus, das er später bewohnen sollte, spielten sich nämlich gewisse Dinge ab, und wäre die Familie Cordeiro nicht in die Tragödie verwickelt gewesen, nie hätte der Kommandant jenes Haus zu einem Sonderpreis erwerben können.

Die Familie Cordeiro bestand aus dem Vater Pedro Cordeiro, dem Inhaber einer Fabrik alkoholischer Getränke, der Mutter und vier heiratsfähigen Töchtern. Zwar befand sich Pedro Cordeiro in ausgezeichneter finanzieller Lage, er war jedoch leichtlebig und leichtsinnig; ein Beweis dafür war sein Sommerhaus, das, auf einem soliden Steinsockel stehend, geräumig, bequem und fast so luxuriös war wie sein Stadthaus. Er hatte ein Vermögen für den Bau ausgegeben und es mit einem rauschenden Fest eingeweiht. Er erfüllte jede Laune seiner Töchter, denen er sogar ein Motorboot geschenkt hatte.

Die Mutter unterstützte ihre Töchter auf der Suche nach einem Mann. In dem Haus mit den grünen Fensterläden jagte eine Tanzerei die andere, die Paare tummelten sich in dem großen Salon, der auf das Meer ging und in dem der Kommandant später sein Teleskop aufstellen sollte. Die jungen Mädchen machten Fahrten im Motorboot, hockten abends auf den Felsen, veranstalteten Picknicks in Paripe, saßen keinen Augenblick still, kurz, sie waren die Seele des Feriensommers. Einem von ihnen, Rosalva, der zweiten Tochter, war im letzten Jahr die Verlobung mit einem Agronom geglückt; schon ging sie abends mit den anderen nicht mehr an den Strand und saß Hand in Hand mit dem Bräutigam auf der Veranda – Hand in Hand, Mund an Mund, Schenkel an Schenkel, wie Seu Adriano Meira, der Mann mit der Stablampe, formulierte.

In der Karnevalszeit wurde im Hause Pedro Cordeiros vom Faschingssamstag bis zum Kehraus am Dienstag allabendlich getanzt. Wenige Tage später war der Skandal da: Adélia, das Nesthäkchen, ein dunkelhaariges Trotzköpfchen, verschwand mitsamt ihren eigenen und den besten Kleidern ihrer Schwestern, obendrein mit Herrn Dr. Aristides Melo, einem verheirateten Arzt. Fast die gesamte Bevölkerung wohnte dem Schauspiel der verlassenen Gattin bei, die, in Tränen aufgelöst, in das verstörte Heim der Cordeiros stürzte und heulend nach ihrem Mann verlangte, den »die kleine Hure – Ihre Tochter – mir gestohlen hat«. Die Cordeiros flohen aus Periperi, und noch immer wurde das Ereignis besprochen, als der Schuß widerhallte, mit dem Pedro Cordeiro sich im Kontor seiner Fabrik in Bahia erschoß, als sein

Bankrott erklärt worden war. Das Echo des Schusses gelangte per Eisenbahn in den Strandort, begleitet von einem Kometenschweif von Gerüchten: das gesamte Eigentum des Selbstmörders war bis unters Dach mit Hypotheken belastet, aufgebrachte Gläubiger umringten den Leichnam, der Agronom löste die Verlobung, auf schwerwiegende Gründe gestützt: die Familie war entehrt, die Braut ohne Mitgift, eine andere Tochter, die älteste, hatte gleichfalls mit einem verheirateten Manne angebändelt, unerlaubte Liebschaften schienen somit eine Art von Fluch oder Manie in der Familie geworden zu sein. Es gab kein anderes Gesprächsthema mehr, und die Damen tuschelten einander anrüchige Einzelheiten über die Liebschaften der Cordeiro-Töchter zu.

Seu Adriano Meira hatte bei einer bestimmten Gelegenheit, in aller Herrgottsfrühe am Strand, die älteste der Schwestern mit seiner Stablampe angestrahlt: das Kleid bis über den Nabel hochgezogen, verschlungen mit einem Unbekannten. »Den Hintern hell wie ein Mondgesicht.« Derartige Geschichten gingen massenweise um. Der Regen fiel in Strömen, er verschlammte die sandigen Gassen und befruchtete die Phantasie der Einheimischen.

Einen Skandal wie diesen, bei dem ein verheirateter Mann mit einem jungen Mädchen durchgeht, wo eine andere sich nächtens am Strand herumtreibt, wo es Selbstmord und Zusammenbruch gibt, einen so ausgewachsenen Skandal wissen, weiß Gott, nur die Bewohner von Periperi richtig zu schätzen. Er füllt die Regentage, wenn die Sommergäste fliehen und der Badeort von Erinnerungen lebt.

Von den fröhlichen Monaten bewahrte Periperi nur das gewisse festliche Aussehen einer Ferienkolonie, das vielleicht von den blau, rosa, grün und gelb gestrichenen Häusern, von den mächtigen Bäumen des Stadtplatzes, vom Strand und vom Bahnhof herrührte. Vermutlich aber vor allem von der Tatsache, daß die Mehrzahl der Bevölkerung sich aus müßigen Menschen, aus pensionierten Beamten, aus privatisierenden Geschäftsleuten zusammensetzte. Diese Leutchen fahren nur einmal im Monat in die Stadt zum Geldabheben, sie verlieren die Gewohnheit, eine Krawatte umzubinden; schon morgens lungern sie im Pyjama, in einer alten Hose und mit aufgeknöpftem Hemd umher. Jeder kennt den andern, man trifft sich täglich. Die Hausfrauen besprechen häusliche Fragen, sie tauschen Blumensetzlinge für ihre Gärten, Kuchen- oder Tortenrezepte für ihre Kaffeevisiten aus; die Männer spielen Tricktrack oder Dame, leihen einander Zeitungen, einige widmen sich dem Angelsport, alle geben sich am Bahnhof ein Stelldichein, wo sie auf Bänken sitzend die ein- und abfahrenden Züge erwarten. Gegen Abend finden sie sich auch auf dem Platz ein, wo sie teils in ihren Schaukelstühlen, Armstühlen, Liegestühlen, teils auf den die Bäume umstehenden harten Bänken ausruhen. Man diskutiert über Politik, man ruft Geschehnisse des vergangenen Sommers wach, man versucht das Altern in die Länge zu ziehen, weitab vom Trubel der Großstadt, deren Lichter in der Entfernung aufblinken und damit die Stunde des Abendessens verkünden. Im unendlichen Frieden dieses Zufluchtsortes schleicht die Zeit, und in der Mittagshitze des Schlummerstündchens scheint sie endgültig stillzustehen.

Als die Erregung der Gemüter über das Trauerspiel des Hauses Cordeiro ihren Höhepunkt erreicht hatte, platzte eine überraschende Nachricht herein: das Haus mit den grünen Fensterläden war verkauft worden. Wie konnte so etwas ohne ihr Wissen geschehen sein, ohne daß sie von den Verkaufsverhandlungen erfahren hatten? Nie war bisher ein Haus verkauft oder vermietet worden ohne die tätige Mitwirkung der Nachbarn, die Tips gaben, über den Preis stritten, den Kauflustigen auf Fehler oder Vorteile des Objekts aufmerksam machten und nicht selten den ohnmächtigen Zorn der Makler hervorriefen. Indessen war gerade der Verkauf eines so im Blickfeld des Interesses stehenden, gleichsam vom Blut Pedro Cordeiros bespritzten Hauses getätigt worden, ohne daß die Einwohner darüber befragt worden waren, ohne daß sie den Käufer in Augenschein genommen und Beziehungen zu ihm angeknüpft hatten. Ein Rätsel! Man sprach unbestimmt von einem vermögenden Mann, der seinen Beruf aufgegeben hatte – aber was war das für ein Beruf, was für ein Vermögen, was für ein Mann? In Wirklichkeit wußte man über seine Vermögensverhältnisse, über seinen Personenstand, seinen Beruf nicht das geringste. Man fühlte sich hintergangen.

Der Regen mußte daran schuld sein, es gab keine andere Erklärung. In der Tat erzählten die Geschwister Magalhães, drei hellhörige, blitzwache alte Weibchen, denen keine Bewegung, kein Geräusch entging und deren Haus in der Nähe des Cordeiro'schen stand, sie glaubten, sie hätten etwa vor einem Monat Leute ums Haus streichen hören – zwei Unbekannte in Regenmänteln und mit aufgespannten Regenschirmen. Es habe jedoch so stark geregnet, daß man die Fenster nicht hätte aufmachen können. Außerdem habe damals Carminha, die mittlere, mit Grippe zu Bett gelegen, man habe die Kranke pflegen müssen; wer hätte denn an den Verkauf gedacht, all das hatte ihre Wachsamkeit natürlich beeinträchtigt. Zwei Männer in Gummimänteln und mit aufgespannten Regenschirmen, sehr wahrscheinlich Makler und Käufer, mehr wußten sie nicht.

Die Ankunft des neuen Hausfaktotums, einer vierzigjährigen dunklen Mulattin, mit dem Frühzug, gab der unbefriedigten Neugier neue Nahrung. Kaum hatte diese die Schwelle des verlassenen Hauses überschritten, als die Geschwister Magalhães angelaufen kamen, ihre Hilfe anboten und sie mit Fragen bombardierten. Da der Regen aufgehört hatte, sammelte sich vor dem Haus ein Haufen alter Leute an, sie hatten in der Umgebung ein sonniges Plätzchen gesucht, nun kamen sie langsam näher und suchten mit der Neuen eine Unterhaltung anzubahnen. Aber die Mulattin Balbina war wortkarg, unlustig und mürrisch. Den Fußboden schrubbend, antwortete sie einsilbig und lehnte die angebotene Hilfe ab. Aber auch so brachten sie heraus, daß der neue Besitzer am Nachmittag eintreffen werde.

»Mit seiner Familie?«

»Mit welcher Familie denn?«

Sofort entsandten sie einen Späher an den Bahnhof, nun war Alarm geblasen. Diesmal würde ihnen der neue Nachbar nicht entwischen. Die Sonne war wiedergekehrt, die milde Wintersonne, die Tage waren schön, sanft blies die Brise der Bucht. Man stellte Mutmaßungen an: Würde er Dame spielen? Würde Tricktrack seine Stärke sein? Vielleicht würde er sich – wer weiß – als der ersehnte Schachpartner für Emílio Fagundes, einen früheren Abteilungschef des Ackerbauministeriums, entpuppen und mit diesem Briefpartien spielen, da in Periperi kein zweiter Kenner dieses wissenschaftlichen, verzwickten Spiels zu finden war.

Als daher der Kommandant aus dem um vierzehn Uhr dreißig eintreffenden Zug stieg und zum Gepäckwagen schritt, um das Ausladen seiner Koffer zu überwachen, wartete bereits die Mehrzahl der gehfähigen Männer; sie hoben den Kopf aus ihren Morgenblättern oder von den Damebrettern, um den untersetzten, vierschrötigen Bürger mit seinem geröteten Gesicht, mit der Hakennase und seinem ungewöhnlichen Seemannsrock in Augenschein zu nehmen.

»Was ist denn das?« fragte Zequinha Curvelo, auf das in einem Lattenverschlag verpackte Steuerrad deutend.

Nicht einmal Augusto Ramos, Beamter des Innenministeriums im Ruhestand und begeisterter Experte im Damespiel, der in diesem Augenblick mit einem entscheidenden Zug seinem Partner Leminhos – dem von der Post – eine Dame und drei Steine wegschnappen wollte, vermochte dem Anblick des Steuerrades zu widerstehen. Er gab die Partie auf und gesellte sich zu der Gruppe. Die Gepäckstücke, geheimnisvolle Kisten mit roter Aufschrift: »Zerbrechlich! Nautische Instrumente!« lagen auf dem Bahnsteig verstreut. Ein riesiger Globus, eine aufgerollte Jakobsleiter. Der Kommandant hielt die Träger zu größter Vorsicht an. Dann kam die unvergeßliche Klippenbesteigung.

Am selben Nachmittag, als die Sonne sank und der Stadtplatz fast ganz im Schatten lag, erzählte Zequinha Curvelo denen, die die großartige Ankunftsszene verpaßt hatten, wie ihm ein Schauer den Rücken heruntergelaufen sei, als er den Kommandanten hoch oben auf dem Felsen gesehen habe, unerschrocken, das Gesicht der Sonne zugekehrt, die Augen kühn aufs Meer gerichtet. Auf den Bänken und Stühlen unter den Tamarinden hörten die Rentiers und Privatiers aufmerksam zu und nickten beifällig, so daß Zequinha sich in Feuer redete:

»Noch bevor er sein Haus betrat, wollte er das Meer sehen.«

Die Visitenkarte, die Curvelo erhalten hatte, ging von Hand zu Hand. Der alte José Paulo, bekannt unter dem Spitznamen Marreco, der sich von seinem Medikamentengroßhandel zurückgezogen hatte, meinte:

»Was wird der Mann nicht alles zu erzählen haben . . .«

»Diese Seeleute, in jedem Hafen ein Frauenzimmer . . .«, sagte Emílio Fagundes nicht ohne Neid.

»Man braucht nur einen Blick auf ihn zu werfen, um sofort zu sehen, daß er ein Mann der Tat ist«, warf Rúi Pessoa, ein pensionierter Beamter des Landrentamtes, ein.

Zequinha Curvelo, in der Hand das Buch, auf dessen buntem Umschlag der tapfere Seemann mit der dem Rock des Kommandanten ähnlichen Uniform zu sehen war, faßte jene ersten Eindrücke zusammen:

»Ein Held, meine Freunde, der nun unter uns wohnen wird.«

Der Abend sank, ohne Hast, geruhsam wie das Leben in Periperi.

»Dort kommt er . . .«, verkündete jemand.

Alle drehten sich unruhig um. Mit dem langsamen, würdigen Schritt eines Mannes, der gewohnt ist, in der langen Meereinsamkeit an Deck auf- und abzuschreiten, schlenderte der Kommandant durch die Gasse näher, er hatte seinen Seerock an, die Pfeife im Mund und auf dem widerspenstigen Haar eine bisher unbekannte, ankergeschmückte Schildmütze. Sein Blick glitt ins Unendliche, sicherlich weilte er bei seinen Erinnerungen, bei seinen toten Seeleuten, seinen in fernen Häfen zurückgelassenen Geliebten. Als er auf die Höhe der versammelten Einwohner kam, hob er die Hand zur Mütze, ein Gruß, der überschwenglich erwidert wurde. Und schon trat Stille ein, die seine Schritte begleitete. Unruhig geworden, vermochte Zequinha Curvelo nicht zu widerstehen:

»Ich werde eine Unterhaltung mit ihm anfangen . . .«

»Sieh zu, daß du den Mann zu einem Schwatz herlotst . . .«

»Will sehen, was ich tun kann.«

Und schon lief er mit raschen Schritten hinter dem Kommandanten drein.

»Der Mann muß ein Wissen haben wie ein Wörterbuch ...«, meinte Marreco. Inzwischen hatten der Kommandant und Zequinha kehrtgemacht und kamen in Richtung auf die Gruppe zurück. Zequinha deutete auf die Nachbarn, wahrscheinlich gab er Auskunft über Namen und Titel der Versammelten.

»Bitte, kommen Sie doch ein wenig zu uns ...«

Angeregt stand man von Stühlen und Bänken auf. Zequinha begann mit der Vorstellung, der Kommandant schüttelte kräftig die hingehaltenen Hände:

»Ein alter Seemann, zu Diensten ...«

Man bot ihm den pompösen Lehnstuhl des alten José Paulo an. Er nahm zwischen dessen Nachbarn Platz, zog einmal kräftig an seiner Pfeife – aller Augen starrten auf die Pfeife, deren nackte Frauenschenkel und -brüste nie geahnte Wollüste zu verheißen schienen – und vertraute seinen Zuhörern mit seiner etwas heiseren Stimme an:

»Ich habe mich hier niedergelassen, weil ich nie zwei so ähnliche Orte gesehen habe wie Periperi und Rasmat, eine Insel im Pazifik, auf der ich ein paar Monate gelebt habe ...«

»Im Sommerurlaub?«

Der Kommandant lächelte:

»Als Schiffbrüchiger ... Zu jener Zeit war ich noch Zweiter Offizier auf einem griechischen Frachter ...«

»Mit Verlaub, Herr Kommandant, einen Augenblick, einen Augenblick ... Warten Sie bitte, bevor Sie anfangen ...« Es war Augusto Ramos, der den Sprecher unterbrach. »Lassen Sie mich bitte meine Frau holen. Sie liebt es, Geschichten zu hören ...«

Wie die sinnliche Tänzerin Soraia und der rohe Seemann Giovanni an der Totenwache und Beerdigung der alten Doninha Barata teilnahmen

Nicht einmal der – übrigens seit Monaten erwartete – Tod der Doninha Barata, der Witwe des Astrogíldo Barata, eines im Ruhestand lebenden Beamten des Wasserwirtschaftsamtes, vermochte das durch die Ankunft und den Einzug des Kommandanten erweckte Interesse abzuschwächen.

Äußerlich hatte sich nichts geändert, Totenwache und Beerdigung gehorchten dem gewohnten Zeremoniell. Unbestimmte Verwandte waren aus der Stadt erschienen, es kam Pater Justo aus Plataforma, um den Leichnam einzusegnen; die Frauen plünderten ihre Gärten nach Blumen, die Männer zogen für die Trauerfeier Stiefel an und banden Krawatten um. Und doch war ein feiner, kaum merklicher Unterschied zu beobachten, als machte sich die Gegenwart des Todes diesmal nicht so grausam bemerkbar, als weilte der Tod diesmal kürzere Zeit unter ihnen. Denn wenn der Tod in langen Abständen seinen Einzug in Periperi hielt, ging er nach Beendigung seiner schaurigen Arbeit nicht sogleich wieder fort. Vielmehr blieb er nach der Beerdigung noch ein Weilchen da, sein eisiger Schatten glitt über die Rentner und privatisierenden Geschäftsleute, über deren gebeugte Ehefrauen, und die Herzen verkrampften sich, als preßte die Klaue des Todes sie zusammen, um sie zu erproben: Die Brise verlor ihre zarte Liebkosung, man fühlte den düsteren Todeshauch über den angstgekrümmten Rücken huschen. Wen würde er bei seinem nächsten Besuch mitnehmen?

In der Stadt, in Bahia, trat der Tod ganz anders auf, dort gab er rasche alltägliche Gastspiele: in Gestalt von furchtbar rollenden Autorädern, in einem Krankenhausbett, in den Zeitungsspalten, die Unglücke und Verbrechen bekanntgaben. Dort war er leichtfertig, zweitklassig, bisweilen verdiente er kaum zwei Zeilen im »Stadtanzeiger« und verschwand in all dem Leben, dem Lärm und Kampf, die ihn umgaben; für ihn war kein Platz in den hastigen Herzen, sein Schatten löste sich im Lichtergewirr auf, und das Lachen übertönte sein Gemurmel. Sein modriger Atem – wie sollten die Frauen ihn spüren, die in Düften schwelgten, die in heißen Wellen der Begierde schwebten? Dort, in der Großstadt, ging der Tod unbemerkt vorüber, er führte seine Arbeit aus und verschwand, inmitten von soviel Lebenslust und -drang war kein Platz, keine Zeit für ihn übrig.

»Der Dingsda ist gestorben«, hieß es in der Zeitung, im Rundfunk, in den Unterhaltungen. Man sagte: »Der Arme!«, »Armer Teufel!«, »'s war auch an der Zeit!« oder: »Er war noch so jung!«, und damit war die Sache erledigt, man hatte Wichtigeres zu tun, viel Lachen zu lachen, viel Ehrgeiz zu befriedigen, viel Leben zu leben.

In Periperi war es anders: hier bestand das Leben nicht aus Arbeit und Kampf, das Leben, das man hier lebte oder verlebte, war nicht aus Ehrgeiz und Schwierigkeiten, aus Liebe und Haß, aus Hoffnung und Hoffnungslosigkeit gemacht. Hier zog sich die Zeit in die Länge, nichts trieb sie voran, die Ereignisse dauerten eben ihre Dauer. Und das längste von allen war der Tod, er war nie alltäglich und rasch, sondern stets glänzend und langwierig, ein Tod, der mit seinem Kommen jeden Anschein von Leben im Ort auslöschte. Begannen sie, die Rentner und Privatiers, denn nicht schon zu sterben, wenn sie dort eintrafen, getragen von dem Wunsch, so lange wie möglich zu leben, ihre Jahre zu verlängern, fernab von Trubel und Trieben? Hier war ein

Völkchen von alten Leuten beieinander, ohne jedes andere Interesse als das eigene nackte Leben, und der Tod eines von ihnen tötete auch ein wenig alle anderen, und sie wurden niedergeschlagen und melancholisch.

Dann wurde seltener Dame und Tricktrack gespielt, manch einer ging sogar nicht mehr vor die Türe, die Kümmernisse anderer wurden bitterer, die Tage waren traurig und die spärlichen Unterhaltungen melancholisch. Nur langsam gelang es, den Schatten des Todes zu verwischen, ihn endlich durch ihren Lebensrest, durch die einzige Sehnsucht und Liebe zu vertreiben, die ihnen noch verblieb: durch das Verlangen, nicht zu sterben. Nun kehrte das müde Lächeln wieder, der kleinliche Ehrgeiz, eine Partie auf dem Spielbrett zu gewinnen, die Eßlust; wieder belebten sich die Plauderstündchen am Bahnhof, auf dem Platz, und nun, seit neuestem, im abendlichen Wohnzimmer des Kommandanten.

Schwach und zerbrechlich waren die Mauern der Interessen, die ihnen den Tod zu verheimlichen, die sie gegen seine lastende Gegenwart zu verteidigen, die ihnen die Augen vor seinem düsteren Anblick zu beschützen vermochten.

Der Kommandant war bei der Totenwache gewesen. In seinem Rock aus blauem Wollstoff mit Metallknöpfen, mit seiner Pfeife und seiner Seemannsmütze; vielleicht weil er erst seit kurzem im Städtchen wohnte, trat er jedoch nicht etwa gebeugt und niedergeschlagen ein, als wäre jener Leichnam nur der Prolog zu seinem eignen Tod ... Vielmehr blickte er in das ausgehöhlte Gesicht Doninhas, die er zu Lebzeiten nie gekannt hatte, und bemerkte, fast lächelnd:

»Man sieht, daß sie als junges Mädchen sehr schön gewesen sein muß ...«

Es war eine schläfrige, schweigsame Totenwache. Ein jeder

hing seinen eigenen Gedanken nach, man sah sich selbst bereits in einem Sarg ausgestreckt, zwischen übelriechenden Kerzen, Blumen am Fußende, für immer ausgelöscht. Dann und wann erzitterte der eine oder andere, die Angst saß jedem einzelnen in den Knochen, die Todesangst. Man dachte nicht an Doninha, an ihre Jugend, an ihre längst entschwundene, zweifelhafte Schönheit. Die Bemerkung des Kommandanten riß sie aus ihrer Benommenheit. Marreco, der die Verstorbene in ihrer Jugend gekannt hatte, kramte in seinem Gedächtnis:

»Ja, sie ist verdammt hübsch gewesen.«

Der Kommandant setzte sich, schlug die Beine übereinander, zündete seine Pfeife an – nicht die aus Meerschaum, die wäre für eine Totenwache unpassend gewesen, es war eine schwarze Pfeife mit gebogenem Mundstück –, blickte umher und sagte so hin:

»Das Gesicht der Verblichenen erinnert mich, ich weiß nicht, warum, an eine arabische Tänzerin, die ich vor vielen Jahren gekannt habe, als ich auf einem holländischen Frachter fuhr. Ihretwegen hätte mein Steuermann, ein Schwede namens Johann, um ein Haar sein Leben verspielt ... Ich habe ihn aber retten können ...«

Wer viel gelebt hat, ist so geartet: jedwede Tatsache, Landschaft, jeder Gesichtszug erinnert ihn an etwas aus seiner Vergangenheit, an eine Liebesgeschichte, an ein Flußufer, an das Antlitz eines Menschen. Sah der Kommandant im ausgemergelten, verhutzelten Gesicht Doninhas, in dem die anderen nur den Tod sahen, nicht das brünette Antlitz und das lange schwarze Haar Soraias, der Sünderin, der morbiden Tänzerin mit ihren feurigen Lippen? Jene, für die Johann, der leidenschaftlich verliebte schwedische Erste Offizier, sich in Schulden stürzte, versilberte, was auf dem Schiff nicht niet- und nagelfest war, und sich sogar das Leben nehmen wollte? Nun füllte Soraia im Tanzschritt den Raum, während der Kommandant angestrengt die exotische Weise des betörenden Tanzes in seinem Gedächtnis zusammensuchte, um sie vor sich hinzuträllern.

»Musik ist nicht meine Stärke, aber die Melodie habe ich behalten ...«

Wie sollte man sie auch vergessen, Senhores, wenn sie in den Adern der Männer kochte, eine Musik, schmachtend wie das Laster? Johann erlag dem Laster und verlor den Kopf. Soraia war Musik und Tanz, sie war wie eine Krankheit, die ins Blut ging und es vergiftete, nackte Beine, funkelnde Edelsteine auf ihren Brüsten, eine Blume auf dem Bauch, wer hätte da nicht den Kopf verloren?

Alle geben Johann recht, die Sorge des Kommandanten um seinen Besatzungskameraden ergreift sie und entreißt Johann den wollüstigen, kostspieligen Armen der Tänzerin. Ah! Diese Arme, diese Beine, diese Brüste ... Jeder sieht Soraia im Raum. Sie tanzt, und ihre Nacktheit zwischen Rosen und Smaragden verbirgt den ausgezehrten Leichnam Doninhas, er verscheucht die Angst und den Tod.

Am nächsten Vormittag, während der Beerdigung, war es von neuem der Kommandant, der den Todesbann von ihnen fernhielt, als er in einer prachtvollen Festuniform erschien. So hatten sie ihn noch nicht gesehen, vollkommen eingekleidet, mit silbernen Schulterstücken, die Hände in weißen Handschuhen, in der Hand eine neue, mit einem goldenen Anker geschmückte Mütze. Und die Auszeichnung auf der Brust. Er sagte:

»Auf See würde die Angelegenheit rascher vonstatten gehen: Man würde den Leichnam in eine Persenning wikkeln, die Fahne über ihn breiten, ein Matrose würde das letzte Signal blasen, und der Leichnam würde ins Wasser gleiten. Rascher und schöner, finden Sie nicht?«

»Haben Sie eine Bestattung auf See mitgemacht, Herr Kommandant?«

»Was glauben Sie ... Dutzende ... ich habe sie mitgemacht und befehligt ... zahllose ...«

Er schloß halb die Augen, die Nachbarn sahen in dieser schlichten Gebärde förmlich alle die Erinnerungen des Kapitäns vor seinem geistigen Auge vorüberziehen.

»Ich erinnere mich noch gut an den armen Giovanni ... Ein Matrose, der viele Jahre unter meinem Kommando gestanden hat. Wenn ich das Schiff wechselte, musterte auch er ab, da er sehr an mir hing. Nur war er eben Italiener, und wie Sie wissen, sind die Italiener sehr abergläubisch. So bat er mich immer wieder: ›Herr Kapitän, wenn ich auf See sterben sollte, möchte ich in der See meines eigenen Landes begraben sein.‹ Wenn sein Leichnam nämlich fremden Gewässern anvertraut werden würde, könne seine Seele keinen Frieden finden, so meinte er ...«

Der Trauerzug bewegte sich langsam dahin, und die Rede des Kommandanten klang daher ebenso stockend:

»Als er starb, mein braver Giovanni, machte er mir viel Kopfzerbrechen ...«

»Woran ist er denn gestorben?«

»Am Saufen. Woran hätte ein Giovanni sonst sterben sollen? Er soff wie ein Loch, er hatte viel Kummer mit seiner Familie. Na schön: Als er starb, sah ich mich gezwungen, zwei Tage lang vom Kurs ab zu segeln. Ab vom Kurs, Senhores, wissen Sie, was das heißt? Und nur, um den Leichnam in italienischen Gewässern in die See zu senken ... Ich hatte es versprochen. Ich ging also vom Kurs ab, und wir liefen achtundvierzig Stunden ...«

»Und . . . der Tote . . .?«

»Was?«

»Hielt er es solange aus, ohne . . .«

»Wir legten ihn in die Kühlkammer. Bei der Totenfeier war er zwar hart wie ein gesalzener Stockfisch, aber noch tadellos. Ich bekam allerdings Mordsscherereien mit der Reederei, nur weil ich mein Wort gegeben hatte . . . Sie können sich kaum vorstellen . . .«

Sie konnten es sich kaum vorstellen und stellten daher Fragen. Und so schritt Giovanni mitsamt seiner Besäufnis und seinem Familienkummer, die Haut tiefgebräunt von der Salzluft der sieben Meere, zwischen der Trauergemeinde und Doninhas Sarg durch die Straßen von Periperi. Der Kommandant erzählte von seiner Diskussion mit der knickerigen Reederei, er gab seine unerschütterlichen humorigen Antworten wieder, mit denen er das Recht seiner Seeleute verteidigte, in die heimatliche See gesenkt zu werden, ihr Recht, von Fischen mit vertrauten Namen gefressen zu werden. Bevor sie zum letztenmal ins Wasser tauchten, konnten so ihre toten Augen in der Ferne noch einmal die Küsten ihres Vaterlandes sehen, und ihre Arme konnten sich ihnen entgegenstrecken. Aber es war verlorene Liebesmüh, das einem Vieh wie Menendez beizubringen, seinem übelgelaunten Reeder, einem früheren kleinen Angestellten, der sich durch Intrigen und krumme Touren zum Generaldirektor der Gesellschaft hochgestemmt hatte und fast dem früheren Chef das Genick gebrochen hätte; denn der, ein Mensch mit dem Herzen auf dem rechten Fleck, war imstande gewesen, die Seele von Seeleuten zu begreifen . . . Ein Widerling und Schurke, dieser Menendez, der Kommandant hatte noch heute eine Mordswut auf ihn.

Konnte man sich wegen eines plötzlich verschlimmerten

Leidens angstschlotternd, vom Tode bedroht, in seiner Kammer verriegeln, ins Bett verkriechen, die Nase unter die Decke stecken, wenn der Kommandant am selben Nachmittag auf dem Stadtplätzchen von dem Schiffbruch erzählte, den er vor der peruanischen Küste während eines Seebebens erlitten hatte? Seegang, hoch wie Gebirge, das Meer zerklüftet in Abgründe, der Himmel so schwarz, wie man nie eine Nacht gesehen hatte.

Am Tage der Beerdigung von Doninha Barata war Vollmond, dessen Silberschimmer sich nachts über Strand und Meer ergoß. Zu anderen Zeiten hätten die Leutchen von Periperi die Schönheit des Himmels gar nicht bemerkt, sie wären in der unerbittlichen Gewißheit des nahenden Todes in ihren Zimmerchen hocken geblieben. Nun aber lud der Kommandant sie ein, in seinem Hause ein Gläschen zu sich zu nehmen und dabei den Himmel durch sein Teleskop zu betrachten.

Vom Teleskop und seinem mannigfachen Gebrauch, und dazu Dorothy im Mondschein auf der Brücke!

Ah! das Teleskop ... mit ihm trat man eine abenteuerliche Reise zum Mond und den Sternen an, man durchbrach die Grenzen der Eintönigkeit und der Langeweile. Als wäre Periperi plötzlich, durch Zauberei, nicht mehr das friedliche Vorstädtchen der Leste Brasileira, der Ost-Brasilianischen Eisenbahnlinie, bewohnt von alten Leuten, die auf den Tod warten, sondern eine Zwischenplanetenstation, von der aus tollkühne Piloten zur Eroberung der Sternenräume aufstiegen.

Das große Wohnzimmer mit den aufs Meer gehenden Fenstern, das während der vergangenen Sommerferien der Schauplatz so vieler heiterer Feste gewesen war, bei denen die Cordeiro-Töchter und ihre Freundinnen sich in den Armen ihrer jugendlichen Tänzer gedreht hatten, dieser Salon hatte sein Aussehen vollständig verändert. Verschwunden waren die Blumentöpfe, das Klavier, auf dem Adélia Walzer und Foxtrotts zu Tode gemartert hatte, das Grammophon, die anspruchsvollen Möbel; jetzt glich der Raum eher einer Kommandobrücke, so daß Leminhos, der einen empfindlichen Magen hatte, beim Eintreten fast Brechreiz verspürte. Die an einem Fenster hängende Jakobsleiter führte unmittelbar zum Strand, und Zequinha Curvelo, Anwärter auf den Posten eines Zahlmeisters, spielte mit dem Gedanken, eines Tages über die Leiter das Haus zu betreten und wieder zu verlassen, sobald sein schmerzhafter Rheumatismus ihn weniger plage.

In der Mitte der Wand hingen in reichverzierten Rahmen Patente, die vor dreiundzwanzig Jahren ausgestellt worden waren. Auf dem einen von ihnen war durch die Unterschrift des früheren Hafenkommandanten beglaubigt und bekräftigt, Vasco Moscoso de Aragão habe sich aller zur Erlangung des Titels eines Kapitäns auf großer Fahrt erforderlichen Examina und Prüfungen unterzogen, mithin eines Titels, der ihn berechtigte, jeden Schiffstyp der Handelsmarine in allen Gewässern und Meeren zu befehligen. Vor dreiundzwanzig Jahren, siebenunddreißigjährig und somit verhältnismäßig jung, hatte er das Kapitänspatent erhalten. Noch jung an Jahren, aber bereits ein alter Seemann, denn – wie er erzählte – hatte er seine Laufbahn mit zehn Jahren als Schiffsjunge auf einem langsamen Frachter begonnen und die Sprossen der Leiter eine nach der andern bis zum Ersten Offizier erklommen. Zahllose Male hatte er das Schiff gewechselt, er liebte es, neue Länder zu sehen und neue Meere zu erkunden, er war unter den verschiedenartigsten Flaggen zur See gefahren und hatte sich in Kriegs- und Liebesabenteuer verwickelt. Als er sich im Alter von siebenunddreißig Jahren jedoch für fähig hielt, sich um den Posten eines Kapitäns zu bewerben, war er nach Bahia zurückgekehrt, denn dort, in seiner heimatlichen Hafenverwaltung, wünschte er sein Patent zu erlangen. Er wollte, daß der Ursprungshafen, in dem sein Stand und seine Qualifikation registriert würden, der Hafen von Salvador sei, von dem er als Knabe zu den Abenteuern der Meere ausgezogen war. Auch er hatte seinen Aberglauben, bestätigte er lächelnd. Zequinha widersprach: Aberglauben sei eine noble Haltung, sie offenbare den Patriotismus des Kommandanten, der aus dem Fernen Osten herbeigeeilt sei, um seine Prüfungen in Bahia abzulegen. »Übrigens darf ich ohne falsche Bescheidenheit hinzufügen, nicht ohne Glanz«, erläuterte der Kapitän auf großer Fahrt. Jedenfalls hatte der Kapitän Georges Dias Nadreau, der damalige Hafenkapitän, heute illustrer Admiral unserer ruhmreichen Kriegsmarine, dies damals betont.

In einem anderen Rahmen hing das Diplom eines Ritters vom Orden Christi, die bedeutende lusitanische Auszeichnung, ein Ehrentitel, der zum Tragen von Medaille und Halsband berechtigte, und den D. Carlos I., König von Portugal und Algarves, ihm für seine großen Verdienste um den portugiesischen Seehandel verliehen hatte.

Er setzte sich in einen Klappstuhl, in einen Deckstuhl mit Sitz und Rückenlehne aus Wachstuch, neben sich das Steuerrad, die Pfeife in der Hand, und ließ den Blick durchs Fenster in die Weite schweifen. Auf dem großen Tisch stand der riesige drehbare Globus, daneben lagen verschiedene Navigationsinstrumente: Kompaß, Chronometer, Sextant, Hygrometer. Durch das große schwarze Fernglas rückte die Stadt Bahia in nächste Nähe. Das Kursdreieck zur Berechnung des Kurses und die wundervolle Pfeifensammlung, für die sich alle begeisterten. Die Borduhr nannte man Chronometer.

An den Wänden hingen Seekarten, Karten der Meere, der Buchten und Golfe, der entlegensten Inseln. Auf einem Möbelstück, in dem der Kommandant Gläser und Getränke aufbewahrte, stand in einem riesigen Glaskasten das Modell eines Passagierdampfers, »ein Seeriese, meine unvergeßliche ›Benedikt‹«, das letzte der vielen Seefahrzeuge, auf denen er gefahren war und die er befehligt hatte; sein letztes Schiff. Vergrößerte Photographien anderer Schiffe verschiedener Größe und verschiedener Nationalität, einige davon koloriert, hingen gerahmt an den Wänden. Da jedes dieser Schiffe ein Stück Leben des Kommandanten Vasco Moscoso de Aragão darstellte, erinnerte es ihn auch an Erlebnisse, Wechselfälle, Freuden und lange, einsame Nächte.

Und das Teleskop. Es war eine Sensation, als die Besucher es aufgestellt und seine Linse auf den Himmel gerichtet sahen. »Es vergrößert den Mond achtzigmal«, verkündete Zequinha Curvelo in wachsender Vertrautheit mit den Instrumenten, den gerahmten Schiffen und ihrem ehemaligen Kapitän.

In jener Mondnacht vergaßen sie die am Vormittag stattgefundene Beerdigung Doninha Baratas, so begierig waren sie, den Himmel zu erspähen, die Geheimnisse der Räume zu entdecken, die Gebirge des Mondes, sein unergründliches

Antlitz aus der Nähe zu sehen, Sterne zu erkennen, deren Namen man vor vielen Jahren in der Schule gelernt hatte. Alle wollten in jugendlicher Ausgelassenheit das »Kreuz des Südens« suchen.

Tage darauf sollten sie eine andere und nicht weniger spannende Nützlichkeit des Teleskops entdecken. So stellten sie es an Vormittagen auf den vielbesuchten Strand von Plataforma ein und betrachteten die – achtzigmal vergrößerten – Frauenkörper beim Baden im Meer. Sie stritten sich unter Gekicher, wer zuerst an die Reihe kommen sollte, sie tuschelten einander Anzüglichkeiten zu. Sie waren wie Kinder und junge Hunde.

Bald wurde eine Gewohnheit daraus, den Kommandanten zu besuchen, um dort den Himmel zu betrachten und Geschichten anzuhören. Dann mischte der Kapitän einen würzigen steifen Grog, dessen Rezept von einem alten Seebären aus Hongkong stammte und dessen Zubereitung mit Hilfe der Mulattin Balbina eine halbe Stunde dauerte. Es war ein wahres Ritual. Heißes Wasser wurde in einem Kessel erhitzt, Zucker in einer kleinen Kasserolle gebrannt. Die Schalen einer Orange wurden kleingehackt. Dann nahm der Kommandant blaue dicke Gläser zur Hand – sie waren schwer, damit sie bei Seegang nicht umfielen –, tat in jedes einen Teelöffel gebrannten Zucker, ein Teil heißes Wasser, ein anderes portugiesischen Cognac und verzierte das Ganze mit Orangenschalen. Zunächst wagten nur Adriano Meira und Emílio Fagundes – und, versteht sich, Zequinha Curvelo – dieses absonderliche Gebräu zu kosten. Da sie aber bestätigten, daß es sehr gut schmecke, schwach sei, und Zequinha garantierte: »Das kann man sogar als Arznei trinken«, bekamen die anderen Mut und schürzten die Lippen; sogar der alte José Paulo, der Abstinenzler Marreco, der nie einen Tropfen Alkohol anrührte, wurde eines Tages neugierig und blieb von diesem Tag an ein treuer Anhänger der Mischung.

Die Besucher machten es sich auf Segeltuchstühlen bequem und genossen in kleinen Schlucken das aromatische Getränk. Wenn man richtig warm geworden war, schlug die Uhr auch schon neun Uhr, mitunter sogar neun Uhr dreißig. So wurde denn der Rest der Geschichte für den nächsten Tag am Bahnhof oder auf dem Platz vorbehalten.

Es dauerte nicht lange, da war der Kommandant der bedeutendste und beliebteste Bürger von Periperi. Schon breitete sich sein Ruhm auf andere Vororte aus. Man pries seine Bildung, seine gute Erziehung, seine entwaffnende Herzlichkeit und besonders das völlige Fehlen jeglicher Pose. Und obgleich er eine so bedeutende Persönlichkeit war, behandelte er alle Welt, gleichgültig ob arm oder reich, gleich gut und spielte sich nie auf.

Eines Abends, als der Himmel trüb war und es nach Regen aussah, konnte Rúi Pessoa, der ehemalige Beamte des Rentamts, seine Neugierde nicht mehr bezähmen und fragte den Kommandanten, warum er seinen Beruf verhältnismäßig früh, das heißt vor Erreichung des sechzigsten Lebensjahres, aufgegeben habe, da er soeben erst sechzig geworden und bereits vor drei oder vier Jahren in den Ruhestand getreten sei. Er hätte doch zumindest noch gute zehn Jahre zur See fahren können, oder nicht?

Der Kommandant stellte sein Glas auf den Tischrand – er saß gerade –, blickte zum umwölkten Himmel, und sein Gesicht wurde ernst, fast wehmütig. Er sprach nicht sogleich. Dann ließ er die Augen über die versammelten Freunde gleiten, als wollte er prüfen, ob sie einer vertraulichen Mitteilung würdig seien. Zequinha Curvelo wurde unruhig.

Vielleicht hatte Rúi Pessoa eine Indiskretion begangen? Ein Mann vom Schlage des Kommandanten mußte zwangsläufig Geheimnisse haben, die in seiner tiefsten Herzenskammer ruhten, es war die Pflicht der Freunde, sein Stillschweigen zu achten. Schon wollte er das Gesprächsthema wechseln, als der Kommandant aufstand, zwei Schritte auf das Fenster zu machte und sagte:

»Wegen einer Frau. Was sollte es anderes sein?«

Dabei deutete er auf die ›Benedikt‹ in ihrem Glaskasten:

»Ich fuhr dieses Schiffchen da, wir trampten auf der Australienroute. Ich habe ja nie heiraten wollen. Es war mir lieber, ein Liebchen hier, eines dort zu haben, je nachdem, welcher Hafen angelaufen wurde ...«

Eine Französin in Marseille, eine Türkin in Istanbul, eine Russin in Odessa, eine Chinesin in Shanghai, eine Inderin in Kalkutta. Tolle Liebschaften, gebrochene Herzen, daneben die Einsamkeit auf nächtlichem Meer. Es waren so viele, daß er stets ablehnte, sich auch nur einen der Namen auf Brust oder Arm tätowieren zu lassen, wie es viele Seeleute tun. Dafür trug er Namen und Anschrift der Mädchen in ein Taschenbuch ein, von vielen bewahrte er Fotografien, Haarlocken, ein intimes Kleidungsstück, ein kristallklares Lachen oder das ergreifende Bild einer Abschiedsträne. Aber selbst das besaß er jetzt nicht mehr, denn als er ›sie‹ an Bord der ›Benedikt‹ kennen und lieben lernte, brachte er ihr sein Adreßbüchlein, gleichsam eine ganze Weltkarte, und die greifbaren Erinnerungen an alle anderen zum Opfer.

›Sie‹ hieß Dorothy, war brünett und schlank, mutwillige Locken fielen ihr ins Gesicht, sie hatte lange Beine, einen rastlosen Mund, und in den Augen flackerte es unstet. Sie war launisch, bald sanft und scheu wie ein Kind, bald herb und herrisch, wenn sie sich von allen Seiten bedroht fühlte. Sie reiste mit ihrem Mann, einem farblosen Menschen, der irgendwo große Fabriken besaß, nur an Zahlen und Geschäfte dachte und kein Auge hatte für die Schönheit seiner Frau und die Ängste, die in ihren Augen hausten. Das Ehepaar befand sich auf einer Weltreise, er um auszuspannen, sie um ihr Schicksal zu finden – wie sie später gestand. Abends stand sie über die Reling gebeugt, den Blick im ziehenden Wasser verloren.

Wie hatte die Sache begonnen? Er wußte es selbst nicht mehr. Er war Kapitän, und als solcher sprach er natürlich mit den Passagieren, dabei wurde er auf sie aufmerksam, bewunderte ihre Schönheit und begehrte sie im Stillen. Aber der Altersunterschied war groß, sie war kaum fünfundzwanzig Jahre alt. Immerhin plauderte man eifrig. Er erzählte ihr von der See, von Stürmen und Windstillen, von seinem verschwiegenen Umgang mit den Sternen; wenn er spät in der Nacht von der Brücke herabstieg, fand er sie allein, an der Reling stehend, dann kamen sie ins Gespräch, und ihre Augen blieben auf ihm haften, als wollte sie sein Geheimnis erforschen. Eines Nachts, ohne zu wissen, wie es geschah, lag sie in seinen Armen.

Dazu hatte er als Kapitän kein Recht, das ist klar. Sobald in einem Hafen angelegt wird, darf er an Land das ausgelassenste Freudenfest, die wüsteste Orgie feiern. Während der Führung eines Schiffes jedoch, an Bord, muß er sich verhalten wie ein Heiliger und über jede Versuchung erhaben sein ...

»An denen es nicht fehlt ...«

Und schon erging sich Dorothy im Raum, man sah ihre geschmeidige Figur, ihre rastlosen Lippen, ihr glühendes Verlangen. Die Rentner und privatisierenden Kaufleute sahen sie leibhaftig vor sich und begehrten sie.

»Und Sie, Herr Kommandant, haben Sie sie vernascht?«

Der vulgäre Ausdruck verdroß den Kommandanten. Es war doch Liebe, eine nie dagewesene Liebe, unvergleichlich und widersinnig, die ihn mit Haut und Haaren ergriff und ihm den Verstand raubte von dem Augenblick an, als er sie in seine Arme riß und den Geschmack ihrer Lippen kostete. Er war aber Schiffskapitän; während seiner gesamten Laufbahn in vierzig Jahren Seefahrt hatte er sich nie das Geringste zuschulden kommen lassen. Er konnte, er durfte es nicht tun ... Und das sagte er ihr, mit feuchten Augen, er, der in seinem ganzen Leben nie geweint hatte.

Hatte einer der anwesenden Herren jemals versucht, einer Frau die einfachste aller Situationen klarzumachen? Dorothy, noch leidenschaftlicher verliebt als er, maßlos seiner bedürfend, bereit, sich das Leben zu nehmen, sich von Bord zu stürzen, falls er sie zurückwies, Dorothy ging so weit, daß sie eines Morgens bei Tagesanbruch im Nachthemd auf dem Offiziersdeck erschien und an seiner Kajüte klopfte.

Im hauchdünnen Spitzennachthemd, das ihr begehrliches Fleisch nur schwach verhüllte, trippelte Dorothy plötzlich barfuß im Salon des Kapitäns unter den Zuhörern hin und her, und Adriano Meira leckte sich die Lippen.

»Aber da war es um Sie geschehen, nicht wahr, Herr Kommandant?«

Man kannte ihn und sein unbeugsames Pflichtbewußtsein nicht. Es war nicht um ihn geschehen. Er warf ihr über die nackten Schultern einen Regenmantel – das Hemd war tief ausgeschnitten, man sah den Ansatz der bebenden Brüste, Augusto Ramos stöhnte auf – und schleppte sie fast gewaltsam in ihre Kabine zurück. In dieser dramatischen Stunde, zwischen Pflichterfüllung und Liebe, sie halb ohnmächtig in seinen Armen, versprach er ihr, im ersten Hafen an Land und mit ihr für immer auf und davonzugehen. Irgendwohin, in den stillsten Winkel der Welt. Dann folgte ein Kuß im Angesicht des unendlichen Meeres.

Telegrafisch bat er um seine Entlassung. Von der Schifffahrtsgesellschaft kamen Gesuche und Bitten, neue Angebote mit erhöhtem Gehalt, die Reeder waren außer sich, sein Name hatte doch auf allen Meeren der Welt, sowie unter Seeleuten und Reedern einen so guten Klang. Aber er gab nicht nach, er war ein Mann des Worts und obendrein leidenschaftlich verliebt. Im erstmöglichen Hafen, Makassar, einem entlegenen schmutzigen Hafen des Fernen Ostens, nahm er von seiner Besatzung Abschied. Alte Seemänner mit gegerbtem Gesicht weinten, als sie seine treue Hand drückten. Er hatte sich mit Dorothy im Hause einer gewissen Carol verabredet, einer Opiumschmugglerin, der er bei einer bestimmten Gelegenheit einen Gefallen erwiesen hatte. Vergeblich wartete ihr Mann an Bord auf sie, er mußte allein weiterfahren.

Nun folgten zwei Wochen des Rausches, des Fiebers in einem am Stadtrand, mitten im Tropenwald versteckten Häuschen, und mit der Wut der Verdammten gaben sie sich ihrer Liebe hin, als errieten sie ...

»Ihr Mann tauchte plötzlich auf!«

Was galt ihnen Dorothys Mann, der Trottel! Er hieß Robert, der Kommandant verachtete ihn, er hatte während der ganzen Ereignisse keinen Gedanken an ihn verschwendet. Ein aufgeblasener hohler Wicht, der glaubte, er könnte Dorothys Liebe und Treue mit einer Ehe und Geld erkaufen ... Nein, der Mann zählte nicht. Das Fieber, ja, jenes tödliche Inselfieber. In zwei Tagen machte es Schluß mit Dorothy und mit der Laufbahn des Kommandanten. Wie konnte er je wieder ein Schiffskommando bekommen, wieder die Meere befahren, wenn er selbst dort, in dem kleinen Hafen Makassars, den Blick keine Sekunde lang von Dorothys Augen zu wenden vermochte, von jenen verängstigten, riesengroßen Fieberaugen, die ihn anstarrten, als hätte er die Macht, sie zu retten? Sie flehte mit verzerrtem Mund, sie nicht sterben zu lassen, jetzt, wo sie endlich die Lebensfreude gefunden hatte. Er konnte nicht einmal mit ihr sterben, wie er es gewünscht und den Himmel darum angefleht hatte, er war ja immun gegen jenes Fieber, so lange und in so jungen Jahren hatte er schon jene Gewässer befahren. Eine Zeitlang war er wie von Sinnen und verfiel dem Opium, von allen Seiten hagelte es Angebote großer Reedereien; er aber kehrte in seine Heimat zurück. Nie würde er je wieder eine Kommandobrücke betreten, für ihn war alles aus, das hatte er sich an Dorothys Grab feierlich geschworen. Zum ersten- und letztenmal ließ er sich einen Frauennamen in den Arm sticheln. Dabei schob er den Ärmel seines Hemdes zurück und zeigte die Tätowierung: den Namen Dorothy, darunter ein Herz.

Er zog den Ärmel wieder herunter und kehrte ans Fenster zurück, stand mit dem Rücken zu den Freunden. Sie hatten das Gefühl, ein ersticktes Schluchzen zu hören. Tiefbewegt gingen sie, »Gute Nacht« flüsternd, gemeinsam heim. Zequinha Curvelo ergriff die Hand des Kommandanten und drückte sie warm und mitfühlend. Jeder von ihnen nahm Dorothy mit ihrem Liebesdurst und ihrer Unrast im Herzen mit – ein unvergeßliches Bild.

Allein gelassen, löschte der Kapitän die Lichter im Salon. Er hätte Dorothy lieber nicht getötet, hätte sie lieber nicht in jenem schmutzigen, fieberverseuchten Hafen begraben. Er hätte sie ebensogut an einem zivilisierten Fleckchen Erde an Land setzen können, aber wie konnte eine so besessene, ausschließliche Liebe anders enden als im Tode? Durch den Hausgang schlurfend, den ein Streifen Mondlicht erhellte, sah er wieder die ruhelose verängstigte Dorothy barfuß an Deck vor sich – das war der große Augenblick gewesen! –, er sah ihre Brüste, die, ihm entgegengereckt, den Hemdausschnitt zerrissen, er sah die durstigen Lippen, den Leib, der ein einziges Fieber, eine lodernde Flamme war.

Er stieß die Türe zum Mädchenzimmer auf, nahm Dorothy an der Hand, und die Mulattin Balbina machte dem Kommandanten auf ihrer Bettstatt murrend Platz.

Wie unser Erzähler sich als etwas niederträchtig entpuppt

Wer kann in dieser Welt den Neidern entgehen? Je mehr ein Mann in der Wertschätzung seiner Mitbürger steigt, je höher und angesehener seine Stellung ist, desto leichter wird er ein Ziel für die Giftpfeile des Neides, und schon wälzen die Meere der Verleumdung ihre schändlichen Wogen gegen ihn.

Der Beweis dafür liegt auf der Hand: dadurch, daß der hochverdiente Dr. Alberto Siqueira unter uns wohnt, verleiht er mit seinen Titeln, seinem Wissen, seiner gestärkten Hemdbrust und seinem Vermögen Periperi Ehre und höheres Ansehen. Wenn er wollte, könnte er sich leichterdings ein Haus in Modebädern wie Pituba oder Itapoa leisten, wo die oberen Zehntausend wohnen oder ihre Sommerferien verbringen. Er zieht jedoch unseren bescheidenen Strandort vor, wo wenige Leute seinem Höhenflug, seiner gehobenen Sprache, seinen aus dem Wörterbuch gespeisten Reden zu folgen vermögen . . . Eine Bevorzugung, auf die wir alle stolz und für die wir dem Hochverdienten ewig dankbar sein müßten.

Und was geschieht statt dessen? Man spricht abfällig über ihn. Seine in Fachzeitschriften geäußerten Ansichten, seine scharfsinnige Aussprache scheinen keinerlei Eindruck zu hinterlassen. Ich habe schon die Gelegenheit gehabt, mehrere – ledergebundene – Nummern des »Gerichtsanzeigers« durchzublättern, in denen juristische Gutachten des hochverdienten Herrn Dr. Siqueira Seiten über Seiten füllen.

Diese Gutachten und Meinungen zu beurteilen, steht mir nicht zu, soweit geht mein Anspruch nicht, zumal die Hälfte der Worte lateinisch und die anderen gesperrt gedruckt sind. Aber hat nicht ein anderer Jurist bei der Besprechung eines Gutachtens unseres Herrn Richters in dem genannten Opusculum behauptet, Herr Doktor Siqueira »sei eine Leuchte der Rechtswissenschaft«?

Nun gut: aber weder derartige gedruckte Beweise noch Zeitschriften von São Paulo oder Lobeshymnen aus der Bundeshauptstadt, nichts dergleichen scheint Leute vom Schlage Doréas, eines jämmerlichen pensionierten Beamten des Gemeindeamts, eines aufgeblasenen Hammels, nur weil er in den Beilagen Bahianer Zeitungen ein paar holprige Verse veröffentlicht, davon abzuhalten, zu behaupten, der Hochverdiente »sei nichts als ein vollendetes Roß, ein unbezähmbarer Esel« – die Ausdrücke stammen von dem Schwachkopf Doréa –, »die größte Nullität aller Zeiten des Bahianer Forums«. Man sieht, wie weit Mangel an Respekt und verzehrender Neid gehen können . . . Das Schlimmste ist aber, daß Zeitgenossen wie Telêmaco Dórea willige Zuhörer und Zustimmer finden, die ihrem erbärmlichen Strohfeuer neuen Brennstoff zuführen.

Ein ganzer Schwarm von Lästerzungen fällt heuer über das Leben des Herrn Richters in Vergangenheit und Gegenwart her. Nicht damit zufrieden, ihm seinen im Süden des Landes anerkannten und bejubelten Wert abzusprechen, nehmen sie auch noch seine Ehre als Magistrat aufs Korn und prangern ihn als käuflich, als erzkäuflich an. So erzählen sie eine etwas undurchsichtige Geschichte von zwei verschiedenen, einander entgegengesetzten Urteilssprüchen ein und desselben Falls, den ersten, der gegen die Ansprüche einer bedeutenden Exportfirma unseres städtischen Handels entscheidet, den zweiten, späteren, der die Forderungen des mächtigen Großkaufmanns gutheißt. Ich sehe keinerlei Anlaß zu Kritik, wenn neue, den Akten hinzugefügte Elemente – wie der Hochverdiente auseinandersetzt – die Frage grundlegend verändern und die Problemstellung geradezu umkehren. Indessen, nach Aussage gewisser Leutchen von Periperi, seien diese »neuen Elemente« auf ein Paket von fünfhundert Conto de Réis, auf eine halbe Million Cruzeiros hinausgelaufen, die das Bankkonto des Herrn Doktor Siqueira, und nicht die Prozeßakten, vermehrten.

So sei das Vermögen des Hochverdienten entstanden, es sei nicht von reichen Eltern ererbt worden. Andere sagen, es sei doch eine Erbschaft gewesen, und zwar eine, die seine Frau mitgebracht habe; der Doktor habe Dona Ernestina nur aus diesem Grund geheiratet, denn schon als junges Mädchen sei sie ein unter dem Spitznamen ›Zeppelin‹ bekannter Fettsack gewesen.

Im übrigen beschränken sich die Leute nicht darauf, seine Vergangenheit umzuwühlen, sie schnüffeln auch in seiner

Gegenwart herum und bringen die zarte Dondoca aufs Tapet. Als ob es ein Verbrechen sei, wenn ein berühmter Mann an den toten Nachmittagen Periperis einen zärtlichen Unterschlupf für seine geistige Taucharbeit sucht. Während Dona Ernestina ihr Ruhestündchen herunterschnorchelt, nimmt der Hochverdiente die Gelegenheit wahr, sich der Phantasie und dem Zauber der süßen Liebe hinzugeben. Er hat mich ehrenvollerweise ins Vertrauen gezogen und mir gesagt, er empfinde sich als Beschützer, ja als Vater der Kleinen. Sie sei ein hintergangenes, verlassenes, grundgutes Geschöpf, das unweigerlich dem abscheulichen Gewerbe der Zuhälterei verfallen wäre, hätte nicht ein starker Freundesarm Dondoca aufgefangen und gestützt. Außerdem dürfe er es sich wohl leisten, eine strenge Moral gelinde zu umgehen – als Entschädigung für seine belastenden, beschwerlichen Ehepflichten.

Belastend und beschwerlich – das kann ich mir bei Dona Ernestinas einhundertzwanzig Kilo vorstellen. Ich konnte nicht umhin, mir das durch die bedauerlichen Eigenschaftswörter des Herrn Richter beschworene Schauspiel auszumalen: jene nackten Fettmassen, die, der Enge von Hüftgürteln und Korsetts ledig, sich auf dem Leintuch wälzen ... Sie mußten dem Hochverdienten weiß Gott Belastung und Beschwerde verursachen.

Ich unterdrückte ein Lächeln; es ist unrecht, über diese Dinge zu scherzen, wenn es sich um achtunggebietende Persönlichkeiten wie Herrn Dr. Siqueira und seine zwar fette, aber ehrbare Gattin handelt.

Und was Dondoca betrifft, welche andere Empfindung vermag die Handlungsweise des Herrn Magistrats in mir auszulösen als Dankbarkeit? Nur dank seines hochherzigen Fehltritts ist es mir vergönnt, die Reize der schönsten und feurigsten Mulattin von Bahia unentgeltlich zu genießen, dabei die vom Herrn Richter dagelassenen tadellosen Pantoffeln zu benützen und die von ihm mitgebrachte Schokolade zu futtern. Allein, die Natur des Menschen ist in der Tat bösartig: selbst wenn ich in dem vom Herrn Richter bezahlten Bett neben Dondoca liege, die von ihm gestifteten Pralinen und Schokoladen esse, den Erzählungen der kleinen Schelmin über gewisse köstliche Eigenschaften ihres Beschützers lausche, kann ich nicht umhin, mir den Hochverdienten vorzustellen, wie er, schwitzend und keuchend, seinen mühsamen Ehepflichten dem Zeppelin gegenüber nachkommt.

Daher vermag ich guten Gewissens kaum jene Zeitgenossen zu verurteilen, die ihre Tage damit verbringen, das Wissen und die Ehre des Hochverdienten lächerlich zu machen. Wenn ich, sein Schuldner für zahllose Vergünstigungen und Gefälligkeiten, seine kleinen Schwächen verlache und verhöhne, wenn Dondoca, sein Schützling, es tut, wie kann man von den anderen eine achtungsvolle, gerechte Einstellung erwarten? Trotzdem geht mir Telêmaco Dórea, jenes widerwärtige überhebliche Subjekt, auf die Nerven. Ich habe mir die Mühe gemacht, ihm bestimmte Stellen meiner Lebensbeschreibung des Kommandanten, das Ergebnis geduldiger, langwieriger Forschungsarbeit, vor Augen zu führen. Worauf der Dichterling sofort eine Reihe von Einwänden angemeldet hat: mein Stil sei weitmaschig und ungenau, die Handlung sei schwach und schleppend, das Ganze strotze von Gemeinplätzen, die Personen hätten kein Innenleben. Der Satz, auf den ich besonders stolz bin: »Und die Meere der Verleumdung wälzen ihre schändlichen Wogen gegen ihn«, brachte mir nur spöttischen Tadel und ein verächtliches Lächeln des besagten Dórea ein, der unfähig ist, die Kraft und Schönheit des Bildes nachzuempfinden.

Im Gegensatz dazu erntete derselbe Satz das größte Lob des berühmten, hochgebildeten Meisters des Rechts, eines mit guten Schriftstellern vertrauten Mannes und Lesers von Rui Barbosa und Alexander Dumas. Auch als ich die Stelle Dondoca vorlas – eigentlich las ich sie mehr für mich als für sie –, klatschte sie in die Hände und rief aus: »Wie schön!« Es fehlt ihr nicht an Empfindsamkeit, was ich übrigens bereits im Bett feststellen konnte. Daher habe ich, unterstützt von der durch den Magistraten vertretenen geistigen Elite und beklatscht vom Volk – durch Dondocas sanfte Stimme – nur uferlose Verachtung übrig für das dämliche Grinsen des Telêmaco Dórea, der für seine Negerweiber ein Dichter sein mag, und werde fortan seine belanglose Gesellschaft meiden. Überdies handelt es sich bei ihm um einen üblen Schnorrer, der mir seit dem letzten Sommer einhundertachtzig Cruzeiros schuldet, die er sich bei mir für den Einkauf von Fisch geborgt hat. »Heute nachmittag kriegen Sie das Geld wieder.« Und dabei ist es bis heute geblieben.

Und nun zurück zur Geschichte des Kommandanten. Denn als ich die einleitenden Bemerkungen über den Neid entwarf, dachte ich nicht an den Herrn Richter, an seine ehrbare Gattin, an Dondoca, an den Schaumschläger Dórea. Der Herr Richter sollte nur als Beispiel dienen und ist wie gewisse zähe Besucher ohne Zeitgefühl dageblieben. Auch ich habe mich wohl etwas vergessen, als ich mit dem Spötter Dórea diskutierte, mich in Dondocas Bett und ihren betörenden Armen rekelte und dabei die übernommene Verpflichtung vergaß: die verworrene Lebensgeschichte des Kommandanten aufzuklären und die nackte, vollständige Wahrheit über seine Abenteuer aufleuchten zu lassen.

Wie man sieht, entgeht niemand den Neidern: wie sollte also der Kommandant Vasco Moscoso de Aragão ihnen entwischen, der, kaum einen Monat in Periperi, schon die bedeutendste Persönlichkeit des Badeorts, der meistbesprochene Name, der Stolz des Städtchens geworden war und über die verschiedensten Themen eine profilierte Meinung zum besten gab? Und zwar eine geachtete Meinung, auf die man schwor. »Der Kommandant hat gesagt ...«, »Fragen Sie den Kommandanten ...«, »Der Kommandant hat sich mir gegenüber dafür verbürgt ...« – so hieß es immer wieder in den Streitgesprächen; und wenn er, die Meerschaumpfeife aus dem Mund nehmend, sein Urteil abgab, war es das letzte unwiderrufliche Wort.

Die Flitterwochen des Kommandanten mit Periperi, unter wolkenlosem unendlichem Himmelsblau, dauerten etwa vier Wochen. Vielleicht hätten sie noch viel länger gewährt, wäre nicht der alte Chico Pacheco, früherer Steuerprüfer, der zehn Jahre in Bahia ansässig gewesen und daher fast ein Landesvater war, aus der Hauptstadt zurückgekehrt, wo er ein paar Monate bei seinem Sohn und Rechtsanwalt zugebracht hatte.

Ich habe bereits über seinen Charakter gesprochen: er ist ein ärgerlicher, zänkischer Mensch, ein Lästermaul. Zweiflerisch, böswillig und voller Widerhaken. Da er sich in die Politik gemischt und zur Opposition geschlagen hatte, war er von der Staatsverwaltung politisch verfolgt und vorzeitig in den Ruhestand versetzt worden. Er bezeichnete sich als Opfer mächtiger Feinde und führte seit Jahren einen Prozeß gegen den Staat. Obgleich er ihn teilweise erfolgreich durchgefochten und eine wesentliche Erhöhung seines Ruhegehaltes erkämpft hatte, stritt er hartnäckig weiter, in der Absicht, der Regierung auf dem Gerichtswege noch ein schönes Stückchen Geld abzuknöpfen.

Dieser Prozeß gehörte zu den meistgenutzten Gesprächsstoffen von ganz Periperi, auf seinen erregenden Begleitumständen beruhte ein großer Teil von Chico Pachecos Ansehen. Seine Rückkehr von wiederholten Reisen nach Bahia, wo er im Hause seines Sohnes abstieg, um den Gang seines Prozesses zu verfolgen, war jedesmal ein Fest für die Rentner und Privatiers. Chico Pacheco liebte es, die Einzelheiten der Streitfrage zu erzählen, die jetzt am Obersten Landesgericht verhandelt wurde, und verstand sich auch darauf, er wetterte gegen die Desembargadores, verdonnerte die Richter, verdammte Bürokraten und Politiker in Grund und Boden, er kannte die unbedeutendsten Einzelheiten aus dem Leben von Magistraten, Staatsanwälten, Strafverteidigern, von all denen, die aus dem einen oder anderen Grund etwas mit dem Fall zu tun hatten. Er war ein wandelndes Gedächtnis von Anekdoten, Sticheleien und kurzweiligen Einfällen.

Sein nicht endenwollender Prozeß war somit Gemeinbesitz der gesamten Bevölkerung von Periperi geworden. Solidarisch mit Chico Pacheco, empörten sich die Rentner und privatisierenden Kaufleute, wenn irgendein Antrag der Gegenseite den Fortgang des Prozesses hemmte, wenn eine neue Prüfung der Akten die Entscheidung hinausschob. Die Frau des Senhor Augusto Ramos, jene Liebhaberin von Geschichten, hatte sogar ein Gelübde getan: sie würde in der Kirche des Herrn Jesus von Bomfim eine Messe lesen lassen, sofern Chico Pacheco seinen Prozeß gewönne. Ein Jammer, daß Herr Dr. Siqueira zu jener Zeit nicht dort wohnte. Welche Hilfe hätte er nicht nur Chico, sondern auch der ganzen Bevölkerung mit seinen Kenntnissen und seiner Erfahrung angedeihen lassen können ... Ein Mordsfest, das an den langen Nachmittagen geplant worden war, würde den Sieg feiern, und Chico Pacheco hatte versprochen, der Schampus würde in Strömen fließen, sobald das geforderte Geld anrolle.

Diesmal kehrte er jedoch verbittert zurück. Es hatte so ausgesehen, als wäre die Entscheidung jeden Tag zu erwarten, der Prozeß lag schon obenauf, als der Staat plötzlich neue Anträge stellte und die Verhandlung »auf die griechischen Kalenden« vertagt wurde, wie er beim Aussteigen aus dem Zug dem Bahnhofsvorstand erklärte.

Er kehrte voll von Geschichten, Anekdoten, von Enthüllungen gegen Richter und Verteidiger zurück, er quoll förmlich über von Neuigkeiten. Jetzt bedurfte er natürlich der Solidarität und der aufmunternden Aufmerksamkeit seiner Nachbarn und Freunde. Und schon sah er sich einer zweiten unannehmbaren Situation gegenübergestellt: der nagelneue Ruhm des Kapitäns auf großer Fahrt hallte in Periperi vernehmlich von einem Ende zum andern wider, sein Name war in aller Mund, seine Taten wurden alle Augenblicke eifrig besprochen. Was waren die Intrigen eines endlos verschleppten Prozesses neben Geschichten von Schiffbrüchen, von Seegewittern, von Leidenschaften? Wie waren sie »sub judice« mit Hong-Kong oder Honolulu zu vergleichen? Ganz zu schweigen vom Teleskop, vom Steuerruder, vom Chronometer.

»Wissen Sie, was ein Chronometer ist, Seu Chico Pacheco?«

»Will ich gar nicht wissen ... Ihr sollt lieber die Schweinerei erfahren, die Herr Amtsrichter Pitanga sich geleistet hat, der, dessen Frau sieben Kinder geboren hat, allerdings von sieben verschiedenen Vätern. Herr Dr. Pitanga, der König der Gehörnten ...«

»Sie müssen seine Pfeifensammlung sehen. Dann werden Sie Ihren ganzen Fall vergessen ...«

Und so weiter, und so fort. Chico Pacheco zog alle Register seines Prozesses, man antwortete ihm mit Seekarten, mit arabischen Tänzerinnen, mit betrunkenen Seeleuten. Er führte einen Rekursantrag ins Feld, man parierte mit einem Abenteuer des Kommandanten.

Er war gerade dabei, gegen abend die verzwickten Novitäten seines Rechtshandels einer wenig begeisterten Zuhörerschaft auseinanderzusetzen, als eine plötzliche Belebung der Anwesenden verriet, daß der Kommandant mit dem Schritt eines Bezwingers der Meere im Anmarsch sei. Chico Pacheco musterte mit kleinen Augen den untersetzten vierschrötigen Kavalier, seinen üppigen Haarschopf, seine Hakennase und spuckte aus:

»Kapitän auf großer Fahrt? Für mich ist dieser alte Knabe nicht mal imstande, ein Kanu zu befehligen ... Sieht ja aus wie ein Kurzwarenhändler ...«

Vom Nachteil, schwach in Geographie zu sein, und vom Fehler, beim Pokern ständig zu bluffen

»Wenn ich doch in Geographie nicht so schwach wäre ...«

Chico Pacheco brummte den Satz immer wieder und beklagte die vielen verbummelten Tage seiner Jugend, denn er hatte mit Vorliebe Schule geschwänzt. Er bedauerte, seine wertvolle Zeit verschwendet, sein Leben mit Nichtigkeiten vergeudet zu haben, statt mit Leib und Seele Geographie zu pauken, eine Wissenschaft, deren Nützlichkeit ihm jetzt bewußt wurde.

Wo mag Marcos Vaz de Toledo jetzt stecken? dachte Chico, in der Hoffnung, daß sein früherer Amtskollege, den er seit mehr als zwanzig Jahren nicht mehr gesehen hatte, jetzt plötzlich, wie durch ein Wunder, auf dem Bahnhof von Periperi aus dem Zug steige.

Marcos Vaz de Toledo, ein aufgeblasener Südbrasilianer, war ein Meister in Geographie. Sein Gehirn schien eine Weltkarte zu sein; er kannte alle Weltstädte und Hauptstädte auswendig, alle Golfe und Inseln, Seen und Lagunen, Berge und Vulkane, wasserreiche Flüsse und bescheidene Wasserläufe, Meeresströmungen, sowie Flußhäfen und Seehäfen; diese hatte er zu Dutzenden parat: europäische und amerikanische, afrikanische, asiatische und ozeanische. Er war ein Wundertier, dieser Marcos Vaz de Toledo, aber ermüdend, ein Maniker seiner Kenntnisse, der seine Umwelt förmlich zwang, seine Gesellschaft zu meiden. Man brauchte ihm nur das geringste Stichwort zu geben, und schon begann er, Besitzer einer langen Zigarettenspitze und eines verblüffenden Gedächtnisses, die schwierigsten Städtenamen von Hamburg bis nach Shanghai, von New York bis Buenos Aires aufzusagen. Selbst Chico Pacheco – ein Freund des Sprechens und Feind des Zuhörens – hatte ihn »Schlickrutscher« getauft und meinte damit jene Sorte Frachter, die an jedem noch so erbärmlichen Hafen anlegten.

Chico Pacheco erkannte zu spät den Irrtum seiner Unterschätzung geographischer Kenntnisse. Er hatte Marcos Vaz de Toledo stets für einen erzlangweiligen, ledernen Quälgeist gehalten und war immer um eine Straßenecke gebogen, sobald er seiner ansichtig wurde. Was gäbe er nicht darum, ihn jetzt in Periperi zu haben, mit seiner geistigen Meereskarte, seinen Nebenflüssen und Meridianen und seinen Hunderten kostbarer Flüsse ... Von der geisttötenden Liste von Ankerplätzen hatte er lediglich die bekanntesten naheliegendsten Namen behalten, die für jeden, der einen Hochstapler überführen wollte, völlig wertlos waren. Er war nämlich sicher, daß es sich um einen Hochstapler handle, der die Gutgläubigkeit der zitterigen alten Leutchen von Periperi mißbrauchte, jener schwachsinnigen Einfaltspinsel, die auf jeden Scharlatan hereinfielen und die haarsträubendsten Märchen schluckten. Er selbst hatte ihnen wiederholt die dicksten Bären aufgebunden, und die armen Seelen hatten nicht den leisesten Argwohn gehegt.

Es gab für einen Lügenbeutel keinen günstigeren Markt auf der Welt als Periperi, um dort seine Ware gegen die klingende Münze der Wertschätzung und Hochachtung einzutauschen. Ein Beweis dafür war er selbst, Chico Pacheco: Periperi schätzte ihn wegen seiner erfundenen Geschichten über Amtsrichter und Staatsanwälte, wegen seiner übertriebenen Schilderung von Rekursen und Rechtsfinten höher als wegen der von ihm erlittenen Ungerechtigkeit. Freilich waren seine Lügen oberflächlich und begrenzt, da sein Aktionsradius nicht über die Stadt Bahia, über bekannte Personen und einen, eine knappe halbe Stunde Bahnfahrt entfernten Schauplatz hinausging.

Wie konnte er sich daher mit einem hemmungslosen Aufschneider messen, einem Großmaul, an Deck eines Schiffes, inmitten von fernen Meeren und Ozeanen, der es nur mit Sturmböen, Schiffbruch und Haien zu tun hatte, der, mit allen Wassern gewaschen und von allen Winden durchweht, bis unter die Haarwurzeln gespickt war mit Geschichten von Weibern, natürlich von lauter mannstollen, geilen Metzen?

Chico Pacheco drückte seine Schweinsäuglein zu: nie war ihm eine ähnliche Schamlosigkeit begegnet. Nicht einmal Romeu das Dores, dessen Beruf es war, (gegen Vorauszahlung) vor Gericht Meineide zu leisten, ein alter verkommener

Trunkenbold, ging in seinem Zynismus so weit. Aber dieser Kommandant da – denkste, Kommandant! – besaß nicht den geringsten Sinn für Humor, er legte einfach los und erzählte, würzte sein Garn mit wohlklingenden verzwickten Namen von Häfen und Landstrichen, mit nautischen Fachausdrücken und verkaufte seine Ente zu Höchstpreisen. Und sie, jene halblebigen Hornochsen von Periperi, jene kindischen Schafsköpfe, besabbelten sich vor Begeisterung. Es fehlte nur, daß sie dem Herrn Kommandanten – glaubste, Kommandanten! – in den Hintern krochen, die Mondkälber!

Sich mit dem zu messen, das war ganz unmöglich! So blieb ihm nur die Chance, den Betrüger zu entlarven, den Schaumschläger an den Pranger zu stellen. Ach, wüßte er doch in Geographie Bescheid, er würde ihm eine Handvoll Meeresströmungen, ein paar Längen und Breiten an den Kopf werfen, er würde ihn mit seinen Seerouten einseifen, würde ihn an seinen Eselsohren von seiner Kommandobrücke herunterzerren und für immer aufs Trockene setzen. Ich muß mir aus der Schule von Salvador ein paar Lehrbücher kommen lassen, dachte Chico Pacheco.

Seit seiner Rückkehr aus Bahia kaute er an einer bitteren Pille. Er war bleicher geworden als gewöhnlich und fühlte sich ständig von einer Leberreizung bedroht. Die Gestalt Vasco Moscoso de Aragãos, seine Pfeifensammlung, seine Navigationsinstrumente, seine Seekarten und gerahmten Schiffe, sein Fernglas und sein Teleskop, seine angeberische Mütze, all das beherrschte Periperi von einem Ende zum anderen, vom Bahnhof bis zum Strand, es war kein Platz mehr da für eine andere Persönlichkeit, eine andere Berühmtheit, für einen zweiten Helden. Seine selbstgedrehte Zigarette aus Rolltabak und Strohpapier rauchend – aber was bedeutete eine noch so übelriechende Strohzigarette im Vergleich zu einer mit aromatischem Tabak gestopften Meerschaumpfeife? –, kaute Chico Pacheco seinen Groll und seine Rachepläne wider.

Und doch lag der Betrug auf der Hand – so überlegte er; nur wer unbedingt blind sein wollte, sah es nicht – oder vielleicht jene armseligen Zuhörer, die schon mit einem Bein im Grabe standen. Der Dummbart Zequinha Curvelo, der war vor lauter Bewunderung für seinen neuen Helden Leichtmatrose zweiter Klasse geworden, er trabte wie eine Ordonnanz hinter dem Beutelschneider her und schleppte ihm seinen Sterngucker für jene groteske Zeremonie auf den Kamm der Felsen, für die Inspektion der Bucht und der einlaufenden Schiffe.

Zu diesem Zweck scharte er Zuschauer um sich, es war, als stünde der Hafen von Bahia plötzlich unter der Obhut und Leitung der Einwohner von Periperi. Beim Abstieg verkündete Vasco:

»Ein holländischer Passagierdampfer. Einwandfreies Manöver . . .«

Oder er verriet verschwiegen:

»Ein panamaischer Frachter . . . Dürfte allerhand Schmuggelware an Bord haben . . .«

Man tauschte verständnisinnige Blicke, man fühlte sich in gewagte Unternehmungen verwickelt, ein jeder hatte plötzlich etwas von einem Schmuggler an sich, insbesondere Zequinha Curvelo. »Eine Affenkomödie«, brummte Chico Pacheco, noch gelber im Gesicht, den bitteren Geschmack des Neides im Mund voll faulender Zähne. Er blickte das leutselig lächelnde Gesicht des Kommandanten an – denkste, Kommandant! –, sein Aussehen eines Posamentierers, und war jetzt mehr denn je von einem überzeugt: Wenn der Kerl jemals einen mickrigen Küstenkahn gefahren hatte, war er sicherlich nie über Häfen wie Ilhéus, Aracaju und Belmonte hinausgekommen.

So ließ er denn unauffällig, beiläufig seine Bedenken laut werden. Sogleich stieß man ihn in Anwesenheit aller mit der Nase auf das unterschriebene, eingetragene, goldgerahmte Patent im Wohnzimmer des Kapitäns. Zugegeben, das Patent war eine kaum zu leugnende Tatsache. Aber was bewies das, abgesehen davon, daß er einen jener Seelenverkäufer der Bahianer Reederei gefahren hatte, auf dem jeder Passagier auf der kurzen Strecke von Caravelas nach Salvador unweigerlich seine Seele auskotzte? Vielleicht nicht einmal das: wer weiß, ob der Kommandant – ausgerechnet, Kommandant! – je im Leben über den São Francisco-Fluß und einen Äppelkahn hinausgekommen war, der von Joazeiro nach Pirapora und von Pirapora nach Joazeiro tuckerte. Auf seine Visage eines Hausierers, eines Ratenverkäufers mochten Tölpel hereinfallen, aber nicht er, Chico Pacheco, der gewohnt war, mit aalglatten Advokaten, mit den geriebensten Rechtsverdrehern des Gerichtshofes, mit Spitzbuben aller Art umzugehen. Jene Geschichten von Asien, von Inseln im Indischen Ozean, von Weibern aus Ceylon, von griechischen Matrosen – Vasco kannte sie sicherlich aus Büchern, er hatte sie gehört oder schlankweg erfunden. Ein Schlickrutscher des Rio São Francisco war das Äußerste, was Chico Pacheco ihm zuzubilligen bereit war.

Obwohl sein erster Angriff an dem Patent abgeprallt war, ließ er, gestählt durch zehn Jahre Prozessieren gegen den Staat, dennoch den Mut nicht sinken. Während er auf die bei seinem Sohn bestellten Lehrbücher wartete – um, wenn es sich als notwendig erweisen sollte, den Rest seines Lebens dem Studium der Geographie zu widmen! –, beschloß er, die Schwächen seines Gegners abzutasten und

Einzelheiten aufzudecken, die dazu dienen konnten, den Argwohn der anderen zu schüren und Verbündete zu gewinnen.

So stellte er bald die Enttäuschung des Emílio Fagundes fest; als dieser noch im Ackerbauministerium arbeitete, hatte er dank seiner Geschicklichkeit im Schachspiel Presseberühmtheit erworben. Er hatte sogar ein Meisterschaftsspiel in Rio ausgetragen und dabei den vierten Platz belegt, welcher Erfolg! Nun war für den Ruheständler der einzige Haken an Periperi, daß ihm ein Partner fehlte, daß es keinen gab, der etwas anderes spielte als Dame, Tricktrack oder Domino. Er hatte seine ganze Hoffnung auf die Ankunft des Kommandanten gesetzt, die jedoch rasch enttäuscht wurde: der Mann konnte kaum einen Turm von einem Bauern, einen Springer von einem König unterscheiden. So mußte er mit Spielern der Hauptstadt brieflich weiterspielen und die Schachprobleme der Spielspalten in Zeitungen und Zeitschriften lösen. Das war eine Enttäuschung.

»Ich hatte gedacht, ein Seemann müsse ein Schachspieler sein«, vertraute er eines Tages Chico Pacheco an.

Zum erstenmal in seinem Leben begeisterte sich der frühere Steuerprüfer des Landesfinanzamts, Abteilung Umsatzsteuer, für die Schwierigkeiten des Schachspiels. Bis dahin hatte er das Spiel für erzlangweilig und Emílio Fagundes für einen Blödian gehalten. Es war in der Tat sonderbar, daß ein Mann, der zur See fuhr, sich nicht für ein Spiel erwärmen konnte, mit dem die Zeit sich so prächtig totschlagen ließ. Für die langen Stunden der ruhigen Seefahrt konnte es keinen besseren Zeitvertreib geben. Er beschloß, das Schachbrett gewissermaßen an Deck zu werfen, und zwar in dem spannendsten Augenblick, als der Kommandant – du kannst mich mal, Kommandant! – in einer eiskalten

Nordseenebelnacht gerade noch eine verhängnisvolle Ramming zwischen seinem Schiff und einem ziellos treibenden riesigen Eisberg verhüten konnte. Der Nebel war so dicht gewesen, daß man ihn wie einen Käse hätte schneiden können. Das schwarze Schiff lief bereits mit halber Fahrt, sein angstvolles Heulen verkündete die Gefahr, die Passagiere waren in Panikstimmung, als die weiße Eismasse, ein schwimmendes Gebirge, an Backbord auftauchte . . .«

»Senhor Vasco, sagen Sie mir bitte . . .«

»Kommandant Vasco Moscoso de Aragão, zu Diensten.«

Er verzichtete also nicht auf seinen Titel, denn, wie er sagte, besaß er außer seinem Kapitänspatent keine andere Ehre, kein anderes Gut. Chico Pacheco unterdrückte mühsam eine Flut von Schimpfworten und gestand dem anderen seinen Titel zu:

»Schön, Herr (Scheiß)-Kommandant! Bitte, sagen Sie mir etwas, was ich mir nicht zusammenreimen kann: wie kommt es, daß Sie, ein Mann der See, der unbändig viel Zeit totzuschlagen hat, kein Schach spielen? Ich habe mir sagen lassen, daß das Spiel auf den Schiffen sehr beliebt ist . . .«

»Dann haben Sie es sich falsch sagen lassen, mein lieber Freund. Das Spiel des Seemanns ist das Karten- oder Würfelspiel, das Glücksspiel. Etwa eine schwungvolle Partie Poker, das ja. Ich habe Nächte um Nächte am Pokertisch verbracht, ohne ein Auge zuzutun, bis zum Sonnenaufgang . . .«

Und seinen Faden weiterspinnend, fuhr er unerschrocken fort:

»Damals, als ich vor Rasmat Schiffbruch erlitt, dem Inselchen, das Periperi gleicht, nahmen wir nur Zwieback, etwas Wasser und ein Kartenspiel ins Boot mit. Und dort, von allen Seiten bedroht, spielten wir einen flotten Poker. Wir waren zu fünft, und während einer an der Pinne saß, spielten die anderen. Wir spielten um die Rationen Schiffszwieback und Wasser, die einem jeden zustanden. Es war ein Mordsspaß. Zwei Tage und zwei Nächte lang . . .«

Chico Pacheco, der ein guter Pokerspieler war, rief:

»Poker? Na großartig . . . Dann können wir gleich ein Spielchen einlegen, ich habe eine Ewigkeit nicht mehr gespielt. Marreco ist geradezu eine Spielratte . . .«

»Spielratte gerade nicht. Aber zu einem Spielchen dann und wann sage ich nicht nein . . .«

». . . Leminhos spielt auch gerne, von Augusto Ramos gar nicht zu reden . . .«

Wer weiß, ob Vascos Geschichte mit der Pokerpartie im Boot nicht ein Schwindel, ein neuer Schwindel war? Wenn er zum Beispiel nicht die Regeln kannte, nicht wußte, wie man reizt, wie man blufft . . .

»Wir können sofort eine Runde machen . . .«

»Sofort nicht, verzeihen Sie. Zuerst möchte ich den Fall zu Ende erzählen, von dem ich sprach . . .«, wich Vasco aus, zu seiner unterbrochenen Erzählung Zuflucht nehmend.

»Lassen Sie doch den Schluß bis nachher«, drängte Chico Pacheco.

»Er war gerade bei der spannendsten Stelle«, warf Rúi Pessoa ein. »Mir lief's schon kalt den Rücken runter . . .«, gestand Zequinha.

Chico Pacheco warf einen geringschätzigen Blick auf die um Vasco versammelte Schar. Schafsköpfe! Habt ihr nicht den Braten gerochen? Sicherlich wußte der Hochstapler nicht einmal, mit wieviel Karten man spielt, kannte fraglos weder den Wert einer Sequenz noch drei gleicher Karten. Er lächelte hoffnungsvoll. Die Stimme des Kommandanten – leck mich, Kommandant! – tönte wohlklingend bei seinem dramatischen Bericht. Denn schon war der Eisberg nahe daran, das

Schiff zu rammen, die Passagiere schrien, die Besatzung verlor den Kopf, als er, dem Rudergänger das Steuerrad entreißend ...

»Während Euer Gnaden zum Schluß kommen, rufe ich inzwischen Augusto Ramos ... Wir können doch bei dir zu Haus spielen, nicht wahr, Marreco?«

»Aber nur, wenn niedrig gespielt wird ... Um einen Tostão oder so ...«, Marreco mußte sich einschränken, da er seine verwitwete, kinderreiche Schwiegertochter in Bahia unterstützte.

Der Eisberg glitt vorbei, das Schiff kam mit einem Kratzer davon, und Chico Pacheco war bereits auf und davon, um Augusto Ramos und ein Kartenspiel zu holen. Die Hände fest am Ruder, betrachtet Vasco mit siegreicher Miene den Eisberg, der, von der eisigen Strömung getragen, langsam entglitt.

An Spielkarten war kein Mangel, fast alle legten in den Nachmittagsstunden vor dem Abendschwatz auf dem Stadtplatz Patiencen. Es waren dicke, vom täglichen Gebrauch abgegriffene Karten.

»Los, Leute, gehen wir rein ...«, drängte Chico Pacheco.

»Kiebitze halten den Schnabel«, warnte Leminhos, denn schon strömten alle herbei, um bei dem Spiel zuzusehen.

»Ich hatte schon von dieser Eisberg-Geschichte gehört ...«

»Erinnern Sie sich nicht an den Untergang der ›Titanic‹? Die ist doch mit einem solchen Ding zusammengestoßen ... Eine sehr gefährliche Sache ...«

Vasco lächelte, er trat näher, nahm das Spiel in die Hand. Chico Pachecos Augen leuchteten, als der Kommandant – du kannst mich mal, Kommandant! – die schmierigen Karten auf den Tisch warf, den Kopf schüttelte und sagte:

»Mit diesem Spiel? Nein – unmöglich.«

»Hören Sie, Senhor, seien Sie doch kein Frosch! Für eine kleine Gaudi, um einen Zehner, sind die doch gut genug. Los, setzen wir uns ...« Chico Pacheco zog einen Stuhl heran.

Zequinha Curvelo sah noch immer den Eisberg vor sich:

»Ich hätte mich ins Wasser geschmissen, wenn so'n Ding vor meiner Nase aufgetaucht wäre ...«

»Mit diesem Kartenspiel spiele ich nicht, das macht keinen Spaß.«

»Oder wissen Euer Gnaden vielleicht nicht, wie man Poker spielt?« triumphierte Chico Pacheco.

Vasco Moscoso de Aragão blickte ihn mit großen, verwunderten Augen an:

»Warum sollte ich es nicht wissen?«

»Wer weiß ...«

Vasco drehte ihm den Rücken, ging flugs hinaus, und Chico schloß:

»Der Kerl hat nie im Leben Poker spielen sehen. Poker in einem Rettungsboot, wo hat man schon sowas gehört? Das Bürschchen glaubt, wir seien total bescheuert ... Eine Lüge nach der andern, das geht doch haarscharf zu weit ...«

»Eine Lüge nach der andern?!«

»Na, hören Sie mal, Seu Leminhos, merken Euer Gnaden denn nicht, wie der Hase läuft? Man braucht ihm doch bloß ein bißchen auf den Zahn zu fühlen, und schon läßt er die Hosen herunter ... Haben Sie nicht soeben seine Geschichte vom Pokern gehört? Um Zwieback und Wasser wollen sie gespielt haben – ich schaffe die Karten herbei, die Spieler, und schon kneift der Hund. Und nur, weil das Spiel etwas abgegriffen ist, eine faule Ausrede, weiter nichts. Wo ist der Seemann, und soll's der erbärmlichste sein, der nicht versessen ist auf ein Spielchen Poker?«

Zequinha kletterte kälteschlotternd von seinem Eisberg herunter, um seinem Idol zu Hilfe zu eilen:

»Wer sagt Ihnen, daß er nicht Bescheid weiß?«

»Lassen Sie uns bloß mit Ihrer Vergötterung für den alten Knaben zufrieden . . .«

»Vergötterung, von wegen . . . Jedenfalls bin ich nicht neidisch . . .«

»Und wer wäre das? Neidisch worauf?«

»Immer mit der Ruhe, Senhores . . .«, unterbrach Marreco. »Was soll das heißen? Zwei alte Kumpel, die sich wegen nichts und wieder nichts in die Haare kriegen.«

»Ich dulde nicht, daß man das Wort eines anständigen Mannes bezweifelt . . .«

»Ich bezweifle ja nur, daß er sich im Poker auskennt . . .«

»Tatsache ist, daß er stiften gegangen ist . . .«, stellte Rúi Pessoa fest.

Aber schon kam Vasco mit zwei Kartenspielen und einer Schachtel Spielmarken zurück. Es waren nagelneue, blanke, gewachste Karten mit der Fotografie eines Überseedampfers auf der Rückseite, dessen Schornsteinen blauer Rauch entstieg. Ja, das waren Karten. Sie gingen von Hand zu Hand.

Chico Pachecos Niederlage beschränkte sich nicht auf diese kleine Einzelheit. Wenn er auch ein guter Pokerspieler war, aber, nervös und reizbar, jeden Augenblick zu bluffen versuchte, konnte er dennoch Vasco Moscoso de Aragão nicht das Wasser reichen, der, von ansteckend guter Laune, mit Fachkenntnis, Sicherheit und nautischen Fachausdrücken spielte. Er wußte, wenn es galt, einzusteigen, wann zu passen, wann ein Bluff angebracht war; blitzschnell lernte er die Finten jedes Partners zu durchschauen. Chico Pacheco konnte ihm abstreiten, was er wollte, nur nicht die Fähigkeit, Poker zu spielen. Hierin war er Meister.

Zequinha Curvelo kiebitzte die Partie von einem Stuhle aus. Längst war der Eisberg entschwunden und löste sich in der Hitze der Südsee auf, nun bewährten sich am Spieltisch Vascos starker Herzschlag und sein flinkes Auge. Dann und wann warf Zequinha dem ungerechten Steuerprüfer im Ruhestand einen überlegenen Blick zu. Und als Vasco mit nur einem Paar Damen einen hohen Einsatz Chico Pachecos hielt, was mit einem Paar Sieben herausgeschmissenes Geld war, konnte Zequinha sich nicht länger halten:

»Der Neid zehrt, Seu Chico Pacheco.«

Er zehrte auch. Chico Pacheco bekam Leberschmerzen und kaufte nochmals Marken für fünf Milreis.

Dieser denkwürdige Spielnachmittag eröffnete eine neue Phase in Periperi: von nun an kamen jeden Donnerstag abend außer den unvermeidlichen Kiebitzen der alte José Paulo, Augusto Ramos und Leminhos zu einer hitzigen Runde Poker im Hause Vascos zusammen. Dabei begann Zequinha Curvelo in die Geheimnisse des Spiels einzudringen, denn ein Seemann hat die Pflicht, Poker zu kennen und zu schätzen. Chico Pacheco hingegen lehnte es ab, mit von der Partie zu sein. Er setzte keinen Fuß in das Haus des Kommandanten – Arsch mit Ohren, Kommandant! –

Vom Johannistag mit Likör, Canjica und Haien, oder: Der geschlagene Neidhammel

Der Juni war gekommen mit seinem endlosen Regen, der die sandigen Gassen in Schlamm verwandelte, und mit seinen Maiskolben, die sich in den Küchen für Manuê, Canjica und Pamonha stapelten. Juni war der Monat der Schwelgerei, wenn die Rentner und Privatiers ihre Diät aufgaben, Wacholderbeerlikör und würzigen Gerichten nach Herzenslust zusprachen. Sie würden diese Ausschweifungen teuer zu bezahlen haben, manch einer würde die Verschlimmerung seiner Beschwerden, die von der Zuckerkrankheit bis zum Rheumatismus gingen, durch Verzicht auf den Genuß von Zucker oder Salz steuern müssen. In vielen Fällen betete man zum heiligen Antonius, zuerst kam das gesungene Gebet vor dem Behelfsaltar des heiligen Heiratsstifters an die Reihe, dann folgte ein Tänzchen zum Klang der Harmonika. Auf dem Platz wurde der hohe Mastbaum für die Sankt-Johannis-Fahne errichtet, Reisighaufen für das Feuer der heiligen Nacht wurden aufgeschichtet. Am Monatsende würden Witwen und Witwer das Fest Sankt Peters, ihres Schutzpatrons, feiern. Es war ein Monat voller Feiertage, an denen die Kinder Raketen und Knallfrösche losließen, wo das junge Volk bei den Andachten miteinander anbändelte, wo die jungen Mädchen sich über ein Zauberbecken beugten, um im Wasser das Gesicht ihres Zukünftigen zu erspähen. In diesen Monat fiel auch die Wahl des Schirmherrn des Sankt-Peter-Festes, ein von allen männlichen Bewohnern begehrtes Ehrenamt.

In Wahrheit feierte jedes Haus sein eigenes Johannisfest, denn selbst in dem ärmsten Haushalt wurde eine Flasche

Wacholderlikör entkorkt, wurden ein Stückchen Canjica, Maiskuchen oder Puba, Mandiok-Cuscuz, maisstrohumhüllte schmackhafte Pamonha angeboten. Auf dem Festplatz gab es jedoch allerhand Kurzweil für die armen Kinder, die Söhne der Fischer und Eisenbahnarbeiter, die Schüler der Volksschule. Dann kam Pater Justo aus Plataforma, las morgens im Kirchlein die Messe, aß im Hause eines der Honoratioren zu Mittag und wohnte am Nachmittag den Spielen bei. Abends entzündete man die Reisigfeuer, auf denen man Mais und Süßkartoffeln briet; Funken zerstoben knisternd in der Luft, Luftballons stiegen gen Himmel, und die Zahl der Sterne nahm endlos zu.

Die mit der Wahl des Schutzherrn für das Fest zusammenhängenden Schwierigkeiten zwangen Pater Justo, diplomatisch vorzugehen. Im übrigen verbarg sich hinter seiner Soutane ein Diplomatenfrack, denn er verstand es, die widerborstigsten Gemüter zu überzeugen, er besänftigte Empfindlichkeiten, er trank ein Täßchen Mokka mit dem einen, aß mit dem anderen zu Mittag, vesperte mit dem dritten, kostete Likör und Maisspeise in Dutzenden von Häusern und kehrte schließlich nach Plataforma zurück, ausgesöhnt mit seinen Getreuen von Periperi und gestraft mit einer tödlichen Stuhlverstopfung.

Der Anwärter auf den Schirmherrn von Johannis waren es jedes Jahr viele. Alle glaubten sich berufen, das Nachmittagsfest zu leiten, wenn die Buben Sackhüpfen und Eierlauf spielten und den talgglatten, baumhohen Mast zu erklettern versuchten, um den auf dessen Spitze befestigten Fünf-Milreis-Schein zu ergattern. Das Amt war mit einigen Ausgaben verbunden, die jedoch nicht ins Gewicht fielen, wenn man die Ehre bedachte, auf dem Stadtplatz neben Hochwürden sitzen und der Lobrede eines Volksschülers zuhören zu dürfen, die von der Lehrerin aufgesetzt und dem kleinen Redner mittels Drohungen, Einpauken und Tatzen eingetrichtert worden war.

Schon im April begann Pater Justo in seinem Pfarrhaus in Plataforma Andeutungen, Botschaften und Besuche der Anwärter und ihrer Angehörigen zu empfangen. Kerzen wurden seiner Kirche geschenkt, es kam sogar vor, daß der eine oder andere in seinem Gotteshaus eine Messe lesen ließ.

Die ältesten Bewohner waren fast ausnahmslos mit der höchsten Würde Periperis ausgezeichnet worden. Dem alten José Paulo war sie dreimal verliehen worden, im Augenblick bewarb er sich nicht um den Vorzug, um überflüssige Spesen zu vermeiden. Adriano Meira, Augusto Ramos, Rúi Pessoa waren schon früher gewählt worden. Selbst Leminhos, ein verhältnismäßig neuer Einwohner des Badeortes, der im Alter von fünfundvierzig Jahren aus Gesundheitsgründen in den Ruhestand getreten war, hatte die Ehre des Festvorstandes bekleidet. Auch Chico Pacheco. Noch vor vier Jahren hatte er bei den Festlichkeiten von Sankt Johannis mit Glanz und Gloria amtiert. Warum beschloß er dann, im Ankunftsjahr des Kommandanten, sich um den begehrten Posten von neuem zu bewerben?

Wenn jemand auf das Ehrenamt Anspruch erheben konnte, war es Zequinha Curvelo, der seit fünf Jahren in Periperi wohnte und bisher vom Pater übersehen worden war. Dafür war es Zequinha, der vor allen anderen dem Priester Vasco Moscoso de Aragão ins Gedächtnis rief. Seiner Auffassung nach konnte kein anderer der Schirmherr des diesjährigen Johannisfestes sein, es war nicht mehr als gerecht, den illustren Seefahrer auszuersehen, der durch seine Gegenwart den Ruhm Periperis mehrte. Pater Justo stimmte zu, er fühlte sich von den neuen Einwohnern angezogen, es machte ihm Freude, ihre Freundschaft und ihr Zutrauen zu gewinnen. Es schien eine friedliche Wahl zu werden: die Honoratioren wie der alte Marreco, Adriano Meira und Emílio Fagundes waren durchweg einverstanden, von den ärmeren Einwohnern gar nicht zu reden: diese beteten den Kommandanten an, der stets bereit war, dem einen oder anderen zu helfen, einen Zehner springen zu lassen, ein Schnäpschen zu stiften. Das war – so erklärte er – eine Gewohnheit, die er im Umgang mit den Seeleuten, ihren Problemen und Saufereien erworben hatte: es machte ihm Freude, anderen zu helfen, sie zu beraten, ihre Vertraulichkeiten anzuhören. Diesmal hoffte Pater Justo mit Sicherheit, niemandem zu nahe zu treten und mit seiner Wahl keinen Neid zu erregen – so allgemeiner Beliebtheit schien sich der Kommandant in seinen Augen zu erfreuen.

Er irrte. Als die Nachricht in Periperi bekannt wurde, packte Chico Pacheco die Wut. Er hatte den Pater bereits vor einem Monat seine Anwartschaft wissen lassen, er hatte ihm einen Kapaun und eine Flasche Jurubeba-Wein, Marke »Löwe des Nordens«, einen echten Nektar, als Geschenk zugeschickt. Und plötzlich fiel man ihm in den Rücken und hinterging ihn auf die niederträchtigste Weise. Als ob der dauernde Verzug seines Prozesses und die in Periperi erlebten Enttäuschungen nicht genügten, untergrub die Kirche auch noch seine Anwartschaft und begünstigte stattdessen einen Betrüger, einen Windbeutel. Schon wurde aus Chico ein wütender Kirchenfeind, der für die Freimaurerei schwärmte, an der Priesterschaft, zumal an Pater Justo, kein gutes Haar ließ und ihm mehrere Geliebte und uneheliche Kinder andichtete.

Wäre ein anderer der Erwählte gewesen, er hätte die

Demütigung stillschweigend hingenommen. Selbst Zequinha Curvelo wäre noch zu ertragen gewesen, wenn auch Chico sich beworben hatte, um gerade zu vermeiden, daß der »Ordonnanz« Vascos die längst fällige Ehrung zuteil werde. Er hatte es just darauf abgesehen, den Sieg des Lobhudlers zu vereiteln, und was war dabei herausgekommen? Eine jämmerliche Schlappe, die schlimmste, die er je erlitten hatte. Ja, er war seit jenem Pokernachmittag so aufgebracht, daß er seinen in Bahia laufenden Prozeß ganz vergessen zu haben schien, als gälte es, keinen anderen Feind auf der Welt zu bekämpfen als den Kommandanten Vasco Moscoso de Aragão.

In letzter Zeit, seit dem Nachmittag mit dem Eisberg und den neuen Spielkarten, hatte er die Technik der Andeutungen zugunsten der frontalen Anschuldigungen aufgegeben. Er ging schrittweise vor, zergliederte die Erzählungen Vascos, hob angebliche Widersprüche hervor und machte auf manche seines Erachtens widersprüchliche Einzelheiten aufmerksam.

Man kann nicht behaupten, daß sein Versuch, den Widersacher unmöglich zu machen oder gar zu vernichten, geglückt wäre. Aber fraglos säte seine Beharrlichkeit gewisse Zweifel in den Gemütern und einen unbestimmten Argwohn: ist der Kommandant wirklich so heroisch, ist seine Laufbahn wirklich so abenteuerlich, so geladen mit Gefahren und Liebeserlebnissen? Kann soviel Aufregendes einem einzigen Menschen widerfahren, kann ein Leben so reich sein, wenn das Dasein aller anderen so mittelmäßig und arm ist?

Adriano Meira, ein alter Spaßmacher und Spötter, hatte sich bei einer bestimmten Gelegenheit, als der Kommandant eine seiner überwältigenden Großtaten, jene Geschichte der im Roten Meer von Haien verschlungenen neunzehn

Seeleute erzählte, einen taktlosen Witz geleistet. Vasco war nämlich dank der göttlichen Gnade und seiner Geschicklichkeit im Umgang mit dem Messer, mit dem er den Bauch von nicht weniger als drei heißhungrigen Haien aufschlitzte, gerettet worden.

»Machen Sie's billiger, mein lieber Kommandant. Es sind zu viele Haie ...«

Worauf Vasco ihn mit seinen hellen Kinderaugen anblickte.

»Wie sagten Sie soeben, mein Freund?«

Adriano verhedderte sich, so ruhig war die Stimme, so klar der Blick des Kommandanten. Da er jedoch gerade von einer Unterhaltung mit Chico Pacheco zurückgekommen war, gab er sich einen Ruck und wiederholte den Scherz:

»Zu viele Haie, Herr Kommandant ...«

»Was weiß denn mein Freund von Haien? Ist er schon durchs Rote Meer gefahren? Ihre Bemerkung ist völlig unangebracht, das kann ich Ihnen versichern. Es gibt auf der Welt kein Gewässer, das derartig von Haien verseucht ist ...«

Nein, er konnte kein Windbeutel sein, er hatte nicht einmal die Spitze und Skepsis der Witzelei und noch weniger den Tonfall des Spaßvogels bemerkt. Wäre er ein Lügner, wie Chico Pacheco behauptete, er hätte sauer reagiert und gereizt geantwortet. Adriano Meira bereute es:

»Sie haben recht, Herr Kommandant. Man sollte nicht über Dinge reden, von denen man nichts versteht ...«

»Das sage ich ja immer. Weder reden noch kommandieren ...«

Er kannte nämlich »El Gamil«, den ägyptischen Frachter nicht, als er das Kommando des Zement-Transporters für die langsame Reise von Suez nach Aden übernahm. Es war ein Wahnsinn, den er erst bemerkte, als es schon zu spät war: das Schiff war in erbärmlicher Verfassung, nicht einmal der Maschinentelegraph funktionierte. Glücklicherweise war der getreue Giovanni bei ihm, jener Seemann, um dessentwillen er sich später mit seinem europäischen Reeder verkrachte. Und als die »El Gamil« mit einem Leck im Bauch absoff, gelang es nur ihm und Giovanni, sich zu retten; nach dem bereits berichteten Gemetzel von Menschen und Haien wurden sie von einem norwegischen Schiff aufgefischt. Er hatte das schicksalhafte Messer aufbewahrt; wenn sie nächstens bei ihm ein Gläschen kippen kämen, wollte er es ihnen gerne zeigen.

Über jene vorübergehenden Zweifel, jene flüchtigen, augenblicklichen Anwandlungen von Argwohn ging das Ergebnis von Chico Pachecos entfesselter Kampagne nicht hinaus. Adriano Meira beschwerte sich sogar anläßlich ihres nächsten Wiedersehens bei ihm:

»Hör mir bloß mit deinen Flausen auf ... Der Mann soll ein Lügner sein? So was kann nur einem Querkopf wie dir einfallen. Ich hab dir geglaubt und bin dabei schön hereingefallen. Der Kommandant hat mir sogar das Messer gezeigt, mit dem er die Haie erledigt hat ...«

»Ihr seid eine Horde von Hohlköpfen.«

So kam es zu Verstimmungen, zu Verfeindungen mit dem einen und anderen; Chico Pacheco wurde immer bitterer und sarkastischer. Er schimpfte und schmähte, und seine Verachtung und sein Zorn nahmen bald die gesamte Bevölkerung von Periperi aufs Korn, die Rentner und ihre Frauen, die samt und sonders fanatische Zuhörerinnen der Abenteuer des Kommandanten waren.

Doch die Wahl Vascos zum Leiter und Paten der Johannisfeier auf Kosten seiner Anwartschaft – das war zuviel. Er versuchte zwar noch Druck auf den Pater auszuüben, indem er ihn an seine früheren Geschenke erinnerte und ihm zusätzlich Schenkungen in Aussicht stellte, sobald er seinen Streitfall gegen den Staat gewonnen habe. Dann aber zog er gegen Hochwürden vom Leder und machte aus ihm einen Liederjan und Opportunisten, was offensichtlich übertrieben war, da Pater Justo nur den Frieden seiner Schäfchen im Sinn hatte, und selbst die hämischsten Klatschmäuler wußten nichts von Schürzen in seinem Leben, mit Ausnahme der Kleinen, die ihm das Pfarrhaus führte und in ihrer sanften, frommen Schönheit fast einer Heiligen glich.

Angesichts des meistbewunderten Einwohners von Periperi, der fast ebensoviel Achtung genoß wie der alte Marreco und stets begeistert begrüßt wurde, sah Chico Pacheco sich außerstande, eine derartige Demütigung, eine derartige Treulosigkeit zu verschmerzen. Er würde es nicht mitansehen können, daß der Scharlatan mit seiner dämlichen Fresse eines Posamentierers neben dem undankbaren Pater – der ihm zumindest Kapaun und Wein hätte zurückschikken müssen, wenn er das geringste Ehrgefühl im Leibe hatte – bei den Festdarbietungen von Sankt Johannis den Vorsitz führte. So beschloß er abzureisen. Da er aber ebenso wenig wünschte, dem Feind einen Gefallen zu tun, gab er vor, sein Prozeß stehe zur Verhandlung auf der Tagesordnung. Aber nicht einmal mit dieser sensationellen Nachricht vermochte er die ihn umgebende Gleichgültigkeit aufzurütteln, und all das nur wegen eines lächerlichen Schaumschlägers in einem albernen Seemannsrock. So stieg er bei einem sintflutartigen Regenguß auf dem menschenleeren Bahnsteig in den Zug. Versteckt in seiner ohnmächtigen Wut, wirkte er wie ein Flüchtling.

Wo Dondoca dem Erzähler seelische Hörner aufsetzt

Ich gestehe, daß die böswillige Hetze, Tochter des Neides und des gekränkten Stolzes, die Chico Pacheco gegen den Kommandanten entfesselt hatte, meine bisher bedingungslose Bewunderung für die unvergleichliche Heldengestalt auch etwas erschütterte. Einige seiner Abenteuer erschienen mir im kritischen Licht des früheren Steuerprüfers reichlich übertrieben. Ich sage das nicht, um ein voreiliges Urteil zu fördern, vielmehr nehme ich hier nur den Standpunkt eines unparteiischen Geschichtsschreibers ein, und wenn ich mich über das Thema äußere, so deshalb, weil die Tatsache, daß die Rentner und Privatiers den Bemerkungen und Beobachtungen Chico Pachecos so geringen Wert beigemessen und dem Kommandanten kritiklos die Stange gehalten haben, mich doch etwas verstimmt hat.

In einer Forschungsarbeit wie dieser – der ich mich gewidmet habe, um die Zeit totzuschlagen, aber auch, um festzustellen, ob ich mich mit ihr an einem literarisch-historischen Wettbewerb des Staatsarchivs beteiligen kann – in einer Forschungsarbeit also, die versucht, die Wahrheit wiederherzustellen, müssen bestimmte Einzelheiten, wenn nicht der öffentlichen Debatte, so zumindest der Prüfung gehobener Persönlichkeiten unterbreitet werden, die imstande sind, eine maßgebliche Meinung abzugeben.

Aus diesem Grund habe ich über die Angelegenheit den hochverdienten Herrn Dr. Siqueira befragt, dessen Bedeutung im heutigen Periperi das darstellt, was in der Vergangenheit die Gegenwart des Kommandanten Vasco Moscoso de Aragão war. Der Richter verfügt über umfassende Kenntnisse, kein Zweig des menschlichen Wissens von der Jurisprudenz bis zur Philosophie, von der Volkswirtschaft bis zu den umstrittensten Sexualproblemen entgeht seinem Wissensdurst. Selbst in der Medizin kennt er sich leidlich, um nicht zu sagen weidlich aus, und er ist es, der mit sicherer Hand und mit Hingabe die häufigen heftigen Grippeanfälle Dondocas kuriert. So habe ich ihn bereits am Werke gesehen – erst kürzlich hat er mir als wiederholten Beweis seines Vertrauens und seiner Wertschätzung am hellichten Nachmittag die Türe zu seiner Festung aufgemacht, die ich sonst nur nachts und heimlich betrete –, wie er mit aufgestülpten Hemdsärmeln die zarten Füßchen Dondocas in einem mit heißem Wasser gefüllten Waschzuber badete und danach behutsam in ein Frotteehandtuch wickelte. Nach Aussagen des Hochverdienten gibt es kein besseres Mittel gegen Erkältung und Grippe. Eine ebenso gute Behandlung für die Kranke wie für den Behelfsarzt, so scheint es mir, denn unter dem Vorwand, die Füßchen des Mädchens zu baden, verirren sich die flinken Hände des Richters bis zu den Knien und Umgebung hinauf, so daß Dondoca sich genießerisch und schelmisch lachend auf dem Bett wälzt und dabei mir verständnisinnig zuzwinkert. Dabei flüstert er ihr süße Worte, zärtlichen Unsinn zu, wie »Mein armes kleines Mäuschen, du bist ein bißchen kränkchen ...«

Ein rührendes Schauspiel, wenn man sieht, wie dieser illustre Geist, die Glorie der bahianer Rechtswissenschaft, vor einer Blechwanne kauernd, die Füße der bescheidenen Mulattin, die keinerlei geistige oder seelische Verdienste aufzuweisen hat, wäscht, trocknet und küßt. Ein erneuter Beweis für sein gutes Herz – was ich bei dieser Gelegenheit hervorheben möchte.

Als ich ihm daher meine Zweifel vor Augen führte, sagte er, die Leichtgläubigkeit der Zuhörer des Kommandanten sei für ihn keine Überraschung, da sie ja die greifbaren Beweise für seine Behauptungen vor sich sähen: das gerahmte Patent, den Orden Christi – sehr wichtig! –, den Kompaß, das Teleskop. Wie also zweifeln, wie der bösen Zunge Chico Pachecos Treu und Glauben schenken, mithin einem Menschen, der nichts war als ein Ahne jener Lästermäuler, die noch heute die Luft unseres friedlichen Vorstädchens verpesten, die andere verleumden und die Ehre des Nachbarn mit Schmutz bewerfen?

Unser gelehrter Magistrat macht nämlich in letzter Zeit einen ziemlich gekränkten Eindruck – über Gerüchte, die ihm von einer kürzlichen Diskussion über seine Laufbahn zu Ohren gekommen sind.

Ich weiß nicht, wer ihm den Widerhall dieser Debatte hinterbracht hat, und möchte auch lieber keinen Namen nennen, da unsere winzige Gemeinde von Ohrenbläsern, Plaudertaschen und Schandmäulern geradezu wimmelt. Jedenfalls muß ich dem Klatsch und der Klatschbase dankbar sein, da ihr Bekenntnis zur Erhöhung meines Ansehens bei dem Hochverdienten beitrug. Ich verdanke diesem Umstand außerdem die Einladung, ihn zu Dondocas Häuschen zu begleiten, ein tröstlicher Beweis für seine Freundschaft, ja Intimität mir gegenüber. Bekanntlich führt ein verheirateter Mann leicht einen Bekannten zu Hause bei seiner Frau ein, seiner Geliebten wird er ihn allerdings schwerlich vorstellen. Nur die engsten, brüderlichsten Freunde verdienen einen derartigen Vertrauensbeweis.

Und zwar verdiente ich ihn dadurch, daß ich Herrn Dr. Siqueira verteidigte, als Otoniel Mendonça, ein Speichellecker des Telêmaco Dórea, ausposaunte, Dr. Siqueira habe sich als Richter der Hauptstadt beworben und sei dreimal abgelehnt worden. Der Regierungschef habe anläßlich der zuletzt freiwerdenden Stelle erklärt, wenn er zwischen einer Ratte und dem Hochverdienten zu wählen habe, würde er anstandslos die Ratte nehmen, da sie weniger stehle und stinke. Hat man Worte!

Empört verteidigte ich glühend die gekränkte Ehre des Meisters: Ich hatte seit langem ein Hühnchen mit diesem Otoniel Mendonça zu rupfen und wartete nur auf eine passende Gelegenheit. Er war noch ein ziemlich junger Schnösel und hatte mir einen üblen Streich gespielt, als wir zu zweit einer von Gott weiß woher als Sommerfrischlerin nach Periperi hereingewehten Kurtisane nachstiegen. Die Erinnerung an die aufgetakelte Manon erfüllte mich mit Empörung und Beredsamkeit, ich entlud meine Galle und eine Handvoll gehässiger Eigenschaftswörter gegen den Kretin und erntete den Beifall der Zuhörer. Selbst Otoniel, über meine Hitzigkeit erschrocken, zog seine Behauptungen zurück, wollte auf einmal ein Bewunderer des Richters sein und nur Geschichten weitergegeben haben, die in Bahia kreisten. Wie man sieht, ist er außer einem Verleumder auch noch ein Feigling.

Um jedoch auf die Angelegenheiten des Kommandanten, den einzigen echten Gegenstand meiner Betrachtungen, zurückzukommen: ich setzte das Problem Telêmaco Dórea, dem Dichter der Avantgarde, auseinander. Unsere jüngst noch gespannten Beziehungen hatten sich verbessert. Er hatte mich nämlich aufgesucht, um mich voller Betulichkeit und Liebenswürdigkeit zu einem Sonett – haargenaue Alexandriner, Gott sei Dank! – zu beglückwünschen, das ein Freund von mir, ein kluger, strebsamer junger Mann, in seinem Zeitungsblättchen veröffentlicht hatte.

Es gibt Leute, die in ihm einen Erpresser sehen und ihm nachsagen, er entsteiße der arbeitsamen spanischen Kolonie

Geld und ziehe wütend gegen Geschäftsleute vom Leder, die sich weigern, in seiner Zeitschrift zu annoncieren. Ich halte die Sache für reine Ränkesucht, Telêmaco goutierte mein Sonett wirklich und sparte kein Lob. Er verglich mich mit Pethion de Vilar und Artur de Sales, seine spontane Anerkennung meiner poetischen Ader rührte mich. Ich war ergriffen und umarmte ihn. Er ist kein schlechter Kerl. Nur etwas unbeherrscht und gelegentlich übelrednerisch, aber sollte diese Bitterkeit nicht das Ergebnis seiner finanziellen Schwierigkeiten sein? Er erhält nur eine erbärmlich niedrige Pension, von der er nicht leben und nicht sterben kann. Begabung ist ihm keinesfalls abzusprechen, und wenn er seine Manie des Futurismus aufgäbe, könnte er sicherlich gute Verse schreiben.

Ich setzte ihm meine Sorge über die Haltung auseinander, die die Bevölkerung Periperis in der ersten Phase des Kampfes zwischen dem Kommandanten und Chico Pacheco eingenommen hatte. Telêmaco war mit dem Hochverdienten nicht einverstanden: »Was versteht denn dieser Quadratesel vom menschlichen Verhalten?« Nach seinem eigenen Urteil waren die sichtbaren Beweise – Patente, Seekarten, Chronometer – nicht der Grund für die dem Kommandanten geleistete Unterstützung. So einfach, so leicht lägen die Dinge nicht, auch mäßen die Menschen greifbaren Beweisen keinen so großen Wert bei. Was sie indessen veranlaßte, dem Kommandanten die Stange zu halten und Chico Pachecos gefährlicher Zunge die Spitze zu bieten, war das Bedürfnis, daß sie alle, die anspruchslosen, schüchternen Rentner und Privatiers, nach einem eigenen Anteil an Abenteuer, einem eigenen Quentchen Heldentum empfanden. Ein Mensch mag noch so umsichtig, sein Leben noch so maßvoll sein, aber in ihm lebt eine Flamme, bisweilen nur ein Fünkchen, das sich zu gegebener Stunde in einen Feuerbrand zu verwandeln vermag. Und diese Flamme fordert, daß ihr Besitzer der Mittelmäßigkeit und damit dem kleinlichen Einerlei der dumpfen Tage entfliehe, selbst wenn dies nur mit Hilfe einer gehörten Geschichte oder eines gelesenen Buches geschieht. In den Abenteuern des Kommandanten, in seinem wagnisreichen, tollkühnen Leben, fanden sie die Gefahren, die sie nicht bestanden, die Kämpfe und Schlachten, die sie nicht geschlagen, die betörenden Liebschaften, die sie – ach! – nicht erlebt hatten.

Was konnte Chico Pacheco ihnen dagegen bieten? Etwa die Finten eines Rechtsstreites gegen den Staat? Hätte es sich um einen Strafprozeß gehandelt mit Toten, mit einer ehebrecherischen Frau und einem verruchten Liebhaber, mit Messerstichen oder Schüssen, mit einem aufregenden Geschworenengericht, mit Staatsanwalt und Strafverteidiger, mit Eifersucht, Haß und Liebe, dann hätte er vielleicht eine Chance gehabt ... Diese verschleppte Pensionsstreitigkeit war jedoch so gut wie nichts im Vergleich zu dem vielen, was sie brauchten, zu ihrem schrecklichen Mangel an echtem tiefen Leben. Der Kommandant beschenkte sie eben weitherzig mit menschlicher Größe, darin lag das Geheimnis seines Erfolgs.

Ich gestehe, all das reichlich verwickelt und verworren, außerdem etwas anmaßend zu finden. Aber Telêmaco Dórea ist nun einmal so geartet, wenn er auch im Grunde kein schlechter Kerl ist. Er bediente mich mit einer zusätzlichen Lobhudelei, borgte sich bei mir zweihundert Cruzeiros für seinen Lebensunterhalt während der nächsten zwei Tage aus – und fort war er.

Ich hatte die Angelegenheit gerade Dondoca erklärt, in ihrem warmen Bett, in dem ich abends den Hochverdienten ersetze, zwar ohne seine hohen geistigen Verdienste, dafür aber durch gewisse körperliche Vorteile. Der kleine Schelm lachte sein geziertes Lachen:

»Der Kommandant mag alt sein, hat aber noch immer seine Reize. Ich mag seine Stimme, seine hübschen Augen und seinen Haarschopf. Es muß schön sein, neben ihm zu liegen und ihm zuzuhören. Einen Mann wie den mag jede Frau ...«

»Nur zum Zuhören, oder auch ...!?«

Sie biß sich auf die Lippen und lachte schwach:

»Wer weiß, vielleicht auch ...«

War ihr der Richter nicht genug, der Schamlosen? Aber schon zupfte sie mich an den Haaren und raunte ganz nahe an meinem Ohr:

»Erzähl mir noch eine Geschichte von ihm, aber eine mit einer feschen Biene dabei, mitten auf dem Meer, erzähl, Schatz, los, erzähl ...«

Ich schwöre, daß sie an den Kommandanten dachte. Der Teufelsbraten!

Wie der Sturm nach den Feierlichkeiten des zweiten Juli losbrach, oder die Rückkehr des Banditen mit Anklagen gegen den jungen Mann

Und plötzlich, an einem jener vollkommenen Wintertage mit leuchtendem reingefegtem Himmel und ruhigem Meer, als die Natur mit den Menschen im Frieden lebte, brach der Sturm los.

Bald nach dem zweiten Juli, der in jenem Jahr in Periperi mit außergewöhnlichem Glanz gefeiert wurde. Bisher hatte sich die Begehung des Bahianer Nationalfeiertags auf einen Festakt der Volksschule mit einer Rede des Herrn Lehrers, das Absingen vaterländischer Lieder durch schrille, falsche Kinderstimmen beschränkt. Abgesehen davon war es stets ein toter Tag gewesen, da jeder Einwohner sich an andere Zweite-Juli-Feiern aus der Stadt erinnerte, mit dem Zug der Caboclos, der Wäldler, den Feierlichkeiten auf der Praça da Sé, auf dem Campo Grande und dem Feuerwerk.

In jenem Jahr jedoch stellte sich der Kommandant als unbestrittene Autorität auf dem Gebiet der vaterländischen Bürgerpflichten an die Spitze des Festausschusses. Er hatte bereits das Johannifest durch folgende Maßnahmen gänzlich umgestülpt: er ließ statt der früheren Fünf-Milreis-Note einen nagelneuen Zwanzig-Milreis-Schein auf den hohen Klettermast heften; er erhöhte die Zahl der kindlichen Wettbewerbe und der Preise für die Gewinner; er veranstaltete ein Fest für die Armen im Haus der Esmeraldina, einer halb durchgedrehten Weißnäherin, die nichts lieber tat als singen und tanzen, heiraten und auseinandergehen, einer Art *femme fatale* der Arbeiter und Fischer, die ein beträchtliches Aktivum an Zank, Messerstechereien und tödlichen Drohungen auf dem Kerbholz hatte. Bei ihr floß der Schnaps in Strömen, Harmonika und Gitarre seufzten die liebe lange Nacht, und der Lärm wurde betäubend, als gegen elf Uhr der Kommandant in seiner Galauniform auftauchte, hinter ihm Zequinha Curvelo – der jetzt auch Pfeife rauchte, um sich über den Verlauf des Festes zu orientieren.

Er war am zweiten Juli gewissermaßen in seiner Galauniform erwacht, auch seine Seele trug das Galagewand patriotischer Glut. Wie er entdeckt hatte, daß Caco Podre in seinen guten Zeiten Offiziersstellvertreter des Heeres gewesen war, weiß niemand. Vielleicht verdankte er es seiner Gewohnheit, mit allen Leuten zu reden, geduldig Vertraulichkeiten und Erinnerungen anzuhören und über Probleme zu diskutieren. Das Ergebnis war jedenfalls, daß die Bevölkerung von Periperi an jenem zweiten Juli bei Sonnenaufgang von beängstigenden Trompetenstößen erwachte. Es war Caco Podre, der auf dem Stadtplatz mit der Begeisterung eines Menschen, der die verlorenen Jugendjahre zurückruft, das Wecken blies, während der Kommandant Zequinhas Hilfe in Anspruch nahm, um die brasilianische und bahianische Flagge an dem zum Fahnenmast beförderten Kletterbaum zu hissen. Mochten die Akkorde nicht mehr ganz rein sein, mochte sich Caco Podres musikalisches Gedächtnis getrübt haben – wer achtete auf so geringfügige Nebensächlichkeiten? Die Rentner und privatisierenden Kaufleute fuhren aus ihren Betten auf: was zum Teufel sollte das bedeuten, was ging nur vor? Sie spitzten die Ohren, die Trompetenstöße zerrissen die morgendliche Stille, sie weckten die Sonne des zweiten Juli, die – wie das berühmte Lied behauptet – »an diesem Tag brasilianisch ist und heller scheint als am ersten Schöpfungstag«.

Das klingt ja wie bei einer Mobilmachung, dachten die Einwohner erschrocken. Ob das Revolution bedeutete? Die Zeitungen strotzten ja von Gerüchten. Sicher war die Revolution ausgebrochen, denn gleich darauf erschütterte heilloser Kanonendonner die Grundfesten von Periperi. Es waren Raketen, die in der Luft platzten, die Geschützsalven waren Böllerschüsse, abgefeuert unter dem Kommando Cacos, der seinem Kanonier, dem anderen Gepäckträger vom Bahnhof, befahl:

»Einundzwanzig! Das genügt!«

Ängstliche Mienen tauchten an den Fenstern auf, Gesichter, in denen noch der Schlaf war. Kinder liefen auf den Platz, auf dem sich die Fischer und Eisenbahnarbeiter versammelt hatten und für die der Kommandant zum erstenmal an diesem denkwürdigen Tag eine Rede hielt. Nach und nach kamen in Pyjamas der alte José Paulo, Adriano, Emílio Fagundes, Rúi Pessoa und die übrigen angetrottet. Zequinha Curvelo, der in strammer Haltung neben dem Fahnenmast stand, trug eine gelbgrüne Litze im Knopfloch.

Um zehn Uhr fand der übliche Festakt in der Volksschule statt, erweitert durch das Aufsagen von Castro Alves' »Ode auf den zweiten Juli« und die neu hinzugekommene Rede des Kommandanten, eine mit prunkvollen Bildern ausgeschmückte, tiefsinnige Ansprache. Gemeinsam mit Labatut, Maria Quitéria, dem Periquitão, kehrte Vasco Moscoso de Aragão von den Schlachtfeldern von Cabrito und Pirajá, von den Schlachten bei Itaparica und Cachoeira heim in die Stadt Salvador, auf dem Weg über Lapinha und Soledade; ergriffen beugte er das Knie vor dem Leichnam Joana Angélicas, die vor dem Lapa-Kloster der reuigen Sünderinnen gefallen war; ein für allemal vertrieb er die portugiesischen Kolonisatoren aus dem Land. Der Kommandant übertraf sich selbst, er platzte bald vor Empörung gegen die lusitanischen Unterdrücker, glühend feierte er das Andenken der tapferen bahianischen Vaterlandsbefreier, denn am zweiten Juli war die Unabhängigkeit des Landes Wahrheit geworden, an diesem Tag hatte das Blut der Bahianer dem Schrei von Piranga Wirklichkeit verliehen.

Nach dem Singen befehligte er den Festmarsch der beiden Sieger, der Lehrer und Schüler, Zequinha Curvelos und der Einwohner durch die Hauptstraße bis zum Stadtplatz, wobei er mit kriegerischer Stimme »Im Gleichschritt marsch!«, »Rechts schwenkt – marsch!«, »Achtung, die Augen – links!« kommandierte. Die Uniformknöpfe blitzten in der Sonne, der Silberstaub eines Rieselregens begleitete die marschierende Kolonne.

Auf dem kleinen Platz nahmen Schulkinder, Lehrer und Lehrerinnen, Zequinha, die Gepäckträger Aufstellung – Caco Podre stand nicht mehr allzu sicher auf seinen Beinen, er hatte schon in aller Herrgottsfrühe zu trinken begonnen –, dann leisteten alle den Fahneneid. Am Spätnachmittag hielt der Kommandant anläßlich des Niederholens der Fahnen vor versammelter Bevölkerung nochmals eine kurze Ansprache. Diese Schlußzeremonie wurde allerdings durch einen bedauerlichen Vorfall gestört: Caco Podre war bereits sternhagelbetrunken und nicht mehr zurechnungsfähig, so daß er keinen Ton aus seiner Trompete herausbrachte, und ein Schüler mit seinem Horn konnte ihn nicht gleichwertig ersetzen. Trotzdem verlor das Fest nicht an Glanz: Bombengeknalle, Raketengesprüh, Böllerschüsse wogen den Ausfall des Trompetengeschmetters weitgehend auf. Misael war ziemlich nüchtern geblieben.

»Jawohl, Senhor«, meinte nachher der alte Marreco, »erst muß der Kommandant sich in Periperi niederlassen, damit unsere Zweite-Juli-Feier sich sehen lassen kann ... Der ist ein toller Kerl!«

Nun war der Ruf des Kommandanten vollends gefestigt; gleichsam wie ein Standbild auf hohem Sockel stieg er in der Wertschätzung und Bewunderung seiner Nachbarn von Periperi, endgültig und charismatisch. Nie war dort ein Mensch so angesehen, so einstimmig gefeiert und geachtet worden. Die Nachricht von jener Zweiten-Juli-Feier trug seinen Ruhm in die hintersten Winkel der Vorstadtknotenpunkte der *Leste Brasileira.* In weitem Umkreis wurde fortan kein Finger ohne den weisen Rat des Kommandanten gerührt.

Und plötzlich, kurz nach dem glanzvollen zweiten Juli, an einem für stille Fröhlichkeit wie geschaffenen leuchtenden Tag, brach das Gewitter los. Wild schreiend, von Seligkeit taumelnd, hastig, stolperte Chico Pacheco auf dem Bahnhof aus dem Zug.

»Er hat seinen Prozeß gewonnen«, dachte Rúi Pessoa, als er ihn aussteigen sah.

Kaum hatte Pacheco den Fuß auf den Bahnsteig gesetzt, verkündete er Rúi, dem Bahnhofsvorsteher, den Beamten, den Arbeitern, die die Schienen schmierten, Caco Podre und Misael:

»Hab ich's nicht gesagt? Hab ich euch nicht gewarnt? Ich habe euch alle darauf aufmerksam gemacht! Mir hat er nichts weisgemacht. Ein Schaumschläger ist er; nichts weiter. Er hat in seinem Leben nie auf einer Decksplanke gestanden!«

Dann rannte er von Haus zu Haus, suchte alle auf, einen nach dem andern, sogar Zequinha Curvelo stattete er einen Besuch ab; in seiner Überlegenheit, in seinem Triumph konnte er es sich leisten, großzügig zu sein. Von Zeit zu Zeit holte er ein schwarzes Merkbuch voll von Aufzeichnungen hervor, das er in seiner Rocktasche mitführte. Unter schallendem Gelächter und wüsten Beschimpfungen gegen den Kommandanten wie »Der beschissenste Windbeutel, den die Welt je gesehen hat!« erzählte er wieder und wieder seine Geschichte.

Es gab solche, die dem Bericht aufs Wort glaubten und den Kommandanten unverzüglich mit Verachtung straften und loslachten, wenn er vorüberschritt. Andere – wenige – meinten, beide Seiten hätten übertrieben; zum einen sei

Vasco kein so großer Held, zum andern sei Chico Pachecos Geschichte nicht ganz stichhaltig. Dritte glaubten kein Wort von dem Bericht des früheren Steuereinnehmers und hielten dem umstrittenen Kapitän auf großer Fahrt standhaft die Treue. Unter den ersten war Adriano Meira, unter den letzten Zequinha Curvelo, zwischen beiden stand der alte José Paulo, der angesehene Marreco, in dem Versuch, beide Pole zu versöhnen.

Eine schwierige, vielleicht unmögliche Versöhnung, da die Polemik eine in Periperi bisher unbekannte Giftigkeit annahm. Die Gemüter erregten sich, die Gegensätze prallten aufeinander, die ältesten Freunde schnitten einander; um ein Haar hätten Chico Pacheco und Zequinha Curvelo Ohrfeigen ausgetauscht. Der Badeort teilte sich in zwei Lager, der sogar in der Presse der Hauptstadt gefeierte alte Vorstadtfriede war zu Ende. Wie ein Sturmwind fegte die Leidenschaft über Periperi hin.

Sein Merkbuch in der Hand, gab Chico Pacheco immer wieder seine Entdeckungen, seine überwältigende Geschichte zum besten, eine Geschichte, die aus dem Jahrhundertbeginn und der Regierungszeit José Marcelinos stammte.

ZWEITE EPISODE

Textgetreue und vollständige Wiedergabe der Erzählung Chico Pachecos mit einer eingehenden Schilderung der Sitten und des Lebens der Stadt Salvador zu Beginn des Jahrhunderts, mit berühmten Regierungsgestalten und reichen Kaufherrn, mit blasierten höheren Töchtern und vortrefflichen jungen Mädchen

Von der Pension Monte Carlo und fünf bedeutenden Herren

Glitzernd von Juwelen – Ringe an den Fingern, Halsbänder um den Hals –, ein Diadem auf dem Haar, Gehänge an den Ohren, die Schleppe des Abendkleides hinter sich herschleifend, die üppige Büste in das Korsett gepreßt, die Lippen zu einem Lächeln halb geöffnet, lief Carol ihren Besuchern entgegen, als diese auf dem Treppenabsatz auftauchten:

»Endlich ... Ich dachte schon, ihr kämt heute nicht mehr.«

Sie trug ihre sechsundfünfzig ausgiebig gelebten Jahre und ihre vergeblich bekämpfte Korpulenz, die sich mit den Jahren und den in Pfandbriefen und Mietshäusern vorzüglich angelegten Ersparnissen eingestellt hatte, mit vollendeter Grazie. Sie hatte eine erfolgreiche, arbeitsame, mühselige Laufbahn hinter sich. Sie hatte vierzig Jahre in Frauenhäusern zugebracht, zuerst als Pensionärin, dann als Eigentümerin, seit jenem fernen Tag, an dem ein Handlungsreisender sie auf der Durchreise durch Garanhuns mitgenommen hatte, weil er sie mit seiner Zungenfertigkeit und seinen Großstadtmanieren beschwatzt und ihr das Blaue vom Himmel herunter versprochen hatte. Und nur, um sie eine Woche später in Recife sitzenzulassen, ein Kind von sechzehn Jahren, ohne einen Pfennig in ihrem Handtäschchen, ohne Kenntnisse, ohne Erfahrung –, ein Kind, das, zwischen den Brücken hin- und herirrend, das Wasser des Flusses wie einen Ausweg anstarrte.

An gewissen stillen Nachmittagen ruft sich Carol, in dem österreichischen Schaukelstuhl des Eßzimmers wie in einem Thronsessel ausgestreckt, ihren Schmuckkasten auf den massigen Schenkeln, jene beklemmende Nacht ins Gedächtnis zurück: die kleine Carolina entehrt, ein Schluchzen in der Kehle, ein Zittern in den Beinen, Straßen und Schrecknissen der Stadt ausgeliefert, nahe daran, sich den Wassern des Capibaribe anzuvertrauen. Eines nach dem anderen nahm sie ihre Brillantringe, das echte Perlenhalsband, Broschen und Armbänder, Smaragde und Topase in die Hand und dachte wieder an jene Nacht, in der sie nichts besessen hatte als Müdigkeit und Angst.

Bald darauf hieß sie Carol, und nun kann sie bei der Erinnerung an die damaligen Selbstmordgedanken und den Handlungsreisenden lächeln. Er war ihr wie ein Märchenprinz erschienen, als er mit seinen Musterkoffern und seinem albernen Geschwätz in Garanhuns auftauchte: In Wahrheit war er ein armer Teufel, ohne Reichtümer, ohne Verführungsgaben. Prinzen waren diejenigen, die jetzt die Stufen der Pension Monte Carlo erstiegen, gelegen im weiträumigen ersten Stock eines Gebäudes des Theaterplatzes; es war das eleganteste und luxuriöseste Etablissement dieser Art in ganz Bahia, ausschließliches Eigentum der Carolina da Silva Medeiros, bekannter unter dem Namen Carol Goldzunge.

Die fünf jungen Männer – allesamt in Anzügen aus weißem Leinen der besten Marke, elegante Strohhüte und elegante Spazierstöcke in der Hand, mit Gamaschen und gekräuselten Schnurrbärten, aufgekratzt und lärmend – umringten sie mit einer Flut von Umarmungen und Küssen, von Scherzworten und Galanterien:

»Gegrüßt sei unsere Herrscherin und Herrin!« Ein hochgewachsener, kerngesunder Vierziger mit gebräunter Haut und getrimmtem Haar verbeugte sich.

»Welche Ehre, Herr Oberst. Kommen Sie herein, das Haus gehört Ihnen.«

Nun sank ein sympathischer, hochblonder Herr mit schelmischen blauen Augen theatralisch vor Carol in die Knie:

»Ich lege mich Ihnen zu Füßen, Herrin meines Herzens ...«

»Bitte, keine Lügen, Herr Kapitän, ich kenne die Herrin Ihres Herzens ...«

»Schöner denn je ...«, sagte der dritte, ihr die an Liebkosungen gewöhnte, ringgeschmückte Hand küssend.

Nun war es an ihr, sich zum Gruße zu verbeugen und ihn zu umarmen:

»Doktor Jerônimo, seien Sie mir willkommen! Ihre Dienerin wartet auf Ihre Befehle ...«

Dann wandte sie sich an einen fast bartlosen Menschen, einen hübschen, stummen Jüngling:

»Der Herr Leutnant wird mit Ungeduld erwartet ...«

Schließlich schloß sie den letzten der Gruppe, einen jungen Mann mit Adlernase, romantischem Haarschopf und einer leichten Schwermut in den liebenswerten Augen, warm und herzlich in ihre üppigen Arme:

»Seu Aragão! Mein kleiner Herr Aragão! Sie sind hier gerne gesehen ...«

Der Blick des kleinen Herrn Aragão trübte sich noch mehr, trotz Carols hörbarer Wärme und Begeisterung in der Stimme. Sie bemerkte seine Wehmut, glaubte die Ursache zu kennen und flüsterte dem jungen Mann ins Ohr:

»Seien Sie beharrlich, Sie werden am Ende siegen ... Ich weiß, was ich sage ...«, und lauter: »Ich höre Getuschel und Seufzer ...«

Der Oberst bemerkte lachend:

»Mit unserem Aragão kann keiner mit. Da nützen weder Litzen noch Titel ...«

Auch an ihn wandte sich der Kellner mit flötender Stimme und weibischem Geschwänzel:

»Ich habe wie immer den Ecktisch für Sie reserviert, Seu Aragão.«

Man nahm Platz; Carol begleitete sie, das war ihr Beweis höchster Auszeichnung. Die Frauen an den anderen Tischen wurden lebhaft, bereit, zögernde Kunden auf den leisesten Wink der Hausherrin oder eines der Neuankömmlinge sofort zu verlassen. Der Leutnant hatte inzwischen eine junge Blondine umarmt, die bisher allein hinter dem Orchester versteckt gesessen hatte.

Aragão ließ den Blick durch den Saal schweifen, bis er Dorothy sah. Dort saß sie, die Hände in den Händen Robertos, der sie mit einer Heftigkeit, die selbst für ein Freudenhaus übertrieben war, gegen seine feiste Brust gepreßt hielt; seine Schweinslippen beschnupperten den Nacken des Mädchens. Dorothys Augen, rastlos und fast flehend, blieben auf Aragão haften, ein schüchternes Lächeln öffnete seine Lippen, Frühlingswärme durchdrang seine Brust. Jener Doktor Roberto Veiga Lima, ein aufgeblasener Fant, ein Tunichtgut und Sohn reicher Eltern, verdiente wirklich nicht die zerbrechliche und zugleich ungestüme Schönheit Dorothys, ihre erschrockenen Augen und jenes Liebesverlangen, das ihr Gesicht fiebrig übergoß.

Ein so deutlicher Beweis von Wertschätzung auf seiten der erfahrenen Carol war weder zufällig noch kostenlos; die fünf Herren, die nun am Tisch Platz genommen hatten und Getränke bestellten, beehrten und beschützten ihr Haus, sie waren die Crème Bahias, die umschwärmtesten Lebemänner unter den vielen, die Cafés, Spielbänke, Bordelle und Frauenhäuser besuchten. Um sie scharte sich ein großer verschwenderischer Kreis lebenslustiger Männer, die Vornehmsten der Stadt. Aber die fünf waren unzertrennlich, sie trafen sich täglich vom Spätnachmittag an, beim Billardspiel, beim Biertrinken, den Abend verbrachten sie meistens bei Pokerpartien und Abendessen in Kabaretts.

»Die fünf da sind die Herren des Staates ...«, hieß es – und zwar mit einigem Recht –, wenn sie den Regierungspalast, ein Ministerium, eine Bar oder die Pension Monte Carlo betraten.

Carol flüsterte dem Oberst etwas ins Ohr und deutete dabei auf ein hochgewachsenes, dunkles anmutiges Geschöpf:

»Sie ist heute frisch aus Recife gekommen ... Eine ganz fesche ...«

»Sie kümmern sich ja nur um den Oberst ... Hat die Marine bei Ihnen kein Ansehen?« fragte der mit den blauen Augen und dem Gesicht eines Ausländers.

Alle am Tisch lachten. Die Dunkelhäutige kam sofort näher. Das Orchester legte sich mit einem argentinischen Tango ins Zeug, Roberto betrat mit Dorothy die Tanzfläche. In zehn Jahren Medizinstudium hatte er zwar nicht viel aufgeschnappt – böse Zungen wollten wissen, er habe das Doktordiplom durch sein Alter erworben –, aber Walzer, Tango und Maxixe zu tanzen, das hatte er gelernt, trotz seiner Fettleibigkeit war er ein geborener Tänzer. Jetzt legte er mit Dorothy einen schwungvollen Tango aufs Parkett. Und sie benutzte die Gelegenheit, um Aragãos Herz mit tiefen Blicken und scheuem Lächeln zu entzünden. Der Kellner kam mit den Getränken, Frauen strichen um den Tisch, in der Hoffnung, gerufen zu werden. Die kleine Negerin Muçu setzte sich auf den Schoß des blonden Fregattenkapitäns und kitzelte ihn am Hals. Carol glänzte, stolz auf ihr Haus, auf ihr Orchester, auf ihre kundig ausgesuchten Frauen, auf ihre höflichen Kellner, auf ihr Angebot an Getränken, auf die hohen Preise, auf ihre hochvornehme Kundschaft. Aber vor allem auf jene fünf Kunden.

Oberst Pedro de Alencar, aus Rio de Janeiro gebürtig, kinderloser Witwer, kommandierte das in der Stadt stationierte 19. Jägerbataillon. Fregattenkapitän Georges Dias Nadreau, Hafenkommandant, Sohn eines französischen Vaters und einer minenser Mutter, war verrückt aufs Pokern, auf dralle Negerinnen und lustige Späße. Er brachte seine Zeit damit zu, sich mit seinen Freunden Schabernack, mitunter sogar gesalzene Scherze zu erlauben, war aber, wenn es darauf ankam, der zuverlässigste Freund. So hatte er ein Schild mit der Aufschrift »Das Kabarett ist das Heim der Bohemiens« zeichnen, rahmen und vor der Pension Monte Carlo aufhängen lassen. Dr. Jerônimo de Paiva, mit seinen einigen dreißig Jahren noch ein junger Mann, einst in Rio de Janeiro Anwalt ohne Klienten und unbekannter Journalist, war vom Gouverneur, seinem Verwandten, nach Bahia geholt worden, um dessen Reden zu verfassen. Als Kabinettchef erfreute er sich des höchsten Ansehens. Er hatte vor, Politik zu machen und aus der nächsten Legislatur als Bundestagsabgeordneter hervorzugehen. Leutnant Lídio Marinho, Ordonnanzoffizier im Regierungspalast, war die ersehnte Partie aller jungen heiratsfähigen Mädchen der Stadt. Sohn des berühmten Oberst Américo Marinho, des Feudalherrn des Staudamms vom Rio São Francisco und Senators der Landeskammer, wurde er von jungen Mädchen, die davon träumten, mit dem Leutnant auf Bällen und Kränzchen zu tanzen, hinter Vorhängen belauert, wenn er in seiner schmucken Uniform auf der Straße vorbeiging. Als romantisch angehauchter Schwerenöter war Lídio gleichfalls der Liebling des Weibervolkes von Bordellen und Frauenpensionen, in denen er sich in eine Liebschaft nach der anderen stürzte.

Und schließlich war da Seu Vasco Moscoso de Aragão, auch Aragãosinho – der kleine Aragão – genannt, Chef der Firma Moscoso & Cia. Ltda., einer der mächtigsten der Unterstadt, die Trockenfleisch, Stockfisch, Weine, Butter, portugiesischen Käse, holländische Kartoffeln und die verschiedensten Produkte im ganzen Staat Bahia bis in den Süden und ins Hinterland, ja mit einem zahlreichen Vertreterstab bis nach Sergipe und Alagoas verkaufte. Vasco Moscoso de Aragão galt als einer der reichsten Männer des Staates, sein Unternehmen als eines der angesehensten und bestsituierten des Bahianer Großhandels.

Am Tisch dieser Gäste floß der Sekt in Strömen, hier wurde nicht gerechnet. An Stellung und Geld mangelte es keinem von ihnen. Unter diesen Männern fühlte Carol sich gut aufgehoben, als gehörte sie den offiziellen Kreisen, dem Großhandel an, als wäre sie eine Vertrauensperson des Regierungspalastes und der Banken und lenkte das Staatsleben mit. Suchte Dr. Jerônimo, seit jungen Jahren ein Freund reifer, erfahrener und korpulenter Frauen, nicht ihr allwissendes Bett auf? Wenn Georges ihn aufziehen wollte, antwortete der Kabinettchef nur:

»Ich bin kein Hund, der gerne an Knochen nagt. Ich mag auch kein grünes Obst. Aber Carol hat ihr Mysterium ...«

Ihr Mysterium war die Weisheit einer umfassenden Erfahrung. Bestand ihr Prestige nicht auch darin, daß sie durch ihn ihren Neffen in die Regierungsdruckerei hineinbugsiert hatte, den Sohn ihrer jüngeren Schwester, die in Garanhuns verheiratet war und deren Mann seine auf die schiefe

Ebene geratene Schwägerin beleidigte? Sie hatte Jerônimo in einer tollen Nacht nur darum zu bitten brauchen, und schon war der Fall erledigt. Auf diese Weise beförderte sie Soldaten zum Korporal, manövrierte Schützlinge, Söhne der ihr befreundeten armen Familien, über Jerônimo in die Seemannsschule. Aragãosinho stand jedesmal für sie gerade, wenn sie bei der Bank Geld für den Kauf eines weiteren Mietshauses aufnehmen wollte. Wenn die gesamte Bahianer Gesellschaft sich bei einem offiziellen Ball im Regierungspalast ein Stelldichein gab, stellte Carol das Menü zusammen, sie lieferte die Getränke, und die Kellner der Pension Monte Carlo bedienten die strengen Herren und die tugendhaften Damen. Still und heimlich herrschte sie mit Ja und Nein, sogar Politiker des Hinterlandes hofierten sie und baten sie um Fürsprache. Jene kleine Carolina aus Garanhuns, die sich eines Nachts fast von einer der Brücken Recifes ins Wasser gestürzt hatte, heute wohnte sie juwelengeschmückt in einer Etagenwohnung am Theaterplatz in Salvador da Bahia und saß lächelnd am Tisch ihrer fünf Lieblingsgäste.

Von der Firma Moscoso & Cia. Ltda.,
einem merkantilen Kapitel mit einem wunden Punkt

Die Firma war vom alten Moscoso, Vascos Großvater mütterlicherseits, gegründet worden und hatte bald Aufstieg und Wohlstand erlebt. José Moscoso war ein Lusitaner mit kaufmännischem Weitblick und strengen Grundsätzen gewesen, dessen Wort mehr galt als eine Unterschrift. Fünfzig

Jahre lang hatte er ausschließlich für die Firma gelebt und nichts gekannt als den Weg vom Haus ins Geschäft und zurück. Gleichgültig gegen Annehmlichkeiten und Vergnügungen, maßvoll im Essen, in der Kleidung und in der Liebe, hatte er stets »ein gutes Beispiel gegeben« und geschuftet wie sein kleinster Angestellter. Seine Frau hatte ihm nur eine Tochter geschenkt; als er bald darauf Witwer wurde, begnügte er sich hin und wieder mit der schwarzen Köchin.

Vasco löste ihn in der Leitung der Firma ab, die sich während jener fünfzig Jahre von einem bescheidenen Kontor zu einem dreistöckigen Gebäude am Fuß der Steilgasse Montanha entwickelt hatte. Im obersten Stock schliefen die Angestellten, in besseren Zimmern die guten Kunden aus dem Hinterland, wenn sie zu Besuch in der Hauptstadt weilten. Es wurde auch im Hause gegessen, feste Arbeitsstunden gab es nicht, Sonn- und Feiertage waren unbekannt.

Da er als Dreijähriger seinen Vater und bald darauf seine Mutter verlor, die der Sehnsucht nach ihrem treulosen, leidenschaftlichen Mann nicht widerstanden hatte, wuchs Vasco beim Großvater auf, der ihn unmittelbar nach der Elementarschule, zehnjährig, ins Geschäft nahm, wo er, von der Pike auf, mit dem Ausfegen der Büro- und Lagerräume beginnen und anschließend wie ein x-beliebiger Träger Waren schleppen mußte. Er schlief mit den anderen Angestellten im dritten Stock und nahm mit ihnen an der patriarchalischen Tafel unter dem Vorsitz des alten Moscoso die Mittags- und Abendmahlzeiten ein. Nach dessen Vorbild war seine erste Frau die schwarze Köchin, dieselbe, die auch der Großvater besuchte, und die Nächte mit der Negerin Rosa im fensterlosen Stübchen, in dem man vor Hitze fast umkam, waren seine einzige Freude. Der Großvater bot ihm außer seiner Hand, die er beim Empfang des allmorgendlichen Segens küssen mußte, keinerlei Vergünstigungen.

Solange er lebte, hielt der alte Moscoso ein wachsames Auge auf den Enkel und schüttelte oft mutlos den Kopf. Der Junge zeigte weder Lust noch Anlage fürs Geschäft, er war sorg- und achtlos und wußte nichts von Verantwortung. Als junger Mann wurde er als Reisender nach Jequié und Sergipe geschickt, jedoch mit betrüblichem Erfolg. Schon sah man die pessimistischen Voraussagen des Großvaters und des Prokuristen der Firma, Rafael Menendez, der die Tüchtigkeit in Person war, weitgehend bestätigt.

Vascos Gastspiel in der berühmten Körperschaft der Handlungsreisenden, in jenen Tagen ein begehrter Broterwerb, war kurz, aber glänzend. Er verkaufte ganz nach Neigung und Sympathie und räumte praktisch zahlungsunfähigen Händlern, um deren Läden und Lager die anderen Verkäufer oder »Kometen« einen großen Bogen machten, Kredit ein. Unfähig, den kleinsten Wechsel einzuziehen, gewährte er den Kunden der Firma unsinnige Zahlungsbedingungen. In Estância, einem Städtchen des Staates Sergipe, dessen Firmen sich in einem Tag leicht abklappern ließen, blieb er eine Woche, entzückt von den schattigen Gassen, von den farbenfrohen Häusern, vom Schwimmen im Fluß Piautinga, von den hübschen Mädchen am Fenster oder am Klavier und von den geschmeidigen Bewegungen Otálias, einer Pensionsmutter, die auf jeden neuen Reisenden verrückt war. Nie hatte ein Verkäufer José Moscosos eine so kurze und von solch vernichtenden Ergebnissen begleitete Reise unternommen. So erwies es sich als notwendig, auf dieser Reiseroute, die als die leichteste von allen galt, einen erfahrenen Verkäufer einzusetzen, um den alten Ruf der Firma wiederherzustellen, der durch den jungen »Kometen«, der offensichtlich entschlossen war, dem Beruf ein neues Gesicht zu geben, ernstlich gelitten hatte. Dafür hinterließ er in sämtlichen Bordellen der von ihm besuchten Städte einen glänzenden Eindruck, nicht nur im Namen der Firma, sondern auch in eigener Person. Er probierte alle Frauen aus und entschädigte sich so für die Kerkerjahre im Geschäftshaus am Fuß der Steilgasse Montanha.

Melancholisch den Kopf wiegend, steckte der alte Moscoso ihn von neuem ins Kontor, wo er sich weiterhin wenig nützlich machte: nützlich machte er sich nur als Begleiter von Kunden aus dem Inneren des Landes, die als Wohngäste der Firma die Hauptstadt besuchten. Für diese Aufgabe war er als manierlicher junger Mann, als angenehmer Gesellschafter und Begleiter bei einem nächtlichen Bummel allerdings glänzend geeignet. Aber auch solch eine Nachtschwärmerei hatte ihre Grenzen, denn wenn der alte Moscoso auch einem Kunden nicht mit der Uhr in der Hand vorschreiben konnte: »Um acht in der Falle, und keine Minute später« – so wandte er dieses Prinzip auf den Enkel mit einer Strenge an, die sich auch durch den auf der sinnlichen Oberlippe des jungen Mannes sprießenden Flaum nicht erweichen ließ. Gar nicht zu reden von dem auf das reine Fahrgeld beschränkten Vorschuß.

Aber selbst auf die Kunden übte der alte Moscoso hinsichtlich der Arbeitsstunden und der für Wein und Weiber genehmigten Spesen einen gewissen Druck aus und wurde nicht müde, auf den geringen Kredit hinzuweisen, den Männer von fragwürdigen Gewohnheiten, Stammgäste von Bars und anrüchigen Häusern in seinen Augen verdienten. »Wie kann ein Geschäftsmann Vertrauen genießen, der säuft und hurt?« Diese Frage zielte darauf ab, die von Geschäftsleuten des Hinterlandes monatelang gewälzten und genährten Pläne, während des Besuchs der Hauptstadt nach Herzenslust zu bummeln, von vornherein zu vereiteln. Aber auch so benutzten die Kunden und Vasco jede Gelegenheit, unter Umgehung der empfohlenen Spaziergänge zu malerischen Plätzchen die gastliche Luft der Bordelle aufzusuchen, wo der junge Erbe begann, sich dauerhafte Kenntnisse anzueignen.

Der alte Moscoso, den Zwicker auf der Nase, im schwarzen Lüsterjäckchen über die Korrespondenzmappen der Firma gebeugt, sah zu seinem Enkel hinüber, der, die Augen auf den durchs Fenster erspähten Horizont geheftet, über einem begonnenen Brief träumte. Der enttäuschte Blick des Firmenchefs traf die strenge kritische Miene seines Prokuristen Rafael Menendez; der Alte wiegte den Kopf, sein erster Mitarbeiter machte ein bedauerndes Gesicht. Nun liebte José Moscoso seine Firma weit mehr als seine Familie, die sich im übrigen auf den unzuverlässigen Enkel beschränkte, der fantasievoll war wie sein Vater, jener gesprächige, gewinnende Aragão, ein berüchtigter Lügner, der ihm seine einzige Tochter weggeschnappt und fünf Jahre auf seine Kosten gelebt hatte. Der ihn auch noch nach seinem Tode viel Geld gekostet hatte, da die törichte Witwe für den »vergötterten Gatten« eine Beerdigung erster Klasse und eine Marmorgruft beanspruchte. Während in der Auffassung des erleichterten Schwiegervaters sieben Handbreit Erde schon zuviel Ehre gewesen wären für den unerwünschten Schwiegersohn, der unter seinen Freunden »Schwätzer Aragão« hieß, weil er den lieben langen Tag nichts anderes tat. Ein spöttischeres, schamloseres Subjekt war nach Auffassung des alten Moscoso nie auf der Erde herumgelaufen. Unempfindlich für Winke und Anspielungen, lachte er dem alten Herrn ins ehrenwerte Angesicht, als dieser ihm nach beendeter Hochzeitsreise vorschlug, in seiner Firma zu arbeiten. Für wen halte ihn der Herr Schwiegervater? fragte er halb belustigt, halb beleidigt. Etwa für einen Tagedieb, für einen armen Teufel, der zu nichts anderem taugte als zur Fron eines kommerziellen Achtstundentages mit seinem Stockfisch, seinen Kartoffeln und Stapelartikeln? Mit wem glaubte er seine Tochter verheiratet zu haben? Er schien sein Talent, seine Gaben, seine Beziehungen, seine Pläne nicht zu ahnen. Der geschätzte Herr Schwiegervater sollte sich wegen einer Stellung für ihn keine grauen Haare wachsen lassen. Seine Zukunft war gesichert, und wenn er seine Tätigkeit noch nicht begonnen hatte, so nur, weil ihm die Wahl zwischen fünf oder sechs Positionen – die eine beneidenswerter als die andere – schwerfiel, die ihm von seinen Freunden, Männern von höchstem Ruf, angeboten worden waren. Aber auch Herrn Moscoso würden die Freundschaften seines Schwiegersohnes zugute kommen: er würde für die Firma Lieferungen an den Staat, an verschiedene Körperschaften besorgen – ein leicht verdientes Geld. Was würde zum Beispiel Senhor Moscoso zu einem Jahreskontrakt für die Lieferung von Trockenfleisch und Stockfisch an die Militärpolizei sagen? Er, Aragão, brauchte dem Hauptmann, Chef der Intendanz, nur ein Wörtchen zuzuflüstern, und das Geschäft war in der Tasche. Herr Moscoso durfte den Abschluß ruhig als eine todsichere Sache, als gefundenes Fressen ansehen. Und zwar ohne Abzüge, denn er, sein Schwiegersohn und Freund, würde keinen Réis Kommission nehmen.

Während der fünf Jahre seiner Ehe verharrte er in der gleichen Unentschlossenheit, ohne sich je für eine der fünf oder sechs großartigen Positionen oder für die neuen Angebote seiner unglaublich einflußreichen Freunde zu entscheiden. Auch errang er nie einen einzigen offiziellen Lieferungsvertrag für die Firma und verschob alles zwar unwiderruflich, aber mit konstanter Bosheit auf den nächsten Tag. Trotzdem blieb er starr in seiner Weigerung, einen festen Posten bei seinem Schwiegervater anzunehmen, und betrachtete dessen wiederholte Angebote fast als Beleidigung und Herausforderung. Er war eben ein eigenwilliger Charakter, und zwar eine so unversehrte, unbeugsame Persönlichkeit, daß er nie den Fuß in das dreistöckige Gebäude setzte, das er nur von außen kannte, wenn er die Steilgasse Montanha entlangging.

Als er unerwartet starb – niemand hatte ihm eine Herzkrankheit zugetraut –, tauchten Wucherer mit verfallenen Wechseln, den verschiedenartigsten Anleihen und bleistiftgekritzelten Gutscheinen auf; es war eine Riesensumme, die anzuerkennen der alte José Moscoso, selbst ein ausgesprochener Charakter, sich ganz und gar weigerte. Vom Tode des »Schwätzers Aragão« darf gesagt werden, daß er von seiner Frau, von seinen vielen Bar-Freunden und von seinen zahlreichen Gläubigern beweint wurde, die über das steinerne Herz des Schwiegervaters entsetzt waren.

Die Witwe überlebte den Schmerz über den Verlust des Angebeteten nicht, wenige Monate später wurde sie in derselben Marmorgruft beigesetzt. Keine Minute hatte sie an ihrem Gatten, an seiner Größe, seiner Treue, seiner liebenden Hingabe gezweifelt. In gewisser Weise war »Schwätzer Aragão« auch ein Mustergatte, der den ganzen Nachmittag seiner Frau widmete, der sie wie ein verliebter Puter verzärtelte, sie wie ein verwöhntes Kind umhegte und ihr sein Maß Liebe mit Dauerhaftigkeit und Kennerschaft angedeihen ließ. Nach dem Abendessen gehörte er freilich dem Nachtleben Bahias, stets riefen ihn wichtige politische und geschäftliche Sitzungen außer Haus, wie er seiner Frau geflissentlich auseinandersetzte. Bei Tagesanbruch kehrte er heim, nach Schnaps und Weib und der obligaten Zigarre riechend, das obligate zufriedene Lächeln auf den Lippen. Nicht einmal die Geburt des Sohnes, der ihn noch enger an seine Frau band, vermochte – nach Ansicht des alten Moscoso – die Regelmäßigkeit seiner unregelmäßigen Gewohnheiten zu beeinflussen. Er wachte gegen mittag auf, aß und trank nur vom Besten und Allerbesten, leistete nachmittags Frau und Kind Gesellschaft und hielt sich Abend und Nacht frei für das Leben in Bars und Bordellen, für Plaudereien und den Austausch von Anekdoten mit den Freunden. Nur eine Tugend ließ der Schwiegervater bei ihm gelten: er sah ihn nie betrunken, da sein Trinkvermögen wahrhaft erstaunlich war.

Über sein Pult gebeugt, musterte der alte Moscoso den Enkel und erkannte in ihm, beklemmenden Angedenkens, seinen Schwiegersohn. Was hatte es genützt, ihn als zehnjährigen Knaben in die Firma gesteckt und fürs Geschäftsleben vorbereitet zu haben? Er hatte die gleichen träumerischen Augen wie der Vater, das gleiche mit Gott und der Welt zufriedene Lächeln, die gleiche völlige Gleichgültigkeit gegenüber den Problemen des Bürolebens – es war ein Verhängnis. Er mußte Vorkehrungen, und zwar ernstliche Vorkehrungen treffen, sollte die mächtige angesehene Firma, sein Lebenswerk, in den Händen des Enkels nicht zu Nichts zerrinnen.

Und in der Tat: als er sein Ende nahen fühlte, wandelte er die offene Handelsgesellschaft in eine Kommanditgesellschaft um, wobei er einige seiner ältesten Freunde und tüchtigen Angestellten zu aktiven und stillen Teilhabern machte. Sein erster Angestellter und Prokurist, Rafael Menendez, trat als bedeutendster Teilhaber ins Geschäft; ihm übergab er testamentarisch die Geschäftsführung und somit die Zukunft des Unternehmens. Vasco erbte den großväterlichen Anteil, der ihm die Gesamtleitung der Firma, den größten Gewinnanteil, ein beträchtliches Vermögen einbrachte und keinerlei Verantwortung auflud.

So fand er sich frei von Belastung, von fester Arbeitszeit und Verpflichtungen, dafür aber reichlich mit Geld versehen. Er überließ Menendez sämtliche Entscheidungen und sah sich nur einmal zu einem Einspruch gezwungen, als nämlich der Spanier den alten Giovanni, einen Packer, entlassen wollte, der kurz nach der Gründung in die Firma eingetreten war. Mehr als vierzig Jahre lang hatte Giovanni ohne einen Ruhetag, ohne irgendeine Beschwerde, unermüdlich Ballen um Ballen vom Lager zu den Karren geschleppt; als Nachtwächter des Gebäudes hatte er auf den Säcken im Warenlager geschlafen und die Türe zum Kontor den verspäteten Kunden geöffnet, die den Stundenplan des alten Moscoso über den Haufen zu werfen wagten. Vasco war dem Neger Giovanni dankbar, weil dieser ihn stets beschützt hatte, seit den ersten leidigen Tagen seines Eintritts in das verhaßte Gebäude im Alter von zehn Jahren. Nachts hatte Giovanni ihm Geschichten erzählt – er war in seiner Jugend Schiffsjunge gewesen – und ihm von den Meeren und Häfen gesprochen. Er war als João und Sklave geboren worden, war in die Freiheit aufs Meer geflüchtet, wo die italienische Schiffsbesatzung ihn für immer in Giovanni umtaufte. Er als einziger hatte Mitleid mit dem Kind, das eingesperrt war in dem düsteren weiträumigen Zwischengeschoß mit seinem benebelnden Gewürzgeruch. Er war in der Firma alt, siebzig Jahre alt geworden, seine Kräfte ließen nach, schon war er seiner Arbeit nicht mehr gewachsen. Menendez beschloß, ihn zu entlassen und an seiner Stelle einen anderen Träger einzustellen.

Selbst nach dem Tode des Großvaters hatte Vasco trotz seiner Stellung als Chef heimlichen Respekt vor Menendez. Der Spanier war einer jener katzenfreundlichen Männer, die ihrem Vorgesetzten schmeicheln, aber ihre Untergebenen treten. Mit eiserner Faust hatte er die Leitung des glänzend gehenden Geschäfts übernommen. Aber seine Angestellten klagten, nun sei es schlimmer als zur Zeit des alten Moscoso. Vasco fürchtete den kühlen kritischen Blick des Spaniers, seine Art zu reden, ohne je die Stimme zu erheben, ohne sich zu erregen, aber dabei mit unbeugsamer Entschlossenheit vorzugehen. Menendez hatte Vasco als Lehrling und jungen Angestellten nie wie die anderen zurechtgewiesen, er hatte aber – und das wußte Vasco – dem Großvater jeden seiner Fehler und die geringste Verletzung der Hausordnung gemeldet, sogar die seltenen nächtlichen Eskapaden des bartflaumgezierten Halbwüchsigen, die der Neger Giovanni zu vertuschen suchte. Nun buckelte Menendez vor ihm und brachte ihm jene früher dem alten Moscoso bezeugte Achtung und Unterwürfigkeit entgegen. Dennoch versuchte er seine Entscheidung durchzudrücken, als Vasco besorgt und ungehalten auf den Fall des entlassenen Negers zu sprechen kam. Giovanni hatte ihn am Vorabend über den Vorfall in Kenntnis gesetzt. Menendez hatte ihm seinen letzten Hungerlohn ausgezahlt und ihn kurzerhand auf die Straße gesetzt. Giovanni war soeben siebzig Jahre alt geworden, er stand nicht mehr so fest auf seinen Beinen wie früher, seine Arme hatten ihre Bärenkraft eingebüßt. Er fand Vasco in einer Bar im Kreise seiner Freunde und setzte ihm mit zitternder Stimme und müden Augen, die blinzelten, um nicht zu weinen, die Lage auseinander:

»Die Firma hat meine Muskeln aufgefressen, nun will sie die Knochen wegwerfen ...«

»Das kommt nicht in die Tüte ...«, versicherte Vasco.

Der alte Neger dankte ihm mit einem Rat:

»Der alte Gringo taugt nichts, Seu Aragãosinho. Halten Sie die Ohren steif, sonst stellt er Ihnen noch ein Bein.«

Am nächsten Tag erschien Vasco frühmorgens im Kontor, was alle Jubeljahre einmal vorkam. Er rief Menendez zu einer Besprechung, er gab sich förmlich und reserviert, die Angestellten begannen zu tuscheln. In dem nunmehr Vasco eingeräumten Chefzimmer des alten Moscoso hörte man das erregte Organ des jungen Firmeninhabers. Menendez' Stimme war nicht zu vernehmen, nie entschlüpfte ein geschrieenes oder auch nur lautes Wort seinen harten Lippen, auch dann nicht, wenn er einen nachlässigen Untergebenen in der kränkendsten Ausdrucksweise anherrschte.

Vasco fiel es nicht leicht, seinen Willen durchzusetzen. Er hob die Stimme, sagte, es sei unmenschlich, den alten Giovanni zu entlassen, Menendez habe kein Recht, einen Mann, dessen ganzes Leben der Arbeit, dem Wohlstand seines Hauses gegolten habe, von heute auf morgen an den Bettelstab zu bringen. Menendez lächelte sein kühles Lächeln, nickte zustimmend, aber beharrte auf seinen Grundsätzen: wenn ein Angestellter seiner Arbeit nicht mehr gerecht wird, bleibt nichts anderes übrig, als ihn zu entlassen und einen anderen an seine Stelle zu setzen. Das war die Spielregel, und die wandte er an. Wenn er für Giovanni eine Ausnahme mache, wenn er ihm sein Gehalt weiterzahle, würden andere Angestellte die gleiche Behandlung fordern, und Seu Vasco – nun setzte Menendez die achtungsvolle Anrede vor den Namen des neuen Firmenchefs, nachdem er ihn über zwanzig Jahre lang mit Aragãosinho angeredet hatte – könne sich das verhängnisvolle Ergebnis einer solchen Politik an seinen fünf Fingern ausrechnen. Nein, er könne nur so handeln und nicht anders.

Vasco wollte nichts von Grundsätzen und Firmenpolitik wissen, er fand die Entlassung Giovannis eine Grausamkeit, eine erbärmliche Handlungsweise. Nun wusch Menendez seine Hände in Unschuld: Seu Vasco war der Chef des Hauses, und seine Entscheidung würde befolgt werden. Er möge es sich freilich zweimal überlegen, bevor er eine Regel abschaffte, die das gesamte kaufmännische Leben lenkte: er gefährde damit nämlich die eigentliche Struktur der Firma. Abgesehen davon, daß Vasco nicht der einzige Geschädigte sei, die anderen Teilhaber würden auch davon betroffen werden. Von sich, Menendez, wolle er nicht reden, ihm liege nur daran, ein Prinzip zu verteidigen.

Vasco verlor den Kopf und begann zu toben. Schließlich besitze er die Mehrheit der Anteile und könne daher allein entscheiden. Der Spanier stimmte noch verbindlicher zu. Und als er die Wut des Chefs sah, schlug er eine Formel vor, die beide Teile befriedigen würde. Giovanni war entlassen, an dieser Entscheidung war nicht zu rütteln. Aber sie beide, Seu Vasco und er, Menendez, würden für seinen Unterhalt aufkommen und ihm ein Monatsgeld zahlen, mit dem der Neger Essen und Wohnen bestreiten könne. Auf diese Weise sei der Fall zu regeln. Dieser Vorschlag war der Beginn langer Verhandlungen, denn der alte Neger wollte unter keinen Umständen den Lagerschuppen verlassen und schon gar nicht in Vascos Haus übersiedeln. Schließlich kam man zu einem Vergleich: Giovanni blieb als Nachtwächter bei halbem Gehalt auf seinem Posten, während Vasco die andere Hälfte bezahlte. Als der Neger sich bedankte, wiederholte er seinen Rat:

»Patrãosinho – kleiner Chef –, haben Sie ein Auge auf den Galizier! Der Bursche ist ein Miststück und taugt nichts ...«

Dank der Person des Senhor Menendez sah Vasco sich tatsächlich der Pflichten und Sorgen der Geschäftsleitung enthoben. Nur zur Entlastung seines Gewissens schaute er gelegentlich ins Kontor, wechselte ein paar Worte mit dem Spanier, hörte abwesend zu, wenn dieser von Geschäften sprach, und besuchte Giovanni im Lagerhaus. Aber er blieb nie lange, immer hatte er eine Verabredung mit einem seiner alten Freunde, mit jener Gruppe, zu der er jetzt gehörte; oder er wurde von einer neuen Dirne, seiner jüngsten Eroberung, in einem Bordell erwartet.

Als Junggeselle verliebte er sich leicht, rechnen konnte er nicht, er verschwendete, vergeudete das Geld mit vollen Händen und ließ es sich nicht nehmen, in Bars und Kabaretts stets die Zeche zu bezahlen. Bei dem Weibervolk war er höchst beliebt, und wenn er sich in eines von ihnen vergückte, ging er gleich aufs Ganze, richtete der Neuerwählten eine Wohnung ein und überschüttete sie mit Geschenken. Jüngst hatte er sich für Dorothy begeistert, das uns schon bekannte, in Carols Pension wohnende Mädchen, das von Dr. Roberto Veiga Lima unterhalten wurde, dem reichen Arzt ohne Klinik, der berühmt war für seine Anwandlungen von Eifersucht und Brutalität. Dieser war in gewisser Weise das genaue Gegenteil von Vasco; die Frauen flohen ihn trotz seines vielen Geldes, er prügelte ein Mädchen wegen nichts und wieder nichts, es hieß sogar, seine Sucht, die girrenden Geschöpfe im Bett zu verdreschen, sei ein Laster von ihm. Dorothy hatte er von einer Reise nach Feira Sant'Anna aus dem Innern mitgebracht. Er hielt sie fast wie eine Gefangene und bedrohte sie jeden Augenblick, und Carol bedauerte schon, sie als Hausgast der Pension Monte Carlo aufgenommen zu haben. Sie hatte die Bitte freilich nicht ablehnen können, Roberto war ein Stammgast, gab viel aus, seine Familie war in Bahia hoch angesehen. Trotzdem bereute sie ihr Vorgehen. Die arme Dorothy lebte eingeschlossener als eine Nonne im Kloster, Roberto tauchte zu den unerwartetsten Stunden auf und drohte der Unglücklichen alle Augenblicke mit Schlägen. Abends im Tanzsalon war das förmlich ein Schauspiel, wie er an Dorothy klebte, mit ihr seinen Tango und seinen Maxixe aufs Parkett legte und nur darauf wartete, die beleidigte Leberwurst spielen und einen Zank vom Zaun brechen zu können, sobald ein anderer Kunde auch nur wagte, das unglückliche Geschöpf anzublikken oder anzulächeln. Carol als Vertraute von allen wußte von Vascos Interesse, sie wußte auch, daß Dorothy in ihn verknallt war. Das junge Ding hatte während jener Monate in der Pension viel gelernt, schon war sie nicht mehr die unerfahrene Landpomeranze, die der Arzt in Feira aufgegabelt hatte, jetzt wünschte sie nur noch, von ihrem heftigen Beschützer loszukommen, um in die Arme des sympathischen großzügigen Kaufmanns zu sinken.

Carol und Jerônimo führten den melancholischen Ausdruck von Vascos Augen auf diese verzwickte Leidenschaft zurück. Der Hafenkommandant hielt die Ursache für eine andere: Vasco sei in ein blutjunges Mädchen verliebt, es handle sich um eine Liebschaft mit Heiratsabsichten, mithin ein Wahnsinn, von dem Dorothy ihn bald heilen würde. Der Oberst stimmte weder mit der einen noch mit der anderen Ansicht überein und sah in Vascos Verfassung eine unheilbare Dauerschwermut, die nichts mit all diesen Geschichten zu tun hatte und ganz woanders zu suchen war. Leutnant Lídio Marinho hatte keine vorgefaßte Meinung und stellte lediglich eine Tatsache fest: der blöde Vasco, der alles besaß, um fröhlich zu sein, neigte zu Krisen der Schwermut, vielleicht lag es an der Leber, jedenfalls war es eine Idiotie bei einem Menschen mit soviel Geld. In einer Frage jedoch waren sich alle einig: es galt, die geheime Ursache jenes Kummers zu entdecken, der an Vasco Moscoso de Aragão nagte.

Vasco hatte angenehme Unterhaltung im Überfluß, er war reich und jung und obendrein kerngesund; warum machte er trotzdem den Eindruck, als verberge er ein geheimes Leid, eine unheilbare Wunde? Die Freunde machten sich Sorgen um ihn, besonders der Fregattenkapitän Georges Dias Nadreau, ein Mensch von natürlichem Frohsinn, der Traurigkeit und Leid als persönliche Beleidigung auffaßte.

Vom Hafenkommandanten mit seinen Negerinnen und Mulattinnen, und von Madalena Pontes Mendes, der blasierten höheren Tochter

Der Hafenkommandant Georges Dias Nadreau sah gerne fröhliche Gesichter um sich. Das war seine Welt; verdrießliche Leute konnte er auf den Tod nicht ausstehen, was vielleicht seine Abneigung gegen sein Heim erklärt, wo seine Frau das Abbild der Trauer und Frömmigkeit war. Denn sie gehörte ganz der Kirche, den guten Werken, sie betete Kranke und Leidende, Witwen und Waisen an; in der Karwoche, mit ihrer Palmprozession, mit dem Opfertod des Osterlamms, mit der Fußwaschung der Armen, mit Kerzen und schwarzen Schleiern, mit dem düsteren Laut der Ratschen statt dem fröhlichen Klang der Schellen, war sie in ihrem Element.

Wie hatte der lebenslustige Leutnant zur See denn ein Mädchen von so verschiedener Gemütsart heiraten können? Als er Gracinha im Tanzsaal des Marine-Klubs zu Rio de Janeiro kennen und lieben lernte, hatte sie nichts von Schwermut an sich, sie war lachlustig und jung und fand die Streiche des jungen Mannes, denen die Admiräle selten eine heitere Seite abzugewinnen vermochten, ausnehmend geistreich. Der Tod ihres zehn Monate alten Sohnes war der Grund für ihren Ekel vor dem Leben, für ihre Abneigung gegen die trügerischen Freuden der Welt. Das von der Mutter angebetete Kind erkrankte ganz plötzlich und anscheinend grundlos an einem nicht erkennbaren Fieber und starb, während Gracinha und ihr Mann auf einem an Bord eines Kriegsschiffes abgehaltenen Fest weilten. Als die Nachricht sie erreichte, tanzte sie gerade mit Georges. Sofort gab sie sich die Schuld für den Tod ihres Kindes, legte für immer Trauer an, nahm Abschied von Festen und Belustigungen und wandte sich dem Himmel, wo sie das Unschuldslamm wähnte, und der Kirche zu; so hoffte sie auf die Vergebung Gottes und die Möglichkeit eines Wiedersehens mit dem Sohn nach ihrem Tod, den sie in ihren täglichen Gebeten erflehte. Ihre Abscheu gegen weltliche Güter schloß auch ihren Mann ein, zumindest was körperliche Berührung betraf. Georges war von dem Tod des Kindes, dem er den Spitznamen »Matrose« gegeben und für das er eine glänzende Karriere gewünscht hatte, tief getroffen. Aber deshalb ließ er den Kopf nicht hängen, sondern versuchte seine Frau von der Notwendigkeit weiterer Kinder zu überzeugen, um die vom »Matrosen« gelassene Lücke auszufüllen. Sie aber stieß ihn angewidert zurück und flehte ihn unter Tränen an, sie nie wieder für so sündige Zwecke zu bedrängen. Diese Dinge hatten für sie ein für allemal aufgehört. Sie bat sogar um ein Schlafzimmer für sich und riet Georges, auch er solle den falschen Vergnügungen der Welt den Rücken kehren, sein Gesicht Gott zuwenden und für die begangenen Fehler auf Seine erbarmungsvolle Vergebung harren. Zunächst hatte er für die Verzweiflung seiner Frau völliges Verständnis, wollte ihr dafür jedoch nur eine kleine Spanne, etwa zwei oder drei Monate, einräumen. Sie aber verschloß sich endgültig in ihr Unglück und wurde ein Gespenst, das durchs Haus irrte, sie peinigte ihre Lippen mit unaufhörlichem Gebetsgemurmel und verbarg ihre kaum entfaltete Schönheit unter schwarzen Kleidern und endlosen Tränen. Nun schlief sie im Kinderzimmer, das sie in eine Art Weihkapelle umgewandelt hatte. Eine Zeitlang versuchte Georges, die Schranken des Schmerzes und der Verlassenheit zu durchbrechen, aber vergebens. Mittlerweile war er befördert und versetzt worden. Gracinha blieb jedoch unberührt von allem, was nicht das Andenken an ihr Kind und das ewige Leben betraf. So wusch er seine Hände in Unschuld und begann, sein eigenes Leben zu leben.

Zu Hause hielt er sich nicht länger auf, als unbedingt notwendig war. Er kümmerte sich um die Probleme der Hafenverwaltung und der Seemannsschule, die durch einen kleinen Park von Bahias Meer getrennt war. Nach dem Dienst zog er Zivil an und suchte Jerônimo im Regierungspalast, den Obersten im Stab des 19. Jägerbataillons auf und fuhr unmittelbar nach Barris, wo Vasco Moscoso de Aragão in dem vom Großvater geerbten Hause wohnte, in dem er auch seine ersten Kindheitsjahre verbracht hatte. Dann zogen sie zu einer Partie Billard los, nachher würfelten sie den Aperitif aus und aßen gemeinsam zu Abend, um sich anschließend den Frauen oder dem Poker zu widmen.

Vascos Freundschaft mit jener Gruppe einflußreicher Männer hatte geraume Zeit vorher, gerade im Zusammenhang mit dem Kapitän Georges, in einem Kabarett begonnen. In Zivil sah Georges mit seinen blauen Augen und seinem blonden Haar eher wie ein ausländischer Vergnügungsreisender aus, niemand hätte in ihm den Fregattenkapitän erkannt. Vasco saß allein an einem strategisch günstigen Tisch, in der Nähe der Bühne, auf der Soraia, eine auf der Durchreise befindliche Tänzerin, ihre Künste darbot. Er hatte von ihr und ihren Tänzen durch einen in der Unterstadt ansässigen Freund, einen schwedischen Importeur von Tabak, Piaçava-Faser und Kakao mit dem Vornamen Johann und einem unaussprechbaren Nachnamen gehört. Am Nebentisch hatte der Hafenkommandant Platz genommen, und Vasco, der ihn für einen Europäer hielt, vertrieb sich eine Weile die Zeit damit, seine Staatsangehörigkeit erraten zu wollen: war er Italiener oder Franzose, Deutscher oder Holländer? Und wenn das semmelblonde Haar und die himmelblauen Augen nicht genügten, so wies die Tatsache, daß der feine Herr sich in Gesellschaft einer appetitlichen dunklen Mulattin befand, ihn um so deutlicher als Gringo aus. Vasco verlor sich in Nachsinnen. Merkwürdig, welche Anziehungskraft Negerinnen und Mulattinnen auf Ausländer ausübten! Kaum sahen sie ein Mischblut, so gerieten sie völlig aus dem Häuschen. Während er, ein Brasilianer von gemischter Abstammung, sich fast umbrachte für eine Blondine mit weißer, fast rosafarbener Haut. Worauf war diese Verschiedenheit der Geschmäcker zurückzuführen? Er kam jedoch zu keiner Lösung, da drei finstere Gesellen das Kabarett betraten und seinen Stuhl im Vorbeigehen unsanft streiften. Sicherlich führten sie etwas im Schilde, es war deutlich an ihrem heftigen Auftreten zu erkennen: nämlich, wie Vasco gleich darauf feststellen konnte, um dem Gringo die Visage zu zerdebbern und ihm gewaltsam die Mulattin zu entreißen. Der verfluchte Ausländer sollte merken, was es hieß, anderen die Mädchen wegzuschnappen. Was zunächst ein recht einseitiges Massaker zu werden versprach, verwandelte sich alsbald in ein hitziges Handgemenge, denn mit dem Europäer war nicht zu spaßen. Es flogen Flaschen und Stühle, Vasco hielt es nicht länger aus. Drei gegen einen, das war zuviel. Er stürzte sich in die Keilerei, und zwar auf Seiten des Unbekannten. Die Mulattin kreischte, einer der Eindringlinge hatte ihr eine Ohrfeige verabreicht. Vasco war stark, er hatte als Kind Ballen und Bündel geschleppt und bei Giovanni Griffe der *Capoeira* gelernt.

Der Kampf war blutig und endete mit der Niederlage und Vertreibung der Angreifer. Auch der Besitzer des Kabaretts, der wußte, wer Georges war, hatte sich eingemengt und mit ihm die Kellner; sie überwältigten die drei Raufbolde, deren Geschichte später herauskam. Es handelte sich um den Geliebten der Mulattin und zwei Freunde, die entschlossen waren, die an dem ersten begangene Treulosigkeit zu rächen und ihn von den unerträglichen Schmerzen des Gehörnten zu befreien. Der siegreiche Georges lehnte es ab, die Polizei zu rufen, wie Vasco vorgeschlagen hatte. Die Mulattin mit ihrem gebrochenen Unterkiefer schien tief ergriffen zu sein über den heftigen Ausbruch ihres Liebhabers und über die Leidenschaft seiner Gefühle, die ihn dazu verführt hatten, einen Überfall auf den Hafenkommandanten, den Herrn der Matrosen und Schiffsjungen, zu planen und durchzuführen. Sie fühlte sich durch seine Heldentat zurückerobert und lief, die Sieger im Kabarett zurücklassend, unter Seufzen und Jammern ihrem geschlagenen Geliebten nach.

Vasco nahm die Einladung Georges', sich an dessen Tisch zu setzen, mit Vergnügen an; man tauschte Visitenkarten aus, der Kaufmann war entzückt zu erfahren, mit wem er es zu tun hatte, – wem er in einer schwierigen Situation zu Hilfe gekommen war:

»Welches Vergnügen, Herr Kapitän! Stellen Sie sich vor: ich hielt Sie für einen Ausländer ...«

»Mein Vater war Franzose, aber ich bin Mineiro, aus Vila Rica.«

»Es ist mir eine Ehre. Bitte, verfügen Sie über mich, Senhor ...«

»Lassen wir den ›Senhor‹ beiseite. Wir sind ja Freunde.«

Der Abend endete mit einer gemeinsamen Verbrüderung mit Soraia. Johann tauchte auf, setzte sich zu ihnen, man klatschte der Tänzerin, der Tochter eines Arabers aus São Paulo, Beifall, man lud sie zu Champagner ein und nahm sie mit zwei anderen Mädchen in ein entlegenes Frauenhaus mit, in dem der Kapitän Stammgast war. Am nächsten Tag wurde Vasco dem Oberst, dem Leutnant und Dr. Jerônimo vorgestellt. Dieser borgte sich unverzüglich bei ihm Geld aus und besiegelte damit endgültig jene Freundschaft und Vascos Eintritt in den illustren Kreis.

Und obendrein in die hohe Gesellschaft. Nun wurde er zu den Festlichkeiten des Regierungspalastes eingeladen, zu Empfängen, zu Bällen, zur Parade des Zweiten Juli und des Siebten September auf der offiziellen Tribüne, neben dem Gouverneur, den höchsten Beamten, den hohen Offizieren. Jerônimo schloß ihn ins Herz und ließ ihn nicht mehr los. Und nicht nur die vier Freunde schätzten ihn hoch, sondern auch die anderen – Majore, Hauptleute, Amtsrichter, Abgeordnete, Regierungssekretäre –, die sich gelegentlich bei dem Kreis zu einer Plauderei, einer Partie Poker, einem Nachtbummel einfanden. Andere Salons öffneten ihm ihre Türen, dem Intimus des Kabinettchefs des Gouverneurs und dessen Ordonnanzoffiziers, dem Freund des Bataillonskommandeurs und des Hafenkommandanten. Vasco gab seine früheren Kumpane auf, Kaufleute der Unterstadt, beschränkte, engstirnige Leute, die keine Lebensart hatten. Nur Johann, für den Georges viel übrig hatte, genoß weiterhin Vascos Zuneigung. Dieser, nach wie vor in Soraia vernarrt, ließ sich hin und wieder blicken und sprach davon, sie aus dem Kabarett zu nehmen. Sie war eine Kanone, ein As, eine Wucht im Bett, aber die jämmerlichste Tänzerin, die Johann je auf einer Bühne gesehen hatte. Und er war um die halbe Welt gereist, bevor er sich in Bahia niedergelassen hatte.

Somit sah sich Vasco Moscoso de Aragão mit einemmal im Besitz von allem, was sein Herz begehren konnte: von Geld und gesellschaftlicher Stellung, guter Gesundheit und guten Freunden, Überfluß an Frauen, Glück im Spiel und ohne Sorgen. Warum also jener Anflug von Schwermut, der seinen Blick und sein freimütiges Lachen verschleierte?

Der Kapitän Georges Dias Nadreau liebte es, fröhliche Gesichter um sich zu sehen. Daher beschloß er, die geheime Ursache jenes unerklärlichen Kummers und zugleich das passende Heilmittel zu ergründen, um das Gesicht des Freundes zu entwölken. Eine Zeitlang dachte er, es sei Liebeskummer, gekränkte Eifersucht, eine Wunde, die sich mit der Zeit schließen würde, zum Beispiel durch eine neue Leidenschaft für Dorothy. Tatsächlich hatte Vasco sich in letzter Zeit für eine junge Dame der Gesellschaft interessiert: für die heiratsfähige Tochter eines Amtsrichters, ein Brechmittel an Langeweile namens Madalena Pontes Mendes, die er auf einem Fest im Palast kennengelernt hatte. Georges wurde unruhig: wie konnte eine hochgestochene dumme Gans, hart wie Eisen und mit einer Miene, als hätte sie unausgesetzt Aasgeruch in der Nase, einem ausgeglichenen Mann und Frauenkenner den Kopf verdrehen und ihm die Lebenslust rauben? Das war einfach lächerlich, aber aus Lächerlichkeiten bestand nun einmal die Welt, davon überzeugte er sich immer mehr.

»Wenn ich diese Madalena sehe, wird mir speiübel ...«, sagte der Hafenkapitän zum Kommandeur des 19. Jägerbataillons, »sie ist eine hochnäsige Pute ...«

Seine Hoffnung auf Vascos Genesung beruhte auf Dorothy, auf ihren glühenden Augen, auf ihrem Kußmund, auf ihrem Liebeshunger – »man brauchte ihr nur ins Gesicht zu sehen und wußte Bescheid«. Sie bedurfte nichts als eines strammen Reiters, der sie im Galopp durch die Gefilde der Nacht bis zum Morgengrauen hetzte und keine Rücksicht nahm auf Müdigkeit und Schlafbedürfnis.

»Die laß ich mir gefallen, die ist ein paar Wochen Kopfzerbrechen wert ... Aber wegen einer eingebildeten Transuse die Laune zu verlieren, ist einfach idiotisch!«

Der besorgte Georges war der Auffassung, Vasco müsse ein für allemal mit Dorothy zu Rande kommen, und besprach daher die Angelegenheit ausgiebig mit Carol.

Von Wahn und Wirklichkeit im Hinblick auf Titel und Patente

Jawohl, etwas hatte Madalena Pontes Mendes und ihre dünkelhafte Himmelfahrtsnase mit Vasco Moscoso de Aragãos geheimem Kummer zu tun. Es handelte sich jedoch nicht um Liebesleid, um »Hörnerweh«, um unerwiderte Leidenschaft, wie der Hafenkommandant Nadreau vermutet hatte. Wenn der Kaufmann nur die geringste Heiratsabsicht in Hinblick auf die prüde Jungfer nährte, so schlug sein Herz beim Anblick ihres dürren versnobten Gestells gewiß nie stürmischer. Er schloß nie die Augen, um sie sich nackt vorzustellen, und widmete dem asthmatischen Vater und Desembargador sowie der von Baronen abstammenden Mutter viel mehr Zeit und Aufmerksamkeit als deren hochnäsiger Tochter.

Wenn er je ernstlich eine Heirat erwogen hatte, so nur als Teil eines Plans, der ihm die Möglichkeit verschaffen sollte, endgültig in der ersten, exklusiven Gesellschaft von Bahia mit ihren Wappen und Titeln Fuß zu fassen. Wenn er auch unter der Wirkung seines veränderten Umgangs, des lichterglänzenden Palastes, der Nähe des Gouverneurs und der Eleganz jener hochvornehmen Damen diesen Gedanken gefaßt hatte, so war daraus doch nie ein fester Vorsatz geworden. Das Ganze war nie etwas anderes als eine kurzlebige, flüchtige Grille mit einem bitteren Nachgeschmack gewesen.

Er hatte an eine vornehme Heirat gedacht, um durch sie seinen geachteten, aber gewöhnlichen Namen, der nach Stockfisch und Trockenfleisch stank, mit einem wohltönenden Nachnamen jenes Ortsadels zu verbinden, der nach dem jüngst vergossenen Sklavenblut roch und seit der Aufhebung der Sklaverei auf dem absterbenden Ast saß. Berechnend ohne die nötige Erfahrung, hatte er ein Auge auf Madalena Pontes Mendes geworfen, weil ihre Familie mütterlicherseits einen Baron und ihr Großvater väterlicherseits, ein gelehrter Gesetzesmacher, Briefe aus der Hand des Kaisers Pedro II. aufzuweisen hatte, kurzum: weil die ganze Sippe stinkvornehm war und eine heruntergekommene Fazenda besaß. So hatte er sich in eine Begeisterung hineingesteigert, hofierte nun die Eltern und umgarnte die Tochter.

Aber die Enttäuschung ließ nicht auf sich warten, und zwar in Form eines verhängnisvollen Walzers. Er hatte das junge Mädchen zum Tanz aufgefordert, und im Verlauf des »Ballgeflüsters« kamen sie auf die bevorstehende Verlobung und Hochzeit eines anderen jungen Mädchens zu sprechen. Dabei machte Madalena ihn mit einer einzigen Bedingung vertraut, die derjenige zu erfüllen habe, der sie (das Klappergestell) zum Altar zu führen beabsichtige: der Bewerber mußte einen Titel oder ein Patent haben. Dabei verzichtete sie auf ein Adelsprädikat, wenn auch ein Marquis oder ein Baron erstrebenswert, aber kaum zu erhoffen war in einer Republik, die den armen Kaiser, mit dem ihr Großvater befreundet gewesen war und sogar im Briefwechsel gestanden hatte, schmählich verraten hatte. Sie meinte republikanische Titel, akademische, einen Doktorgrad, ein Offizierspatent des Heeres oder der Marine. Keinesfalls würde sie einen Hans Niemand heiraten, sie, die Enkelin eines Barons, Tochter eines Amtsrichters, um die gedemütigte Frau eines »Seu« Dingskirchen, eines »Seu« Dingsbums, eines »Seu« Dingsda zu sein. Sie wollte eine Frau Doktor, Frau Hauptmann oder Frau Kapitän werden. Auf das Geld kam es ihr nicht einmal so sehr an, dafür aber um so mehr auf die Familie, auf den Namen. Darunter tat sie's nicht.

Vasco kam aus dem Takt und machte ein paar falsche Schritte, er erblaßte und wurde zusehends kleiner. Er hatte die Unterhaltung auf dieses Thema gelenkt, um sich dem jungen Mädchen überhaupt bemerkbar zu machen, und schon warf ihm das eitle Gestell aus Haut und Knochen seinen Stand eines »Hans Niemand«, eines »Seu« Dingsda vor und sprach von dem Bürgerstand mit der größten Geringschätzung. Dabei war er gar nicht dazu gekommen, sich ihr als Anwärter zu erkennen zu geben, er wurde einfach rot, blieb stecken und tanzte stumm wie ein Grab und mühsam bis zum Schlußakkord des Walzers weiter. Und seine Traurigkeit wuchs.

Denn seine Traurigkeit hatte ihren einzigen, ausschließlichen Grund in der Tatsache, daß kein Titel seinem Namen vorausging. Warum warf er sich dann nicht auf die Eroberung Dorothys, die sich mit Roberto nur wegen seines Geldes eingelassen hatte? Vasco konnte ihr viel mehr Geld, einen ganz anderen Komfort, ein eigenes Haus in Aussicht stellen, abgesehen von einem bequemen Leben mit Festen, Ausfahrten, Abendgesellschaften und Champagner. Und gar nicht zu reden davon, daß er sie von dem fetten Schwein Roberto erlöste, der ihr im Busenausschnitt herumfummelte, sie an sich drückte, sich mit ihr im Bett wälzte. Denn Vasco schmachtete nach Dorothy, nach ihr verzehrte sich sein klopfendes Herz, nachts stellte er sie sich nackt vor, er sah ihre schwellenden Brüste, die strammen Schenkel, den runden Hintern, den samtweichen Bauch. Warum entriß er sie dann nicht Robertos Armen? Aus Angst? Ja, aus Angst vor Roberto. Aber nicht aus körperlicher Angst, vor seinem Fettwanst hatte er keinen Bammel; ein Mann, der eine Frau schlägt, ist immer ein Feigling und nicht der Mann, einem anderen Mann die Stirn zu bieten. Wer würde es auch wagen, sich Vasco Moscoso de Aragão zu stellen, dem Freund Doktor Jerônimos, dessen Wort auf der Polizei Evangelium war und der über Soldaten und Seeleute verfügen konnte, wenn ihm der Sinn danach stand? Er brauchte dem Oberst und dem Hafenkommandanten nur ein Wörtchen zu sagen.

Es war eine andere Art der Angst, geboren aus der Hochachtung des Kaufmanns vor dem akademisch gebildeten Herrn Doktor, der ein glänzender Arzt war, den Ring seines akademischen Grades trug und eine wissenschaftliche These verteidigt hatte. Niemals würde Vasco den Abstand einholen können, der ihn von den Herren Doctores trennte. Im Vergleich zu ihnen war er ein bescheidenes Würstchen und konnte sich nie im Leben mit ihnen messen.

Das war der unerklärliche Grund für seinen melancholischen Gesichtsausdruck, für seinen unentwegten Kummer, der seine Freude zernagte und seine Freunde beunruhigte. Für Vasco bildeten die Männer mit Titel oder Patent eine Kaste für sich, sie standen über den anderen Sterblichen, sie waren höhere Wesen.

Vasco fühlte seine Unterlegenheit in jedem Augenblick. Wenn er die Pension Monte Carlo betrat, begrüßte Carol ihn zärtlich mit »Seu Aragãosinho«, nachdem sie die anderen vier mit »Herr Oberst«, »Herr Doktor«, »Herr Kapitän« und »Herr Leutnant« willkommen geheißen hatte. Wenn ein neues Frauenzimmer entdeckt und dem Freundeskreis am Tisch eines Kabaretts oder im verschwiegenen Wohnzimmer eines Bordells zugeführt worden war, fragte sie, nachdem sie sich über den Stand der anderen erkundigt hatte, Vasco nach seinem Titel oder machte sich anheischig, ihn zu erraten:

»Lassen Sie, ich werde es erraten ... Sie sind Major, das möchte ich schwören.«

Wenn er und seine Gruppe auf der Regierungstribüne vom Gouverneur des Staates Bahia einer hohen Persönlichkeit vorgestellt wurden, kam nach der Nennung der wohlklingenden Titel der Freunde sein Name an die Reihe:

»Seu Vasco Moscoso de Aragão, Großkaufmann am Platz.«

Seu Vasco ... Den lieben langen Tag hörte er die verhaßte Partikel, sie schmerzte ihn wie eine Ohrfeige, wie eine absichtliche Beleidigung. Sie demütigte ihn bis ins Tiefste seiner Seele, er fühlte sich erröten, er senkte den Kopf, er verlor alle Lust am Fest. Es war ein verdorbener Tag für ihn. Was nutzte ihm all sein Geld, die ihm von so vielen Menschen entgegengebrachte Sympathie, die Freundschaft bedeutender Männer, wenn er nicht wirklich einer von ihnen war, wenn ihn etwas von ihnen trennte, wenn ein Abgrund zwischen ihnen gähnte? Natürlich gab es Leute, die Vasco beneideten und einen Glückspilz in ihm sahen, dem das Leben alles geschenkt hatte. Das war nicht wahr. Es fehlte ihm ein Titel um jenes demütigende, anonyme »Seu« zu ersetzen, das ihn mit dem niederen Volk, mit den kleinen Leuten, mit dem Pöbel gleichsetzte.

Wie oft dachte er nach ausgelassenen Abenden in der Stille seines Junggesellenheims, das Gesicht verdüstert, an die leidige Angelegenheit! Was würde er nicht für ein Diplom, selbst für das eines Zahnarztes oder Pharmazeuten, geben, sofern es ihm erlaubte, den Ring des akademischen Grades und ein »Dr.« vor dem Namen zu tragen.

Er dachte sogar daran, ein Patent der Nationalgarde zu erwerben, wie es zu Beginn der Republik zu Tausenden an die Fazendeiros des Hinterlandes für einige Conto de Réis verkauft worden war. Mittlerweile gab es so viele Patente im ganzen Sertão, daß der Titel »Oberst« nur mehr einen reichen Gutsbesitzer meinte und seine martialische Klangfarbe, seine Waffenwürde vollständig eingebüßt hatte. Im übrigen wurden diesen Obersten schon lange keine militärischen Ehren mehr erwiesen, kein Gemeiner stand mehr vor ihnen stramm; außerdem war ihnen das Tragen der Uniform untersagt. Dieser Weg war mithin aussichtslos, ja geradezu lächerlich.

Er träumte sogar – denn der Traum kostet ja nichts – von einem päpstlichen Adelsbrief, aber das war reine Phantasie, der Trost eines Augenblicks, der vor der rauhen Wirklichkeit kapitulieren mußte. Ein Grafentitel des Vatikans kostete ein Vermögen und kam für seinen Geldbeutel überhaupt nicht in Frage; nicht einmal sein gesamtes Vermögen würde dafür ausgereicht haben. In Salvador existierte nur ein päpstlicher Adeliger, ein Mitglied der Familie Magalhães, Teilhaber der bekannten Großfirma, im Vergleich zu der das Haus Moscoso & Cia. Ltda. ein Kramladen war. Dieser Magalhães hatte allein, aus eigener Tasche, eine Kirche erbaut, hatte dem Papst einen goldenen Christus geschickt, unterstützte Patres und Bruderschaften, hatte zweihundert Conto de Réis in einen Grafentitel investiert, war nach Rom gereist und auch dann nur mit dem Titel eines Komtur heimgekehrt. Somit genügte Geld allein nicht, man mußte der Kirche bedeutende Dienste geleistet haben; frommer Eifer und Freundschaften mit Klöstern waren nicht Vascos Stärke; denn als Bohemien besuchte er selten die Messe, hatte sehr lockere Beziehungen zur Kirche und war im Bischofssitz ein Unbekannter.

Im Bett seinen Gedanken nachhängend, mitunter eine müde Frau neben sich, die zufrieden gähnte, verscheuchte Vasco das Andenken an seinen Großvater, jenen engstirnigen Klotz, für den nur das Geld existiert hatte. Warum hatte dieser, statt ihn als Kind in den stinkenden Zwischenstock der Steilgasse Montanha zu stecken, damit er die Fußböden reinfege, Botengänge mache, Ballen schleppe, Vasco nicht ins Gymnasium und anschließend auf die Universität zum Studium der Medizin oder Jurisprudenz geschickt und ihm dadurch den Zugang zu einer höheren Gesellschaftsschicht ermöglicht? Aber nichts dergleichen: der alte Moscoso hatte nur an die Firma gedacht und daran, den Enkel als Geschäftsnachfolger auszubilden.

Eilends verjagte er das Bild des Großvaters, an den er nur Erinnerungen bewahrte, die das Erinnern nicht lohnten. Stattdessen ließ er der Einbildungskraft freien Lauf, minutenlang schwebte er in dem Vergnügen, die begehrten Titel vor seinem Namen zu sehen, im siebten Himmel.

»Doktor Vasco Moscoso de Aragão, Rechtsanwalt!« Er sah sich auf der Tribüne der Geschworenen, in Toga und Hut, den Zeigefinger bei einem drohenden Seitenhieb auf den Ankläger gereckt, oder während seines Plädoyers, mit bebender Stimme die Geschichte des Angeklagten erzählend, der, ein Opfer und kein Verbrecher, seinem Schicksal machtlos gegenübergestanden habe. Ein guter arbeitsamer Mensch, voller Pflichtgefühl, ein zärtlich liebender Familienvater, ergebener Ehemann, ganz verrückt auf seine Frau, und die Leichtfertige setzte ihm ein Horn nach dem anderen auf ... Halt, der Ausdruck war der Jury unwürdig ... Und die Leichtfertige, ohne Rücksicht auf die Liebe des Gatten, die Unschuld der Kinder, den Anstand des häuslichen Herdes, auf den Treueschwur vor dem Priester, beschmutzte den ehrbaren Namen des Ehemanns im verräterischen Bett ... So, so mußte die Sache klingen ... Er war begeistert von der eigenen Ausdrucksweise, er war tief ergriffen, sein Name, ebenso berühmt wie der der meisten Anwälte des Staates, wurde in den Unterhaltungen erwähnt und über den grünen Klee gelobt: »Welch ein Talent! Welche Beredsamkeit! Der rührt selbst ein Herz aus Stein! Der muß den hartnäckigsten Geschworenen erweichen!«

Nachdem der Mörder freigesprochen war, sah er sich im Operationssaal, in Hemdsärmeln, mit schwarzen Hosenträgern, Gummihandschuhe an den Händen, eine Stoffmaske vor dem Gesicht. Er war Senhor Doktor Vasco Moscoso de Aragão, der an Hospitälern in Paris und Wien praktiziert hatte, Chirurg – eine andere Spezialität kam für ihn nicht in Frage –, weltberühmt, ein Mann mit starken aber zartfühlenden Händen, der vor dem aufmerksam-ängstlichen Blick der Angehörigen, des Dr. Jerônimo, vor Politikern, Studenten und Krankenschwestern den Bauch des Herrn Gouverneurs aufschnitt. Die plötzliche Erkrankung, das öffentliche Aufsehen, der drohende Tod, wenn die Operation nicht unverzüglich versucht werden würde! Aber eine derartige Operation – Vasco wußte nicht genau, was er operierte, welches Organ, welche Eingeweide in Mitleidenschaft gezogen waren, welchen Teil des statthalterlichen Bauches er öffnen und zunähen würde, aber das waren zweitrangige Fragen –, eine derartige Operation war in Bahia nie gewagt worden, er nahm den Ärzten, die vor der ungeheuren Verantwortung zurückzuckten, gelassen die Last von den Schultern. So hatte der berühmte Universitätsprofessor abgelehnt, den Eingriff vorzunehmen. Dabei stand das Leben des Gouverneurs auf dem Spiel, die Staatsgeschäfte hingen in der Luft, es gärte in der Politik, die Opposition rieb sich bereits frohlockend die Hände. Dann Jerônimos dramatischer Anruf, der sich auf Vascos Freundschaft, auf seine Kennerschaft berief. Die knisternde Spannung im Operationssaal, ein Lächeln auf den Lippen des Arztes, seine Kapazität, seine Ruhe, seine Kaltblütigkeit und seine jahrelange Erfahrung. Und schon extrahierte er aus dem illustren Bauch einen ... was denn nur? Einen riesigen Stein, – er hatte einmal etwas von Nierensteinen gehört, die tödlich und unheilbar seien. Die Studenten konnten sich nicht länger halten, sie brachen in wildes Händeklatschen, in Hochrufe aus, die Altmeister der Fakultät umringten ihn mit Glückwünschen.

Ein Mensch dem Gefängnis entrissen; das Leben des Gouverneurs dem Tode abgerungen – nun wechselte er auf das Gebiet der Ingenieurkunst über: Herr Doktor Vasco Moscoso de Aragão, Zivilingenieur mit Spezialstudium und -praxis in Deutschland, durchstieß den ungastlichen Sertão, den Buschwald, mit Eisenbahnschienen und führte den Fortschritt tief ins Innere des Landes hinein. Unter der sengenden Sonne, mitten im branddürren Busch, an der Spitze der Arbeitsgruppe, die Denkerstirn schweißperlend, Hindernisse, Mutlosigkeit und Erschöpfung bezwingend. Und dann jener Berg, zwar etwas weit hergeholt in der topfebenen ausgedörrten Landschaft, der Fortschritt und Schienenstrang den Weg versperrte. O der Tunnel, unsterbliches Werk, einer der längsten der Welt, erwähnt in den geographischen Leitfäden! Dann der Tag der Einweihung. Der Lokomotivführer trat ihm ehrerbietig seinen Platz ab: dem großen Ingenieur, dem Mann, der die Wüste bezwungen hatte, die Berge und den Fluß, ihm stand es zu, die blumenbekränzte Lokomotive zu führen. Es kam Dorothy, mit einemmal avanciert zur Gattin des unsympathischen Verkehrssekretärs, eines lächerlichen bekloppten Zwerges, der den Kaufmann Aragãosinho herablassend behandelte, der Freund Jerônimo und Leutnant Lídio Marinhos, der ihm stets zwei Finger zum förmlich-reservierten Gruß hinstreckte; es kam Dorothy, ergreifend schön, und während er zur Einweihung die Champagnerflasche an der Lokomotive zerschellen ließ, suchte sie den gefeierten Ingenieur mit dem Blick, und zwischen ihm und der unvermuteten Gattin des Sekretärs entspann sich eine zarte Liebelei.

Nun nahm der Kavallerieoffizier, Major Vasco Moscoso de Aragão, – denn das Pferd ist etwas viel Würdevolleres und Romantischeres – den Vorbeiritt seiner Dragoner ab.

Seine Kommandostimme, seine edle Herkunft, seine kriegerische Haltung, die ordengeschmückte Brust ... Und da der Krieg unvermeidlich war und die argentinischen Heere heimtückisch die Grenzen Rio Grandes überschritten, verwandelte sich die Parade des Siebten September in die Einschiffung der Truppen gen Süden, auf dem Wege zur Pflicht. Zum Ruhm und in den Tod. Die ganze Stadt war auf den Beinen, schluchzende Frauen umarmten die ausziehenden Krieger, Mädchen streuten Rosenblüten auf den Marschweg. Auf seinem Pampapferd, den blitzenden Degen in der Faust, den kühnen Blick in die Ferne gerichtet, war Major Vasco Moscoso de Aragão das Abbild von Krieg und Sieg. Sein Aufstieg auf dem Schlachtfeld würde von kurzer Dauer sein, er würde von Heldentat zu Heldentat, von Beförderung zu Beförderung schreiten, in wenigen Monaten und zahlreichen Schlachten zum General aufsteigen und am Schluß des Konflikts beim Einmarsch in Buenos Aires inmitten der Kanonade und des Maschinengewehrfeuers ruhmreich fallen, von einem Blindgänger in die Brust getroffen. Trotzdem sank er nicht von seinem Pampapferd, kaum neigte er sich im Sattel vornüber, die Brust war zerrissen, aber sein unbeugsamer Wille brachte ihn bis zum Regierungspalast. Nun war sein Name zur Legende geworden und wurde von den Schulkindern auswendig gelernt.

Da jener Kampf aber zu Land und zu Wasser, insbesondere zu Wasser ausgetragen wurde, durchbrach das unter dem Kommando des Admirals Vasco Moscoso de Aragão, des jüngsten Admirals der brasilianischen Kriegsmarine – bei Ausbruch des Zwistes war er Korvettenkapitän gewesen – stehende Flaggschiff die Blockade der argentinischen Flotte. Allein bombardierte er Buenos Aires, brachte die Forts der feindlichen Stadt zum Verstummen, lief an Bord seines

Kreuzers, auf dem die Flagge der jungen Republik Brasilien wehte, in den Hafen ein. Auf der Kommandobrücke, an ein Geschütz gelehnt, gab der Admiral den Befehl: »Ein jeder auf seine Gefechtsstation, um für Brasilien zu sterben!« Ein freilich etwas pessimistischer Ausspruch. Es war angebracht, ihn etwa so zu berichtigen: »Ein jeder auf seine Gefechtsstation, bereit, das Leben für den Sieg Brasiliens hinzugeben!« So klang es besser, bebender. Er nahm sein Glas, musterte die argentinischen Stellungen. Mit fester Stimme befahl er: »Feuer!« und die Geschütze sprühten Tod und Verderben gegen die stolze Stadt. In blitzschnellen Manövern von nie gesehener Kühnheit versenkte er die Portenho-Schiffe, eines nach dem anderen. Er vernichtete die Bollwerke und durchbrach die Verteidigungslinien. Auf der Brücke seines Schiffes stehend, lief er zwischen Rauchschwaden und flackernden Bränden in den Hafen ein, damit dem Krieg ein Ende setzend, er – der Kommandant, Admiral Vasco Moscoso de Aragão!

Das Hürchen regte sich neben ihm im Schlummer, öffnete die schlaftrunkenen Augen, erkannte Zimmer und Bett; sie hatte Glück gehabt, am Vorabend ausgewählt worden zu sein, sie mußte ihm dankbar sein, vielleicht würde er sich in sie verknallen. Sie streckte die Arme aus, die Stimme weich von Schlaf und Koketterie:

»Seu Aragãosinho ...«

Sie zerriß, zerfetzte den Traum, der die Freiheit des Menschen ist, die sich nie zähmen, unterdrücken oder rauben läßt, jene Freiheit, die sein letzter endgültiger Besitz ist. Und zerrte damit den Admiral Vasco Moscoso de Aragão von der Brücke seines Schiffes herab.

Wie von neuem der dämliche Erzähler angelaufen kommt und sich uns aufdrängen will

Es sei mir gestattet, den Bericht über die Abenteuer des Kommandanten in der für Periperi so folgenschweren Lesart Chico Pachecos zu unterbrechen, um aus eigener Erfahrung feierlich zu erklären, daß die Frage mit den Titeln und Patenten kein Kinderspiel ist. Noch heute, wo die Zeiten andere geworden sind, ist es eine Sache, ein Herr Doktor oder ein Offizier, eine andere jedoch, ein armer Teufel ohne Diplom zu sein. Für die ersteren gelten alle Vorrechte und Vergünstigungen, für die anderen Sterblichen nur das harte Gesetz. Die mit einem Diplom Ausgezeichneten haben sogar ein Anrecht auf Sonderhaft, von den Offizieren gar nicht zu reden, die der Form halber im Regimentskasino inhaftiert werden.

Heute gibt es Leute, die die Herren Doktoren verspotten, die Herren Advokaten verhohnepipeln und meinen, der Akademikerring sei kein Beweis für Zuständigkeit. Ich habe sogar in einer Zeitung einen doppelt und dreifach belegten Artikel gelesen, der A plus B bewies, das ganze Verhängnis Brasiliens liege in den Herren Bakkalaurei. Das mag sein, auch ich denke so, streite jedoch nicht, sondern achte die Freiheit der Meinungsäußerung. Dagegen möchte ich wetten, daß der Verfasser des besagten Aufsatzes ein Doktor irgendeiner Disziplin oder ein aktiver Offizier ist, denn wo würde er sonst den Mut zu solchen Behauptungen hernehmen? Sich mit einem Herrn Doktor messen zu wollen, ist Widersinn, ist reiner Wahnsinn, dafür bin ich der beste Beweis.

Daher gebe ich dem Kommandanten völlig recht. Bevor

Chico Pachecos Version nicht restlos bewiesen ist, entziehe ich Vasco Moscoso de Aragão seinen Titel nicht; ein Geschichtsschreiber darf keine überstürzten Schlüsse ziehen: der Anlaß von Vascos Schwermut scheint vollauf berechtigt zu sein. Selbst reich und wohlbestallt, hat er sicherlich Demütigungen und Ärgernisse zu erleiden gehabt, eben weil ihm eine Doktorwürde oder ein Majorsrang fehlt, weil er keine akademische Ausbildung hinter sich hat, nicht einmal jene im Huschhusch durchlaufene von Tagedieben, die nie im Hörsaal gesehen worden sind wie etwa Otoniel Mendonça, Telêmaco Dóreas Busenfreund, vor dessen Niedertracht ich den hervorragenden Herrn Dr. Alberto Siqueira zur richtigen Zeit zu verteidigen wußte. Aber dieser Analphabet ist tatsächlich Assessor. Während seiner Studienjahre stand er sich im miesesten Hurenviertel die Füße in den Leib und zog am Eingang zur Buchhandlung »Zivilisation« der Rua Chile über andere Leute her. Die Herren Professoren bekamen ihn während der ganzen Zeit kaum zu Gesicht, womit die verehrungswürdigen Meister freilich nicht viel versäumt haben. Indessen: durch ein wenig Büffeln, durch Wiederholung von Prüfungen, durch etwas Schmu und Schmus bestand er sein Staatsexamen, und mit seinem Assessortitel bewaffnet, ergatterte er sich eine Staatsstellung – eine von der besten Sorte, bei der man praktisch keinen Finger rühren muß – und vertrieb sich im übrigen nach wie vor lästernd seine Zeit in der Rua Chile. Kaum eine Stunde täglich widmete er dem Staatsdienst. Da auch das ihm als übertriebene Zeitvergeudung erschien, heuchelte er bald eine Durchlöcherung des linken Lungenflügels, worauf man ihm anstandslos Krankenurlaub gab, den er bis zum heutigen Tag genießt, um fett und rosig mit seiner Gegenwart die Luft von Periperi zu verpesten.

Nun sehe man sich folgenden Unterschied an: nur weil ich keinen Doktortitel besitze, habe ich mich wie ein herrenloser Köter quälen müssen, um in meinem Amt einen sechsmonatigen Urlaub durchzudrücken; die Ärzte waren von unglaublicher Unnachgiebigkeit, sie lobten mein Sehvermögen über den grünen Klee, sie hatten nie so gute Augen untersucht. Ein Freund hatte mir versichert, der Kniff mit der Augenerkrankung ziehe immer, tief bewegt würden die Ärzte ohne Untersuchung sofort alle notwendigen Unterschriften leisten. Unsinn: wenn sie die Augen meines Freundes nicht untersuchten, so nur in Anbetracht seines zahnärztlichen Diploms, das, wenn auch ein Doktortitel zweiter Klasse, trotzdem seine Vorteile bietet. Ich kam mit meinem Antrag nur zu Rande, weil ich zufällig entdeckte, daß einer der Ärzte der Neffe eines Gevatters von mir ist. Ich warf ihm also den Onkel mitsamt meinem Gesuch an den Kopf, und schon stellte der Schaumschläger schwere Katarakte fest, die womöglich zu meiner völligen Erblindung führen konnten. Ich bekam sechs Monate Urlaub und dann weitere sechs. Auf diese Weise konnte ich mich auf Staatskosten der Abfassung meines Werkes über die »Vizepräsidenten der Republik« widmen. Ich weiß nicht, ob der Leser meine Arbeit kennt, wenn nicht, darf ich ihm die Lektüre ohne falsche Bescheidenheit empfehlen, da sie viel gelesen und allgemein anerkannt worden ist.

Im übrigen beweist der Fall dieses Buches nochmals die Wichtigkeit, eine Doktorwürde zu haben. Ich schrieb es, um eine Lücke auszufüllen und eine Ungerechtigkeit gutzumachen: es wird so viel über die Präsidenten der Republik geschrieben, besonders, wenn sie noch am Leben sind, ihr Lob wird in den höchsten Tönen gesungen. Die Vizepräsidenten hingegen fallen der Vergessenheit anheim, es sei denn, daß sie an die Regierung kommen. Wer hat zum Beispiel die vollständige Liste der Vizepräsidenten der Republik im Kopf? Wer weiß noch, wer Vizepräsident zur Regierungszeit von Prudente Morais oder Hermes da Fonseca war? Ich möchte bezweifeln, daß einer mit diesem Wissen aufwarten kann. Das beweist zur Genüge, wie gelegen mein Buch kommt.

Auch beflügelte mich zu dem mühsamen Unternehmen der damals vom verdienstlichen Historisch-Geographischen Institut eröffnete Wettbewerb für historische Monographien mit seinem bescheidenen Geldpreis und der Drucklegung der prämiierten Arbeit auf Kosten des Instituts. Der Lorbeer lockte mich; dank der Katarakte und meinem Gevatter erkämpfte ich mir die notwendige Zeit zu meiner Aufgabe und stürzte mich auf die Vizes. Ich leistete ganze Arbeit – man verzeihe mir meine Eitelkeit! – und schuf ein Werk, in dem der interessierte Leser den vollständigen Namen, Abstammung, Tag und Ort von Geburt und Tod, Schul- und Hochschulbildung, die ausgeübten Ämter, die verwirklichten Werke und die hervorstechenden Taten eines jeden Vizepräsidenten findet. Ich habe nicht einmal die Namen der Ehefrauen und Kinder vergessen, und sogar einige Enkel sind erwähnt. All das hat mich wahnsinnige Mühe gekostet und mir in Anbetracht der staubigen Staatsbibliothek einen hartnäckigen Katarrh eingetragen.

Nun gut: ich habe mich an dem Wettbewerb beteiligt, gewiß, ihn spielend zu gewinnen, und mußte zu meiner Enttäuschung erleben, daß der Preis dem einzigen anderen Bewerber, Herrn Doktor Epaminondas Tôrres für seinen Essay über die Sabinada – die Separatistenrevolution Bahias zur Zeit der Regentschaft – zugesprochen wurde. Selbst an Seitenzahl ist seine Monographie der meinen unterlegen:

sie umfaßt nur vierzig spärliche Bogen, mithin genau die Hälfte meines Buches. Und warum gewann er dank dieser haarsträubenden Ungerechtigkeit den Preis? Der Leser wird es sogleich erfahren. In meiner Eigenliebe verletzt, ging ich schnurstracks ins Institut und sprach bei dem Herrn Sekretär vor. Der blickte mich unter seinen Brillengläsern an und erwiderte:

»Wer sind Sie, um hier hereinzuwehen und von Ungerechtigkeit zu faseln? Kennen Sie etwa nicht Herrn Dr. Epaminondas Tôrres, wissen Sie nicht, daß er einer unserer hervorragendsten Anwälte ist? Und was für einen Titel haben Sie?«

Sehen Sie? Mein Irrtum bestand darin, gegen einen Bakkalaureus, gegen einen regelrechten Doktor angetreten zu sein. Welche Titel besaß ich? Keinen, außer, daß ich in den Eckspalten von Zeitungen und Zeitschriften ein paar Sonette veröffentlicht hatte. Ich schluckte die Beleidigung hinunter und versuchte, das Institut zumindest zum unentgeltlichen Druck meines Buches zu bewegen, da man mir den Preis weggeschnappt hatte. Gottlob stieß ich auf Entgegenkommen, die edlen Historiker mußten ein schlechtes Gewissen haben. Aber der Direktor der Staatsdruckerei, die die Werke, das meine und das prämiierte, auflegen sollte, führte die Männlein vom Institut ganz schön an der Nase herum und schickte die Manuskripte nie in die Druckerei; wenige Monate darauf verließ er seinen Posten, und der neue Direktor wollte von der Sache nichts mehr wissen. Auf diese Weise wurde die Arbeit des Herrn Dr. Epaminondas nie veröffentlicht, so daß sie nicht mit der meinen verglichen werden konnte, was mich zu der Annahme verleitet, daß hier eine grobe Schiebung vorgelegen haben muß.

Was die »Vizepräsidenten der Republik« betrifft, so gab

ich das Buch auf eigene Kosten durch die Grafische Anstalt des Senhor Zitelmann Oliva heraus, der mir zwar einen unverschämten Preis abverlangte, mir aber günstige Zahlungsbedingungen einräumte. Ich schwitzte, um die Raten abzuzahlen, dafür kam ein hübsches Bändchen zustande, zweiundneunzig Seiten »nützlicher Information«, wie der gelehrte Verfasser der »Geschichte von Bahia«, Dr. Luiz Henrique Dias Tavares, mir schrieb: »Lieber Kollege, ich danke Ihnen für die Übersendung Ihres Buches ›Die Vizepräsidenten der Republik‹, eine Sammlung nützlicher Informationen. Ihr ergebener Luiz Henrique.«

Wenn ich hier den ungekürzten Wortlaut des ehrenvollen Briefes aus der Feder des berühmten Bahianers wiedergebe, so nur, damit der Schmähschreiber Wilson Lins ihn zu Gesicht bekomme. Hinter dem Pseudonym Rubião Braz versteckt, versuchte dieser Schlemihl von einem Zeitungsschreiber mich in einer Chronik der Abendzeitung »A Tarde« herunterzureißen und lächerlich zu machen. Hätte ich einen Doktortitel besessen, er wäre wesentlich freundlicher mit mir umgegangen. Er und die gesamte Kritik. Statt mich abzukanzeln, hätte sie ein einmütiges Loblied angestimmt.

Diese voreiligen Herren Kritiker sollten einmal die Beachtung zur Kenntnis nehmen, die meine Arbeit bei einem hervorragenden Historiker von São Paulo, dem Doktor Sérgio Buarque da Holanda gefunden hat, dem ich nicht einmal ein Exemplar zugeschickt hatte, weil ich – ich muß es gestehen – nichts von seinem Dasein und Ruhm wußte. Im »Estado de São Paulo«, in seinem, einem hochverdienten, Ehrwürdigen »Orden vom Blauen Flußpferd« gewidmeten Aufsatz, erwähnte er die »Vizepräsidenten der Republik« und nannte sie eines der Glanzstücke jener gelehrten Institution und, wie er hinzufügte, »ein köstliches Buch, ein wahres Entzücken«. In seiner offensichtlichen Begeisterung für das Werk schlug er nebenbei vor, daß ich mich zur Aufnahme in den Ehrwürdigen Orden bewerben solle, in dessen Reihen er meinen obskuren Namen unbedingt sehen möchte. Von dem Orden kenne ich nur das, was Herr Dr. Holanda in einer esoterischen, konfusen Sprache geschrieben hat – vermutlich die Sprache eines echten Historikers. Indessen konnte ich daraus erkennen, daß es sich um eine Institution echter hoher Verdienste handelt, gegründet in der Sankt-Peter-von-den-Äbten-Kirche in Recife, von hohen Exponenten unserer Geistlichkeit. Leider hörte ich nichts mehr von dem Orden, auch nicht von meiner durch Herrn Dr. Sérgio de Holanda so hochherzig vertretenen Bewerbung um die Mitgliedschaft in diesem Orden. Fraglos stellte man Untersuchungen an, entdeckte, daß ich kein Doktor bin und hintertrieb meine Anwartschaft.

Worte freigiebigen, überwältigenden Lobes erntete mein Buch gleichfalls aus dem Munde unseres illustren Oberlandesgerichtsrats im Ruhestand, des Herrn Dr. Alberto Siqueira. Zwar machte er mich auf zwei oder drei belanglose grammatikalische Schnitzer aufmerksam, meinte aber gleichzeitig, solche Entgleisungen seien Bagatellen in einem so verdienstvollen, patriotischen Werk. Die Versehen merzte ich in einer bald darauf erfolgten zweiten Auflage aus, da meine ersten fünfhundert Exemplare bald vergriffen waren, trotz des mangelnden Entgegenkommens der Buchhandlungen, die ihm, da mir eben ein Titel vor meinem Namen fehlt, kein Plätzchen im Schaufenster oder auf den Büchertischen gönnten, sondern es in die Regale schoben. Ich verkaufte das Buch selbst an Freunde und Bekannte, eines hier, ein anderes da, und jeweils zu einem Preis, der dem Geldbeutel des Käufers angepaßt war.

All das beweist zur Genüge, daß es dem Kommandanten Vasco Moscoso de Aragão nicht an Grund zu Schwermut und Sorge fehlte. Ein Titel ist eine Empfehlung, sie verleiht dem Namen Bedeutung, sie öffnet Türen und Herzen und erzwingt die Hochachtung der Mitmenschen. Das trifft insofern zu, als die einfachsten Menschen fühlen, wie schwerwiegend das Problem ist. Noch vor wenigen Tagen vertraute mir Dondoca, das fröhliche Singvögelchen, dessen unablässiges Gezwitscher das eintönige Dasein des Hochverdienten und des Verfassers dieser Schrift erfreut, zwischen Küssen ihre bevorstehende feierliche Abschlußprüfung mit allen Schikanen an. Sie hatte mir kein Wörtchen von ihrem Studium verraten, um mich damit zum Schluß zu überraschen. Sie hat mich damit auch höchlich überrascht, da unsere anmutige Dondoca – mit »unsere« meine ich wohlbemerkt meine und die des Oberlandesgerichtsrats – kaum ihren Namen richtig schreiben kann und zum Rechnen ihre schönen schlanken Finger gebraucht.

»Abschlußprüfung, Nachtstern meines Lebens? Worin denn? In welcher Fakultät denn?«

»Im Näh- und Zuschneidekurs der Dona Ermelinda in Plataforma, Dummerchen! Drum hab von jetzt ab gefälligst Respekt vor mir, denn ich bin eine Doktorin ...«

»Respekt, ich bin Doktorin« – sehen Sie? Hab ich recht oder nicht? Unsere süße Dondoca gibt sich nicht damit zufrieden, Doktorin, emeritierte Professorin, Magister inter pares in der Wissenschaft der Liebe zu sein, sie muß auch noch als Doktorin in Nadel und Schere gelten.

Heute hätte der Herr Kommandant keine Probleme, die das Leben versauern. Mit ein paar Nickeln würde er in vier oder sechs Monaten Doktor in Public Relations, im Haarschneiden, im Verwaltungswesen oder in Publicity sein.

Vor nicht allzulanger Zeit wurde ich in der Hauptstadt einem jungen Mann von ungeahnter Redseligkeit und Selbstgefälligkeit vorgestellt. Er war »Doktor in Publicity«, erläuterte er mir gnädig, nach einer Ausbildung in São Paulo und New York, einhundertundzwanzigtausend Cruzeiros im Monat, du lieber Himmel! Er versuchte mich davon zu überzeugen, daß er es sei, der mein Leben, meine Einkäufe, meinen Geschmack lenke, und zwar durch das Wunder des Jahrhunderts: die Wissenschaft und Kunst der Publizität.

Der nobelste aller modernen Berufe – so versicherte und bewies er mir – sei der, von dem Produktion, Verbrauch und Fortschritt des Landes abhängen. Die höchste Form der Literatur und der Kunst, der Gipfel der Dichtung sei dies: die Reklame, die Geschäftsreklame. Homer und Goethe, Dante und Byron, Castro Alves und Dummond de Andrade seien Anfänger im Vergleich zu einem jungen Publicity-Barden, der sich auf Gedichte über Seife, Zahnpaste, Eisschränke, Einbauküchen und Plastikhandtücher spezialisiere. Nach der maßgeblichen Auffassung des Doktors der Werbewissenschaft sei das größte Gedicht unserer Zeit, ein Meisterwerk und Himmelsblitz des dichterischen Genies, von jenem Werbefachmann zur Absatzförderung der »Zäpfchen des fröhlichen Anus« verfaßt worden. Es sei ein erhabenes Gedicht durch seine Eingebung, durch seine Formvollkommenheit, durch seine Kraft, mit der es den Hörer ergreift, und habe den Umsatz der hochverdienten Suppositorien um 178% gesteigert. Das sei die moderne Muse!

Wäre der Kommandant heute noch am Leben, er könnte seinen Doktor der Publizität sogar durch Korrespondenz machen.

Die Entführung Dorothys wurde von den Streitkräften, dem Oberst Pedro de Alencar und dem Hafenkommandanten Georges Dias Nadreau geplant unter tätiger Mitarbeit des Staates, der in dem Komplott durch den Kabinettchef und den Ordonnanzoffizier des Gouverneurs vertreten war. Das Oberkommando über die verwickelte Operation lag in den Händen Carols, die allen großen Strategen der Geschichte ebenbürtig war in der umsichtigen Planung, in der genauen Kenntnis der Örtlichkeiten, in der haargenauen Ausarbeitung der Einzelheiten und schließlich in der Auswahl der geeigneten Männer für jede Phase des streng geheimen, schwierigen Unternehmens. Wenn auch die Idee des Überfalls vom Hafenkommandanten Nadreau ausgegangen war, so ist ihr glücklicher Ausgang fraglos Carol zu verdanken. Der Erfolg und Carol wurden dann auch in einer Sektorgie gefeiert, die fast in die Annalen der Kabaretts und Bordells von Salvador eingegangen wäre, da der Kapitän Georges angesichts der großartig gelungenen Entführung Dorothys das Festprogramm unter Nutzung seiner Erfahrung und der allgemeinen Begeisterung durch eine Neufassung des »Raubs der Sabinerinnen« zu beleben gedachte.

In Nummer 96 der Steilgasse Montanha lag nämlich das Bordell Sabinas, eine in Ausländerinnen spezialisierte Pension, die mit Französinnen, Polinnen, Deutschen, geheimnisvollen Russinnen und einer Ägypterin aufzuwarten hatte. Einige der Mädchen waren in den weiten Grenzen Brasiliens geboren worden, andere hatten nach langer, in Europens Häfen begonnener Laufbahn nach Abstechern in Argentinien und Uruguay endlich vor Sabinas Busen Anker geworfen. Unter ihnen stach nicht nur wegen ihrer Schönheit, sondern auch wegen ihres erlesenen handwerklichen Könnens die berühmte Madame Lulu hervor, garantierte Französin mit dreißigjähriger Erfahrung, die so berühmt und beliebt war, daß ihre Kunden sich auf einer Warteliste eintragen mußten. Sie mochte noch so rasch arbeiten, stets blieb eine gewisse Anzahl von Klienten bis zum nächsten Tag übrig. So erzählte man sich von einem Herrn Obersten aus dem Hinterland, einem Fazendeiro aus der Gegend von Amargosa, der ausdrücklich für ein Tête-à-Tête mit der ach so begehrten und bewanderten Kurtisane nach Bahia gereist war und nur zwei Tage in der Hauptstadt zu bleiben gedachte. Er mußte jedoch eine geschlagene Woche dort verweilen, so belegt waren die Stunden der hervorragenden Pariserin, die in Bahia kraft der Kultur und Zivilisation des Ewigen Frankreich Einzigartiges zur Verfeinerung der brasilianischen Sitten leistete. Der Gutsbesitzer brauchte somit eine Woche und ein Conto de Réis, zu jener Zeit ein Vermögen, für Hin- und Rückreise, Hotel, Verpflegung und andere Spesen; nach seinen im Augenblick der Rückreise geäußerten Worten war es jedoch »billig, ich hätte gerne eine weitere Woche und ein weiteres Conto zugegeben«, ein Zeugnis, das jedes Lob auf die Kundigkeit der Madame Lulu und des Hauses Sabina überflüssig macht.

Der Hafenkommandant schlug nicht mehr und nicht weniger vor als einen Überfall der freiwilligen siegreichen Entführer Dorothys auf Sabinens Bordell, eine gegen die öffentliche Neugierde durch hermetisch verschlossene Fenster verteidigte Festung, deren Türe sich nur Stammgästen, Freunden und Bekannten oder aber empfohlenen Personen öffnete. Nach erfolgreichem Einfall, Kampf und Sieg sollte die gesamte weibliche Besatzung einschließlich Madame

Lulu in die Pension Monte Carlo abgeführt werden, dort sollten die »Fremdarbeiterinnen« Carol zur gebührenden Ausbeutung als Kriegssklavinnen übergeben werden. Carol verdiene das und noch mehr, behauptete der Kapitän Georges, sein Glas auf die Herzens- und Charaktereigenschaften der heiteren Gastgeberin erhebend, die gütig und selbstbewußt in ihrem österreichischen Schaukelstuhl lächelte.

Es fiel den Freunden nicht leicht, dem Hafenkommandanten Georges seine kriegerischen Pläne auszureden. Dafür ließ er sich aber nicht davon abbringen, Carol zur höchsten Ehrung die Füße in Champagner zu baden.

Während die Freunde auf diese Weise den glücklichen Ausgang des geplanten Raubes begingen, schloß in jenem entlegenen Häuschen am Rande Amarelinas, das, umweht von den Winden des Meeres, umschimmert von dem durch den romantischen Leutnant Lídio Marinha eigens bestellten Vollmond, vor Tagen gemietet worden war, schloß – sage ich –, das Branden der Wellen gegen die Felsen im Ohr und das erregende Aroma der Dünung in der Nase, Vasco Moscoso de Aragão wie ein ungeduldiger Bräutigam in der Hochzeitsnacht den zerbrechlichen Körper Dorothys in die Arme, nachdem er das zarte Brathenderl, den englischen Schinken, das kalte Roastbeef, Äpfel, Birnen und spanische Trauben unangetastet gelassen und nur die Lippen mit Champagner benetzt hatte. Ein anderer uralter ungestümer Durst und Hunger verzehrten ihn, sie waren nicht mit Brot und Wein zu befriedigen, es war Durst nach Küssen und Liebkosungen, Hunger nach Hingabe und Besitz, nach Leben und Sterben in den Armen der eroberten Frau.

Zur selben Zeit, zornbebend hinter Schloß und Riegel im väterlichen Haus in Nazaré, fragte der Doktor Roberto Veiga Lima sich, was dieses furchtbare Geheimnis zu bedeuten habe: Bis an die Zähne bewaffnet waren auf Strumpfsohlen Schwarzmaskierte am hellichten Mittag in die Pension Monte Carlo eingedrungen und hatten ihn unter Drohungen und Beschimpfungen aus Dorothys Bett gezerrt. An jenem Tag hatte er dem Tod ins Auge gesehen, noch immer fühlte er einen Kälteschauer im Herzen.

Das war um die ruhige Mittagsstunde geschehen, als die Pension sich mit Stille und Frieden füllte. Die Frauen promenierten in den Straßen, machten Besorgungen oder gingen – es war ein Donnerstag, Tag der Matinée, ins Kino. Die Kellner kamen erst gegen fünf Uhr nachmittags, selbst Carol nutzte nicht selten diese Pause im täglichen Betrieb, um auf die Banken zu gehen oder bei ihren Mietern die Monatsmiete einzukassieren. Nur Dorothy ging nie aus, da Roberto ihr jeden Spaziergang oder Zeitvertreib ohne seine Begleitung strengstens untersagt hatte. Aus diesem Grund sah er sich gezwungen, täglich zur selben Stunde zu kommen, um sich zu Dorothy ins Bett zu legen und sich für das ausgegebene Geld zu entschädigen. Mitunter führte er sie zum Abendessen aus, hinterher tanzten und tranken sie in der Pension. Erst gegen morgen verließ er sie, um ins Elternhaus, in dem er wohnte, zurückzukehren. Eine von ihm bezahlte Frau wurde kurzgehalten und dauernd beschäftigt.

An jenem Tag war Carol in der Pension geblieben und ruhte im Salon in ihrem Schaukelstuhl aus. Auch eine ihrer Pensionärinnen – die gerissene Mimi, fast noch ein Kind – war in einem Zimmer beschäftigt. Es war der Tag des Amtsrichters Rufino, eines Siebzigjährigen. Jeden zweiten Donnerstag kam er verläßlich um Punkt drei Uhr nachmittags. Man hörte seinen keuchenden Atem im Treppenhaus, wenn der Kuckuck im Wohnzimmer die Stunde ankündigte.

Er zahlte gut, der Herr Richter, forderte aber dafür blutjunge Dingerchen wie Mimi, etwa im Alter seiner Enkelin. Stets brachte er eine Tüte mit Süßigkeiten und Bonbons mit und küßte Carol die Hand.

Kaum hatte sich der Herr Richter im Schlafzimmer Mimis eingeschlossen und begonnen, sich die Schnürstiefel aufzuknöpfen, um danach die Unterhose auszuziehen, als das Getöse des Überfallkommandos ihn aufhorchen ließ:

»Was ist denn das für ein Lärm?«

Mimi wußte es nicht, sie lag nackt im Bett und schnabulierte Petits Fours und Konfekt. Vom Wohnzimmer her tönte ein verzweifelter Schrei, es war Carol, die um Hilfe rief. Mimi sprang aus dem Bett, öffnete die Türe, der Richter kopflos hinterher, einen Fuß in der Hose, den anderen außerhalb, die eingefallene Brust nackt, die schlotternden Beine in Baumwollunterhosen.

Carol lag im Stuhl, den Mund mit einem Taschentuch geknebelt, während das Schießeisen eines Maskierten ihr auf die Brust deutete. Aus Dorothys Zimmer hörte man wirre Geräusche. Noch immer den Gewehrlauf auf Carols Busen gerichtet, drehte der Maskierte sich nach Mimi und dem entsetzten Desembargador um:

»Ihr zwei da ... Keinen Schritt weiter, sonst passiert was ...«

»Ich habe doch nichts getan ...«, greinte der Alte. »Lassen Sie mich nach Hause, mein Sohn ist Abgeordneter, um des Himmels willen ...«

»Noch einen Schritt, und es gibt Zunder ...«

»Worauf hab ich mich nur eingelassen, Herr des Himmels ... Was wird man sagen, wenn man erfährt ... Um der heiligen Liebe willen, lassen Sie mich doch gehen ...«

Aus Dorothys Zimmer drang Robertos flehende Stimme:

»Töten Sie mich nicht ... Ich habe nichts mit ihr zu schaffen ... Ich bin nicht der erste gewesen, das wird sie Ihnen bestätigen. Als ich sie kennenlernte, war sie schon angestochen ... Sie soll es selbst bezeugen ...«

Roberto sah nämlich in den Räubern empörte Angehörige Dorothys, rachsüchtige Wäldler, die aus Feira de Sant'Ana gekommen waren, um die Ehre des jungen Mädchens mit Blut reinzuwaschen. Und zwar mit dem Blut des Verführers; sicherlich mußten die Leute denken, er habe sie vom rechten Wege abgebracht und zu einer Hure gestempelt. Er versuchte zu erklären, er habe sie an einer Straßenecke gefunden, entjungfert und halb verhungert. Mit gezückter Waffe geboten die Banditen ihm Schweigen. Einer von ihnen hatte ein Seil bei sich – er war ein Meister im Knoten – und fesselte ihn an Armen und Beinen. Ein anderer mit näselnder Stimme befahl Dorothy, sich anzuziehen und ihren Koffer zu packen. Sie zogen mit ihr ab, ließen Roberto mit schweißperlender Stirne und weitaufgerissenen Augen zurück und raunten ihm einen letzten Rat zu:

»Stell ihr nie mehr nach, wenn dir dein Leben lieb ist!«

Im Wohnzimmer hatte sich der andere Räuber auf einen Stuhl vor Carol gesetzt, um ihr bequemer die Knarre auf die Brust setzen zu können, und befahl Mimi:

»Komm her ... Ganz nah neben mich, hab keine Angst.«

Die Stimme erinnerte Mimi an eine andere ihr vertraute Stimme, sie erkannte sie fast. Aber was für ein Blödsinn, wie sollte jener Maskierte Leutnant Lídio sein? Sie gehorchte dem Befehl und schlich näher. Mit der freien Hand strich der Strauchdieb ihr über das nackte Fleisch und zog sie auf seinen Schoß. Der Richter fühlte eine Ohnmacht nahen, sein Magen rumorte, die Kolik war nah.

Die anderen traten aus Dorothys Kammer, einer von ihnen

trug den Koffer. Mimi wurde von dem reizenden Wegelagerer getrennt – er roch nach demselben Parfüm, das Leutnant Lídio benutzte, wie komisch! –; rückwärts, die Waffen gegen den entwürdigten Richter gerichtet, gewannen die Eindringlinge die Treppe und trabten eilends hinunter. Der Herr Richter Rufino murmelte:

»Ich brauche jetzt unbedingt ein Bad ...«

Carol, von ihrem Knebel befreit, bediente zuerst den alten Herrn, sie hatte trotz des sorgfältig ausgearbeiteten Plans ganz vergessen, daß der Überfalltag der dritte Donnerstagnachmittag des Monats und somit der Tag des Richters gewesen war. So schickte sie ihn in Begleitung von Mimi, einem neuen Stück Seife und einem frischen Handtuch ins Badezimmer. Dann befreite sie Roberto und unterhielt sich eine gute Weile mit dem jungen Arzt. Es sei doch besser für die Ruhe aller, wenn er nicht mehr in die Pension Monte Carlo käme und ein für allemal auf Dorothy verzichte. Sonst könnten die gräßlichen Kerle, die weiß Gott woher stammten – »Sie sind ihre Verwandte ...!« beharrte Roberto – wiederkommen, ihn hier oder womöglich im Tanzsaal niederknallen und für immer und ewig Carols Ruf, Geschäft und Haus zunichte machen, das nie Skandale, Keilereien oder gar Totschlag erlebt hatte.

»Ich reise mit dem ersten Dampfer nach Rio ab ...«

»Und während Sie auf den Dampfer warten, gehen Sie lieber nicht mehr auf die Straße ...«

Roberto gab ihr das Geld, das er bei sich trug; viel war es nicht, aber deshalb nicht zu verachten. Schließlich war er für jenen Überfall, für den Schrecken des Richters – der Ärmste hatte in die Hosen gemacht! – und für die moralischen Schäden der Pension Monte Carlo verantwortlich. Wenn die Sache sich herumsprach, wer würde dann noch wagen, einen so gefährlichen Ort aufzusuchen? Roberto versprach, noch vor seiner Abreise eine größere Summe zu schicken. Er bat Carol nur, doch rasch auf die Straße hinunterzulaufen und die Umgebung zu sondieren, ob nicht einer der Banditen hinter einer Ecke auf ihn lauerte. Bald kehrte sie zurück mit der Meldung, die Luft sei rein, und er verschwand auf der Stelle.

Carol schmunzelte in ihrem Schaukelstuhl noch immer vor sich hin, als der alte Herr aus dem Badezimmer trat. Auch er wünschte die gefährliche Umgebung so schnell wie möglich zu verlassen, aber wie sollte er das ohne Unterhose tun? Wenn er die Hose auf die nackte Haut anzöge, würde er sich noch eine tüchtige Grippe, vielleicht sogar eine Lungenentzündung holen. Carol lieh ihm daher das Spitzenhöschen einer ihrer Pensionärinnen, enge Röhren mit langen Beinen. Sie und Mimi wollten sich halbtot lachen, als sie ihn so verkleidet sahen, auch der Herr Amtsrichter mußte herzlich mitlachen. Nachdem er sich wieder angezogen hatte, nahm er aus Carols Hand einen Cordial-Medoc entgegen, und wenn er es auch ablehnte, jetzt noch dazubleiben – wie sollte er nach dem Schrecken noch etwas zustande bringen? –, versprach er, am nächsten Donnerstag wiederzukommen, bereits davon überzeugt, daß sich ein derartiger Vorfall nicht wiederholen werde. Carol stellte den Vorfall als Folge alter Feindschaften Robertos hin, die jetzt durch das ausdrückliche Verbot, die Pension je wieder zu betreten, ein für allemal beigelegt waren. Ein übler Kerl, pflichtete der Richter bei, zahlte Mimi das Bad und die ihm gewidmete Zeit, küßte Carol die Hand und erbat sich von den beiden Verschwiegenheit über seine übelriechende Beteiligung an den aufregenden Geschehnissen.

Geschehnisse, die bis in den Morgen hinein lärmend von

den Freunden, den vier Stammgästen und noch weiteren fünf oder sechs Besuchern gefeiert wurden, deren Teilnahme am Raub notwendig gewesen war, um dem Schauspiel nach dem Geschmack des Kapitäns Georges Dias Nadreau ein farbigeres Gepränge zu verleihen. Es war schwierig gewesen, ihm den Einfall des »Raubs der Sabinerinnen« auszureden, bei dem Madame Lulu als Sklavin Carols kettenbeladen die Steilgasse Montanha zur Praça do Teatro hinaufkeuchen sollte. Jetzt schwebte der Hafenkommandant im siebten Himmel, nun hatte er – so dachte er – den Grund für jenen traurigen Ausdruck, der das treuherzige Gesicht Vasco Moscoso de Aragãos beschattete, für immer ausgelöscht. Nun konnte der Kaufmann ohne jeden Rest von Melancholie die Glücksgüter nutzen, mit denen die Vorsehung und sein Großvater ihn überreich gesegnet hatten: sein Vermögen, das Junggesellentum, das Glück im Spiel, das Glück bei den Frauen und sein angeborenes sympathisches Wesen.

»Ich würde mein Patent für sein Glück im Pokerspiel geben ...«, bestätigte der Hafenkommandant.

»Und ich ihm meines für sein Glück bei Frauen ...«, seufzte der Oberst.

»Ich würde mit geschlossenen Augen mein Anwaltsdiplom für den fünften Teil seines Firmenanteils eintauschen ...«, lachte Dr. Jerônimo, hinzufügend: »Und als Dreingabe meinen zukünftigen Sitz als Landtagsabgeordneter.«

»Auch den Abgeordnetensitz?« fragte verwundert Carol, die den Ehrgeiz des Journalisten gut kannte.

»Was nützen Titel und Patente, Carolita, im Vergleich zu Geld? Wer Geld hat, kann haben, was er will: Patente, Diplome, einen Abgeordneten- oder Senatorensitz, die schönste Frau. Mit Geld kauft man alles, mein Kind.«

Vorläufig hatte Vasco Moscoso de Aragão Dorothy, im Mondschein, im Meergeruch, im Wellensang, umschmeichelt von Winden, sterbend in Seufzern, auflebend im Liebesgewisper, ihr Gesicht in Flammen, ihren verzehrenden Mund, unentzifferbare dunkelblaue Rose. Wenn die Kräfte im letzten Aufzucken versagten und sie entschlummerte, streckte Vasco sich müde und dankbar aus, träumte mit offenen Augen und lächelndem Mund und hörte den langen Ruf eines Schiffes: in der Sturmnacht rettete er das Schiff aus Seenot und führte es in den regengepeitschten Hafen, wo zitternd, geängstigt, Dorothy auf den Geliebten wartete, den Kapitän Vasco Moscoso de Aragão.

Wie bei einem gewaltigen Saufgelage Vasco an Georges' Schulter weint, und vom Ergebnis dieser Geständnisse

Monate vergingen, Roberto fuhr nach Rio ab und brachte von dort ein stilles gefügiges peruanisches Indiomädchen mit. Lídio hatte vier oder fünf neue Amouren in Pensionen und Bordells, einschließlich Mimi, der er das Geheimnis der Entführung und der maskierten Räuber enthüllte. Richter Rufino starb im Hurenhaus – ein Ärgernis für die Stadt. Trotz der Carol gemachten Versprechungen war er, den schon der Gedanke an einen neuen Überfall zu Tode erschreckte, nicht mehr in die Pension Monte Carlo zurückgekehrt. Dafür hatte er verstecktere Frauenhäuser aufgesucht und starb bei Laura, wo er eine gewisse Arlette von knapp fünfzehn Jahren entdeckt hatte. Als die arme Kleine sah, wie der Alte auf ihrem Körper im Tode röchelte, schrie und heulte sie los und scheuchte damit die gesamte Nachbarschaft auf, einschließlich eines Schutzpolizisten, der in der Nähe beim *Bicho*, dem Zahlenlotto, beschäftigt war. Auf diese Weise wurde das Ereignis stadtbekannt, und ein Haufen Neugieriger versammelte sich vor dem Freudenhaus an der Steilgasse São Miguel, als die Leiche abgeholt wurde. Taktlose Witze lösten Gelächter aus, man deutete mit Fingern auf den Herrn Abgeordneten, Sohn des Verstorbenen. Arlette und Laura waren zur Polizei geschleppt worden, wo sie zahllosen Unannehmlichkeiten ausgesetzt wurden. Der Polizist war der einzige, der Vorteil aus dem Ärgernis zog: er spielte von neuem im *Bicho* und setzte 500 Réis aufs Tausend 7.015, Kombination der Lebensalter des Verblichenen und Arlettes, was ein ebenso gescheiter wie glücklicher Tip war: das *Bicho*-Spiel erfordert Scharfsinn, ein waches Auge für die Schicksalsmächte und die Fähigkeit, aus den Ereignissen Lehren (und Tips) zu ziehen.

So vieles war vorübergegangen, darunter die Leidenschaft Vascos und Dorothys, die eine Zeitlang so intensiv und fieberhaft, so stürmisch und tief gewesen war. Und zwar dergestalt, daß er ihren Namen auf seinen rechten Arm tätowieren ließ, ihren geliebten Namen und ein Herz, die fachmännische Arbeit eines bärtigen Chinesen, der weiß Gott woher in Bahia aufgetaucht war. Natürlich ließ die Verliebtheit im täglichen Zusammensein allmählich nach. Vasco begann, anderen Frauen Augen zu machen und da und dort ein Schäferstündchen einzuschalten, wenn auch Dorothy den ganzen Sommer im Häuschen von Amaralina sein festes Verhältnis blieb und er sie zu einem Tänzchen in die Pension Monte Carlo mitnahm. Als der Winter kam, kehrte sie für ganz in die Pension zurück, und Carol, eine Kennerin der menschlichen Natur und der Kurzlebigkeit heißer Lieben, riet ihr, den anderen Kunden zuzulächeln und sie in ihren Avançen zu ermuntern. Vasco behielt zwar gewisse Vorrechte und gewisse Verpflichtungen für ihre Ausgaben, aber die große Liebe war erloschen.

Nur die alte Traurigkeit, jene Melancholie, die seinen Blick beschattete und sein Lächeln prägte, war geblieben; schlimmer: sie wuchs noch. Schon vermuteten die Freunde ernstlich eine versteckte Krankheit; sollten Vascos Tage gezählt sein, sollte er es ihnen nur verschwiegen haben? Vielleicht war es eine Herzkrankheit, von der nur er und der Arzt wußten? War nicht sein Vater als junger Mann an derselben Krankheit gestorben? Das würde nach der von Oberst Alencar glühend verteidigten These alles erklären: Vasco war Junggeselle, er warf sein Geld zum Fenster hinaus, er hatte es eilig im Leben, als wollte er in der ihm zur Verfügung stehenden kurzen Zeit soviel wie möglich genießen. Nur das konnte der geheimnisvolle Grund sein.

Dr. Menandro Guimarães, ein berühmter Kliniker und obendrein Herzspezialist, belehrte sie eines Besseren: Vasco hatte ihm mehrmals die zarte, zur Grippe neigende Dorothy gebracht.

»Der ist stark wie ein Stier«, hatte Dr. Menandro dem Freundesausschuß erklärt. »Er hat ein Herz wie ein Maulesel. Der wird uralt, wie sein Großvater ...«

»Scheiße!« rief der Hafenkommandant Georges Dias Nadreau. »Ich muß den Grund für den Kummer dieses Menschen ergründen. Ich gehe jede Wette ein, daß ich's herausfinde.«

»Vasco ist eben so, es wird in seiner Natur liegen, warum zerbrecht ihr euch den Kopf?« philosophierte der Arzt, für den nur körperliche Nöte existierten.

»Weil ich traurige Leute nicht sehen kann. Noch viel weniger, wenn's ein Freund von mir ist.«

Nun begann die »Phase des großen Verhörs«, wie Jerônimo das nannte. Man suchte Vasco auf, und Kapitän Georges begann ihm auf den Zahn zu fühlen, die verschiedensten Themen anzuschneiden, um ihn auf diese Weise auszuhorchen. Er stocherte in der Kindheit, in der Jugend des Freundes, in seiner Kontorzeit herum, sondierte seine Reisetätigkeit, seine ersten Liebschaften und Zukunftspläne. Der Hafenkommandant begnügte sich nicht damit, den Kaufmann zum Sprechen zu bringen. Er besprach sich mit Menendez, mit dem Schweden Johann – der, noch immer verknallt in Soraia, mit dieser zusammenlebte; sogar mit dem Neger Giovanni hatte er eine lange Aussprache. Fruchtloses Forschen, das zu nichts führte. Nie war Georges einem Menschen begegnet, der so viele Gründe hatte, fröhlich und restlos glücklich zu sein. Warum also seine seltsame Traurigkeit?

Aber alles im Leben hat ein Ende, selbst das eifersüchtig gehütete Geheimnis. Alles kommt einmal an den Tag, jedes Mysterium findet einmal seine Erklärung. Es geschah an einem großen Saufabend, als der Geburtstag des Leutnant Lídio Marinho und seine Verlobung gefeiert wurden. Dieser hatte sich am gleichen Nachmittag in kleinem Kreise mit der Tochter eines Fazendeiro aus dem Süden des Staates verlobt, die Hochzeit war für Dezember anberaumt worden.

Man hatte schon früh, vor der Feier, zu trinken begonnen. Man trank während des Abendessens, das der Schwiegervater in seinem Haus in Campo Grande gab, weiter – portugiesischen Wein und französischen Champagner. Als der Kreis von Freunden und Frauen in die Pension Monte Carlo kam, war der Saal mit Girlanden geschmückt, die

Mädchen hatten sich fein gemacht, Kellner und Orchester waren auf dem Posten, alle anderen Kunden waren verbannt. Carol hatte als ergreifenden Beweis ihrer Freundschaft an jenem Abend alle fremden Klienten zurückgewiesen und die gesamte Pension für die kleine Gruppe reserviert.

Der Freundeskreis war bei einem so wichtigen Anlaß stark angewachsen. Offiziere des 19. Jägerbataillons, der Hafenkommandantur, der Militärpolizei, Kollegen aus dem Regierungspalast waren gekommen. Hafenkommandant Nadreau war von Pension zu Pension, von Bordell zu Bordell gepilgert und hatte alle alten Liebchen des Leutnants als Überraschung zusammengetrommelt. Alle diese Frauenzimmer hatte er in die Pension Monte Carlo bestellt, unter ihnen Madame Lulu, die den Auftrag bekam, die Begrüßungsansprache für Lídio im reinsten Französisch der Pariser »maisons-closes« zu halten. Georges und Vasco hatten die Festleitung übernommen, sie wollten etwas nie Dagewesenes bieten und jede bisherige Veranstaltung in den Schatten stellen. Als sie zum Verlobungsessen kamen, hatten sie bereits hoch geladen, der Kapitän lachte unablässig, und der Kaufmann war in sich gekehrt wie immer, wenn er stark getrunken hatte. In jeder Pension und in jedem Bordell, das sie besuchten, kippten sie ein Gläschen; einen Trunk abzulehnen, wäre eine Taktlosigkeit gegen Madame und die Mädchen gewesen.

Es war wirklich ein unvergleichliches Fest, ein denkwürdiges Gelage, eine Sauferei, die in die Annalen der Stadt gehörte, denn gegen morgen veranstalteten die Festteilnehmer – die Männer in Unterhosen, die Frauen in Korsetts – eine Parade auf dem Theaterplatz, zum Gaudium der Nachtschwärmer und vor den machtlosen Blicken der Schutzleute.

Wenn diese hier eingreifen wollten, mußten sie den Verstand verloren haben, denn an der Spitze des Zuges, eine Sektflasche schwenkend und mit näselnder Stimme singend, erkannten sie Dr. Jerônimo Paiva, den Neffen des Gouverneurs.

Auf der Höhe des Festes, als die Stimmung Wogen schlug und Madame Lulu ihre Can-Can-Nummer dargeboten hatte, sagte Georges zu dem Obersten Pedro de Alencar, auf Vasco deutend, dessen Traurigkeit mit jedem Glas zunahm:

»Ich werde den Stier bei den Hörnern packen, dieser Teufelskerl muß mir sagen, was mit ihm los ist . . .«

Er schob die Mulattin Clarice von seinen Knien herunter, nahm Vasco am Arm und zog ihn in eine verlassene Ecke des Saales:

»Seu Aragãosinho, heute wirst du mir sagen, was für eine Scheißlaus dir über die Leber gelaufen ist. Mach den Mund auf und spuck's aus!«

»Was soll ich denn ausspucken?«

»Was du eben hast, eine Frauengeschichte, eine Krankheit, Reue über ein Verbrechen, was auch immer. Ich will endlich wissen, warum du immer so bekümmert dreinschaust . . .«

Vasco blickte den Freund an, er fühlte seine Kameradschaftlichkeit, seine Teilnahme, der Hafenkommandant war ein guter Mensch.

»Was mich wurmt, ist im Grunde eine Torheit. Aber trotzdem treibt es mich um, wenn ich dran denke . . .«

»Woran?« Der Augenblick war gekommen, Georges war hellwach, sein Rausch war wie verflogen.

»Ich bin nicht euresgleichen, ich bin nicht . . .«

»Du bist nicht was?«

»Euch nicht ebenbürtig, verstehst du, was ich meine?«

»Nein ...«

»Schau: du bist Hafenkommandant, Seeoffizier, Kapitän ... Pedro ist Oberst; Jerônimo Arzt, Doktor; Lídio Leutnant ... Und ich? Ich bin nichts, bin eine Scheiße, bin Vasco, Seu Aragãosinho, ohne Titel, ohne nichts ...«

Er blickte dem Kapitän ins Gesicht, nun konnte er frei von der Leber weg reden und stammelte hervor:

»Seu Vasco ... Seu Aragãosinho ... Jedesmal, wenn ich diese Anrede höre, versetzt's mir einen Stich hier drinnen, ein Ekelgefühl ...«

»Aber das ist doch Blödsinn, Freundchen! Sowas wär mir nie in den Sinn gekommen. Ich hätte an alles gedacht, sogar, daß du einen umgelegt haben könntest, oder sonst was Grausiges ... Aber nur leiden, weil du keinen Titel hast, wo hat man schon so was gesehen? ...«

»Du weißt halt nicht, wie das ist ...«

»So was ... Noch kürzlich hat jeder von uns seinen Titel, seine Stellung mit deinem Leben vertauschen wollen ... Was ist das nur für eine verrückte Welt ...«

»Was weißt du denn, wie das ist, wenn man mit Obersten, Kapitänen, Doktoren verkehrt und selbst ein Dreck ist ...«

Plötzlich fing der Kapitän zu lachen an, als wäre seine Betrunkenheit zurückgekehrt, als bestünde Vascos Bitternis aus einer Reihe unwiderstehlicher Anekdoten, und er hörte nicht auf zu lachen. Der Kaufmann wurde gekränkt:

»Wenn's zum Lachen ist, warum hast du mich dann gefragt?« Damit stand er auf.

Der Hafenkommandant hielt ihn am Ärmel fest:

»Setz dich, du Döskopp.« Mühsam bezähmte er seinen Lachreiz. »Willst du mir sagen, ob deine Traurigkeit, deine bedepperte Miene sich aufhellen würde, wenn du einen Titel hättest?«

»Was für einen Titel kann ich in meinem Alter noch kriegen?«

»Ich werde dir einen besorgen ...«

»Du?« fragte Aragão, an Georges' Späße gewöhnt, argwöhnisch.

»Klar, ich. Darauf kannst du dich verlassen.«

»Ich bitte dich um Himmels willen um eines, Georges: du kannst spaßen, womit du willst, du kannst mich auf den Arm nehmen, so lange du magst, aber nicht mit dieser Sache. Darum bitte ich dich inständig ...«

Er war ernst und ergriffen. Der Hafenkommandant wiegte den Kopf, seine blauen Augen hefteten sich auf Vasco:

»Sei nicht blöd! Glaubst du, ich mache mich über den Kummer eines Freundes lustig? Ich habe dir ja gesagt, daß ich dir einen Titel beschaffen werde. Und das werde ich halten. Mir ist ernst dabei. Heute ist Feiertag, heute wird getrunken. Morgen sprechen wir weiter. Ich werde deinen Fall in die Hand nehmen.«

Am frühen Nachmittag des nächsten Tages schickte der Hafenkapitän einen Matrosen mit der Botschaft zu Vasco, er erwarte ihn im Hafenamt. Der Kaufmann schlief noch, an allen Gliedern zerschlagen von der gestrigen Orgie. Nur Georges besaß jene brutale Widerstandskraft; er mochte erst gegen morgen ins Bett fallen, aber zu gewohnter Stunde war er im Hafen auf seinem Posten, frischrasiert, quietschfidel, als hätte er zwölf Stunden geschlafen.

Vasco machte sich eilends fertig, die Unterhaltung vom Vorabend mitten im Festtrubel fiel ihm wieder ein. Was für ein Titel war das wohl, den Georges ihm so feierlich versprochen hatte? Zwar fürchtete er eine neue Posse, aber der andere hatte ernsthaft gesprochen, seine Späße hatten ihre Grenzen. Immerhin konnte Vasco die für seinen Fall angekündigte Lösung nicht erraten, schließlich lagen Titel und Patente nicht auf der Straße.

Als er ins Hafenamt kam, war bereits Oberst Pedro de Alencar zur Stelle und rief Vasco zu:

»Aber was für ein Unsinn, Vasco ...«

Vasco verhedderte sich:

»Ich kann nicht dagegen an. Ich will nicht daran denken und denke doch daran, ich will's nicht fühlen und fühle es doch ...«

»Ich will dir den Titel ja beschaffen«, versprach Georges von neuem. »Was würdest du sagen zu dem Titel eines Kapitäns auf großer Fahrt, Seu Vasco? Weißt du, was ein Kapitän auf großer Fahrt ist?«

Vasco hörte mißtrauisch zu:

»Ein Kapitän der Handelsmarine, oder nicht?«

»Sehr richtig ... Was hältst du von Herrn Kommandant Vasco Moscoso de Aragão, Kapitän auf großer Fahrt?«

»Aber wie ist so was möglich?« Und zum Oberst gewandt: »Wie nur?«

»Ganz einfach. Georges wird's dir erklären ...«

Der Hafenkommandant schloß die Augen, lehnte sich in seinem Drehstuhl zurück, Glückseligkeit breitete sich über sein Gesicht, und dann erklärte er. Zu jener Zeit wurde das Patent eines Kapitäns auf großer Fahrt, der Posten eines Schiffskapitäns der Handelsmarine, nicht in einer Seemannsschule nach dem üblichen Studium und den jährlichen Prüfungen erworben. Die Ersten Offiziere und Steuerleute mit langer Erfahrung, die an Bord geschulten Offiziere, erwarben ihn in einem von einem Hafenamt veranstalteten Wettbewerb von einer aus Marineoffizieren bestehenden Prüfungskommission. Der dem Anschein nach schwierige, knifflige Wettbewerb bestand in der Vorlage einer schriftlichen Arbeit, einer Art Doktorthese, in der der Anwärter seine Fachkenntnisse durch die Schilderung einer Seereise längs einer Küstenstrecke mit allen technischen und geographischen Einzelheiten vom Auslaufen aus einem bestimmten Hafen bis zur Ankunft in einem zweiten unter Beweis zu stellen hatte. In dieser Arbeit mußte der Kandidat verschiedene Aufgaben der Navigation bei ruhiger See und bei Sturm, mit Havarie und drohendem Schiffbruch, lösen. Nach bestandener schriftlicher Prüfung kam die mündliche Prüfung in verschiedenen Gebieten an die Reihe: astronomische, terrestrische Navigation; Überwachung der See- und Flußschiffahrt; Seehandelsrecht, internationales Seehandelsrecht; Kessel- und Maschinenkunde. Nach bestandener Prüfung wurde ihm der Titel verliehen, nun konnte er sein Kommando übernehmen und losfahren.

»Einfach, nicht wahr?« fragte Georges, Vasco ein Schriftstück reichend, das dieser staunend musterte.

Er überflog das mit winziger sauberer Schrift bedeckte Blatt Papier. Dabei erfuhr er, daß die Prüfung der astronomischen Navigation den Gebrauch und das Einstellen des Sextanten, den Gebrauch und das Zeichnen von Seekarten, die sphärische Trigonometrie, den Gebrauch und das vollständige Studium des Chronometers, den Gebrauch, die Theorie und das Einstellen des Magnet-Kompasses einschloß.

Vasco verspürte auf die übrigen Gebiete keine Neugierde. Er legte den Bogen aus der Hand, jetzt gab es für ihn keinen Zweifel mehr: Georges machte sich zum zweitenmal auf seine Kosten lustig.

»Du hattest mir versprochen ...«

»Daß ich dir einen Titel besorgen würde. Ich bin dabei, wie du siehst ...«

»... dich nicht über mich lustig zu machen ...«

»Zum Kreuzdonnerwetter, wieso mache ich mich über dich lustig?« fragte der andere aufgebracht.

»Na hör mal, was tust du denn dann? Eine Prüfung wie diese ... Ganz abgesehen davon, daß ich weder Steuermann, noch Erster Offizier bin und keine Praxis, keine Ahnung von der Seefahrt habe. Bis heute bin ich nur auf dem Paraguaçú in einem Flußboot bis nach Cachoeira gefahren. Einmal bin ich mit der Marahu, einem Pott der Bahianer Dampfschifffahrtsgesellschaft, hinter einer Biene her nach Ilhéus gegondelt. Dabei habe ich mir die Kutteln aus dem Leib gekotzt, ich hab nie einen Kahn gesehen, der so schaukelte und so stank.«

»Hast recht. Ich habe ganz vergessen, dir zu sagen, daß es nicht notwendig ist, Steuermann, Fachmann, Schiffsoffizier zu sein, um am Wettbewerb teilnehmen zu können. Jeder x-beliebige Sterbliche kann sich einschreiben. Natürlich werden im Prinzip nur Leute vom Fach mit langer seemännischer Erfahrung gesucht. Aber erst kürzlich habe ich mir das Gesetz, das dem Wettbewerb zugrunde liegt, nochmals genau angesehen: jeder kann mitmachen. Du brauchst dich nur anzumelden. Übrigens habe ich den Schriftsatz bereits aufgesetzt, du brauchst dir nur noch die Mühe zu machen, den Text abzuschreiben und zu unterschreiben.«

Dabei reichte er ihm einen zweiten Bogen, den Vasco entgegennahm:

»Schön und gut. Ich kann mich bewerben. Und wie beantworte ich die Prüfungsfragen, die mir alle ziemlich spanisch vorkommen? Ganz abgesehen von der These, und wo hole ich die Weisheit her, um sie zu schreiben? Ich mag nicht mal Briefe schreiben, mein Großvater hat mich genug damit schikaniert ...«

»Auch das ist vorgesehen, alter Freund. Die Dissertation,

die Schilderung einer Seereise von Porto Alegre nach Rio mit Anlaufen der Zwischenhäfen Paranaguá und Florianópolis wird bereits geschrieben.«

»Schreibst du sie etwa?«

»Nein, so weit geht mein Eifer nicht, dafür bin ich zu alt. Leutnant Mário tut dir diesen Dienst ... Nachher, wenn du willst, zeigst du dich ihm erkenntlich ... Irgendeine Kleinigkeit genügt ...«

»Er soll bekommen, was er sich am meisten wünscht, von meiner ewigen Freundschaft ganz zu schweigen. – Schön, aber die mündlichen Prüfungen? Ich verstehe doch kein Wort, was auf diesem Fetzen steht.«

»Sehr einfach, mein Sohn, auch daran habe ich gedacht. Wir werden über jedes Gebiet zwei oder drei Fragen aufsetzen und gleichzeitig die Antworten dazu! Du erhältst Fragen und Antworten. Du lernst die Antworten auswendig, legst die Prüfung ab, bestehst mit Auszeichnung und erhältst deinen geliebten Titel.«

Vasco kam das unerwartete Angebot vorerst ziemlich schleierhaft vor. Georges fuhr fort:

»Vergiß nicht, daß ich die Prüfungskommission ernenne und ihren Vorsitz führe. Ich werde Leutnant Mário und Leutnant Garcia, brave Jungens und deine Freunde, zu Beisitzern bestimmen. Auf diese Weise wirst du zum Kapitän ernannt und leistest deinen Eid, ohne die geringste Gefahr für die Menschheit, weil du dein Lebtag nie ein Schiff führen wirst ...«

»Du lieber Himmel!«

Georges stand auf und schlug Vasco auf die Schulter:

»Und wenn du mir nachher vor ein paar Seeleuten immer noch den Kopf hängen läßt, laß ich dir eine Tracht Prügel verabreichen.«

Nun mischte sich der Oberst, die Hände reibend, ein:

»Und am Tage der Überreichung des Titels werden wir ein grandioses Gelage feiern. Eine Orgie, gegen die das Fest von gestern ein Dreck ist; eine Sauferei, bei der kein Auge trocken bleibt ...«

»In einem Monat wird die Prüfungskommission zusammentreten«, verkündete Georges.

»Warum erst so spät?« Vasco hatte schon wieder Bedenken.

»Du scheinst es eilig zu haben, was? Um Mário Zeit für deine Doktorarbeit und dir Zeit zum Abschreiben und Auswendiglernen der Antworten fürs Mündliche zu lassen. Immer mit der Ruhe und eins nach dem anderen! Du mußt die Antworten nur so herunterrasseln können. Soviel mußt du für deinen ›Kapitän auf großer Fahrt‹ schon tun, du Scheißkapitän.«

»Und wenn ich im falschen Augenblick steckenbleibe, wenn ich nervös werde?«

»Du wirst weder steckenbleiben noch nervös werden. Und nun schreib deinen Antrag ab und scher dich, denn ich hab heute noch anderes zu tun.«

»Wir müssen nämlich die Gedenkfeier vorbereiten.«

Vasco beugte sich über das Blatt und begann mit Abschreiben. Er war wie benommen, die ganze Sache kam ihm ziemlich böhmisch, wie ein wirrer Traum vor. Seine Augen wurden feucht, die Buchstaben auf dem Blatt begannen zu schwimmen. Es gab doch nichts auf der Welt wie die Freundschaft, Freunde sind das Salz der Erde. Er hätte es den beiden sagen wollen, wußte aber nicht wie.

Von der astronomischen Navigation bis zum Internationalen Seefahrtsrecht. Ein außergewöhnlich gelehrtes Kapitel

Einen ganzen Monat lang lachte sich der Hafenkommandant Georges Dias Nadreau halb tot über Vascos Nervosität und seinen Schülerfleiß und kam dadurch für den geleisteten Freundschaftsdienst reichlich auf seine Kosten.

Auch der Oberst, Jerônimo und Lídio, die Leutnante Mário und Garcia hatten einen Mordsspaß an dem Streich. Vasco nahm sogar ab bei dem Eifer, mit dem er die verzwickten Antworten auf die drei Fragen eines jeden Gebiets büffelte, in denen es von Sextanten, Winden und Meeresströmungen, Frachtsätzen, Meeren und Binnenmeeren, Hygrometern und magnetischen Derivationen nur so wimmelte ...

Jeden Nachmittag wurde der verstörte Kandidat auf Befehl des Hafenkommandanten in die Zange genommen. Anfangs verhaspelte Vasco sich mit den unbekannten Worten, sein Gedächtnis stand mit den schwierigen Ausdrücken auf Kriegsfuß, Leutnant Garcia drohte, ihn durchfallen zu lassen. Vasco war kaum noch zu einem Billardspiel, zu einer Partie Poker, zu einem Besuch in der Pension zu bewegen, er wollte unbedingt die Nächte hindurch ochsen.

Mário und Garcia lebten jene dreißig Tage wie Gott in Frankreich. Vasco lud sie täglich zum Abendessen ein, zahlte ihnen Aperitifs, die teuersten portugiesischen Weine und Soupers in der Pension Monte Carlo. Nach und nach beherrschte er die Antworten und machte sich mit den verrückten Namen der Schiffsinstrumente vertraut. Eines Tages zeigte Leutnant Mário ihm im Hafenamt eines jener Instrumente, die Vasco begeisterten. Sie erschienen ihm schön, fesselnd, schon begann er, seinen neuen Beruf zu lieben.

Das Schlimmste von allem war, daß er mit der eigenen Handschrift die von Leutnant Mário aufgesetzte Prüfungsarbeit abschreiben mußte, sein »Staatsexamen«, wie er sie nannte. Es waren zweiunddreißig Seiten eines unverständlichen und von Verbesserungen strotzenden Textes, als wäre der junge Mann nicht Marineoffizier, sondern Arzt. Er verbrachte seine Vormittage beim Abschreiben hinter verschlossenen Türen, das Hausmädchen hatte strengste Anweisung, niemanden vorzulassen.

Nach abgelieferter und gutgeheißener Arbeit wurde schließlich der Tag für die mündliche Prüfung bestimmt. Es war eine feierliche Zeremonie, an der der Herr Oberst in Uniform, Dr. Jerônimo und Leutnant Lídio Marinho teilnahmen. Marinesoldaten mit aufgepflanztem Bajonett standen Wache vor der Türe des Zimmers, in dem die Prüfungskommission ernst und förmlich hinter dem mit nautischen Instrumenten und Seekarten bedeckten langen Tisch Platz nahm. Bleich und erregt wurde Vasco von einem Matrosen hereingeführt und murmelte rasch noch einmal die Fragen und Antworten vor sich hin. Er hörte seinen Namen von Georges mit Nachdruck aufgerufen, er trat vor, setzte sich mit wild schlagendem Herzen steif auf den vor dem Tisch placierten Stuhl. Aber die Antworten kamen ihm leicht und richtig, fehlerlos, sogar ohne einen Schnitzer in der Aussprache über die Lippen.

Nach lückenlos bestandener Prüfung wurde Vasco das Diplom überreicht, wurden Name und Anschrift des neugebackenen Kapitäns auf großer Fahrt in einem Buch der Hafenkommandantur eingetragen; bei jeder Wohnungsveränderung müsse der Herr Kapitän seine neue Adresse dem Hafenamt mitteilen. Es war ein dickleibiger Band, grün eingebunden und mit dem Wappen der Republik geschmückt.

Auf jeder Seite stand ein Name, das Datum des Wettbewerbs, die erzielte Bewertung, außerdem Zahlen und Anmerkungen, Alter, Personenstand und Adresse des Patentinhabers. Nur wenige Seiten waren ausgefüllt, nur wenige Namen standen vor Vascos Eintragung. Die meisten Namen waren nur Besitzer eines »Gummibriefes«, wie das Kapitänspatent für Flußschiffahrt genannt wurde, für dessen Erwerb keine schriftliche Arbeit, sondern nur eine mündliche Prüfung erforderlich war. Diese Titel wurden für die Kapitäne von Dampfern des Flusses São Francisco erteilt; ihnen waren die Seefahrt und die Seerouten verschlossen. Vascos Titel war ein echtes Kapitänspatent, das seinen Inhaber befugte, Flüsse, Seen und Meere zu befahren, Schiffe aller Nationalitäten und Flaggen auf allen Seewegen der fünf Ozeane zu führen. Es fußte auf dem internationalen Seerecht und der Kenntnis der astronomischen Navigation.

»Nun«, sagte der Oberst, als alles vorbei war, »nun werden wir feiern. Kapitän Vasco Moscoso de Aragão, Löwe der Meere, geh ans Ruder, führ uns zu den Huren!«

Wie man einen alten Seemann macht, ohne Schiff und Seefahrt

Nie ist in der Geschichte der Navigation der Titel eines Kapitäns auf großer Fahrt so geehrt, so eifrig benutzt worden wie der von Vasco Moscoso de Aragão mit seinem goldgerahmten Diplom an der Wohnzimmerwand, mit seinem Gehabe eines erprobten Seebären.

Eilends ließ er Visitenkarten drucken, auf denen vor seinem Namen der Titel, hinter ihm seine Stellung stand. Dann machte er in den Häusern von Verwandten, Freunden und Bekannten, die er auf Palastsoirées und Empfängen kennengelernt hatte, Besuch und hinterließ seine Karte mit den Grüßen des Kommandanten Vasco Moscoso de Aragão, Kapitän auf großer Fahrt.

Nun forderte er stets die Nennung seines Titels und gab sich nicht mehr mit dem beschämenden »Seu« vor seinem Namen zufrieden.

»Wie geht's, Seu Vasco?«

»Entschuldigen Sie, mein Freund. Kommandant Vasco, Kapitän auf großer Fahrt.«

»Ich wußte es nicht. Verzeihung!«

»Drum sage ich's Ihnen. Damit Sie's nicht vergessen.«

Damit überreichte er seinem Gegenüber eine Visitenkarte, von denen er, insbesondere in den ersten Zeiten, eine große Menge verbrauchte.

Wenn in den Bordells und Frauenpensionen ein Mädchen, das es auf ihn abgesehen hatte, ihm den Arm um den Hals legte, sich an ihn schmiegte und murmelte:

»Seu Aragãosinho ... «,

antwortete er geduldig, aber unerschütterlich:

»Mädelchen, ich bin nicht ›Seu Aragãosinho‹, ich habe einen Titel, ich bin Kommandant Aragão von der Handelsmarine.«

Selbst Carol sah sich wohl oder übel gezwungen, fortan ihren Gast auf dem Treppenabsatz anders zu begrüßen und die Silben seines wohlklingenden Titels melodisch über die Zunge gleiten zu lassen:

»Kommandant Aragãosinho, mein lieber Kapitän, wie ich mich freue ...«

Der Oberst und der Hafenkommandant gingen mit gutem Beispiel voran; jetzt hieß es beim Billard, am Pokertisch, wenn ein Glas Bier gekippt wurde oder der Champagnerkorken platzte: Kapitän hin, Kapitän her.

Selbst der Gouverneur, über die Angelegenheit und das neue Glück, das die Brust des freigebigen Freundes seines Neffen schwellen ließ, in Kenntnis gesetzt, schloß ihn in die Arme, als er ihn das erstemal nach dem Empfang des Patents wiedersah:

»Wie geht's denn unserem Freund, Kommandant?«

Vasco verbeugte sich bewegt:

»Zu Diensten, Euer Exzellenz, verehrter Herr Gouverneur.«

Im Kontor der Firma Moscoso & Cia. Ltda., das er jetzt nur noch ein oder zweimal in der Woche aufsuchte, als beleidigte der billige Handelsgeruch von Stockfisch und Trokkenfleisch die von Meerdunst gesättigten Nasenflügel, war das gesamte Personal von Menendez bis herunter zu Giovanni ausdrücklich angewiesen worden: der Name des Chefs durfte unter keinen Umständen ohne seinen Titel ausgesprochen werden. Als Rafael Menendez die Order erhielt, neigte er zustimmend den Kopf, dabei sein berechnendes Lächeln verbergend. Er erklärte, jene dem Chef erwiesene Auszeichnung sei eine große Ehre für die gesamte Firma. Dabei rieb er sich die ewig feuchten Hände.

Giovanni, überrascht, aber ahnungslos, wie sein kleiner Herr zu jener plötzlichen, aber fraglos verdienten Eignung für das Seepatent gekommen war, erzählte ihm Geschichten aus seiner Schiffsjungenzeit, und wenn Vasco in der Firma erschien, hielt er sich stets am längsten bei Giovanni auf, wobei der Schwarze seinen Grips nach Kräften anstrengte.

Nach den Besuchskarten war seine größte Sorge die Uniform. Sein Schneider, der beste der Stadt, erwies sich für Vascos Wünsche als ungeeignet, er empfahl ihm jedoch einen Uniformschneider in der Baixa do Sapateiro, bei dem die Kapitäne der Bahianer Dampfschiffahrtsgesellschaft wie auch die Offiziere des Heeres ihre Uniformröcke und Beinkleider anfertigen ließen. Dort bestellte auch in der Karnevalszeit die Jugend der Klubs ihre Kostüme – einen russischen Prinzen oder italienischen Grafen, einen französischen Musketier oder auch einen vaterlandslosen Seeräuber.

Eine so große Bestellung hatte die Schneiderwerkstatt von einem einzigen Kunden noch nie erhalten, der Meister geriet aus dem Häuschen. Vasco wünschte zumindest zwei Stücke von jeder Art für Sommer und Winter, für alltags und festtags, Uniformen für feierliche und höchstfeierliche Anlässe, Ausgeh- und Galauniform in Blau meliert und in Weiß, mit den passenden Mützen und mit Tressen aus echtem Gold. Kurzum: eine vollständige Ausstattung. Im übrigen war der Auftrag eilig, eine Galauniform mußte spätestens in vierzehn Tagen für die Parade des Zweiten Juli fertig sein. Der Schneider, dem der Kopf schwirrte, versprach, Überstunden zu machen, die Nächte hindurch zu arbeiten, um rechtzeitig eine weiße Ausstattung für die Parade am Vormittag und eine blaue für den Abendempfang im Palast fertigzustellen. Vasco stellte ihm und seinen tüchtigen Nadelhelden dafür eine reichliche Belohnung in Aussicht.

Es war fast eine Apotheose an jenem Morgen des Zweiten Juli, wo auf dem Largo da Soledade alles für den Beginn des Festzuges bereitstand – die Ochsenkarren mit Bauer und Bäuerin; die Tragbretter mit den Bildern von Maria Quitéria, Labatut und Joana Angélica; die aufmerksam postierten Redner; Oberst Pedro de Alencar vor seinem aufmarschierten Bataillon; Hafenkommandant Georges Dias Nadreau an der Spitze der Seesoldaten der Hafenkommandantur; die Militärkapellen, die Marschmusik spielten – als Kapitän Vasco Moscoso de Aragão in seiner goldbetreßten Uniform erschien und sich zu der Gruppe der Zivilbehörden stellte, die den Herrn Gouverneur erwartete.

Fest und stramm, das Herz von Vaterlandsliebe und Stolz geschwellt, lauschte er den Reden. Hinter dem Gouverneur, dem Obersten, dem Hafenkommandanten schritt er neben Jerônimo bis zu dem von Zuschauern wimmelnden Largo da Sé, in dessen ehrwürdiger Kirche der Erzbischof das Tedeum zelebrierte. Abends, beim Empfang, trug er die formellere prunkvollere blaue Uniform, in der er freilich erbärmlich schwitzte.

Auf dem ganzen Fest war keine glänzendere, noblere Figur, keine so distinguierte, würdevolle Erscheinung zu sehen.

In einem bestimmten Augenblick ging Georges auf ihn zu, um ihn zu begrüßen:

»Du siehst famos aus, selbst Vasco da Gama wäre neidisch auf dich gewesen. Nur etwas fehlt, um die Pracht zu vervollkommnen.«

»Was denn?« fragte Vasco ängstlich.

»Ein Orden, mein Sohn. Eine hohe Auszeichnung.«

»Wie soll ich so was haben, wo ich kein Offizier und kein Politiker bin?«

»Das werden wir schon kriegen ... wir werden's schon schaukeln. Es wird dich nur eine Kleinigkeit kosten ... Aber es lohnt sich ...«

Jerônimo übernahm die Verhandlungen mit dem portugiesischen Konsul, dem Inhaber einer Konditorei an der Praça Municipal, und gab ihm zu verstehen, die Regierung sei an einer Auszeichnung für den Kommandanten Vasco Moscoso de Aragão interessiert.

»Ist das nicht Aragãosinho von der Firma Moscoso & Cia. Ltda., der Enkel vom alten José Moscoso, am Fuß der Steilgasse Montanha?«

»Klar, Senhor, kein anderer. Nur ist er jetzt Kapitän der Handelsmarine ...«

»Ich wußte gar nicht, daß er zur See gefahren ist ...«

»Ist er auch nicht, hat aber den gesetzlich erforderlichen Wettbewerb bestanden.«

»Ich hab seinen Großvater gut gekannt, einen grundehrlichen Portugiesen, einen hochanständigen Mann. Und wofür soll Seine Erhabene Majestät den Enkel des alten José auszeichnen?«

Jerônimo streifte die Asche seiner Zigarre ab und blinzelte mit seinen spöttischen Augen:

»Für seine bedeutenden Leistungen auf dem Gebiete der Seefahrt ...«

»Seefahrt? Davon weiß ich ja gar nichts ... Wenn er nie zur See gefahren ist ...«

»Hören Sie zu, Seu Fernandes, der Mann zahlt, und Seine Erhabene Majestät kondekoriert unseren braven Aragãosinho für ein paar hübsche Conto de Réis ... Und wenn wir keinen anderen Vorwand hätten, so denken Sie daran, daß er Vasco heißt, Kapitän ist, Enkel von Portugiesen und somit fast mit dem Admiral Vasco da Gama verwandt ... Was zum Teufel wollen Sie noch mehr? Erfinden Sie irgendeinen Anlaß, besorgen Sie die Medaille und zwar dalli ...«

Auf diese Weise wurde der Ruhm des Kommandanten Vasco Moscoso de Aragão endgültig besiegelt, als nach einigen Monaten und einer Vorauszahlung von fünf Conto de Réis Seine Majestät D. Carlos I., König von Portugal und Algarve, ihm den Grad eines Ritters des siebenhundert Jahre alten, aus der Zeit der Kreuzzüge stammenden Ordens Christi für seinen »beachtlichen Beitrag zur Eröffnung neuer Seewege« verlieh. Und zwar als Orden und als Halsband zu tragen, eine Angelegenheit, die sich sehen lassen konnte. Es war eine schlichte, intime Zeremonie, die jedoch durch die Presse ging und anschließend königlich und protokollgemäß mit Wacholderlikör und portugiesischem Wein begangen wurde.

Betitelt, uniformiert, ordengeschmückt erschien Vasco Moscoso de Aragão nie wieder mit hängendem Kopf vor dem Hafenkommandanten. Seine Fröhlichkeit war vollkommen und ansteckend, nie war jemand so glücklich durch die Straßen des alten Bahia gezogen.

Nun widmete er einen großen Teil seiner Zeit der Beschäftigung, in Altwarenläden – deren es übrigens in Salvador nur zwei gab – Ausrüstungsgegenstände und Bordinstrumente zu suchen. Er bezahlte jeden Preis. Auf diese Weise entstand seine Sammlung von Seekarten, Abbildungen von Schiffen, Sextanten, Kompassen und alten Schiffschronometern. Von einer Reise nach Rio brachte Georges ihm einige Instrumente als Geschenk mit.

Sein Seefahrtsmuseum erfuhr eine beträchtliche Bereicherung, als vor der Küste von Bahia in der Nähe der Hauptstadt ein englischer Frachter Schiffbruch erlitt. Die Ausrüstungsgegenstände wurden öffentlich versteigert, der Hauptsteigerer war der Kapitän Vasco Moscoso de Aragão. So ersteigerte er das Steuerrad, ein wertvolles Fernglas, Chronometer, Magnetkompasse, Anemometer, Hygrometer, die Borduhr, eine Jakobsleiter, von zwei Kisten Whisky zur Bewirtung seiner Freunde gar nicht zu reden.

Diese Sucht, nautische Instrumente zu sammeln, sollte er nie mehr aufgeben. Mehrere Jahre später erstand er schließlich von einem auf der Durchreise in Bahia abgestiegenen deutschen Abenteurer ein Teleskop. Der Germane hatte zunächst versucht, sein Instrument öffentlich zu verwerten, indem er Schaulustige Himmel, Mond und Sterne für einen Milréis in vielfacher Vergrößerung sehen ließ. Nachdem sein Versuch gescheitert und die Pensionsrechnung zu bezahlen war, wanderte das Teleskop in Vascos Haus in der Rua dos Barris, das der Kommandant übrigens aufzugeben gedachte.

Das Glanzstück seiner wachsenden Sammlung war das einen halben Meter lange Modell eines Schiffes in einem Glaskasten, die ›Benedikt‹, ein bis ins kleinste ausgeführter Passagierdampfer. Es war ein Geburtstagsgeschenk Jerônimos; der Journalist hatte das Prachtexemplar im Keller des Regierungspalastes ausgegraben, wo die staubbedeckte Kiste wie wertloses Gerümpel in einer Ecke gestanden hatte. Vasco, fast schwindelig vor Begeisterung, brachte kaum ein Wort des Dankes heraus.

In einer der langen Unterhaltungen mit Giovanni erfuhr er, daß es eine der Gewohnheiten der Schiffsoffiziere, zumal des Kapitäns sei, Pfeife zu rauchen. Nach der maßgeblichen Meinung des alten Negers war ein Kapitän, der nicht an einer Pfeife zog, kein richtiger Kapitän. Am nächsten Tag erschien Vasco im Freundeskreis mit einer englischen Pfeife, die verteufelt schwierig zu rauchen war und alle naselang ausging. Aber mit der Zeit lernte er trotz aller Schwierigkeiten das Pfeiferauchen und brauchte nicht lange, bis er mehrere aus verschiedenem Material, aus Holz, Porzellan und Meerschaum und in verschiedenen Formen besaß.

Hin und wieder suchte Vasco am Frühnachmittag den Hafenkommandanten Georges Dias Nadreau auf. Dabei trug er die Arbeitsuniform, die Mütze auf dem Kopf, die Pfeife im Mund. Und durch das Fenster des Hafenamtes blickte er aufs Meer und schaute beim Festmachen der Schiffe zu.

Eines Tages wurde er in einer Bar, in der er auf den Obersten wartete, einem Senhor aus Pilão Arcado vorgestellt. Die beiden kamen ins Gespräch, und der Wäldler war entzückt über die städtische Bekanntschaft:

»Sie sind also Schiffskapitän ... Von einem wirklichen Schiff, nicht von einem alten Kahn, wie sie zu Dutzenden am Flußufer im Schlick liegen. Sie müssen viel zu erzählen haben. Sagen Sie: sind Sie schon nach China und Japan gesegelt?«

Die unschuldigen Augen des Kapitäns hefteten sich auf das gebräunte Gesicht des Mannes aus Pilão Arcado:

»Nach China und Japan? Mehrere Male, Senhor ... Ich kenne das alles wie meine Westentasche ...«

»Bitte, sagen Sie mir noch etwas, was ich gerne wissen möchte« – in seinem Wissensdurst beugte er sich fast flach über den Tisch: »Ist es wahr, daß die Haut der Frauen dort drüben glatt ist wie ein Kinderpopo, daß sie nur Haare auf dem Kopf haben, am Körper nicht ein Härchen, und daß ihr kleines Ding verquer liegt? Das hat man mir nämlich erzählt ...«

»Schwindel, man hat Ihnen einen Bären aufbinden wollen. Davon ist kein Wort wahr. Die Frauen sind dort wie überall, nur ein bißchen enger, eine Lust, kann ich Ihnen sagen ...«

»Tatsächlich? Wie sind sie denn? Haben Sie viele ausprobiert?«

»Einmal bin ich in Shanghai ziellos umhergewandert. In einem dunklen Winkel stieß ich auf eine Chinesin, die weinte. Sie nannte sich Liú ...«

Die Augen des rauhen Wäldlers glimmten auf, während der Kommandant Vasco Moscoso de Aragão sich unter der Führung von Liú, einer kleinen Chinesin aus Lack und Elfenbein, in die Geheimnisse von Shanghais Opiumräuschen einführen ließ.

Der Abend sank auf den Largo da Sé, das Abendrot tönte die schwarzen Steine der alten Kirche. Vasco nahm Liú an der Hand und begann seine Reise.

Vom Verstreichen der Zeit, von den Veränderungen in der Regierung und in der Firma, mit Betrügereien und einem erhobenen Haupt

Der Kapitän Vasco Moscoso de Aragão hielt sein Versprechen: er erschien nie wieder mit hängendem Kopf bei dem Hafenkommandanten Georges Dias Nadreau. Nun hatte er seinen Titel, er war glücklich; kein Kummer, keine Schwierigkeit vermochten fortan seinen strahlenden Gesichtsausdruck, seine überschwengliche Fröhlichkeit zu trüben. Mochte er auch vorübergehend Verstimmungen oder Wehmut erliegen, so war er doch bald wieder der alte lebenslustige Kumpan, der keiner Betrübnis nachgab und den Mißlichkeiten des Lebens keine Bedeutung beimaß.

Trotzdem fehlte es nicht an Betrübnissen und Mißlichkeiten. Ein Schiffskapitän indessen, ein Kapitän auf großer Fahrt, gewöhnt sich im Wellensog an die Unbeständigkeit des Meeres und des Wetters; sie prägen seinen Charakter und stählen sein Herz, sie befähigen ihn, Enttäuschung und Bitternis lächelnd hinzunehmen.

Die größte Bitternis, die erste, die ihn traf, war die Versetzung des zum Kommandanten eines Zerstörers beförderten Georges Dias Nadreau. War das nächtliche Bahia, waren Bordelle und Vergnügungspensionen, das Bohèmeleben, die Frauen, der Zauber der Liebe ohne die Gegenwart des semmelblonden Seemanns mit seinen himmelblauen Augen vorstellbar, waren sie ohne die Scherze, lustigen Einfälle und kurzweiligen Spöttereien des Freundes denkbar, der stets mit einer Negerin oder dunklen Mulattin beim Anbandeln war? Als die Nachricht unter den leichten Mädchen und Nachtschwärmern bekannt wurde, waren alle wie vor den Kopf geschlagen, es gab Tränen, und schon dachte man an ein Abschiedsfest, das Georges' würdig war.

»Kopf hoch, Kommandant!« sagte Georges zu Vasco, als er ihn am Abschiedsabend niedergeschlagen und wortkarg sah. »Ein Seemann läßt sich nicht von Traurigkeit unterkriegen.«

Am nächsten Tag begleiteten ihn alle an Bord des Passagierdampfers, der nach Rio abfuhr, und sahen zum erstenmal Gracinha, seine Frau, in tiefer Trauer, das ausgezehrte, von einem schwarzen Schleier bedeckte Gesicht, die fest verschlossenen Lippen. Als die Freunde ihr vorgestellt wurden, streckte sie ihnen zwei eiskalte Fingerspitzen entgegen. Vasco begriff, daß die vom ehemaligen Hafenkommandanten am Vorabend gesprochenen Worte nicht ohne Sinn waren. »Ein Seemann läßt sich nicht von Traurigkeit unterkriegen.« Georges' Worte gewannen plötzlich einen greifbaren Sinn, denn er selbst hatte sich nicht der Traurigkeit gebeugt, hatte sich nicht unterkriegen lassen.

Man schlenderte in die Stadt zurück, man spielte eine Partie Billard, aber das Vergnügen war vorbei. Georges' Abwesenheit machte sich in der Bar, dann in der Pension Monte Carlo fühlbar, mit einemmal war die Nacht leer.

Schon ein Jahr zuvor hatte Leutnant Lídio Marinho geheiratet und sich dadurch eine Zeitlang dem Kreise entzogen. Aber alle wußten, daß seine Abwesenheit nur vorübergehend sein, daß er wiederkehren würde, sobald sein Eheleben in normale Bahnen gelenkt war; so geschah es denn auch. Nach dem Dienst im Palast erschien er wieder beim Billard und verbrachte die meisten Abende nach dem Nachtmahl wieder mit ihnen zusammen, er tanzte wieder in der Pension und führte seine amourösen Abstecher fort. Seine Frau war dazu da, ihm Kinder zu schenken, das Haus zu versorgen und Besuche zu empfangen. Georges indessen war für immer fort, bei ihm war nicht mit einer Rückkehr zu rechnen, er würde sich in Rio einen neuen Kreis schaffen, Berufskollegen und neue Freunde finden. Die Nacht wollte nicht herumgehen, aber Vasco erinnerte sich an Georges' Worte und sah Gracinhas jammervolle Gestalt vor sich; daher munterte er die anderen auf – ein Seemann läßt sich nicht unterkriegen.

Der neue Hafenkommandant, von dem der Freundeskreis sich einen würdigen Nachfolger Georges' erhoffte, traf erst Monate später ein und erwies sich als restlose Enttäuschung; er war ein ungeselliger Kumpan, der auf Freundschaften keinen Wert legte, nächtlichen Bummeleien und Freudenmädchen abhold und obendrein umsichtig und bedächtig war. Vasco stellte seine Besuche im Hafenamt ein.

Dafür fuhr er jedoch fort, im Hafen den einlaufenden Schiffen zuzusehen, ihre Schönheit zu bewundern und ihre Flaggen auszumachen; alle nur erreichbaren nautischen Instrumente und Drucke von Schiffen zu erwerben; jeden Abend mit Jerônimo und dem Obersten seine Pokerspielchen zu absolvieren und sich im übrigen in neue Weiber zu vergaffen. Zu diesem Zeitpunkt hatte er soeben die Vierzig überschritten, mittlerweile hatte sich alle Welt daran gewöhnt, ihn »Herr Kapitän« zu nennen.

Die Regierungszeit des Gouverneurs ging ihrem Ende entgegen, es war ein melancholisches Ende, weil der Präsident der Republik unter dem Einfluß anderer Persönlichkeiten seiner Partei den erwarteten Nachfolger abgelehnt, ihm einen anderen zur Nachfolge aufgezwungen und ihm dabei fast den Sitz des Senators verweigert hatte, auf den Gouverneure, deren Mandat abgelaufen war, traditionsgemäß Anspruch hatten. Er erlangte zwar seinen Sitz, aber die Abgeordnetenschaft Jerônimos und seine politische Laufbahn fielen dabei ins Wasser. Jerônimo bekam zwar einen Posten im Justizministerium in Rio und wurde Staatsanwalt oder etwas Ähnliches, und das war nicht zu verachten, machte jedoch seine politischen Pläne zunichte.

Mit dem Regierungswechsel ging auch Pedro de Alencar; ein neuer Oberst und Freund des neuen Staatschefs übernahm das Kommando des 19. Jägerbataillons. Vasco ließ sich ihm nicht einmal vorstellen, er war seinen Freunden, der Erinnerung an die berühmte Runde treu; er ließ sich im Regierungspalast, bei Empfängen und Festen der Gesellschaft nicht mehr blicken. Zwar nahm er noch in seiner Galauniform an den Paraden des Zweiten Juli und des Sieben September teil, aber fern von den Regierungsleuten und mitten unter dem Volk.

Er hatte auch keine Lust, sich einem neuen Kreis anzuschließen. Wer wie er der Elite der Stadt angehört hatte, konnte sich nicht von neuem unter Kaufleute, Angestellte des Großhandels oder gar Ärzte und junge Rechtsanwälte mengen. In Pensionen und Kabaretts saß er an einem Tisch für sich allein, und der Champagner begann bitter und wehmütig auf seiner Zunge zu schmecken.

Eines Tages verkaufte Carol die Pension Monte Carlo an einen argentinischen Zuhälter, einen widerwärtigen, berechnenden und unangenehmen Gesellen. Vasco begleitete sie auf den Bahnhof, sie kehrte nach Garanhuns zurück, wo ihr Schwager gestorben war und ihre Schwester Unterstützung und Gesellschaft brauchte. Vasco und Carol riefen sich auf dem Bahnsteig die fabelhaften Abende und die Freunde ins Gedächtnis zurück: Jerônimo, dessen Geliebte sie gewesen war; den schönen Leutnant Lídio Marinho, jetzt als Hauptmann in Porto Alegre stationiert; den Obersten Pedro de Alencar, den unerschütterlichen Trinker; oder den unvergeßlichen Hafenkommandanten Georges Dias Nadreau mit seinem ausländischen Aussehen, verrückt nach einer kleinen Schwarzen und ein lustiges Haus, wie es kein zweites gab. All das hatte für Carol aufgehört. Fortan würde sie mithelfen, Nichten und Neffen aufzuziehen. Sie würde eine ehrbare Dame, eine reiche Witwe in ihrem friedlichen Geburtsstädtchen sein. Mit feuchten Augen küßte sie Vasco auf beide Wangen:

»Denkst du noch an die Entführung Dorothys?«

Wohin war Dorothy gegangen? Ein Oberst des Hinterlandes hatte sich in ihre rastlosen Augen verliebt, er war Witwer und hatte sie zu sich auf seine Fazenda genommen. Vasco hatte am Vorabend ihrer Abreise mit ihr geschlafen, es war eine tolle Nacht gewesen, als wäre die alte Besessenheit, die betörende Leidenschaft mit der einstigen Kraft wiedererwacht. Man hatte nie wieder etwas von ihr gehört, auch nicht, ob sie bei dem Gutsbesitzer geblieben war oder nicht. Aber auf Vascos rechtem Arm waren noch immer Dorothys Namen und ein Herz eingeritzt.

»Erinnerst du dich noch an den Chinesen mit seinen Tätowierungen?«

So viele Erinnerungen, so viele Dinge, an die man auf dem Weg zum Kai denken mußte! Das Schiff lichtete den

Anker, Richtung Recife, Carol, fett und wohlriechend, winkte mit dem Taschentuch. »Ein Seemann läßt sich von Traurigkeit nicht unterkriegen« – selbst wenn er ein auf der einsamen Hafenmole der Stadt verlassenes Waisenkind ist.

Jahre vergingen, der Kapitän Vasco Moscoso de Aragão verschwand aus Pensionen und Bordellsalons. Er war auch nicht mehr Chef und Inhaber der Firma Moscoso & Cia. Ltda. Der Neger Giovanni war gestorben und hatte als letztes zu ihm gesagt, er solle sich mit Menendez in acht nehmen, der Gringo sei keinen Schuß Pulver wert. Als aber Vasco den Rat befolgen und persönlich die Leitung der Geschäfte übernehmen wollte, war Menendez bereits der wirkliche Firmeninhaber. Vasco hatte in jenen Jahren der Ausschweifung ausgegeben, was er besaß und nicht besaß, sein Debetkonto hatte schwindelnde Höhen erreicht. Es folgten langwierige und verwickelte Verhandlungen mit gierigen gerissenen Anwälten. Schließlich trat Vasco aus der Firma aus, erhielt als Anteil einige Mietshäuser und eine Anzahl Staatspapiere, die ihm einen anständigen Lebensunterhalt gewährleisteten. Bei dieser Gelegenheit verkaufte er sein Haus in der Rua dos Barris und erwarb ein kleineres auf dem Largo Dois de Julho, wo er seine nautischen Instrumente aufstellte, an der Wohnzimmerwand seine Diplome eines Kapitäns auf großer Fahrt und des Ritters vom Orden Christi aufhängte und in die Mitte den Tisch mit dem Glaskasten und dem Modell der »Benedikt« stellte.

»Ein Seemann läßt sich nicht unterkriegen«, selbst wenn der Millionär zu einem Rentner geworden ist, selbst wenn die Freunde verschwinden, die Liebschaften einrosten, wenn das Getränk seinen Geschmack verliert und der Schlaf vor Mitternacht kommt. In seinem neuen Haus knüpfte Vasco Moscoso de Aragão rasch Bekanntschaften mit unbekannten

Nachbarn an und wurde bald beliebt und geschätzt. Er setzte sich auf einen Stuhl vors Haus auf den Gehsteig, man gesellte sich zu ihm und hörte ihm zu, wenn er seine Meerabenteuer erzählte. Stets hatte er eine hübsche Köchin zur Verfügung, eine geschickt ausgesuchte kleine Mulattin.

Neue Jahre vergingen, die Haare des Kommandanten bleichten, seine Köchinnen waren nicht mehr so hübsch, und seine Einkünfte wurden nicht höher. Auch die Nachbarn nahmen ihn nicht mehr so ernst wie früher, es gab welche, die behaupteten, er habe nie eine Schiffsplanke betreten, der Titel des Kapitäns auf großer Fahrt sei das Ergebnis einer Spielerei aus der Regierungszeit José Marcelinos, sein Ritterdiplom sei mit Gold aufgewogen worden, als er noch in Geld schwamm und das portugiesische Konsulat in Bahia von einem Kaufmann betreut wurde.

Mehr als zwanzig Jahre nach der bekannten Feier im Hafenamt unterbrach ein hergelaufener Kerl, der in derselben Straße eine Benzinpumpe eingerichtet hatte und dem Vasco, stets bereit, Freundschaften zu schließen, von seiner fürchterlichen Reise durch den Persischen Golf in einer Taifunnacht zu erzählen begann, – unterbrach dieser Banause den heldenhaften Bericht mit homerischem Gelächter:

»Sie wollen mir wohl einen Bären aufbinden ... Den Schmand schmieren Sie man lieber einem Trottel um den Bart ... Sie glauben wohl, ich bin nicht im Bilde? Das weiß doch alle Welt und lacht sich hinter Ihrem Rücken ins Fäustchen ... Ich hab was anderes zu tun, Seu Comandante, hab keine Zeit, mir Märchen anzuhören ...«

»Ein Seemann läßt sich nicht unterkriegen«, aber diesmal fiel es schwer, den Kopf hochzuhalten. Wo war Georges Dias Nadreau? Heute war er sicherlich Admiral. Was war aus Jerônimo und dem Oberst Alencar, dem Leutnant Lídio und dem Leutnant Mário geworden? Und Dorothy, wie schön wäre es, dein zartes Profil, deine unruhigen Augen, dein fieberheißes Gesicht wiederzusehen ... Ob Carol noch am Leben war, ob sie die Kinder ihrer Nichten und Neffen aufzog und sich in Garanhuns, ihrem Heimatstädtchen des Staates Pernambuco, als Witwe ausgab? Noch immer ging er zum Hafen, ob die Sonne schien oder ob Regen fiel, um die Schiffe ein- und auslaufen zu sehen, er kannte alle Flaggen.

Weder auf dem Largo Dois de Julho noch in einer anderen Straße von Salvador konnte er sich erhobenen Hauptes blikken lassen. So verkaufte er das Haus zu einem günstigen Preis und erwarb dafür eines in Periperi, einem Vorstädtchen, in das der Großstadtlärm nicht drang; er zog um und nahm die Mulattin Balbina, seine Köchin und Geliebte, mit, die Navigationsinstrumente, das Steuerruder, die Jakobsleiter, Fernglas und Teleskop, seine Pfeifen, seine gerahmten Diplome, seine Vergangenheit auf der Kommandobrücke der Schiffe, auf denen er stürmische Meere durchkreuzt hatte.

Er war ein alter Seemann mit erhobenem Haupt, das weiße Haar winddurchweht, hoch oben auf den Felsen.

Wo der Erzähler, in die Enge getrieben, aber anpassungsfähig, seine Zuflucht zum Schicksal nimmt

Sehen Sie, meine Herren: da versucht nun ein eifriger Historiker, die Wahrheit aus so verwickelten Annalen herauszufischen und stößt plötzlich auf widersprüchliche, unvereinbare Versionen, die dem Anschein nach samt und sonders glaubwürdig sind. Woran soll er sich halten? An die beiden dargelegten Lesarten, an die des Kommandanten, eines Mannes von unbestreitbaren Verdiensten, an die Chico Pachecos mit seinen zahlreichen nachweisbaren Einzelheiten? Welche soll er vorziehen und dem gutgläubigen Leser vorlegen? Der genannte Brunnen ist von Hindernissen, von Steuerrudern und verkommenen Freudenmädchen versperrt, wie soll ich auf den Grund des Brunnens gelangen und ihm die nackte, leuchtende Wahrheit entreißen, die mich befähigt, das Andenken eines der beiden Gegner zu preisen und das des anderen der öffentlichen Schande preiszugeben? Wen soll ich in den Himmel heben, wen entlarven? Ehrlich gestanden, bin ich im Augenblick rat- und richtungslos.

Ich habe mich daher an Herrn Dr. Alberto Siqueira, unsere hervorragende, wiewohl umstrittene Leuchte der Jurisprudenz, gewandt. Als Mann, der so viele Jahre im Innern des Landes und in der Hauptstadt Oberlandesgerichtsrat gewesen ist, müßte er eigentlich in der Lage sein, das Licht der Wahrheit in diesem Wirrwarr zu erkennen. Freilich hat der Hochverdiente sich aus der Affäre gezogen und behauptet, er sehe sich außerstande, ohne eingehende Analyse der Prozeßakten eine Ansicht, geschweige denn ein Urteil abzugeben. Als hätte er über Chico Pachecos Streitfall mit dem Staat zu befinden und nicht über eine historische Forschungsarbeit, die es auf einen Preis des öffentlichen Archivs abgesehen hat. Die Art und Weise, wie er mit meiner Arbeit ins Gericht ging, verletzte mich, was ich ihm auch sagte. Darauf erwiderte der aufgeblasene Magistrat patzig, meine Studie entbehre der elementarsten Grundlage dessen, was man unter historischer Arbeitsweise versteht. Angefangen bei den Daten. Mit ungenügenden Daten könne sich niemand ein Bild machen, wann die erzählten Ereignisse sich abgespielt hätten, wieviel Zeit zwischen ihnen vergangen sei, es fehlen Tag, Monat und Jahr von Geburt und Tod der Hauptfiguren, und so weiter. Habe man jemals ein Geschichtsbuch ohne Daten gesehen? Und was sei Geschichte anderes als eine Folge von Daten, die Taten und Tatsachen festhält?

Stumm schluckte ich die Kritik hinunter, in der Tat hatte ich auf diese Einzelheit nicht geachtet. Nun nutze ich die Gelegenheit, um diese Frage zu klären und die notwendigsten Daten anzugeben. Geburts- und Todestage sind mir weitgehend unbekannt, nicht nur die des alten Moscoso, sondern sogar die des Gouverneurs. Was den Kommandanten betrifft, so ist er im Jahre 1950 in Periperi, zweiundachtzigjährig, gestorben; und rechnet man zurück, so stellt man fest, daß er im Jahre 1868 geboren und einige dreißig gewesen sein muß, als er Intimus jener einflußreichen Clique wurde. Wir wissen bereits, daß die von Chico Pacheco berichteten Einzelheiten – gleichgültig ob wahr oder erfunden – um die Jahrhundertwende, während der Regierungszeit José Marcelinos geschehen sein und im Jahre 1904 begonnen haben müssen, während der Umzug des Kommandanten nach Periperi ins Jahr 1929 fällt. Welche anderen Daten soll ich vorlegen? Ehrlich gesagt, habe ich keine bei der Hand. Übrigens habe ich Geschichtsdaten genausowenig auswendig lernen können wie Namen von Flüssen und Vulkanen.

Außerdem fußt der barsche Einwand des Hochverdienten weniger auf einem gerechten kritischen Maßstab als auf einer Portion Widerwillen, den der Herr Oberlandesgerichtsrat seit einiger Zeit mir gegenüber an den Tag legt. Das hat vor einigen Tagen begonnen. Nun behandelt er mich nicht mehr so zuvorkommend wie früher und lädt mich nicht mehr ein, ihn nachmittags zu Dondoca zu begleiten; und obgleich ich ihn umschwänzle und seine Ansichten und Tugenden lobe, gibt er sich äußerst zurückhaltend und wirft mir nur vorwurfsvolle Blicke zu. Der Anlaß dieser plötzlichen Veränderung ist mir unbekannt. Es muß eine Intrige dahinter stecken, in Periperi fehlt es nicht an Ränkeschmieden, und viele dieser Kanaillen beneiden mich um die Freundschaft mit einem Juristen, dessen Arbeiten in Zeitschriften des Südens erscheinen.

So muß ich das Schlimmste ins Auge fassen: sollte der Hochverdiente einen, wenn auch nur leisen Verdacht gegen meine Liebschaft mit Dondoca hegen? Das wäre ein Verhängnis. Als ich das Thema bei dem kleinen Käfer anschnitt, wurde ich noch unruhiger, da Dondoca eine Veränderung am Benehmen des Hochverdienten festgestellt hat, der sie plötzlich ausfragt, Kopfkissen und Leintücher untersucht und ihr alle Augenblicke Treueschwüre abverlangt.

Und das zu all den Schwierigkeiten, die mir meine Arbeit, meine schwere Aufgabe, die vollständige Wahrheit über die umstrittenen Abenteuer des Kapitäns darzustellen, pausenlos einträgt. Vor mir liegt ein Berg Aufzeichnungen, das Ergebnis meiner Forschungen. Und was ist das Ergebnis? Nehme ich die einen, schwimme ich sofort mitten auf dem Meer, ich segle durch asiatische Gewässer, Richtung Ozeanien, und Dorothy ist die verängstigte Frau des achtlosen lieblosen Millionärs, den sie aus Liebe zu einem Schiffskapitän verläßt, in dessen Armen sie in einem schmutzigen Hafen von Makassar aus Leidenschaft und Fieber stirbt. Wähle ich die anderen, ist Dorothy eine Insassin der Pension Monte Carlo – die nach meinen Ermittlungen tatsächlich im ersten Stock eines Gebäudes bestanden hat, in dem sich später die Redaktion des »Diário da Bahia« niederließ – die die Liebhaber wechselt wie das tägliche Hemd, die mit jedem ins Bett steigt und sich schließlich mit einem Oberst aus dem Hinterland Bahias zusammentut. Jener Schwede Johann ist in einigen Aufzeichnungen Steuermann, in anderen Kaufmann, Menendez schwankt zwischen Reeder und Teilhaber einer Importfirma, nur sein schlechter Charakter bleibt derselbe. Kurzum: es ist ein verteufeltes Durcheinander.

Ich habe schon sagen hören, die Zeit bringe die Wahrheit schließlich an den Tag, aber daran glaube ich nicht. Je mehr Zeit verstreicht, desto schwerer fällt es, Tatsachen festzustellen, greifbare Beweise und aufschlußreiche Einzelheiten zu ermitteln. Wenn es für die Einwohner von Periperi schwierig war, damals herauszufinden, wer die Wahrheit sprach und wer log, kann man sich vorstellen, wie schwer ich mich heute, im Januar 1961, tue, zweiunddreißig Jahre nach den Ereignissen. Ich bin daher zu dem Schluß gekommen, daß nur der Eingriff des Schicksals in einen jener unaufgeklärten Zufälle bisweilen wirklich zur Erkenntnis der Wahrheit zu führen vermag. Sonst bleibt der ewige Zweifel bestehen: war Maria Antoinette leichtfertig und verdorben, wie es die Sektierer der französischen Revolution wahrhaben wollen? Oder war sie eine Blüte der Reinheit und Güte, wie sie die Anbeter des königstreuen Obskurantismus hinstellen? Wer ist imstande, nach so langer Zeit die Wahrheit auszugraben? Wer weiß, ob sie mit allen jenen Grafen, den schwedischen eingeschlossen, geschlafen hat?

Hätte nicht das Schicksal an jenem genauen Augenblick eingegriffen, ich weiß nicht, was in jenem Jahr 1929 gegen Wintersende in Periperi geschehen wäre. Denn angesichts der entsetzlichen Enthüllungen Chico Pachecos teilte sich die Bevölkerung in zwei Lager: auf der einen Seite die Parteigänger des Kommandanten, seinen Titel und den Orden Christi schwenkend, auf der anderen seine Schmäher, den Bericht des früheren Steuerprüfers ins Feld führend. So bildeten sich zwei Parteien, zwei Sekten, zwei Säulen des Hasses. Die heftigsten Wortstreite lösten einander ab, und die wenigen Menschen, die wie der alte Marreco einen kühlen Kopf bewahrten, fürchteten, daß es jeden Augenblick zu Handgreiflichkeiten kommen könne. Die Rentner und Privatiers, Rheumatiker mit schlecht arbeitenden Nieren und fast durchweg mit verengtem Harngang, bedrohten einander, beleidigten sich gegenseitig, und eines Tages ging Zequinha Curvelo blindwütend auf Chico Pacheco los und verkündete laut und vernehmlich, er habe gute Lust, ihm seine verpestete Zunge herauszureißen. Der Bahnhofsvorsteher hatte nicht ganz Unrecht, wenn er meinte, die alten Leutchen hätten samt und sonders den Teufel im Leib.

Die Bevölkerung spaltete sich also und damit das Vorstädtchen: auf die Bänke der Bahnstation, die aufs Meer gingen, setzten sich die Jünger des Kommandanten, auf die zur Straße gehenden die Anhänger Chico Pachecos. Der Strand wurde Domäne der ersten, der Platz Hauptquartier der zweiten. In Plataforma empfing Pater Justo die Neuigkeiten und hob die Hände zum Himmel: Wie sollte er im nächsten Jahr den Schirmherrn des Sankt-Johannisfestes wählen?

Aber mitten in diesem Aufruhr blieb ein Mann ruhig und beherrscht und lächelte wie immer gutmütig, leutselig; er erklomm die Felsen, um mit seinem Fernstecher die Ankunft der Schiffe zu beobachten; er mischte abends seinen heißen Grog; er gewann beim Pokerspiel und erzählte seine Geschichten: Kommandant Vasco Moscoso de Aragão.

Als ihm die ersten Gerüchte des von Chico Pacheco ausgelösten Wirbels zu Ohren kamen, vertraute er seinen nahen Freunden an:

»Purer Neid ...«

Er zuckte mit den Achseln und schickte sich an, das Ganze zu übersehen. Aber das gelang leider nicht, da seine aufmerksamen Zuhörer von einst ihm teils die kalte Schulter zeigten, teils über seine Geschichten lachten. Selbst viele seiner treuen Anhänger sagten ihm, es sei unbedingt notwendig, daß er etwas unternehme, was die Zunge des früheren Umsatzsteuereinnehmers notorisch Lügen strafe. Nach der mit knapper Not verhinderten Keilerei zwischen ihm und Chico Pacheco schüttete Zequinha Curvelo ihm endlich sein Herz aus:

»Verzeihen Sie, Herr Kommandant, aber wir müssen etwas tun, um diesen Brunnenvergiftern das Maul zu stopfen.«

»Ich glaube fast, du hast recht. Zuerst hatte ich mir vorgenommen, das Gewäsch zu überhören. Da es aber Elemente zu geben scheint, die es für bare Münze halten, bleibt mir nichts übrig, als Stellung dazu zu nehmen ...«

In diesem Augenblick hatte er einen seiner besten Momente: die Hand aufs Fensterbrett gestützt, den Blick übers weite Meer gleitend, die weiße Mähne vom Wind zerzaust.

»Du, mein lieber Freund, und Rúi Pessoa sollt meine Zeugen sein bei dem Duell, zu dem ich den Verleumder herausfordern werde. Da ich der Beleidigte bin, steht mir die Wahl der Waffe zu. Ich fordere Pistolen mit sechs Schuß und das Anrecht, alle sechs Patronen zu feuern. Zwanzig Schritt Abstand, Ort: der Strand. Wer fällt, wird ins Meer gerollt.«

Zequinho Curvelo war sofort begeistert und machte sich unverzüglich auf, um seine Mission loszuwerden. Aber vergebens. Chico Pacheco weigerte sich sogar, Zeugen zu ernennen. Er war nicht der Mann, der sich zu einem Duell hergab, so ein Unsinn gehe haarscharf zu weit, in unserer Zeit sei ein Duell einfach lächerlich und schlechthin von vorgestern. Er, Chico Pacheco, verabscheue Feuerwaffen, schon bei ihrem Anblick werde ihm übel. Vermutlich habe der Scharlatan mit Offizieren von Heer und Marine verkehrt. Damit wolle er nichts zu tun haben. Wenn das Großmaul es unbedingt wolle, solle er zum Gericht gehen und einen Verleumdungsprozeß anstrengen; er, Chico Pacheco, würde dann alles, was er bislang behauptet hatte, schwarz auf weiß beweisen. Wenn der andere Schneid habe, solle er ruhig zum Gericht gehen. Ein Duell beweise nur, wer der bessere Schütze sei. Nein, von einem Duell wolle er nichts wissen.

Zequinha sagte nur ein Wort: »Feigling!«

Die Herausforderung geschah auf dem Platz, wo die Feinde des Kommandanten gewöhnlich zusammenkamen, und Chico Pacheco büßte bei seinen Bewunderern einen Teil seines Ansehens ein. Die Aussicht auf einen Zweikampf gefiel beiden Gruppen in gleicher Weise und reizte ihre Nerven. Der Vorteil des Kommandanten war jedoch von kurzer Dauer. Im Grunde blieb der Zweifel haften, schon fanden seine Geschichten nicht mehr ihr einstiges Echo, schon riefen sie nicht mehr die alte Begeisterung hervor.

Selbst Zeqinha Curvelo bemerkte eines Tages:

»Tatsache bleibt, daß die Behauptungen dieses Miststücks nie widerlegt worden sind.«

Der Kommandant blickte ihn mit seinen wasserblauen Augen an:

»Wenn ich Beweise herbeischaffen muß, um mich gegen einen Feigling zu verteidigen, der vom Feld der Ehre geflüchtet ist, wenn es Leute gibt, die zwischen seinem Wort und dem meinen schwanken, dann ziehe ich es vor, von hier fortzuziehen. Ich habe in einer Zeitung gelesen, daß ein Haus auf der Insel Taparica zum Verkauf angeboten ist. Dort bin ich wenigstens draußen auf See, wie auf einem Schiff, fern von Niedertracht und Neid.«

Und er hob das gesenkte Haupt:

»Eines Tages wird man mir Gerechtigkeit angedeihen lassen, man wird mich vermissen. Aber nie werde ich mich soweit vergessen, daß ich einen Jämmerling, einen Hosenscheißer Lügen strafe.«

So lagen die Dinge, als etwas Neues geschah und die Wahrheit sich Bahn brach. Dies hing weder vom Kommandanten noch von Chico Pacheco ab, auch nicht von Zequinha Curvelo, von Adriano Meira oder dem alten José Paulo, Marreco, dem einzigen, der nicht den Kopf verlor und inmitten des Sturmes seinen Gleichmut bewahrte. Es war das Schicksal, der Zufall, das Glück – man nenne es, wie man wolle.

Auch ich hatte den Eingriff des Schicksals gewünscht, um den wachsenden Argwohn des hochverdienten Herrn Oberlandesgerichtsrats, Doktor Alberto Siqueira, zu zerstreuen – etwas, um ihm die Reinheit meiner Beziehungen zu Dondoca zu beweisen, was freilich nur ein Reflex meiner, dem illustren argwöhnischen Gelehrten entgegengebrachten, Freundschaft war. Unmöglich? Weil ich ja die Stirn des Hochverdienten mit Hörnern versah und seine Schokolade und sein Betthäschen schnabulierte? Nur deswegen? Dann weiß der Leser also nicht, daß das Schicksal launisch ist? Wenn es eingreift, um die Wahrheit wiederherzustellen, handelt es aus Gründen der Sympathie und nicht aus Rücksicht auf Beweise und Belege. Warum sollte es dann nicht auch dem Richter meine Unschuld beweisen und dabei meine dem Hochverdienten in Dondocas Kuschelbett geleisteten Hilfsdienste in Anrechnung bringen? Denn ich verlasse sie ja gegen morgen zufrieden, fröhlich und bereit, die endlose Öde ihres erleuchteten Beschützers geduldig und lächelnd zu ertragen.

Wo davon die Rede ist, wie der Kommandant abreist mit unbekanntem Ziel oder um sein Schicksal zu erfüllen, denn dem Schicksal entflieht niemand auf dieser Welt

An jenem Tag, an dem der Regen wie eine Sintflut niederrauschte, der Wind von der hohen See her das Vorstädtchen eisig durchwehte, der Himmel, dunkelgrau verhangen, kein Zipfelchen Sonne sehen ließ und die Gassen ein einziges Schlammbett waren, trug auch der Kommandant Trauer. Ein schwarzes Band um die Mütze, einen schwarzen Crèpeschleier um den Ärmel des breitkragigen Rocks. Mit bewegter Stimme erklärte er den Freunden, es sei der Todestag von Don Carlos I., dem König von Portugal und Algarve, im Jahre 1908 von republikanischen Hitzköpfen ermordet, kurz nachdem er ihn für seine Verdienste zum Ritter des Ordens Christi geschlagen hatte. Jedes Jahr am gleichen Tag legte der Kommandant Trauer an zum Andenken an den erhabenen Monarchen, der von der Höhe seines Thrones herab die Taten eines Mannes zu verkünden und zu belohnen gewußt hatte, der dem Welthandel neue Seewege eröffnete.

Auf dem an jenem Tag wenig besuchten Bahnhof schleuderte Zequinho Curvelo von seiner dem Golf zugekehrten Bank seinem Gegner Chico Pacheco – der auf der anderen Seite des Bahnsteigs auf der der Straße zugewandten Bank saß – dieses völlig unwiderlegbare Beweisstück ins Gesicht: das Ritterdiplom des Ordens Christi. Nur ein gänzlich Verantwortungsloser sei einer so lächerlichen wahllosen Behauptung fähig: daß ein König von Portugal eine ehrenhafte Komtur ebenso gleichgültig verkaufe wie ein x-beliebiger Krämer Stockfisch oder Zahnstocher verhökere – einen hochehrwürdigen Orden, der aus den Zeiten der Kreuzzüge und Templer stamme, so bedeutend und begehrt, daß die Republikaner den Orden aufrecht erhalten hatten und Gouverneure und Diplomaten, Wissenschaftler und Generale sich um ihn rissen. Es gehöre tatsächlich eine Portion Niedertracht dazu, solchen Unsinn auszusprechen und anzuhören; Periperi verdiene weiß Gott nicht die Ehre, einen Bürger von solcher Berühmtheit und von so untadeligem Ruf wie den Kommandanten in seinem ruhmreichen Alter zu beherbergen, somit den Träger einer Auszeichnung, die in Bahia nur noch J. J. Seabra besaß: den Orden Christi. In Anbetracht von soviel Neid und Undankbarkeit erwäge der Kommandant bereits, fortzugehen und einem zivilisierteren Ort das Vorrecht zu schenken, ihn unter seine Bürger zu zählen.

»Der soll ruhig abhauen«, begann Chico Pacheco zu entgegnen, »und seine Bären anderen Leuten aufbinden, der alte schamlose Lügenbock ...«

Aber er sprach nicht weiter, denn in diesem Augenblick lief der Zehn-Uhr-Zug ein, und diesem entstieg ein geheimnisvoller Reisender, der bisher nie im Ort erblickt worden war, einen Gummimantel trug, einen Regenschirm aufspannte und fragte, ob einer der Herren wisse, wo ein gewisser Kapitän auf großer Fahrt, der Kommandant Vasco Moscoso de Aragão, zu finden sei. Er müsse ihn eiligst aufsuchen, um eine wichtige Angelegenheit mit ihm zu besprechen. Freunde und Gegner fanden sich einstimmig bereit, ihn zu dem Haus zu führen, dessen Fenster trotz eines soeben niedergegangenen Regengusses auf das Meer geöffnet waren. Beide Gruppenchefs, Chico und Zequinha, hatten natürlich nichts Eiligeres zu tun, als den Unbekannten über die Art der wichtigen Angelegenheit, die dieser mit dem Kommandanten zu besprechen habe, auszufragen.

Der Fremde ließ sich denn auch nicht lange bitten und erzählte auf dem Wege, in dessen zahllose Pfützen die Füße unablässig patschten, folgendes:

Ein Dampfer der *Costeira,* der Brasilianischen Küstenschiffahrtsgesellschaft, ein großer ITA, war an jenem regnerischen Morgen mit der Flagge auf Halbmast in Bahia eingelaufen. Auf der Reise zwischen Rio und Salvador war der Kapitän gestorben, der Erste Offizier hatte das Kommando übernommen, aber das Gesetz forderte, daß das Schiff bis zur Ankunft eines neuen Kapitäns der Reederei vom ersten Zwischenhafen an von einem x-beliebigen Kapitän geführt werden müsse, gleichgültig, ob dieser untätig, in Ferien oder im Ruhestand angetroffen werde. Ein sinnloses Gesetz, ohne Zweifel, als ob der Erste Offizier nicht imstande sei, das Schiff bis nach Bélem zu führen, wo ein neuer Kapitän der Schiffahrtslinie bereitstehe, seiner Herkunft nach Paraenser, der seine Ferien zu Hause verbringe und bereits telegrafisch verständigt worden sei.

Der Unbekannte war Senhor Américo Antunes, Vertreter der *Costeira* in Bahia, der diese Nuß zu knacken hatte. Als genügten ihm nicht schon die Vorkehrungen für die Beerdigung des verstorbenen Kommandanten . . .

»Hat man seine Leiche denn nicht ins Meer gesenkt?« wollte Zequinha wissen. Hätte die Besatzung es doch getan! Ihm, Américo Antunes wenigstens hätte es Arbeit und Verdruß erspart. Wo nun einen neuen Kommandanten hernehmen? Natürlich war er zum Hafenamt gelaufen, dessen Bücher die Namen und Anschriften der von der Hafenkommandantur zugelassenen Kapitäne auf großer Fahrt führten. Fast alle waren Schiffer mit einem »Gummipatent«, ohne Dienstzeit auf See, die Patente galten ausschließlich für die Flußschiffahrt, für die Schlickrutscher des Rio São Francisco. Kapitäne mit vollständigem Examen und beglaubigter Prüfungsarbeit gab es nur einen, eben jenen Vasco Moscoso de Aragão, dessen Verbleib im Hafenamt nicht zu erfahren und der an seiner Anschrift im Largo Dois de Julho nicht aufzufinden war. Schließlich war es ihm gelungen, den augenblicklichen Aufenthalt des Kommandanten festzustellen, und nun kam er, um ihn zur Kommandoübernahme des ITA-Dampfers bis Belém, dem Ziel der Reise, aufzufordern, wo der neue Kapitän für die Rückreise bereitstand. Er würde der Reederei und den Passagieren, unter denen sich sogar ein Bundessenator aus Rio Grande do Norte befand, einen großen Gefallen erweisen, denn wenn die Vorsehung ihm nicht diesen Kapitän beschert hätte, würden Schiff und Passagiere drei oder vier Tage auf einen neuen Kapitän aus Rio de Janeiro warten müssen. Das würde den Fahrgästen einen lästigen Aufenthalt und der Schiffahrtsgesellschaft einen riesigen Verlust verursachen.

Chico Pacheco lachte spöttisch:

»Sie werden wohl oder übel warten müssen, denn dieser Kapitän wird im Leben kein Schiff lenken ... Der wird sich nicht von hier loseisen lassen ...«

»Geben Sie nichts auf seine Worte«, warf Zequinha Curvelo ein. »Der Kommandant wird diese Gelegenheit mit Freuden wahrnehmen.«

»Mit oder ohne Freuden«, meinte Senhor Antunes, »er wird es tun müssen. Das Gesetz verpflichtet ihn dazu. Selbst wenn er in Ferien oder im Ruhestand ist ...«

So kamen sie an das Haus des Kommandanten und sahen ihn im Wohnzimmer an dem großen Fenster auf das schaumkronenbedeckte Meer hinausblicken. Zequinha Curvelo rief ihn, machte ihn mit dem Fremden bekannt und erklärte, sich die Hände reibend, rasch den Zweck dessen Besuchs.

»Diesmal, Herr Kommandant, werden Sie diesen Brunnenvergiftern das Handwerk legen.«

Die Gegner waren draußen im Regen geblieben, nur Zequinha Curvelo und Emílio Fagundes hatten mit Antunes die Schwelle des Hauses überschritten und blickten stumm von einem zum andern. Der Vertreter der *Costeira* vervollständigte Zequinhas Erklärungen, sagte, die Reederei würde sich natürlich für den geleisteten großen Dienst erkenntlich zeigen.

»Ich habe geschworen, nie mehr eine Kommandobrücke zu betreten, als ich in den Ruhestand trat. Es war eine sehr traurige Geschichte, meine Freunde hier sind über die Einzelheiten im Bilde.«

Zequinha Curvelo war mit dieser Erklärung nicht einverstanden:

»Schön, aber angesichts der Umstände ...«

»Schwur ist Schwur, ein Seemann bricht sein Wort nicht.«

Nun mischte sich Senhor Américo Antunes ein:

»Verzeihen Sie, Herr Kapitän, aber Sie sind dazu gesetzlich verpflichtet. Das wissen Sie doch viel besser als ich. Es sind Gesetze der Seefahrt ...«

»... und der von Neidhammeln befleckten Ehre«, fügte Zequinha hinzu.

Der Kommandant sah, wie draußen die gegnerische Gruppe, von dem immer stärker strömenden Regen vertrieben, sich auflöste, wie die Unentwegten im Haus der Geschwister Magalhães Obdach suchten, unter ihnen Chico Pacheco, der sich in der Haustür der beiden alten Jungfern unterstellte. Vasco wandte sich an seine beiden Freunde:

»Erlauben Sie, daß ich mit Senhor Antunes ein Wörtchen unter vier Augen wechsle.«

Er ließ Zequinha und Emílio am Eingang zurück und führte den Besucher ins Wohnzimmer. Nach der Besprechung, die etwa zehn Minuten dauerte, kehrte der Vertreter der Schiffahrtslinie in Begleitung des Kommandanten wieder an die Türe zurück und wiederholte:

»Seien Sie unbesorgt, die Sache wird in Ordnung gehen.«

Ein Händedruck, und der Fremde stürzte in den Regen hinaus. Er mußte loslaufen, wenn er nicht den schon aus Paripe heranpuffenden Zug verpassen wollte. Sofort heftete Chico Pacheco sich an seine Fersen, um das Neueste zu erfahren, vermochte aber mit dem anderen nicht Schritt zu halten, und als er den Bahnhof erreichte, war der Zug bereits abgefahren.

Mittlerweile erklärte der Kommandant Zequinha und Emílio:

»Ich habe von Senhor Antunes eine Bestätigung verlangt, unterschrieben vom Präsidenten der Schiffahrtslinie, die meine Gründe rechfertigt, warum ich meinen Schwur gebrochen habe ...«

»Sie werden also das Kommando übernehmen?« frohlockte Zequinha.

»Warum sollte ich es nicht tun, wenn die Pflicht mich

dazu zwingt und die Compagnie mir eine Erklärung bezüglich meines Schwurs aushändigt? Dorothy wird mir verzeihen ...«

Ist er einer, ist er keiner? Ist er ein Phrasendrescher, ist er ein großer Mann? Die Diskussion schwoll und schwoll, wie ein Lauffeuer verbreitete sich die Nachricht im Städtchen, scheuchte die Rentiers und Privatiers aus ihren Häusern und trieb sie zum Bahnhof, trotz des stetig stärker werdenden Regens. Streit und Regen hielten selbst nach der Abreise des Kommandanten an, der in Begleitung Balbinas in seiner Galauniform den Zwei-Uhr-Zug bestieg. Caco Podre schleppte die Koffer, der Kommandant hielt sein prachtvolles Fernglas in der Hand. Auf dem Bahnhof drückte er zum Abschied die Hände von Freunden und Gegnern ohne Unterschied, er hätte vielleicht auch Chico Pacheco die Hand gegeben, wenn der frühere Prüfer der Umsatzsteuer sich nicht in den äußersten Winkel des Bahnsteigs verkrochen hätte. Als der Zug einlief, umarmte der Kapitän Vasco Moscoso de Aragão Zequinha Curvelo und drückte ihn lange an seine Brust. Er sagte kein Wort. Von der Türe seines Wagens aus legte er militärisch die Hand an die Mütze.

»Abgehauen ...«, verkündete Chico Pacheco. »Den seht ihr nie wieder!«

»Er wird das Schiff nach Belém führen«, versicherte Zequinha Curvelo.

»Man muß ziemlich bescheuert sein, um das zu glauben. Wenn die keinen anderen Kapitän auftreiben, wird der Pott im Hafen festwachsen. Der Schaumschläger wird sich verpissen, und zwar auf Nimmerwiedersehen!«

»Nichts als Verleumdung!«

»Warum hat er dann seine Dienstspritze mitgenommen?

Eines Tages – ihr werdet's sehen – kommt einer dahergelatscht, sammelt seine Klamotten ein und verzapft euch, daß das Haus verkauft ist. Seht ihr nicht, daß seine Flucht längst vorbereitet war und der heutige Vorfall sie nur beschleunigt hat?«

»Wir werden's rechtzeitig erfahren. Die Sonne bringt es an den Tag«, sagte Zequinha, der große Worte liebte.

Um fünf Uhr nachmittags standen einige Mitglieder der Gruppen trotz des Regens am Strand. Von dort aus war der Kai von Bahia zu erkennen, selbst an einem verhangenen Tag wie diesem konnte man sehen, wie der schwarze hoheitsvolle Umriß des ITA-Dampfers ablegte. Dann dampfte er Richtung Mole hinaus und verschwand hinter den Wellenbrechern.

Und die Streitereien gingen heftig, deftig weiter, bis die Zeitungen die ersten Drahtmeldungen brachten.

DRITTE EPISODE

Eingehende Schilderung der unsterblichen Seereise des Kommandanten als Kapitän eines ITA-Dampfers, von den mannigfachen Ereignissen an Bord, von romantischen Liebschaften, politischen Diskussionen, von kostenlosen Besuchen der angelaufenen Küstenstädte, von der berühmten Theorie der BAQUEANAS und von entfesselten wütenden Winden

Vom Kommandanten auf der Kommandobrücke

In Begleitung von Américo Antunes, dem Vertreter der Schiffahrtsgesellschaft, stieg er das Fallreep hinauf. Ein Matrose trug seine beiden Handtaschen hinterher. Erregung bemächtigte sich seiner, als er die Schiffsplanken betrat, kaum hörte er die Stimme des anderen, der ihn einem gutgekleideten Mann vorstellte:

»Herr Dr. Homero Cavalcânti, Senator für Rio Grande do Norte – Herr Kommandant Vasco Moscoso de Aragão...«

»Welches Glück, Herr Kommandant, daß wir Sie in Bahia gefunden haben. Sonst säßen wir hier fest, für mich wäre es entsetzlich gewesen. Ich habe wichtige Dinge in Natal zu erledigen ...«

»Wir sind dem Herrn Kommandanten zu großem Dank verpflichtet«, erläuterte Senhor Antunes.

»Ich tue nur meine Pflicht.«

Dann wurde er mit dem Zahlmeister bekannt gemacht, neugierig umschwärmten ihn die Passagiere. Das war wirklich eine ereignisreiche Reise: erst ein Todesfall an Bord, der Leichnam des Kapitäns eine Nacht und einen Tag in dem zur Totenhalle umgewandelten Tanzsaal aufgebahrt, dann die drohende Verzögerung in Bahia, schließlich die glückliche Nachricht, daß ein pensionierter Kapitän gefunden worden sei.

Unter der Führung von Américo Antunes durchschritt er das Gewimmel: Menschen, die voneinander Abschied nahmen, Koffer, die von Stewards hin- und hergeschleppt wurden, Kinder, die den Vorüberhastenden in die Quere kamen, das angstvolle Gebell eines Schoßhündchens in den Armen einer reifen, etwas aufgetakelten Dame. Bedrohlich knurrte der Pekinese den Kommandanten an und tat alles, um sich den üppigen Armen der Reisenden zu entwinden. Diese lächelte den Kapitän auf großer Fahrt an und flötete:

»Verzeihen Sie ihm, Herr Kapitän, er ahnt nicht, was wir Ihnen schuldig sind . . .«

Die Passagiere wußten also von seinem Entgegenkommen und wußten es zu schätzen, Vasco fühlte sich geschmeichelt:

»Ich tue nichts als meine Pflicht, gnädige Frau . . .«

Der Duft der reifen Schönheit begleitete den Kommandanten, der Américo leise fragte:

»Dann brauche ich also nur zu sagen . . .«

»Ja, Sie brauchen nur zu sagen . . . .«

Sie erklommen die kleine Treppe, die zum Offiziershaus führte. Der Matrose lief voraus und stellte die Koffer des Kommandanten in seine Kammer. Vasco deutete auf das Bett:

»Ist er hier gestorben?«

»Nein, er ist auf der Kommandobrücke gestorben, ein Herzanfall, der Arme.«

Der Schiffsarzt kam vorbei, wurde ihm vorgestellt und begleitete die beiden auf die Kommandobrücke, wo die Offiziere bereits in einer Reihe auf ihn warteten.

»Kommandant Vasco Moscoso de Aragão, der uns die Ehre und den Gefallen erweist, die Führung des Schiffes bis Belém do Pará zu übernehmen.«

»Geir Matos, unser Erster Offizier.«

Lächelnd trat ein blonder junger Mann vor. Vasco hatte den Eindruck, als tauschte dieser einen verständnisinnigen Blick mit dem Reedereivertreter. Aber schon streckte der Erste Offizier ihm die Hand entgegen:

»Es ist für mich eine große Ehre, unter dem Befehl eines Mannes zu dienen, der eine so hohe Auszeichnung trägt.« Damit spielte er auf den Komtur des Ordens Christi an, der auf Vascos Brust glänzte.

Anschließend kamen die Steuerleute, der Erste Ingenieur, der Zweite Ingenieur zur Begrüßung an die Reihe. Dann trat der Erste Offizier einen Schritt vor und machte eine kurze Verbeugung:

»Wir erwarten Ihre Befehle, Herr Kommandant.«

Vasco warf Américo Antunes einen Blick zu, dieser beschrieb eine leichte Neigung mit dem Kopf, wie um ihn zu ermuntern, dann sagte der Kommandant:

»Sie wissen, meine Herren, daß meine Anwesenheit hier lediglich eine gesetzlich erforderliche Formalität ist. Ich möchte in den wenigen Tagen meines Kommandos nicht die geringste neue Anordnung treffen. Das Schiff ist bei Ihnen in den besten Händen, Senhores. Erster Offizier, bitte führen Sie das Schiff weiter wie bisher, ich möchte mich in nichts einmischen.«

»Man sieht, Herr Kommandant, daß Sie als alter Seemann die Gepflogenheiten der Seefahrt kennen. Wir werden uns also nur an Sie wenden, wenn wider Erwarten eine schwerwiegende Frage auftaucht, die Ihre Kenntnisse erfordert, was hoffentlich nicht eintreten wird.«

Américo Antunes sprach das Schlußwort der Zeremonie:

»Das Schiff gehört Ihnen, Herr Kommandant. Ich wünsche Ihnen im Namen der Brasilianischen Küstenschiffahrtsgesellschaft eine angenehme Reise.«

Damit verabschiedete er sich, da das Schiff in wenigen Minuten auslaufen sollte. Vasco blieb auf der Brücke stehen und hörte dem Ersten Offizier zu, der die Befehle durch das Sprachrohr nach unten gab. Der Gangway wurde auf den Kai zurückgezogen, der Abschiedspfiff verhallte über Bahias Kirchtürmen, Taschentücher winkten ein Lebewohl, Frauen weinten unter dem rieselnden Regen. Langsam entfernte sich manövrierend das Schiff. Vasco blickte nach Periperi hinüber. Dort, am Strand, würden jetzt sicherlich die Freunde stehen, Zequinha Curvelo würde ihm mit ausgestreckter Hand ein Lebewohl, viel Erfolg, gute Reise wünschen. Der Kommandant hätte gar zu gerne das Fernglas ans Auge gedrückt und seine Leute in der regenverhangenen Ferne gesucht. Aber er wagte nicht, im feierlichen Augenblick des Ablegemanövers die geringste Bewegung zu machen.

Vom Kommandanten, der bei bewegter See, bedroht von einer Revolution der Eingeweide, am Kapitänstisch den Vorsitz führt

Am ersten Abend war die Beteiligung an der Tafel des Speisesaales nicht allzu zahlreich. Es regnete und windete, das Schiff stampfte heftig in der tanzenden See, die Passagiere waren lustlos und blieben meistenteils in ihren Kabinen.

Vielleicht hätte Vasco lieber in seiner Koje von den Aufregungen eines so bewegten und einschneidenden Tages ausgeruht. Er hätte sich auch sicherer gefühlt: dann und wann stieg Übelkeit in seinem Magen auf. Es war jedoch die Pflicht des Kapitäns, bei den Mahlzeiten der Passagiere an dem Mittelplatz des großen Haupttisches den Vorsitz zu führen. Der Erste Offizier, der Zahlmeister, die Steuerleute, der Schiffsarzt lösten sich im Vorsitz der kleineren Tische ab. Er konnte daher nicht fehlen, überwand sich und schluckte zwei Pillen eines in einer Apotheke erstandenen Mittels, für dessen Wirkung der Verkäufer sich nachdrücklich verbürgt hatte. Wer weiß, vielleicht würde er im Speisesaal die Dame mit dem Pekinesen treffen und mit ihr ein Lächeln und ein Scherzwort wechseln können. Der Senator aus Rio Grande do Norte, Dr. Homero Cavalcânti, wartete schon hungrig und ungeduldig.

Den Senator zur Rechten, zur Linken einen Bundestagsabgeordneten für Paraíba do Norte, Dr. Othon Ribeiro, einen Großgrundbesitzer und Bankier, gab der Kommandant seinen ersten Befehl an Bord: er ließ auftragen. Dann blickte er umher: viele Plätze waren leer, die Dame mit dem Hündchen hatte es nicht gewagt, einem Meer mit Schaumkrönchen die Spitze zu bieten. Sehr schade!

Der Senator und der Deputierte sprachen über Politik, die Nachfolge der Präsidentschaft war in vollem Gange, jenes Jahr 1929 war bewegt durch die Wahl der Kanditaturen von Júlio Prestes und Getúlio Vargas, durch die Bildung der Liberalen Allianz, die die Gouverneure von Rio Grande, Minas Gerais und Paraíba vereinigte. Der paraibanische Deputierte wollte die Staatsmacht von bevorstehenden verhängnisvollen Revolutionen bedroht sehen, er murmelte, Siqueira Campos, Carlos Prestes, João Alberto und Juarez Tavora seien heimlich, incognito unterwegs durch ganz Brasilien und stellten bewaffnete Massen für einen Aufstand auf die Beine.

Der Senator lachte nur über diese Gerüchte: das Land sei

ruhig und zufrieden, es unterstütze das Arbeitsprogramm des hervorragenden Washington Luiz, das wiederum von seinem Nachfolger, dem nicht weniger hervorragenden Paulistaner Dr. Júlio Prestes fortgeführt werden würde. Das ganze Gerede sei nichts als ein Sturm im Wasserglas, es gehe nicht über flammende Aufrufe der Gaucho-Redner João Neves, Batista Luzardo, Oswaldo Aranha hinaus. Wenn die Militärs, diese halbgesottenen Revoluzzer, es wagen sollten, ihr Exil im Plata-Becken aufzugeben und die Grenze zu überschreiten, würden sie unweigerlich von der Polizei aufgegriffen werden und ins Kittchen wandern. Der Kommandant beugte sich nach rechts und lauschte achtungsvoll den offiziösen Worten des Senators.

»Polizei ... Kittchen ...? Hören Sie mal, mein verehrter Herr Senator, geben Sie sich da nicht einer gelinden Täuschung hin? Ihre Polizei ist keinen Schuß Pulver wert. Weiß denn mein illustrer Freund nicht, daß erst kürzlich Siqueira Campos in São Paulo gesehen wurde? Die Polizei war wie aus dem Häuschen und umstellte das Stadtviertel. Mittlerweile verließ er in Begleitung Dr. Júlio de Mesquitas seelenruhig die Redaktion des ›Estado de São Paulo‹, als Pater verkleidet, mitten durch die Kette der Polizisten hindurch ... Das weiß doch jedes Kind.«

»Alles Geschwätz ... Ich glaube kein Wort davon. Diese Fatzken vertreiben sich in Buenos Aires ihre Zeit damit, daß sie sich gegenseitig in den Haaren liegen. Sie würden es nicht wagen, den Fuß auf brasilianischen Boden zu setzen, dafür schreiben sie aber ellenlange Briefe nach Hause und betteln um Begnadigung. Es sind verdrehte, hirnverbrannte Laffen. Was übrigens nicht verwunderlich ist, wenn man sieht, daß selbst ein Artur Bernardes sich als Revolutionär verkleidet ... Sie würden es nicht wagen ...«

»Würden sie's nicht? Ist die Grenze etwa nicht Rio Grande do Sul?«

»Getúlio Vargas ist nicht auf den Kopf gefallen, der wird sich nicht mit diesen Hitzköpfen einlassen. Die sollen eine Bewegung in Gang bringen, um Getúlio in den Catete-Palast zu bringen? Hätten sie wirklich eine Chance, würde Getúlio nie im Leben das Ruder in die Hand bekommen. Da würden vorher noch eher Isidoro oder Prestes an die Reihe kommen. Denken Sie nicht auch, Herr Kommandant?«

Vasco zog vor, nicht zu denken, besonders aber nicht auf seine Suppe, eine weiße widerliche Crèmesuppe zu sehen, die nichts weniger als zu einer stürmischen See paßte. Er mußte den Proviantmeister darauf aufmerksam machen, damit so ein Versehen nie wieder vorkäme, bei der Zusammenstellung des Menus müßte unbedingt die Wettervoraussage in Betracht gezogen werden. Er schob den Teller weg, beschrieb eine vage Geste als Antwort in Richtung Senator und gab jede Hoffnung auf das Erscheinen der Dame mit dem Hündchen auf. Wieder ging der Abgeordnete, der mechanisch seinen Suppenteller geleert hatte, zum Angriff über:

»Schön, dann glauben Sie es eben nicht und tippeln weiter hinter dem Karren dieses hirnverbrannten Washington her! Wenn Sie aber erst merken, was los ist, wird's bereits zu spät sein, und der Boden wird Ihnen unter den Füßen brennen. Wollen Sie wissen, wer auf meiner letzten Reise in den Norden auf einem ITA-Dampfer wie diesem an Bord war und in Recife ausstieg? João Alberto, jawohl, mein Herr! Ich kann es Ihnen ruhig sagen, weil er nicht mehr im Lande ist, ich weiß es mit Bestimmtheit. Er reiste als Verkäufer einer Firma aus Rio, aber ich habe ihn sofort erkannt. Alle Seeleute« – dabei deutete er auf den Kommandanten – »sind auf unserer Seite, auf Seiten der Revolution. Sie verstecken die Verschwörer in ihren Kabinen. Übrigens steht die gesamte Nation auf ihrer Seite. Stimmt's oder stimmt's nicht, Herr Kapitän?«

Das zweite Gericht, ein Fischfilet, war eine widerwärtige Herausforderung: schwimmend in einer Tunke aus Tomaten und Krabben, begleitet von Kartoffelpuree mit Butterkringeln. Man brauchte nur kurz hinzuschielen, und schon drehte sich einem der Magen um. Um den starren Blick und den gefährlichen Fragen des Abgeordneten zu entgehen, hob der Kommandant mit einer verzweifelten Anstrengung die Gabel zu seinem Mund, der voll war von bitterem Geschmack. Der Deputierte aus Paraíba war augenscheinlich ein leichtfertiger Vogel: er sprach von Revolutionären und Verschwörungen und verschlang dabei heißhungrig große Stücke Fisch und Krabben. Selten hatte die menschliche Natur sich so erniedrigt, dachte der Kommandant angesichts des ekelhaften Anblicks. Mit geschürzten Lippen auf den hervorragenden Fisch hinweisend, bestand der Deputierte darauf, sein aufrührerisches Garn weiter auszuspinnen:

»Sie werden es sogar hier, auf diesem Dampfer, erleben: Bestimmt hat sich Prestes oder Siqueira hier versteckt. Entweder in der Kabine des Schiffsarztes oder des Ersten Ingenieurs. Vielleicht auch bei unserem tapferen Kommandanten, warum auch nicht?«

Der Senator erbebte: trotz seiner augenscheinlichen Heiterkeit und seines Vertrauens in die Macht der Regierung beunruhigten ihn diese Gerüchte zutiefst. Hatte ihm nicht die eigene Polizei hinterbracht, Juarez Tavora sei vor nicht allzulanger Zeit in Natal aufgetaucht? Und konspiriere mit jungen Leutnants wie Juracy Magalhães und Agitatoren wie

Café Filho? Wußte er etwa nicht, daß sie sich in nächster Nähe des Regierungspalastes versammelt hatten? Die Polizei hatte die Spur des Revolutionärs erst entdeckt, als er bereits nach Paraíba unterwegs war, wo das Haus von José Américo de Almeida bekanntlich das Zentrum der Verschwörung bildete. Warum blieb dieser Zé Américo de Almeida nicht bei seinen Leisten und schrieb an seinen Romanen? Der Abgeordnete mochte recht haben, wenn er sagte, sicher sei einer jener fanatischen Störer der öffentlichen Ruhe an Bord. Dabei warf er dem Kommandanten einen argwöhnischen Blick zu und fand seine Physiognomie plötzlich merkwürdig. Der Deputierte fuhr in besorgniserregendem Tonfall fort:

»Eines Tages legt ein ITA-Dampfer harmlos in Natal an, und statt Passagieren spuckt er eine Horde Revoluzzer aus. Sie marschieren zum Palast und knallen los, bum, bum, bum ... Machen Sie sich nichts vor, die ganzen *Costeira*-Leute sind auf seiten der Leutnants. Ist es nicht so, Herr Kommandant?«

»Ich gehöre nicht zum Personal der Reederei. Ich bin nur zur See gefahren, bis ich mich zur Ruhe setzte. Ich sitze hier nur wegen des Todesfalls ...«

»Sehr richtig, ich hatte es ganz vergessen. Sie haben uns ja aus dieser Klemme geholfen ... Sonst hätten wir auf die Ankunft eines neuen Kapitäns aus Rio warten müssen. Jawohl, ausgezeichnet! Obwohl es mir nichts ausgemacht hätte, ein paar Tage in Bahia zu bleiben. Ich hab's nicht so eilig wie der Herr Senator, den Geschäfte in Natal erwarten. Ich habe Zeit und liebe Bahia. Ein gutes Pflaster, nur ist die Liberale Allianz dort ziemlich schwach, wo Vital Soares Anwärter auf die Vizepräsidentschaft ist .... Dafür gibt's dort aber schicke Hasen ...«

Der Kommandant pflichtete mit einem angestrengten

Lächeln bei. Der Senator war befriedigt über die neue Wendung der Unterhaltung, die die Revolutionäre, die ihm den Appetit verdarben, aus dem Blickfeld vertrieb, und nahm das Stichwort auf:

»Zur See gefahren, über alle Meere ... Sie kennen sicherlich viele Länder, Herr Kommandant?«

»So ziemlich die ganze Welt, ich bin unter verschiedenen Flaggen gefahren.«

»Ein verlockender, wenn auch etwas eintöniger Beruf, nicht wahr? Tage und Wochen auf See, zumal bei langen Reisen ...«, meinte der Senator.

»Aber von Zeit zu Zeit schnappt man sich doch ein Püppchen, was, Herr Kapitän?«

Nun ging der Abgeordnete zu den Frauen über.

Das Brathuhn sah verlockend aus, Vasco hatte außer Brot praktisch noch keinen Bissen zu sich genommen. Schwierig war nur, das Huhn bei dem Geschaukel zu zerlegen. Es in die Hand zu nehmen, wäre unschicklich gewesen.

»Ein Kapitän ist an Bord ein Einsiedler.«

»Na, hören Sie, Herr Kommandant, kommen Sie mir doch nicht damit ...«

»Dafür hält man sich dann an Land schadlos ...«

»Von allen Ländern, die Sie bereist haben, – wo waren die Frauen am heißblütigsten, am willigsten?«

Der Augenblick für dieses Gespräch war ungeeignet, das Huhn drohte vom Teller zu hüpfen, es erforderte volle Aufmerksamkeit und Vorsicht. Vasco wich aus:

»Schwer zu sagen. Das hängt davon ab, wie ...«

»Schön, aber wer weiß nicht, daß die Engländerinnen kalt, die Französinnen nur aufs Geld aus sind und die Spanierinnen Funken sprühen? Das weiß sogar ich, der nie aus Brasilien herausgekommen ist ...«

»Natürlich gibt es Unterschiede. Nach meiner Auffassung sind die heißesten ...« Er machte eine Pause, senkte die Stimme, Senator und Abgeordnete beugten sich vor, um die Offenbarung besser hören zu können – »die besten von allen sind die Araberinnen.«

»Heiß?« raunte der Senator.

»Wie Feuer!«

»Als ich ein junger Dachs war, gab es in Campina Grande in einem Bordell eine Türkin. Ein Mordsstück. Aber sie nahm's von den Lebenden. Da kam ein Junger überhaupt nicht mit, nur die reichen Fazendeiros konnten sich die leisten«, erinnerte sich der Deputierte.

Der Fruchtsalat mit seiner Zuckersauce hätte fast das Verhängnis ausgelöst. Kaum hatte der Kapitän den ersten und letzten Bissen verschluckt, als er alle Kraft zusammennehmen mußte, um sich nicht zu übergeben. Aufruhr entstand in seinen Eingeweiden, plötzlich brodelte Überdruß, Lebensekel in ihm. Gottlob war die liebenswürdige *Balzaquiana*, die attraktive Vierzigerin, nicht zum Abendessen erschienen. Er hätte kein Wort mit ihr wechseln können, er hatte zu nichts Lust, er wünschte nur eines: das Ende der Mahlzeit.

»Sie haben ja gar nichts gegessen, Herr Kommandant.« Der Deputierte schlang seelenruhig weiter.

»Ich fühle mich nicht wohl, ich habe mir mit ein paar unreifen Mangofrüchten den Magen verkorkst. Drum muß ich vorsichtig sein.«

»Stellen Sie sich vor: Ich dachte, Sie seien seekrank. Ein seekranker Schiffskapitän, das wäre ein Witz, wie!«

Die drei lachten über die unmögliche, urkomische Idee. Vasco beschloß, sich den Mokka zu versagen. Er beherrschte sich, wartete ein Weilchen, bis alle ausgetrunken hatten, dann hob er die Tafel auf. Der Deputierte versuchte ihn auf dem Promenadendeck zurückzuhalten:

»Wenn Sie einen dieser Revolutionäre in Ihrer Kabine entdecken würden, Herr Kapitän, was würden Sie tun? Würden Sie ihn der Polizei ausliefern oder den Mund halten?«

Was er tun würde? Wie sollte er wissen, wie er sich in einem derartigen Fall zu verhalten hätte? Seit dem Regierungsende José Marcelinos und der Ermordung von D. Carlos I. von Portugal und Algarve mischte er sich nicht mehr in die Politik. Er wollte nichts von Revolutionären und Revolutionen wissen, nichts würde ihn jetzt daran hindern, schleunigst seine Kajüte aufzusuchen. Nicht einmal das strahlende Geschöpf mit dem Hündchen, wenn es ihm jetzt begegnete. Er wollte allein sein und sich der Länge nach ausstrecken.

»Verzeihung, Herr Doktor. Ich muß auf meinen Posten auf der Brücke. Ich muß sehen, wie die Reise geht.«

»Dann gehen Sie und kommen Sie wieder, wir wollen uns noch ein wenig unterhalten. Ich warte im Lesezimmer auf Sie.«

Vasco stürzte die Leiter hinauf, der Regen peitschte das Offiziersdeck. Eine Gestalt kam ihm unterwegs entgegen.

»Guten Abend, Herr Kapitän.«

Es war der Schiffsarzt, eine Bahianer Zigarre rauchend:

»Gehen Sie auf die Brücke, um Ihr Pfeifchen zu schmauchen? Wollen Sie nicht zur Abwechslung lieber eine Zigarre rauchen?«

Damit zog er eine aus seinem schwarzen, übelriechenden Rock hervor.

»Vielen Dank, ich rauche nur Pfeife ...«

»Sind Sie in Bahia geboren?«

»Ja, das bin ich ...«

»Und mögen keine Zigarren? Das ist ja fast ein Verbrechen ...«, lachte er.

»Gewohnheitssache. Entschuldigen Sie mich bitte, ich möchte ein bißchen ausruhen ...«

»Schon so früh?«

»Ich habe einen anstrengenden Tag hinter mir ...«

»Dann wünsche ich Ihnen eine gute Nacht ...«

Der Wind trieb ihm den Pestrauch der Zigarre in die Nase, eine schwere See hob das Schiff. Vasco eilte seiner Kajüte entgegen, der Arzt stieg die Leiter hinunter – glücklicherweise. Es war zu spät, um die ersehnte Türe zu erreichen. Da, wo er stand, beugte er sich über die Reling, Ehre und Leben würgten sich aus seinem Schlund, er glaubte, sein letztes Stündlein habe geschlagen, er kam sich schmutzig vor, gedemütigt, zu einem alten Fetzen erniedrigt. Furchtsam blickte er umher: kein Mensch in der Nähe. Er schleppte sich in seine Kajüte, schloß die Türe hinter sich ab und warf sich auf seine Koje, zu schwach, um sich auszuziehen.

Vom ITA, der unter der Sonne dahindampft, ein fast volksliedhaftes Kapitel, das man zur Musikbegleitung von »Ich nahm einen ITA im Norden« von Dorival Caymmi lesen sollte

Der Tag erwachte unter einer strahlend heißen, des Zweiten Juli würdigen Sonne, der Himmel war blank und das Meer eine blinkende Stahlplatte, die der stolze Bug des ITA-Dampfers durchschnitt. Als der Kommandant aus dem Bad stieg, der Frühstückskaffee in seiner Kammer aufgetragen war und der Steward ihm dienstbeflissen zulächelte, trug er den Kopf wieder hoch und sog die Seeluft ein, wie einst auf seinen Reisen nach Asien und Australien. Er trug die weiße Uniform und trällerte die Melodie jenes Liedchens der Tänzerin Soraia, das vom Meer und von Matrosen handelte.

In den Salons, in den Gängen und auf den Decks ergingen sich die typischen Passagiere jener ITA-Dampfer, die die brasilianische Küste von Porto Alegre nach Belém do Pará Jahr um Jahr hinauf- und hinunterfuhren. Also in einer Epoche, als die Flugzeuge, die Entfernungen verringernd, die Zeit verkürzend, noch nicht den Himmel durchrasten und damit der Reise ihren Reiz und ihren Zauber nahmen. Wieviel langsamer damals die Zeit verstrich, wieviel weniger wurde sie vertan als heute, wo der Mensch in seiner sinnlosen Eile immer darauf versessen ist, so rasch wie möglich anzukommen, so rasch wie möglich zu leben, so daß das Leben zu einem armseligen Abenteuer ohne Farbe und Duft, zu einem Rennen, einer Hast, einer Last wird.

Es gab drei Arten von ITA-Dampfern: die großen, die mittleren, die kleinen. Ihre Bequemlichkeit und Fahrtgeschwindigkeit waren verschieden, aber sie hatten eines gemeinsam: sie waren fröhlich, reinlich, angenehm. Die Reise war ein Vergnügen: man machte Bekanntschaften, man schloß Freundschaften, man bahnte Liebschaften und Verlobungen an, es gab keine bessere Hochzeitsreise für Neuvermählte, jeder Tag an Bord war ein Festtag.

Die großen ITAS liefen auf der Reise von Rio nordwärts nur die wichtigen Hafen- und Hauptstädte an, Salvador, Recife, Natal, Fortaleza, Belém. Die mittleren schlossen in ihre Route Vitória, Maceió, São Luís ein. Die kleinen dehnten ihre Reise aus und machten auch in Ilhéus, Aracaju,

Cabedelo, Paraíba Zwischenlandung, um Passagiere aus- und einsteigen zu lassen. Der dem Kommando des Kapitäns auf großer Fahrt Vasco Moscoso de Aragão unterstellte Dampfer war ein großer ITA.

Eine rastlose fröhliche Menge bewegte sich auf ihm: Politiker, die ihre Wahlkreise besuchten oder von einem raschen Abstecher nach Rio heimkehrten; in jenem Jahr der Kampagne für die Präsidentenwahl herrschte reger Verkehr in Politikern, die voll von Hoffnungen und Ambitionen die Küste abklapperten. Kaufleute und Industrielle fuhren mit ihren Familien von einem Ausflug in die Bundeshauptstadt, der das Angenehme mit dem Nützlichen verband, in ihre Heimatorte zurück. Junge Mädchen und würdige Matronen befanden sich auf der Rückreise von einem Besuch bei Verwandten in Rio oder São Paulo. Scharen von Studenten kehrten von der klassischen Diplom-Reise in den Süden nach Hause und ließen unter Gelächter Erlebnisse von nächtlichen Bummeleien und Kabarettbesuchen, von Ausflügen, von Mädchenbekanntschaften und, manchmal auch, von landschaftlichen Eindrücken aufleben. Rekonvaleszente, die in Anbetracht der ungenügenden Krankenhausverhältnisse in ihren Staaten die Fachkenntnis und Pflege berühmter, kostspieliger Ärzte der Bundeshauptstadt aufgesucht hatten, um sich dort Operationen oder schwierigen Behandlungen zu unterziehen. Späte Mädchen in der Hoffnung auf einen den Wellen entsteigenden Mann; Patres auf Ferienurlaub; Mönche, die zur Missionsarbeit in den Urwald geschickt wurden; Literaten des Bundesdistriktes mit Sonetten und Vorträgen im Koffer; Beamte der brasilianischen Staatsbank, die in den Norden versetzt worden waren und neugierig der Stätte ihrer neuen Tätigkeit entgegenfuhren. Berufsspieler, die von einem Schiff auf das andere umstiegen, von einem ITA auf einen

ARA, von einem ARA auf einen Dampfer des brasilianischen Lloyd, auf denen sie den Fazendeiros von Kakao, Baumwolle oder Babaçu, den Viehzüchtern und Zuckermühlenbesitzern auf der Heimfahrt von ihrem ersten unvergeßlichen Besuch des Zuckerhuts ihr letztes Geld im Poker abnahmen. Handlungsreisende großer Firmen mit ihrem Repertoire an Anekdoten. Und schließlich die stimulierende Gegenwart der käuflichen Schönen, die, meist zweiter Klasse reisend und gleichfalls nach den Fazendeiros und Kaufleuten schielend, im Morgengrauen auf dem Promenade- und Sportdeck erschienen.

Es war einer jener ITAS, auf denen Politiker und Staatsbeamte, auch Dichter und Romanschriftsteller des Nordens und Nordostens gen Süden reisten, jene mittellosen »Flachschädel«, die das Leben furchtlos und unbezähmbar anpackten; Männer, die Lebendigkeit, Einbildungs- und Willenskraft besaßen, begabt fürs Improvisieren und Schaffen, geboren in dürren, von der Trockenheit heimgesuchten Landstrichen oder an den Ufern riesiger, von gewaltigen Überschwemmungen bedrohter Flüsse: die Bahianer, die Pernambucaner und Cearenser, die Alagoenser, Maranhenser, die Sergipaner, Piauíenser, die Kürbisschädel von Rio Grande do Norte. Mithin Menschen, die Volksmusik wurden in der Stimme jenes Dichters, der den Zauber Bahias und damit aller ITA-Dampfer besang:

Ich nahm einen ITA im Norden
Und fuhr nach Rio, blieb da,
Lebwohl meine Mutter, mein Vater,
Lebwohl Belém do Pará.

Die jetzt unter dem Kommando und Schutz Vascos heimfuhren, waren die gleichen Menschen, die vor vielen Jahren auf einem anderen ITA südwärts gereist waren, auf der

Suche nach Vermögen, nach Erfolg, nach Macht oder auch nur nach einem bescheidenen Lebensunterhalt.

Unter ihnen bewegte sich in seiner schneeweißen Uniform der Kapitän Vasco Moscoso de Aragão. Er war schon auf der Brücke gewesen, wo der Erste Offizier ihm gemeldet hatte, daß alles in Ordnung und nichts Neues zu vermelden sei, daß die Reise normal verlief, daß man am nächsten Morgen in Recife einlaufen und mit seiner Zustimmung um siebzehn Uhr ablegen werde.

»Ich habe bereits gesagt, daß ich keinerlei Änderungen vornehmen und mich in nichts mischen möchte, da ja alles wie am Schnürchen läuft. Ich will jetzt mal eine kleine Runde drehen.«

»Ausgezeichnet, Herr Kapitän. Ihre Anwesenheit wird die Fahrgäste erfreuen, sie lieben es, mit dem Kapitän zu plaudern und ihn über die Reise auszuquetschen.«

Nun teilte er ein liebenswürdiges »Guten Morgen« und Lächeln nach allen Seiten aus. Er streichelte den Kopf eines auf Deck umhertollenden Kindes. Er hatte sich bereits eine Pfeife angesteckt, und wenn das Meer so ruhig blieb, würde diese Reise die Erfüllung seines Lebens sein. Mehrere Fahrgäste ruhten in Liegestühlen. Junge Männer und Mädchen spielten fröhlich lärmend Decktennis, Pingpong und Minigolf.

Drinnen im Salon wurde es an einigen Poker-Tischen lebendig. Der Kommandant ließ einen Blick über die Stühle gleiten, entdeckte aber nur ein bekanntes Gesicht: den Senator. Er ging auf ihn zu.

»Oh! Guten Morgen, Herr Kapitän. Nun, wie geht die Reise? Wissen Sie schon, wann wir in Recife ankommen?«

»Wir werden morgen früh anlegen, so Gott will. Und gegen fünf Uhr nachmittags auslaufen.«

»Genug Zeit, um mit dem Gouverneur zu frühstücken und die politischen Fragen mit ihm zu besprechen. Er hört auf mich, übrigens hören alle Staatschefs des Nordostens auf meine Meinung und bitten mich um Rat. Sie wissen eben, wie sehr Dr. Washington mich achtet.«

»Es ist für mich eine Ehre, Herr Senator, Sie bei uns an Bord zu haben.« Der Kommandant ließ sich in einen leeren Stuhl neben dem Parlamentarier sinken. »Eine Ehre und ein Vergnügen.«

»Vielen Dank. In Recife steigt übrigens Othon aus ...«

»Wer?«

»Der Abgeordnete, der zu Ihrer Linken saß. Ein nicht unbegabter junger Mann, aber völlig verdreht, seitdem er sich mit der Liberalen Allianz eingelassen hat. Er und andere haben Paraíba in dieses Schlamassel gerissen – stellen Sie sich vor, einen Zwergstaat, der in jeder Kleinigkeit vom Präsidenten der Republik abhängt. Und da Othon weiß, daß die Wahl verloren ist, erfindet er Anschläge und Revolutionen am laufenden Band.«

»Ich gestehe, daß mich seine Idee, Verschwörer an Bord finden zu wollen, etwas beängstigt hat ...«

»Er ist ein junger Mensch, der sich seine Zukunft völlig verbaut. Außerdem säuft er und kann keine Schürze in Ruhe lassen. Schon seit dem frühen Morgen scharwenzelt er mit den Schauspielerinnen herum ...«

»Mit was für Schauspielerinnen denn?«

»Die in Rio eingestiegen sind. Eine lausige Kompanie, die in Recife auftreten soll. Ein kleines Ensemble, vier Frauen und vier Männer. Die Frauen waren gestern abend nicht beim Essen. Daher haben Sie sie nicht bemerkt.« Jetzt deutete er mit dem Mund: »Dort sind sie mit Othon. Sagen Sie selbst: darf sich ein Bundestagsabgeordneter so aufführen und sich mit Theaterpack abgeben? Und dazu noch in aller Öffentlichkeit?«

Der Kommandant blickte hinüber: drei junge Mädchen, zwei davon in langen Hosen, eine fast skandalöse Herausforderung in jenen Tagen, die dritte in einem hauchdünnen duftigen Kleid, umstanden lachend den Deputierten.

»Und die vierte?«

»Ist ein spätes Semester, die die Zofe spielt... Die wird wohl irgendwo herumsitzen und häkeln ... Sie tut den ganzen Tag nichts anderes.«

Mittlerweile hatte Dr. Othon die beiden bemerkt. Der Abgeordnete winkte und kam, von den Künstlerinnen begleitet, näher.

»Sie müssen unseren neuen Kapitän kennenlernen.«

Der Senator grüßte mit dem Kopf, ohne aufzustehen. Er schätzte es nicht, in scherzender Unterhaltung mit Theatervolk gesehen zu werden. Vasco stand auf und verbeugte sich, als er den Mädchen die Hand gab.

»Welches Vergnügen, Herr Kapitän ...«, lächelte die vollbusige Dunkle, die neben Othon stand.

»Sagen Sie mir bitte eines, Herr Kommandant: wird dieses Biest noch mal so schaukeln wie gestern? Nie ist mir so hundeelend gewesen. Das ist nämlich meine erste Seereise ...«, sagte eine schlanke Blondine mit großen Augen.

»Ich garantiere Ihnen schönes Wetter für den Rest der Reise. Ich habe eigens für Sie ein Meer von Rosen bestellt.« Der Kommandant hatte nicht umsonst an den Bällen des Regierungspalastes und der Pension Monte Carlo teilgenommen, hatte nicht vergeblich große Passagierdampfer auf allen Meeren und Fahrgäste aus Neapel und Genua in den Fernen Osten geführt. Somit wußte er, wie man mit schönen reizenden Damen umgeht.

»Sie sind sehr liebenswürdig, Herr Kapitän«, sagte die dritte mit einem Haarknoten und Grübchen in den Wangen.

»Othon ... Herr Dr. Othon hat uns erzählt, daß Sie die ganze Welt kennen. Daß Sie sogar hohe Orden haben, stimmt das?«

»Ich bin viel herumgekommen, das stimmt schon. Vierzig Jahre ist eine lange Zeit.«

»Waren Sie auch in Holland?« wollte die mit den Grübchen namens Regina wissen.

»Ja, gnädige Frau ...«

»Haben Sie dort zufällig eine Familie van Fries gekannt? Sie wohnt ... einen Augenblick, es fällt mir gleich wieder ein ... In Sasvangent oder so ähnlich.«

»Van Fries? So auf Anhieb kann ich mich nicht erinnern ... Ich habe dort hauptsächlich mit Reedern und Seeleuten zu tun gehabt. Waren Ihre Freunde irgendwie mit der See verbunden?«

»Ich glaube nicht ... Theun hat mir gesagt, daß sie Tulpen pflanzen ...«

»Und wer war dieser Theun, der Tulpenpflanzer?« wollte der Deputierte wissen, dessen Hand leicht auf dem Arm der Dunklen lag.

»Eine große Leidenschaft von ihr ...«, erklärte die Schlanke.

Die vollbusige Dunkle warf Othon einen schmachtenden Blick zu:

»Erst verliebt man sich und hinterher muß man leiden ...«

Der Senator stand auf; da das Deck sich zu füllen begann, wünschte er nicht bei dieser unpassenden Unterhaltung gesehen zu werden.

Regina bekannte:

»Er war der hübscheste Mensch, der mir in meinem Leben begegnet ist. Er hat mir völlig den Kopf verdreht ... Er hatte etwas von Ihnen, Herr Kapitän, nur daß er etwas größer war als Sie...«

»Sehen Sie, Herr Kapitän«, lachte der Abgeordnete. »Sie machen bereits eine Eroberung...«

»... und natürlich jünger...«

»Was kann ein alter Mann wie ich schon erwarten...?«

»Aber wieso denn, Herr Kapitän, ich wollte Sie nicht verletzen. Sie sind doch nicht alt! Im Gegenteil, Sie sind rüstig und sehen gut aus.«

»Der Herr Kapitän wird noch mancher Frau den Kopf verdrehen«, meinte die Schlanke, die dem im Salon verschwindenden Senator nachblickte.

»Hab ich's nicht gesagt, Herr Kommandant? Sie sind schon dabei, Herzen zu brechen.« Othons Finger fuhren über die runde Hüfte der Dunklen; verstohlen umherblickend schob sie seine Hand weg.

Die Mädchen lachten, froh über den sonnigen Morgen und das glatte Meer.

»Wann treten Sie in Recife auf?« wollte Vasco wissen.

»Morgen abend, im Theater Santa Isabel.«

»Schade, daß ich die Vorstellung nicht besuchen kann. Ich werde aber auf der Rückreise kommen, wenn das Schiff eine Nacht bleibt... Ich möchte Ihnen Beifall klatschen und...«

Hundegekläff schnitt ihm die Rede ab. Er blickte auf und sah die hübsche Dame in einem ausgeschnittenen kniefreien Kleid und einem Kopftuch, die mit ihrem Pekinesen Süßholz raspelte.

»Die zieht sich an wie eine Fünfzehnjährige...«, meinte die Dunkle.

»Und läßt ihr Hündchen keine Minute allein. Ich habe noch nie eine solche Affenliebe gesehen, nicht mal für den eigenen Sohn.«

»Das ist auch mehr als ein Sohn ...«, sagte der Deputierte.

»Was denn?« wollte die mit den Grübchen wissen.

»Ich sag's Ihnen ins Ohr ...«

»Nein, mir«, bat die Dunkle.

Othon, den Mund an das Ohr der Dunklen geklebt, flüsterte ihr etwas zu, und das Mädchen, die Hand auf dem lachenden Mund, rief entsetzt:

»Wie gräßlich, was sind Sie für ein unmöglicher Mensch ...«

»Was hat er gesagt? Erzähl ...«

Vasco, durch das Gespräch zwischen dem Abgeordneten und den Schauspielerinnen festgehalten, grüßte die Besitzerin des Pekinesen mit einem Neigen des Kopfes. Sie lächelte zurück, aber schon sah sie die Gruppe neben dem Kapitän und machte brüsk kehrt. Vasco wurde unruhig, er wäre ihr gerne beim Aufklappen ihres Liegestuhls behilflich gewesen. Nun fragte die Schlanke:

»Finden Sie nicht auch?«

»Was denn, mein Fräulein?«

»Nun, was Herr Dr. Othon gerade gesagt hat ...«

»Ich weiß nicht mehr, was ... Entschuldigen Sie mich bitte einen Augenblick.« Und schon lief er fort, näherte sich der Dame und nahm ihr den Stuhl aus der Hand, den sie, mit einer Hand ihr Hündchen haltend, nicht aufzuklappen vermochte.

»Gestatten Sie, gnädige Frau ...«

Sie dankte:

»Bitte, machen Sie sich keine Mühe ... Herzlichen Dank.«

»Es war mir ein Vergnügen, ich versichere Ihnen. Nehmen Sie doch Platz, wenn ich bitten darf.«

Sie setzte sich, auf dem Schoß das Tier, das dem Kommandanten knurrend die Zähne entgegenfletschte. Vasco lehnte sich, mit dem Gesicht zu ihr, an die Reling.

»Still, Jasmin, ein bißchen Respekt vor dem Herrn Kapitän.«

»Er scheint mich nicht leiden zu können . . .«

»So ist er zuerst mit allen Leuten. Er ist einfach eifersüchtig. Später gewöhnt er sich daran.«

Mit leicht gelangweilter Stimme setzte sie spöttisch hinzu:

»Ihre Freundinnen scheinen Sie zu vermissen. Schauen Sie nur: man spricht über uns . . .«

Der Kommandant schielte nach den Schauspielerinnen und dem Abgeordneten hinüber, sie lachten, und die Schlanke kniff ein Auge zu.

»Sie sind nicht meine Freundinnen. Ich bin ihnen in diesem Augenblick vorgestellt worden . . .«

»Sie sollen Künstlerinnen sein. Sicherlich dritter Kategorie. Für mich sehen sie eher wie Freudenmädchen aus. Das Tamtam geht schon seit Rio, die Männer laufen ihnen in Scharen nach. Dieser Dr. Othon klebt förmlich an ihnen. Man hat das Gefühl, daß außer ihnen kein weibliches Wesen an Bord ist.«

»Das klingt ja fast unglaublich, sicherlich übertreiben Sie, gnädige Frau. Wie kann man eine andere Frau ansehen, wenn Sie an Bord sind?«

»Um Himmels willen, Herr Kapitän, Sie bringen mich ja aus dem Konzept.«

»Steigen Sie auch in Recife aus?«

»Nein, ich reise bis Belém. Ich bin dort zu Hause«, sagte sie und seufzte.

Der Kommandant hatte bereits ihre Finger gemustert, sie trug keinen Ring.

»Haben Sie eine Vergnügungsreise nach Rio gemacht?«

»Ich bin eine Zeit lang bei meiner Schwester gewesen. Ihr Mann ist Ingenieur im Verkehrsministerium.«

»Wollten Sie nicht dort bleiben?«

»Das wäre unmöglich gewesen, das Haus ist voll, meine Schwester hat fünf Kinder. Ich lebe bei meinem Bruder in Belém. Auch er ist verheiratet, hat aber nur zwei Kinder...«

»Und Sie?«

»Ich?« Sie wandte das Gesicht ab, ihr Blick verlor sich am Horizont. »Ich wollte nicht heiraten...«

Ein kurzes Schweigen entstand, Vasco fühlte, indiskret, vielleicht unerzogen gewesen zu sein, so nachdenklich und melancholisch schaute sie mit einemmal aus.

»Und Sie?« fragte sie schließlich. »Wohnt Ihre Familie in Bahia?«

»Ich habe keine Familie.«

»Witwer?«

»Alter Junggeselle. Ich habe nie Zeit zum Heiraten gehabt. Immer unterwegs, immer auf See, wissen Sie...«

»Haben Sie nie ans Heiraten gedacht? Nie?«

Der Kommandant nahm die Pfeife aus dem Mund, auch sein Blick verlor sich im endlosen Himmel:

»Ich habe nie Zeit dazu gefunden...«

»Nur deshalb? Aus keinem anderen Grund?« Wieder seufzte die Dame, wie um zu verstehen zu geben, daß sie einen ernsteren, schmerzlicheren Grund gehabt hatte.

Dann seufzte auch der Kommandant:

»Warum daran denken?«

»Sie auch?« Und wieder seufzte sie. »Die Welt ist traurig.«

»Traurig nur für den, der allein ist«, gab er zurück.

Die Gruppe um die Künstlerinnen wurde größer, Gelächter und Scherzworte nahmen zu. Auf dem Promenadedeck wurde es lebendig, jetzt waren alle Stühle besetzt. Ein junges Pärchen schlenderte Hand in Hand auf und ab. Der Pekinese kläffte sie an. Die Dame sagte:

»Ich glaube nicht an die Männer, sie sind alle Heuchler.« Sie war Klavierlehrerin und hieß Clotilde.

Vom Kapitän und seinem Kommando, von der Dame und ihren Seufzern, von der Tänzerin und ihrem Tanz, vom Schiff und seiner Reise durch ein Meer von Rosen und Mädchen

Auf dem Zwischendeck lagen die Venusdienerinnen hingestreckt wie Raupen und feilten ihre Nägel, lasen *Die Leinwand, Filmkunst,* kämmten sich das Haar. Studenten aus der ersten Klasse stiegen hinunter und umstrichen die Mädchen; schließlich begannen sie ein Gespräch und bandelten an. Einer von ihnen spielte Gitarre und begleitete nun eines der Mädchen zu einer damals beliebten *Marchinha,* die von den bevorstehenden Wahlen handelte:

Hör, Tonico, sei parat,
Verrammle deine Butterfässer.
Der Paulistaner ist auf Draht,
er versteht sein Handwerk besser.

Nimm die Knarre, kein Gefackel,
Leg dich mutig auf die Lauer,
Denn sonst wird bei dem Gekakel
Deine fette Milch noch sauer.

Der Kommandant blickte von der Brücke auf die zweite Klasse hinab, eigentlich müßte er hinuntersteigen und mit dem Völkchen ein paar Worte wechseln; auch sie waren seine Passagiere. Wenn er sich auch seinen geheimen Wunsch, die angenehme Gesellschaft der käuflichen Mädchen aufzusuchen, ungern eingestand, so bewahrte er aus seinen Jugendjahren dennoch die frohesten Erinnerungen an Freudenmädchen in Salvadors Bordellen und Pensionen, an Abenteuer in lauschigen Häfen, fern im Pazifik. Er unterhielt sich gern mit Hürchen, mit ihnen fiel ihm ein Schwatz nicht schwer, bei ihnen brauchte er seine Worte nicht auf die Goldwaage zu legen wie bei den weiblichen Passagieren, den jungen Mädchen und vornehmen Damen der ersten Klasse, von denen manch eine die Nase hoch trug. So gelangte er zu der Erkenntnis, das Schiff sei eine Welt im kleinen, in der es alles gab, von reichen mächtigen Männern, von Politikern und Bankiers bis zu jenen armen Frauen, deren Geschäft ihre Anmut, deren Handwerkszeug ihr verführerischer Körper war. Und was war er selbst? Der unumstrittene König jener Welt, Kommandant und Kapitän, die höchste, die souveräne Instanz an Bord.

Als er an jenem Vormittag vor dem Mittagessen auf die Brücke hinaufging, wagte er im Gespräch mit dem Zahlmeister eine kritische Bemerkung über das Abendessen vom Vorabend. Jene Suppe, jener Fisch – der Herr Zahlmeister möge ein Einsehen haben – waren Gerichte, die man nicht bei hohem Seegang servieren sollte. Auf den großen ausländischen Dampfern sei man in dieser Hinsicht sehr vorsichtig. Der Erste Offizier, der bei der Unterhaltung zugegen war, pflichtete leicht lebhaft bei:

»Sie haben vollkommen recht, Herr Kommandant. Das ist ein betrüblicher Lapsus, der nicht wieder vorkommen soll. Was ich immer sage: nichts ist so wichtig an Bord wie ein fähiger Kapitän.«

»Nicht daß ich mich in die Angelegenheiten des Schiffes

einmischen will ... der Senator zum Beispiel, der Arme, hat fast nichts angerührt ...«

Der Zahlmeister hörte mit gerunzelter Stirn zu, gab aber angesichts der entschiedenen Haltung des Ersten Offiziers sofort klein bei und entschuldigte sich:

»Tatsächlich, Herr Kapitän, ich habe vergessen, vor der Zusammenstellung des Menüs den Wetterdienst zu befragen. Es soll nie wieder vorkommen. Im übrigen wird es das beste sein, Ihnen von jetzt ab die Speisenfolge zur Begutachtung vorzulegen.«

»Tatsächlich ...«, stimmte der Erste Offizier bei.

»Aber nein, Senhores, das ist nicht nötig. Unter keinen Umständen. Ich wiederhole: ich möchte mich in nichts einmischen, ich bin hier nur ...«

»Sie sind der Kapitän.«

Das gefiel ihm, besonders die untadelige Haltung des Ersten Offiziers; Geir Matos war ein sympathischer Mann, er würde ihn in seinem Bericht an die Reederei erwähnen.

Schon nach wenigen Stunden der Seereise und des Zusammenlebens war Vasco unter den Passagieren allseits beliebt. Er unterhielt sich mit allen, gab Auskunft über die Geschwindigkeit des Schiffes – dreizehn Stundenmeilen, Knoten natürlich –, über die Stunde der Ankunft in Recife, die Stunde des Auslaufens; er antwortete bescheiden, wenn man ihn auf sein früheres Seefahrtsleben ansprach und ihn nach dem Anlaß zu seiner Auszeichnung fragte. Bescheiden – wenn er sich auch nicht lange bitten ließ.

So sah er sich nachmittags im Salon von einer zahlreichen Menschenschar umringt, die begierig dem spannenden Bericht seiner Abenteuer folgte. Zuerst erzählte er von einem Sturm im Golf von Bengalen auf einem Frachter unter englischer Flagge und mit fast ausschließlich indischer Besatzung. Das Schiff lief von Kalkutta nach Akyab an der Küste von Birmanien entlang. Diese Route, heimgesucht vom Monsun, bedroht von Meeresströmungen, war stets gefährlich. Trotzdem hatte er bei den zahllosen Malen, die er jenes nicht ganz geheure Meer durchfahren hatte, nie die Elemente in solchem Aufruhr erlebt. Ältere Damen ließen in Anbetracht des aufregenden Berichts ihre Strick- und Häkelarbeiten sinken. Wie konnte man auf die Nadeln achtgeben, wenn der Kapitän auf die Gefahr hin, von einer Sturzsee fortgespült zu werden, auf dem Deck entlangkroch, um einen klapperdürren Inder mit zerschmetterten Beinen und Rippen aus dem Holzgewirr des vom Blitz gespaltenen Mastes zu zerren!

Der Dritte Offizier blieb im Vorbeigehen stehen und hörte in achtungsvollem Schweigen zu. Er lehnte sich an die Türe und zündete sich eine Zigarette an, der Kommandant sah ihn im Eifer seines Vortrags nicht ... Draußen ging der Erste Ingenieur vorbei, der Dritte Offizier rief ihn, und die beiden hörten eine Weile zu.

Als Vasco gegen nachmittag auf die Brücke kam, überraschte er den Dritten Offizier dabei, wie der mit dem Ersten Offizier, mit den anderen Offizieren und dem Schiffsarzt über seine Abenteuer sprach. Er hörte freilich nur noch einen Satzfetzen:

»... kroch wie eine Schlange übers Deck ...«

Bei seinem Anblick verstummte der junge Mann, und der Erste Offizier sagte:

»Ausgezeichnet, Herr Kapitän. Wir hören soeben von Ihren Heldentaten. Eines Abends werden wir einen Korken knallen lassen, und dann müssen Sie uns Ihre glorreichen Erlebnisse schildern. Wir, die wir nichts anderes tun als die brasilianische Küste hinauf- und hinunterzugondeln, erleben nie so etwas Aufregendes.« Dabei deutete er auf ihn. »Sie werden nicht darum herumkommen, uns Ihre Reisen in allen Einzelheiten zu erzählen.«

»Das ist gar nicht so weit her, es lohnt kaum die Mühe. Zur Unterhaltung der Fahrgäste mag es noch angehen. Aber für Sie als echte Seeleute ...«

»Jetzt lassen wir Sie nicht mehr los, Herr Kommandant. Wir bestehen darauf.«

Er blickte auf die Freudenmädchen im Zwischendeck hinunter. Ein politisches *Marchinha*-Lied, gesungen von der einschmeichelnden Stimme einer Mulattin, drang von unten herauf:

Julinho kommt.
Mineiro, sei kein Tor!
Julinho kommt.
Mineiro, sieh dich vor!
Kommt er nicht gleich,
So kommt er später,
Schließlich gibt's
Ein Mordsgezeter.

Er machte einen Abstecher in die zweite Klasse, dann stieg er in die dritte hinunter. In dieser reisten Flüchtlinge, die einst aus den Dürregebieten in den gepriesenen Süden, wo es Arbeit und Geld geben sollte, ausgewandert waren, und nun, ebenso arm und abgerissen, wieder in den Nordosten zurückkehrten. Die Hoffnung, ihr Schicksal ändern zu können, hatte diese Männer und Frauen eines Tages dahin gebracht, die Saumpfade der Caatinga, der Buschsteppe, entlang zu wandern, sich durch den Urwald zu schlagen, wasserreiche Flüsse und Tafelland in Richtung auf die Hauptstadt São Paulo zu durchqueren. Jetzt hatten sie nur noch den Wunsch, in das ausgedörrte, armselige Land, das ihre

Heimat war, in dem sie geboren worden waren und in dem sie sterben wollten, zurückzukehren. Diese ausgemergelten Kreaturen waren ein so bedrückender Anblick, daß der Kommandant rasch zu dem Geklimper der *Modinhas* und *Sambas* der zweiten Klasse zurückkehrte.

Als die Freudenmädchen ihn kommen sahen, nahmen sie sich zusammen, setzten sich sittsamer hin, zogen ihre Röcke über die Knie und rückten von den Studenten ab, die sich bei ihnen anzubiedern suchten. Die Mulattin hörte zu singen auf, und nur die Gitarre fuhr in ihrer Klage fort. Die Sängerin hatte eine hübsche Stimme, der Kommandant wollte unter keinen Umständen ein Spielverderber sein:

»Bitte, lassen Sie sich nicht stören ... Warum haben Sie denn aufgehört? Bitte, singen Sie doch weiter, es hat mir so gut gefallen.«

»Der Herr Kapitän ist ein Menschenfreund«, lachte eine ältere.

»Ein feiner Kerl«, entschied ein Student. »Bevor wir in Fortaleza landen, werden wir Ihnen ein Ständchen bringen.«

»Vielen Dank, meine Freunde.«

Die Mädchen wurden ihre Befangenheit jedoch nicht los, und die Mulattin stimmte ihr Lied nicht wieder an. Schade, dachte Vasco und trat den Rückzug an.

In der ersten Klasse strömten nach und nach die Fahrgäste zusammen. Sie kamen von ihrem Abendbad und hatten Sporthemden und Leinenhosen mit wollenen Anzügen, die leichten Kleider mit kleinen Abendkleidern vertauscht. Auch er mußte sich schleunigst umziehen und die dunkelblaue Uniform mit dem Orden anlegen.

Er blieb jedoch noch ein paar Minuten stehen. Denn parfümiert, das Haar kunstvoll aufgesteckt, eine Arbeit, die bestimmt den halben Nachmittag in Anspruch genommen hatte, in einem hocheleganten Kleid, eine Seidenstola in der Hand, mit jenen Augen, die einen geheimen Kummer zu verbergen schienen, und ohne ihren Pekinesen – ein vielversprechender Punkt – glitt Clotilde über das Deck. Das Herz des Kommandanten schlug höher. Sie hatte ihn bereits erblickt und warf ihm ein kleines Lebewohl zu, was zugleich eine Begrüßung war. Er trat auf sie zu:

»Sie sehen aus wie eine Meergöttin ...«

»Herr Kommandant ...« Sie verbarg ihre Augen hinter dem Schal, zog ihn aber gleich wieder weg und fragte kokett:

»Wollen Sie nicht einen Rundgang mit mir machen, damit wir Appetit bekommen?«

»Nichts wäre mir lieber. Ich muß mich aber umziehen, um mich Ihrer bei der Abendtafel würdig zu erweisen ... Wenn Sie jedoch einen Augenblick auf mich warten wollen, werde ich Sie im Salon abholen.«

»Ich warte, aber beeilen Sie sich, Herr Schmeichler.«

Als er zurückkehrte, tat das verstimmte Klavier des Salons sein Bestes, um eine Arie aus »La Bohème« wiederzugeben. Vasco bewunderte klassische Musik, hatte jedoch kein persönliches Verhältnis zu ihr und machte sich im Grund wenig daraus. Einmal, vor langer Zeit, hatte Oberst Pedro de Alencar ihn in die Opernvorstellung eines altersschwachen italienisches Ensembles mitgeschleppt, das nach einer ermüdenden Rundreise durch Südamerika in Bahia gestrandet war. Der Oberst betete Opern an, er besaß eine Plattensammlung mit Carusos Meisterarien. Er überzeugte Vasco von der einmaligen Gelegenheit, die das Schicksal ihm bot, Baritone und Tenöre, einen berühmten Baß, einen lieblichen Sopran und einen nicht weniger bezaubernden Alt in einer Inszenierung der »Bohème« mit einem regelrechten Bühnenbild und allen Schikanen zu sehen. Trotz der wiederholten gegenteiligen Ratschläge Jerônimos und Georges' sagte Vasco zu, weil es immerhin eine Gelegenheit war, wieder einmal seine Galauniform und die Medaille des Ordens Christi anzulegen, und begleitete den Oberst ins Theater. Das Ganze erwies sich als gähnende Langeweile und ein gräßliches Schwitzbad. Der Sopran hatte sicherlich seine zweihundertvierzig Pfund Lebendgewicht, dafür war der Tenor ein spilleriges Kerlchen. Vasco verspürte unwiderstehlichen Lachreiz, als die bestenfalls mittelmäßige Sängerin gackerte:

Mi chiamano Mimi.
Ma perchè?
Non so.
Il mio nome é Lucia.

Oberst Pedro de Alencar schwebte im siebten Himmel, er kannte ganze Teile der Oper auswendig. Vasco erstickte fast vor Hitze und verfluchte seine Eitelkeit, die ihn dazu verführt hatte, die Einladung anzunehmen, nur um Uniform und Orden anlegen zu können. Als die Sopranistin, die vor Gesundheit und Fettpolstern strotzte, sich in der Umarmung des ausgezehrten Tenors, dessen Glieder offensichtlich außerstande waren, sie zu halten, schwach und schwindsüchtig auflöste, konnte Vasco sich nicht länger halten und prustete los, zur Empörung des Oberst, der ihn einen Banausen und Bauern nannte. Seit jener Zeit hielt er von der sogenannten hohen Musik, die fraglos der größten Bewunderung würdig, aber für ihn allzu hoch war, gebührenden Abstand.

Jetzt erkannte er eine jener unselig erinnerten Arien am Klavier wieder und trat nur deshalb nicht den Rückzug an, weil Clotilde, in ihrer Taftrobe, mit ihrer Turmfrisur und einer Welt voller Hoffnung in der schmachtenden Stimme, ihn für einen kleinen Rundgang vor dem Abendessen erwartete. Er versuchte den Eingang zum Salon zu umgehen, vielleicht verlangte das Protokoll von ihm als Kapitän, eine Zeit lang den Pianisten zu bewundern. Mit dem Rücken zu der Ecke, in der das Klavier stand, linste er vorsichtig durch ein Fenster, um nicht einen für ihn peinlichen Blick mit dem Interpreten tauschen zu müssen. Clotilde schien nicht im Salon zu sein, jedenfalls sah er sie nicht. Wohin war sie wohl gegangen? Der Virtuose schien von neuer Begeisterung beflügelt, die Töne schwollen, wo hatte sich die Betörende nur versteckt? Er wagte einen Blick in Richtung Klavier – und sie, Clotilde, lächelte ihm zu, ohne die Hände von den Tasten, ohne den geneigten Kopf und die verzückten Augen zu heben, während ihre Frisur zum Takt mithüpfte. Sie war ja Klavierlehrerin, sie hatte es ihm bei der morgendlichen Plauderei verraten, sie hatte ihr Können verschwiegen, ihre künstlerischen Gaben, ihre Befähigung, große Musik zum Erklingen zu bringen. Er hatte sich eine schlichte Klavierlehrerin mit einem bescheidenen Pianino vorgestellt, die heiratsfähigen höheren Töchtern die Anfangsgründe des Klavierspiels beibrachte: sie lehrte *Marchas, Sambas,* einen Foxtrott, allerhöchstens einen Walzer auf den Tasten zu zerhacken; sie traute sich selbst nicht mehr zu, als bei Hausfesten der ihr bekannten Familien, die sich keine Musikkapelle leisten konnten, gefällig zum Tanz aufzuspielen. Nun aber warf Clotilde den Kopf zur Seite, ihre kunstvollen Flechten lösten sich auf, sie griff in die Tasten. Eine Künstlerin! Er war stolz auf sie und betrat den Salon, gerade noch rechtzeitig, um in das rauschende Beifallsklatschen einfallen und die Virtuosin feiern zu können, die den Deckel zuklappte und damit das Ende ihres Konzerts zu bekunden schien.

Der Kommandant ging auf die bejubelte, bescheiden abwehrende Künstlerin zu, die das Gesicht mit ihrer Stola bedeckte, und streckte ihr die Hände entgegen:

»Wie herrlich! Welche Klangfülle, welch vollendete Wiedergabe! Welch göttliche Augenblicke!«

»Gefällt Ihnen klassische Musik?«

»Und ob sie mir gefällt ... Ich habe eine Plattensammlung, ohne Übertreibung eine der größten von Bahia, vielleicht sogar von Brasilien.«

»Und Opernmusik?«

»Ich liebe Opern. Bevor ich in den Ruhestand trat, war meine erste Frage in jedem Hafen, ob es eine Oper am Platz gebe ...«

Während des ganzen Zwiegesprächs hielt er ihre Hände. Plötzlich fiel es ihr auf, sie entzog sie ihm rasch und fuhr nervös und hektisch lachend zusammen. Einen Augenblick verlor er die Fassung und wußte nicht, wo er seine Hände lassen sollte, aber schon nahm sie den Faden des Gesprächs wieder auf:

»Ich muß gestehen, nie auf einem so verstimmten Instrument gespielt zu haben.«

»Ist es so schlimm?«

»Grauenvoll, es macht überhaupt keinen Spaß, darauf zu spielen.«

»Ich werde das sofort in Ordnung bringen und in Recife einen Stimmer kommen lassen. Und nun, wie wär's mit unserem kleinen Rundgang?«

Aber es war schon zu spät, der Gong für das Abendessen ertönte. Im Gespräch über »La Bohème« verfügte man sich in den Speisesaal. Clotilde war verrückt auf Puccini. Der Kapitän behauptete, seine Bewunderung und Begeisterung seien nicht geringer.

Nach beendeter Mahlzeit drehten sie vor dem Bingo im Salon ein paar Runden um das Promenadendeck. Sie schlenderten gemächlich dahin, sie spielte mit ihrer Stola, er zog an seiner Pfeife, sie sprachen von Rio, das sie anbetete, von Bahia, in dem es sich seiner Ansicht nach gut leben ließ, von Belém do Pará, wo es tagaus, tagein zur gleichen Stunde regnete. Dann und wann unterbrach sie ein Fahrgast, um den Kommandanten zu begrüßen und eine Auskunft zu erbitten. Man plauderte von Recife, dessen inselartige Lage sie auf der Hinfahrt entzückt hatte. Unglücklicherweise hatte sie von der Hauptstadt Pernambucos wenig sehen können, es hatte wie mit Kübeln geschüttet, und sie hatte niemanden gekannt, der die Sehenswürdigkeiten mit ihr hätte besichtigen können. Morgen würde das anders sein, sagte sie mit einem Lächeln, morgen würde ihr sicherlich der Herr Kommandant zur Verfügung stehen und ihr Brücken und Strand, Baumalleen und Parks zeigen.

»Allerdings kenne ich Recife nicht.«

»Was, Sie kennen Recife nicht? Als Kapitän müssen Sie doch Dutzende Male durch Recife gekommen sein.«

»Sehr richtig. Durchgekommen ... Aber immer viel zu kurz, um es so kennenzulernen, daß ich den Fremdenführer spielen könnte. Wenn ich sage, daß ich Recife nicht kenne, so will ich damit sagen, daß ich es nur oberflächlich kenne. Es sind mehrere Jahre her, seit ich dort gewesen bin. Seither hat sich viel verändert.«

»Nach dem, was Sie sagen, habe ich den Eindruck, daß Sie mich nicht begleiten wollen. Vielleicht haben Sie einen Schatz in Recife und wollen nicht mit mir gesehen werden.« Dabei lachte sie wieder kurz und hektisch.

Der Kommandant blieb stehen und nahm ihren Arm:

»Bitte, sagen Sie so etwas nicht. Diese Zeit ist längst vorbei, seit ich in den Ruhestand getreten bin. Ich habe sogar gedacht, ich würde danach nie wieder eine Frau ansehen, nun aber ...«

»Was?«

Ein Passagier postierte sich vor sie und verkündete:

»Das Bingospiel beginnt. Wir erwarten den Herrn Kapitän.«

Die Dame seufzte, Vascos Hand drückte leicht ihren Arm, dann gingen sie in den Salon. Sie ging, die Augen auf die gestirnte Nacht und das grüne Wasser geheftet, die überflüssige Stola schwingend. Er hörte wohl die Worte des aufdringlichen Fahrgastes, aber ohne ihren Sinn zu begreifen, so betört war er von dem Duft, der ihr entströmte; er spürte mit seinen Fingerspitzen ihren zitternden Körper. Kurz bevor sie den Salon betraten, hielt er sie eine Sekunde in den Armen, denn Clotilde hatte traumverloren das quer über das Deck laufende Rohr übersehen, stolperte und fiel auf die Seite des Kommandanten. Dieser hielt sie den Bruchteil einer Sekunde, eine taumelnde Ewigkeit fest, ihre Brüste preßten sich gegen Vascos Brust, ihr aufgestecktes Haar lag an seinem Gesicht, er fühlte sogar die Wärme ihres verwaisten Leibes.

Sie setzten sich zusammen an den Tisch, an dem der Senator, zwei Bingokarten vor sich, einen mißbilligenden Blick auf den Nebentisch warf, an dem der Abgeordnete Othon und die Schauspielerinnen geräuschvoll den Beginn des Spiels forderten. Gravitätische Damen drehten sichtlich empört dem lärmenden Theatervolk den Rücken. Kinder verlangten Lutschstangen, Karamelbonbons. Nun war alles im Salon versammelt. Ein Steward trat auf den Kommandanten zu und verkaufte ihm zwei Karten, eine für ihn, die andere für Clotilde:

»Bitte helfen Sie mir, Herr Kapitän, die Nummern zu finden.«

Der Zahlmeister, der mit seinem Säckchen Spielmarken

neben dem Klavier stand, kündigte die Preise an, fünf an der Zahl. Der erste, der im waagrechten Bingo verteilt werden sollte, war eine Flasche Kölnischwasser. Auf ein Zeichen des Zahlmeisters zeigte der Steward die Flasche vor. Danach würde ein »senkrechtes« Spiel erfolgen, der Gewinner würde einen silbernen Schlüsselring, ein bildschönes Stück, bekommen. Der Spielleiter machte spaßige Bemerkungen über die Preise, die den Zuhörern Gelächter und Ausrufe entlockten, während der Steward die Teekanne für alle sichtbar in die Höhe hielt. Dann wurde ein Aschenbecher mit dem Wappen der Schiffahrtsgesellschaft und dem Photo des ITA gezeigt; das war der dritte Preis. Der vierte, auf dessen besonderen Wert der Zahlmeister aufmerksam machte, würde dem Gewinner eines diagonalen Bingospiels zugesprochen werden, bei dem die ganze Karte ausgefüllt werden müsse. Es handle sich um eine Figur Biskuitporzellan mittlerer Größe, ein Kanapee im Stil Ludwigs XV., auf dem zwei Liebende mit verschränkten Händen einander anblickten. Dieser erhabene Ausdruck kleinbürgerlichen Geschmacks entlockte Damen und Herren, jungen Mädchen und Männern, dem Senator und Clotilde, Ausrufe des Entzückens. Alle begehrten den Preis, und angesichts der großen Begeisterung trug der Steward die Kostbarkeit von Tisch zu Tisch, da alle, angefangen bei den Schauspielerinnen, sie aus der Nähe zu betrachten wünschten. Clotilde seufzte:

»Ach, könnte ich das nur gewinnen ...«

Der letzte Preis für ein Spiel in Kreuzform war eine Überraschung, etwas noch Wertvolleres und Schöneres als die soeben vorgeführte Kostbarkeit. Dort stand es, auf dem Klavier, in Seidenpapier eingewickelt. Etwas Viereckiges, Großes, vielleicht eine Kiste; überall löste es neugieriges Getuschel aus. Der Zahlmeister bat um Aufmerksamkeit, das Spiel für den ersten Preis würde beginnen. Er rief den Kindern, »den Engelchen« zu, sie sollten jetzt mal ein bißchen still sein. Dann begann er die Nummern auszurufen. Die Flasche Kölnischwasser fiel an einen ziegenbärtigen Fazendeiro in einem groben Leinenanzug, der unter Beifallsklatschen erklärte:

»Ich werde sie der Frau nach Crato mitbringen ...«

Der silberne Schlüsselring ging an ein dreizehnjähriges Mädchen, nach einem Entscheidungsspiel zwischen ihr und zwei weiteren Mitspielern, die zur gleichen Zeit ihr Bingo beendet hatten. Der Aschenbecher wurde von der Schauspielerin mit dem dunklen Haar gewonnen, die ihn dem Deputierten vor den kritischen Augen einiger Familien und des Senators überreichte. Dann folgte der aufregende Augenblick des »kleinen« Spiels, bei dem der erste, der seine Karte ausfüllte, das Liebespärchen aus Biskuitporzellan mitnahm, »jenes Juwel, jene Vollkommenheit, jenes Kunstwerk, jenes Nec-Plus-Ultra«, wie der Zahlmeister sich ausdrückte. Stillschweigen trat ein, als die Nummern ausgelost wurden.

Clotilde, deren Seufzer bei jedem verlorenen Preis den Kommandanten niederdrückten, geriet in höchste Nervosität und verhedderte sich mit ihrer Karte, was Vasco ermöglichte, jeden Augenblick ihren Arm zu berühren und sie auf eine bereits aufgerufene Nummer aufmerksam zu machen, die sie einzuzeichnen vergessen hatte. Plötzlich meinte sie:

»Es fehlt mir nur noch ein Feld ...«

Aber gleich darauf rief ein Mann, der in der Nähe des Klaviers saß:

»Fertig!«

Es war ein Pseudo-Elegant und wilder Sprücheklopfer, der sich als Industrieller in Ferien ausgab und die Reise unternommen hatte, um die Hauptstädte und Landschaften des Nordens kennenzulernen; ein alter Traum, der jetzt für ihn

Wirklichkeit wurde – wie er sagte. Indessen schienen ihn die See und die Küstenlandschaft nicht im geringsten zu interessieren, denn er verbrachte Tag und Nacht am Pokertisch und zog den Fazendeiros und Kaufleuten das Geld aus der Tasche. Noch am gleichen Nachmittag hatte der Kommandant ein paar Minuten an seinem Tisch gekiebitzt und die Nervosität des anderen festgestellt, als brächte seine, Vascos, Nähe ihm Unglück und verringerte seine Gewinnchancen. Und in der Tat: der vermutliche Vergnügungsreisende begann zu verlieren, so daß der Kommandant, ein alter Kenner des Pokerspiels und der Marotten der einzelnen Spieler, vorzog, sich unauffällig zurückzuziehen.

Clotilde war betrübt, sie war den Tränen nahe:

»Nur wegen einer Nummer... Und ich hätte doch so gerne dieses Andenken mitgenommen...«

Vasco tröstete sie: wenn sie die Figur unbedingt haben wollte, würde sie sie auch bekommen, sie solle deshalb nicht traurig sein.

»Aber wie denn, wenn der Herr dort drüben gewonnen hat... was für ein unsympathischer Kerl...« Sie stampfte mit ihren hohen Hacken auf den Fußboden und rollte die Augen.

Vasco hatte eine Idee, wollte sie jedoch nicht verraten. Der Zahlmeister begann, die Nummern für den letzten Preis, für die Überraschung auszurufen. Er fiel an ein neugebackenes Ehefrauchen, das wie eine Klette an ihrem Mann hing; die beiden küßten und knutschten sich alle Augenblicke in allen Ecken des Schiffes, flöteten einander Zärtlichkeiten zu wie »mein Häschen«, »mein Kokostierchen«, »mein angebetetes Poppelchen«, was unablässigen Anlaß zu Gelächter und Spötteleien gab. Man umdrängte die junge Frau und ihren Mann, um ihnen beim Öffnen des Paketes zuzusehen, dem sie einen Kasten und diesem ein neues Paket, diesem Paketchen wiederum einen neuen Kasten, dem Kasten ein anderes Paket, dem Paket ein weiteres Kästchen und noch ein Paket und noch ein Kästchen entnahmen, bis zu guter Letzt ein winziges Päckchen zum Vorschein kam, aus dem sie einen Schnuller wickelten. Es gab eine Ovation, es gab Lachsalven und Witzeleien, die Gewinnerin lächelte befangen, ihr Mann geriet aus dem Konzept. Dr. Othon meinte:

»Das Glück hat gut gewählt...«

Und die dunkle Vollbusige setzte leise hinzu:

»So wie die beiden es treiben, wird es mindestens Zwillinge geben...«

Während des ganzen Spielverlaufs nährte der Kommandant die Hoffnung, mit Clotilde auf Deck zurückkehren, ihren Rundgang und ihre Plauderei fortsetzen zu können, er fühlte sich romantisch bewegt und aufgewühlt. Schon wollte er vorschlagen, unter dem Vorwand der Hitze gemeinsam den Spielsaal zu verlassen und die Brise und den sternklaren Himmel auszunutzen, als eine Gruppe junger Mädchen und Männer auf den Tisch zukam.

»Mit Verlaub, Herr Kapitän!...« Dann wandten sie sich an Clotilde:

»Würden Sie uns nicht ein bißchen zum Tanz aufspielen...?«

Geschmeichelt und eingebildet entgegnete sie:

»Ich spiele nicht gerne Tanzmusik. Ich halte mich an meine Lieblingskomponisten...«

»Oh!« sagte eine Achtzehnjährige, eine brünette Blüte aus Pernambuco flehend: »Es ist der letzte Tag an Bord, jedenfalls für mich. Wir hätten so schrecklich gerne ein wenig getanzt.« Neben ihr warf ein hochgeschossener Junge Clotilde lächelnd einen bittenden Blick zu.

»Bitte, bitte, tun Sie uns doch den Gefallen ...«, bat ein anderes junges Mädchen mit gebräunter Haut und offenem schwarzem Haar, ein Mischling mit glühenden Augen.

Die jungen Männer ließen nicht locker; diese jungen Menschen, die gerade zu leben begannen, voller Begehren waren, rührten den Kapitän so sehr, daß er auf den ersehnten Spaziergang verzichtete und gleichfalls bat:

»Spielen Sie doch ein Weilchen, ja? Ich höre Ihnen so gerne zu ...«

»In diesem Fall ... Nur Ihnen zu Gefallen, Herr Kapitän.«

Mit den jungen Leuten ging sie zum Klavier hinüber und sagte:

»Aber lange kann ich nicht spielen ... Jasmin erwartet mich ...«

Kaum erklangen die Töne, als die dunkle Pernambucanerin in den Armen ihres kräftigen Verehrers, den sie an Bord kennengelernt hatte und in den sie bis über beide Ohren verliebt zu sein schien, selig entschwebte. Er war auf der Reise nach Fortaleza, seiner Heimatstadt, wo er in einer Bank arbeitete. Er versprach, sie am Jahresende, in den Weihnachtsferien, in Recife zu besuchen.

Die Mestizin mit den feurigen Augen trat auf den Kommandanten zu und machte einen spaßigen Knicks:

»Würden Sie mir die Ehre dieses Kontertanzes geben, Herr Kapitän?«

Vasco stand auf und ergriff die Hand des Mädchens, er war ein alter Tänzer und zur Zeit der Pension Monte Carlo ein berühmter Meister des Parketts gewesen, noch heute wurde sein Ruhm als Tänzer von den gleichaltrigen Seeleuten an den Küsten des Mittleren und Fernen Ostens, des Mittelmeers und der Nordsee gesungen. Er kannte zwei Arten des Tanzes: die erste, »à la bruta«, Körper an Körper,

Wange an Wange, bei der man sich durch die Tuchfühlung mit dem Partner erhitzte. So hatte er in der Pension Monte Carlo, im Kabarett »Gelber Drachen« in Hongkong, in der geheimnisvollen Kellertaverne »Blauer Nil« in Alexandrien getanzt. Zweitens »à la familiar«: bei der die Finger kaum den Rücken der Partnerin berührten und wo man, eine Handbreit Abstand zwischen den Tänzern, in seriöser Haltung mit der Dame plauderte. So tanzte er auf den Festen des Regierungspalastes, bei den Empfängen der Bahianer Gesellschaft, auf den Bällen der großen Passagierdampfer, die zwischen Europa und Australien verkehrten.

Nun begann sein Tanz mit dem Mädchen von indianischem Blut und betörender, lunarer Schönheit. Warum erinnerte sie ihn an Dorothy, obwohl sie dieser gar nicht ähnelte? Aber die beiden, das Mädchen aus Feira Sant'Ana und die Senhorita aus Belém, hatten etwas gemeinsam: die rastlosen hellen Augen, die kaum verhehlte Begierde, etwas Sprunghaftes in jeder, auch der geringsten Gebärde, die gleiche Liebeshast und -gier. Beide, die eine wie die andere, waren Vollblutweibchen.

Und schon fühlte er, wie ihre Schenkel ihn berührten, ihre Brüste gegen seine Brust schwollen, wie ihr offenes schwarzes Haar an seinem Gesicht entlangstrich. Das Mädchen schloß die Augen, er biß sich auf die Unterlippe. Vasco bekam es mit der Angst. Vom Klavier blickte Clotilde mit gerunzelter Stirn herüber. Er versuchte, sich von dem sehnsüchtigen wilden Körper des Mädchens zu lösen, aber sie hielt ihn fest. Er begriff durch die an Dorothy erlernte Bescheidenheit, daß sie sich nicht ihm, Vasco, einem Sechziger mit weißem Haar, beim Tanzen hingab, sondern einfach einem Mann, und da war es gleichgültig, welchen Alters, welcher Farbe, ob er gutaussehend, ob er elegant war.

Glücklicherweise war der Tanz bald zu Ende. Clotilde hatte das Stück abgekürzt, die Paare trennten sich, Vasco dankte:

»Vielen Dank, gnädiges Fräulein.«

»Sie tanzen gut, Herr Kapitän. Ich habe Ihnen zu danken.«

Er ging zu Clotilde ans Klavier hinüber, und sie sagte:

»Deshalb haben Sie mich also zu spielen gebeten, nicht wahr?«

An jenem Abend fiel der geplante Spaziergang aus. Als die jungen Leute sie schließlich aufstehen und fortgehen ließen, war es fast Mitternacht, und Clotilde hatte nur noch ihren Pekinesen im Kopf, der allein in ihrer Kabine saß. So beschlossen sie, am nächsten Tag gemeinsam Recife zu besuchen. Sie war noch immer etwas verschnupft wegen der Mestizin, die sie »ein schamloses Frauenzimmer« nannte.

Vasco ging ins Spielzimmer hinüber. Junge Männer spielten »King«, an drei Tischen wurde Poker gespielt. An einem von ihnen glänzte der Kapitalist auf Vergnügungsreise, die Biskuit-Figur stand neben ihm auf einem Stuhl. Die anderen Partner waren Kaufleute und Fazendeiros. Alle drei verloren. Vasco schob einen Stuhl heran und nahm neben dem erfolgreichen Spieler Platz:

»Sie gestatten?«

»Aber bitte schön, Herr Kommandant«, antwortete einer der Großgrundbesitzer.

»Kennen Sie das Spiel, Herr Kapitän?« fragte der junge Mann, der Glück hatte.

»Ich verstehe nichts davon, aber ich sehe gerne zu ... Wer gewinnt denn?«

»Sehen Sie's nicht?« fragte der andere Verlierer. »Dr. Stênio. Ich hab nie einen solchen Dusel gesehen. Er sticht uns alle aus.«

Der genannte Dr. Stênio lachte befriedigt, vielleicht über das Scherzwort, vielleicht auch über das Geständnis des Kommandanten, er sei eine Null im Pokern. Vasco blieb gemütlich sitzen und stellte dann und wann eine einfältige Frage über den Wert der Spiele und der Einsätze. Aufmerksam sah er Stênio beim Geben zu.

»In welchem Hafen steigen Sie aus, Herr Dr. Stênio?«

»In Belém. Ich werde dort einige Tage bleiben, vielleicht fahre ich bis nach Manau in einem *Vaticano* – einem großen Flußdampfer – weiter. Ich habe vor, mit der ›Almirante Jaceguay‹ vom Lloyd zurückzureisen.« Und er antwortete auf die Ansage eines Fazendeiros: »Ihre 32 und 64 dazu!«

Gegen ein Uhr dreißig schlug einer der Spieler, dessen Verluste sich auf mehrere Contos de Réis beliefen, vor, die Schlußrunde zu machen. Vasco blieb bis zur Abrechnung, bis zu den Verabschiedungen dabei. Einer der Fazendeiros würde in Recife aussteigen und bedauerte, nicht weiter zu reisen, um seine Verluste hereinholen zu können. Dr. Stênio strich den ganzen Gewinn ein und wollte schon nach seiner Porzellanplastik greifen, um in seine Kabine zu gehen. Aber der Kommandant, der sich bereits von den anderen Partnern verabschiedet hatte, meinte:

»Es ist noch früh, lassen Sie uns noch ein Weilchen plaudern, Herr Doktor . . .«

»Ich falle um vor Schlaf, Herr Kapitän. Morgen ist auch noch ein Tag.«

»Nein, heute und zwar jetzt gleich. Hören Sie zu, Sie lausiger Bauernfänger. Sie werden nicht bis nach Belém fahren, sondern Ihre Reise in Recife unterbrechen.«

»Aber ich bitte Sie, Herr Kapitän, was soll das heißen?«

»Genau das, was ich sage. Ich bin sozusagen mit Pokern zur Welt gekommen, Freundchen. Ich bin vierzig Jahre zur

See gefahren, davon zwanzig als Kapitän in östlichen Gewässern, ich kenne Ihre ganze Gilde von Bordschwindlern und Spitzbuben ... Ich rate Ihnen, unauffällig von Bord zu verduften, wenn Sie nicht ins Kittchen wandern wollen ...«

»Ich habe meine Passage bezahlt wie jeder andere ...«

»Da haben Sie Ihr Geld gut angelegt, es hat schon reichlich Zinsen getragen. Kapiert?«

»Wenn Sie darauf bestehen ...« Er beschloß, sich auf keine Diskussion einzulassen, das gehörte zu den Spielregeln seines Lebens, er würde einfach auf den nächsten Dampfer nach Belém warten.

Vasco stand auf, nahm die Porzellanfigur und schickte sich zum Gehen an:

»Gute Nacht ...«

»Verzeihen Sie, Herr Kommandant, das Ding, das Sie da mitnehmen, gehört mir ...«

»Ihnen? – Was denn?«

»Die hübsche Figur da ... Ich habe sie beim Bingo durch reines Glück gewonnen, ohne Mätzchen ...«

»Ohne Mätzchen? Mag sein ... Aber das Ding bringt Ihnen beim Poker nur Pech. Den Beweis dafür haben Sie soeben gesehen ... Bei mir ist es besser aufgehoben.«

Der gewandte Berufsspieler ging verärgert fort: Warum mußte man für den toten Kapitän auch unbedingt einen alten Seemann auf großer Fahrt holen, einen gewiegten Kenner aller Tricks? Resigniert zuckte er die Achseln. Er würde sich in Recife schadlos halten, dort gab es eine Handvoll steinreicher Zuckerfabrikanten, die wild aufs Pokern waren. Nur die Sache mit dem Porzellanfigürchen tat ihm leid, es war ein so zauberhaftes Stück, er hätte es gerne Daniela, seiner Frau, mitgebracht. Denn er war glücklich verheiratet, hatte vier Kinder, zwei Jungen und zwei Mädchen, allesamt zuckersüß, er betete seine Familie an, einen besseren Gatten und Vater gab es nicht.

Der Kommandant seufzte, nahm seine Porzellanminiatur und ging in den Nachtwind hinaus.

Vom Kommandanten, der in tiefe Träumerei versinkt,
und was er dabei im Dunkel eines Rettungsbootes entdeckt

In jener frühen Morgenstunde stand der Kommandant an Deck, in tiefe Träumerei versunken. Er hatte die Biskuitfigur behutsam neben sich gestellt, dann und wann riß er die Augen von den Sternen los, die wie ein unendliches Festmahl die Träume nähren, und heftete sie auf das zierliche Pärchen auf dem Porzellansofa. Sein Leben war eine lange Einsamkeit, eine lange Erwartung gewesen. Auf den Meeren wie auch in diesem Augenblick, wenn er an seiner Pfeife zog, allein zwischen Winden und Irrlichtern, von Hafen zu Hafen, von Schiff zu Schiff, und von einer Frau zur anderen. Sein Heim war eine schmale Koje. Kein Tag war der Tag endgültigen Festmachens an einer Pier gewesen, auf der ihn eine Familie erwartete, eine sehnsüchtige Frau mit einer auf Geschenke aus exotischen Ländern erpichten Kinderschar. In keinem Hafen hatte er je eine feste Bleibe besessen, er hatte sein Haupt auf bezahlte Bordellkissen gebettet, er hatte sein glühendes Herz im Schoß unbekannter Dirnen ausgeruht, er war allein auf der Welt, allein mit seinem Schiff. Allein mit seinen Reisen.

Kann ein Mann so, ewig allein, leben? Sein Haus in der

Rua dos Barris war seit dem Tod von Vater und Mutter – Gestalten, die sich in seinem Gedächtnis verwischt hatten – nie mehr ein Heim gewesen. Er war in einem Kontor und einem Lagerschuppen zwischen Fakturen und Ballen, zwischen Korrespondenz und Trockenfleisch aufgewachsen. Die Liebeleien aller jungen Menschen, der ängstliche Blick, das scheue Lächeln, das aus der Ferne zugewinkte Lebewohl, der hastige Händedruck, der hinter einer dunklen Tür geraubte Kuß – von all dem hatte er nichts erlebt, weder im Kontor noch auf See, wo er als Schiffsjunge die schönen stolzen weiblichen Passagiere beäugt hatte. Als der Tod des Großvaters ihn befreite, war er schon dreißig Jahre alt, er hatte die romantische Zeit der Seufzer, des süßen Leids, der Jungmädchenblüte verpaßt. Selbst unter Freunden war er allein, und als er endlich einer von ihnen wurde, gingen sie fort, einer nach dem anderen, wie auch die Frauen fortgingen, die im Bett seines Hauses in Barris einander ablösten. Einige blieben länger, Dorothy hatte ihm ihren Namen und ihr Herz auf dem Arm hinterlassen, trotzdem waren sie wie Fahrgäste eines Überseedampfers, der weitergleitet in der endlosen Spur der Wasser. Was nutzten Weiberaffären, Abenteuer in Freudenhäusern, flüchtige Amouren in Pensionen, was unvermutete Leidenschaften auf den Überfahrten, betörende Nächte in Häfen voller Nebel und Geheimnisse? Liebe, beständige Liebe, die ein Heim, ein Leben gründet, die Kinder schenkt und damit einen Namen erhält, Gattenliebe, die Stimme eines Sohnes, der »Papa« ruft, ein Wuschelköpfchen, das der Vater an seine starke Brust drückt – all das war ihm nie vergönnt gewesen, immer hatte ihm die Zeit gefehlt. Er war immer allein gewesen, an Bord, auf seinen Reisen, im Schiffbruch, im Seesturm, in Meeresströmungen, in Winden und Zyklonen.

Jetzt, auf dieser seiner letzten Reise, war er wie ein Schiffbrüchiger, denn er wußte, daß es seine letzte Reise war, er würde nie wieder auf ein schwankendes Deck zurückkehren, er würde nur noch von den Felsen Periperis aus mit dem Fernstecher die ein- und auslaufenden Schiffe begleiten. Und immer einsamer, gebeugter von der Last seiner Erinnerungen, von der Bürde seines furchtlosen kühnen Lebens, ohne einen Lebensgefährten, mit dem er es teilen, bei dem er ausruhen konnte, es sei denn an der Schulter seiner mürrischen Köchin wie zu der Zeit, als er seine erste Begierde bei der Negerin Rosa in dem fensterlosen Kämmerchen des Geschäftsgebäudes am Fuß der Ladeira Montanha gestillt hatte.

Ja, schön und beneidenswert ist das Leben eines Kommandanten als Kapitän seines Schiffes, wie er es jetzt auf diesem ITA war. Zahllose Menschen hingen von ihm ab, viele Schicksale erfüllten sich in seiner mächtigen Hand, viel heiteres Lachen und viel unsinniges Hoffen. Einflußreiche Politiker, Großgrundbesitzer und Industrielle, verheiratete Frauen, die in ihrem friedlichen Alltag aufgingen, und die Freudenmädchen, gezeichnet von ihrem verdunkelten Zukunftshorizont, junge Menschen, die ins Leben traten, Falschspieler, die ihre Freiheit aufs Spiel setzten – sie alle hingen von ihm, von seinem Kommandowort ab.

Aber ein Kommandant hat nicht das Recht, sich durch Sympathien leiten zu lassen, er muß unverbrüchlich seine Pflicht erfüllen. Zwar hatte er für geheime Berufsspieler immer etwas übrig gehabt, für Leute, die von dem schwierigen, riskanten Metier markierter Kartenspiele, von Maschen und Mätzchen, vom Vertauschen der Karten, von der Schnelligkeit der Hände und des Denkens lebten. Er hatte in seinen Bohème-Jahren mit mehreren von ihnen verkehrt, er hatte sie großzügig und auf ihre Weise treu gefunden, sie verstanden eine Schlappe einzustecken, wenn ein scheinbar belangloser Vorfall auf einmal der unablässigen Gefahr mit Beleidigungen, Krawall und Kittchen ein Ende machte. Er war bei ihnen in die Lehre gegangen, hatte sich ihre Kunstgriffe in gemeinsam verbrachten Bummelnächten abgeguckt. Wäre er nicht Kommandant, stünde er nicht als Kapitän auf seinem Schiff, hätte er nicht eine Pflicht zu erfüllen, Stênio könnte seinetwegen die Taschen sämtlicher Fazendeiros, Industrieller, Kaufleute, Zuckerfabrikanten nach Herzenslust leeren, es wäre ihm gänzlich piepe, er würde nur in sich hineinschmunzeln und dem geriebenen Taschenspieler vielleicht verständnisinnig zublinzeln. Aber ein Kommandant ist nicht Herr seiner Zu- und Abneigungen. Er muß darauf achten, daß seine Fahrgäste gegen die Gefahren der See und die schlimmen Überraschungen der Welt gefeit sind.

Er hatte das Porzellansofa mit dem rosigen handverschränkten Liebespärchen Stênio weggenommen, der es nicht gestohlen, sondern durch reines Glück, ohne Mätzchen, gewonnen hatte. Aber was hätte dieser mit dem kleinen Meisterwerk angefangen? Sicherlich war er wie der Kommandant ein Mann ohne Heim und Familie, ohne festen Wohnsitz, ein Spielball des Lebens. Er würde das kleine Wunderwerk in einem Hurenzimmer lassen, in der Hand der ersten besten Metze, mit der er schlafen würde. Und Clotilde hatte es sich doch so sehnlich gewünscht...

Würde es noch Zeit sein, mit der Einsamkeit Schluß zu machen, dem langen Warten ein Ende zu setzen? Er war sechzig Jahre alt, hatte weißes Haar, er war nicht mehr so kräftig wie zu der Zeit, als er Ballen mit Trockenfleisch und Stockfisch, Fässer mit Butter schleppte, als er, ein Rudergänger ohnegleichen, das Ruder inmitten von rasenden Orkanen hielt. Immerhin war er für sein Alter noch erstaunlich rüstig, sein Herz war das Herz eines Jünglings ohne Jugend, ungebrochen und fähig zu der großen, endgültigen Liebe seines Lebens. Ja, es war noch Zeit, es gab ein Haus am Strand, dessen grüne Fensterläden aufs Meer gingen, in dem nur die Hausfrau fehlte. Dort lebte ein Einsiedler, der ein ganzes Leben vor sich und eine Vergangenheit zu verschenken hatte, ohne einen Menschen zur Seite, der ihm dabei half, ohne einen Arm, auf den er sich stützen konnte, wenn der Weg enger werden sollte. Wie lange noch würde er den Kopf hochhalten können, wann würde die Traurigkeit ihn unterkriegen, wann würde er als Gefangener in den engen Mauern seiner Verlassenheit eingeschlossen werden? Ach, würde sie ihre edle Gestalt, ihre Musik, ihr Klavier, ihre reife, von ihm so begehrte Anmut, ihr üppiges Haar und ihr abgehacktes Lachen ins Vorstädtchen Periperi bringen; wäre sie bereit, in dem enttäuschten, bekümmerten Herzen den Keim einer neuen Liebe zu pflanzen, dann wäre es noch Zeit, das Gefängnis seiner Einsamkeit aufzubrechen und den Garten seines Ruhehafens kurz vor der letzten, endgültigen Reise noch einmal zum Blühen zu bringen. Der Altersunterschied war nicht übermäßig groß, er schätzte Clotilde auf etwa fünfundvierzig ...

Erst jetzt, als er ihr begegnete, fühlte er, welch völliges Alleinsein, welch unendliches Warten sein Leben gewesen war.

Ein gedämpftes Geräusch wie ein schmachtender Seufzer kam mit der Brise von der anderen Seite, aus dem Dunkel des Rettungsbootes herüber. Der Kommandant, stets wachsam und auf dem Posten, spitzte die an die Stille und die Stimme der See gewohnten Ohren und trat gemessenen

Schrittes näher. Nun sah er im Halbdunkel des Rettungsbootes die schlanke Schauspielerin und den prüden Senator, sie mit hochgezogenem Kleid ausgestreckt, er ohne Rock, zerzaust und bei der gelungenen Spielerei genießerisch stöhnend.

Nachdenklich zog sich der Kapitän zurück. Wollte er gerecht sein und mit unbeugsamer Strenge handeln, wie er es bei dem Falschspieler getan hatte, hätte er die beiden auseinanderreißen und vom Vater des Vaterlandes respektvolleres Benehmen an Bord fordern müssen. Aber ein Kommandant muß auch beweglich sein, jeden Skandal und damit den Ruin seines Schiffes vermeiden. Überdies, wie durfte er, ein Mann vieler Abenteuer, sich über Liebespaare aufregen, selbst wenn es nur Liebesfeste eines Augenblicks waren? Wiederum über die Reling gebeugt, dachte er an jenen Kommandanten der Kriegsmarine, an Georges Dias Nadreau. Als man sich einmal bei ihm über einen Matrosen beschwerte, der mit einer Schwarzen in einem dunklen Hafenwinkel ertappt worden war, lachte er nur und erklärte: »Beschwert euch beim Bischof, ich bin kein Vorhängeschloß für eine Punze.« Hatte er, Kommandant Vasco Moscoso de Aragão, in jener wahnsinnigen Nacht auf Deck seines eigenen Schiffes nicht den zitternden Körper Dorothys und ihre Liebesglut in den Armen gehalten?

Sehnte er sich hier, in seiner Traumwanderung, nicht danach, Clotildes Hände in die seinen zu nehmen, ihre Haare zu streicheln, ihr leidenschaftliche Worte ins Ohr zu flüstern, im Schein jenes einsamen Sternes seinen Mund auf ihren Mund zu pressen, ihren Leib auf den Planken seines Schiffes zu berühren?

Von jungen Menschen auf Recifes Brücken und Straßen und von einer unvermuteten flüchtigen Vision

Er kaufte ihr Mangabas und Sapotis in der Rua Nova, bot ihr gelbe Cajás und grüne Umbus am Kai der Rua da Aurora, rote Pitangas in der Rua do Sossêgo an, er ließ ihr am Strand Boa Viagem ein Glas Kokosmilch kommen. Clotilde war wild auf nordöstliche Früchte, auf Mangas und Cajus, auf Abaxis aller Arten, auf Abius, auf Cajaranas, Goiabas, Araçás. Hüpfenden Schrittes, uneingedenk seiner sonst so würdigen Haltung, schwebte der Kommandant dahin und trug ihr überflüssiges Sonnenschirmchen; wie zwei übermütige Schüler überquerten sie die Brücken und Plätze und schlenderten durch Recifes Straßen. Sie lachten grund- und planlos gleich »zwei alten Spaßvögeln«, wie eine eilige Passantin meinte, die fast Anstoß nahm an der jugendlichen Ausgelassenheit des Kommandanten und der Pianistin.

Das Theatervolk und der Deputierte aus Paraíba waren am Morgen von Bord gegangen. Auch Dr. Stênio, den der Anblick der Stadt Nassau so bezaubert hatte, daß er – wie er seinen Mitreisenden ankündigte – beschloß, seine Reise zu unterbrechen, um die Stadt in einem mehrtägigen Aufenthalt besser kennenzulernen. Als er den Fuß aufs Fallreep setzte, suchte er mit kritisch prüfendem Blick den Kommandanten. Aber nicht etwa, weil dieser seine Bübereien und Manipulationen beim Poker erkannt hatte; denn der Kapitän auf großer Fahrt hatte Großmut bewiesen, ihn nicht der Polizei zu übergeben, kein Wörtchen über den Zwischenfall verlauten lassen und nicht einmal die hereingefallenen Fazendeiros aufgeklärt. Sein kritischer Blick bezog sich auf die Biskuit-Porzellanfigur. Wo würde er ein ebenso hübsches Stück auftreiben können, um es seiner Frau mitzubringen? Auch einige andere Leute gingen an Land, da der ITA in jedem Hafen Passagiere abgab und aufnahm. Auch die dunkelhäutige Senhorita wurde von ihrer Familie an der Pier erwartet. Für sie war die Reise allzu kurz gewesen, daher stellte sie bei der Ankunft auch sogleich den sportlichen Bankangestellten aus Ceara ihren Eltern und Tanten vor. Am Spätnachmittag würde sie ihm vom Ankerplatz aus zuwinken, und ihre Augen würden eine Weile sehnsüchtig das auslaufende Schiff begleiten.

Als der Kommandant nach Unterzeichnung einiger ihm vom Ersten Offizier vorgelegten Papiere frei war und Clotilde suchte, stand sie bereits mit anderen Fahrgästen auf der Pier. Sie waren in einer großen Gruppe an Land gegangen, und Vasco verbarg nicht seine Enttäuschung. Er hatte gehofft, sie den ganzen Vormittag und den frühen Nachmittag für sich allein zu haben, da er verhältnismäßig früh an Bord zurückgehen mußte, um wiederum Dokumente zu unterzeichnen. Nun sah er sich von einem Wirbel ganzer Familien mit Scharen von Kindern umringt, die alle die törichtsten, sinnlosesten Fragen stellten, als wäre er ein wandelndes Konversationslexikon und kenne nicht nur Straßen, Gasthäuser und Bars auswendig, sondern auch die in der Stadt üblichen Preise, einschließlich der für Säuglingskleidchen.

Er konnte nicht dem Beispiel des neugebackenen Ehepaars folgen, das so tat, als wäre es allein im Paradies, als existierten die anderen nicht; es fehlte nur, daß die beiden sich auf eine Bank in den Parkanlagen gelegt und dort vor aller Augen die letzte, paradiesische Folgerung gezogen hätten. Eine Flut von Küßchen, Gestreichel und Geknutsche, aber all das war von Staat und Kirche genehmigt, sie waren ja durch die Hände des Standesbeamten und des Priesters gegangen.

Vasco verwünschte den ersten Teil des Bummels durch die Stadt. Vor allem, als Jasmin – der einzige ernstliche Fehler, den er an Clotilde entdeckt hatte – den Händen seiner Herrin entschlüpfte, um sich öffentlich, wenn auch ohne jede Aussicht auf Erfolg, auf einem schattenreichen Platz mitten in der Stadt an einem Wettbewerb um die Eroberung einer läufigen Hündin zu beteiligen, einem Foxel beträchtlicher Größe und geringer Rassereinheit. Selbst wenn Jasmin das dreimal größere, heiß begehrte Weibchen mit seinem orientalischen Adel, seiner exotischen Schönheit zu betören gedachte, wie glaubte er sich dann mit einem zähnefletschenden Boxer, einem Fox, der seine augenscheinlichen Gattenrechte zu verteidigen bereit schien, und zwei Straßenkötern messen zu können? Der eine, in dessen Adern fraglos das Blut einer dänischen Dogge kreiste, knurrte den Boxer an; der andere sah aus wie der abgefeimteste Spitzbube von der Welt, eine Promenadenmischung, wie sie im Buch steht, mit spöttischem Blick und sympathischer Schnauze. Dieser und der Fox mit dem Aussehen des Ehemanns hielten sich in Alarmbereitschaft und schienen das Ergebnis des Zweikampfes zwischen den beiden handfesten Kämpen, dem Boxer und dem riesigen Streuner, abwarten zu wollen. Das Wahrscheinlichste war ein Unentschieden, was das Ausscheiden dieser beiden Anwärter bedeuten würde. Mittlerweile maßen sich der Fox und der kleinere Köter mit den Augen und bereiteten sich für den zweiten Gang vor, der den Besitz der Hündin entscheiden würde. Was diese betraf, so schien sie entzückt über den Streit um ihre Gunst. Sie ermunterte alle, selbst ihren Gatten – welch schamloses Frauenzimmer!

Die Lage veränderte sich jedoch grundlegend, als Jasmin beschloß, sich auch an dem Streit zu beteiligen, und mit einem Satz mitten ins Kampfgewühl sprang. Alle vier drehten sich knurrend nach dem neuen Konkurrenten um. Die Hündin lächelte ihm eitel und aufmunternd zu. Einen kurzen Augenblick lang genoß Vasco die optimistische Illusion, den Pekinesen kurzerhand durch den Boxer und den Mischling unter wirksamer Unterstützung des Foxels und des kleinen Straßenköters in Stücke gerissen zu sehen. Aber nichts dergleichen geschah. Die vier Verliebten schienen viel Zeit zu haben, sie konnten sich nicht zum Beginn des Kampfes entschließen, knurrten in einem fort, zeigten die Zähne und bellten dann und wann. Wer übrigens am lautesten, angriffslustigsten bellte, war Jasmin.

Als Clotilde ihn inmitten dieser vier rüden Kämpfer sah, fiel sie fast in Ohnmacht. Hysterische kleine Schreie entrangen sich ihren Lippen, sie streckte die Arme aus, jammerte hektisch »Jasmin, Jasmin«, ließ sich auf eine Bank sinken und wurde um ein Haar ohnmächtig. Dann wandte sie sich an den Kommandanten:

«Um Himmels willen, retten Sie mir das arme Tierchen!«

Ihre flehenden Augen, ihre Stimme, wie wenn sie das letzte Stündlein erwarte, bestimmten Vasco zum Handeln. Es war eine wahnsinnige Bitte; wie sollte man sich in diesen Teufelskreis von Begierde und Haß wagen und daraus den furchtlosen Pekinesen zerren, dessen Tapferkeit an Tollkühnheit grenzte? So suchte er in der Nähe einen heruntergefallenen Ast; mit diesem bewaffnet, rückte er angriffsbereit auf die Hunde vor, wie der lanzenbewehrte Ritter des Mittelalters dem siebenköpfigen Drachen entgegenstürmt, um im Gehorsam gegen die Dame seines Herzens Tod und Verderben unter alle sieben Köpfe zu säen.

Vascos unerwartetes Auftreten verursachte Verwirrung und Verstörung. Der Boxer gab seinen Beobachtungsposten auf, wich einen Schritt zurück, was den riesigen Straßenköter veranlaßte, ihn von hinten anzugreifen. Jasmin, der fühlte, daß die Operationen des Kapitäns ihm galten, stürzte vorwärts und fiel den Fox an, so daß beide Streiter über die Blumenbeete rollten. All das benutzte jener sprühlebendige kleinere Köter, um das begehrte Weibchen zu schnappen und es in einen nahen, ruhigeren und der Liebe günstigeren Winkel zu schubsen. Endlich gelang es dem Kommandanten, die Lederleine zu erwischen und Jasmin den Zähnen des Foxels zu entreißen, der schließlich mit blöder Miene seine Gefährtin suchte. Als er endlich ihre Spur fand und in Richtung Liebeswinkel davonstob, war es zu spät: die Mischlinge waren bereits in Auftrag gegeben.

Clotilde fand kein Wort des Dankes. Sie preßte den Pekinesen an ihre Brust, an ihr Gesicht, sie küßte sein gemartertes Schnäuzchen und betastete behutsam seine Rippen; die großartige Schlacht, die jetzt zwischen Boxer und Pseudodogge aus reiner Kampfeslust ohne den Preis des Weibchens – das jetzt verliebt die Wunden des Siegers leckte – geschlagen wurde, würdigte sie keines Blickes.

Alles auf der Welt hat sein Gutes. Die mutige Tat, die das Gelächter der meisten Zuschauer und die verschmitzte Neugier einiger Straßenbengel erregt hatte, brachte Clotilde zu dem Entschluß, Jasmin aufs Schiff zurückzubringen; die Stadt war doch zu voll von Versuchungen und Gefahren für das arme unschuldige Tierchen. Gesagt, getan. Auf diese Weise wurde Vasco die lästige Gesellschaft der anderen Reisegefährten los.

Da es fast schon Mittagessenszeit war, wartete man an Deck auf das Glockenzeichen, während Clotilde sich damit beschäftigte, die Zahnabdrücke des Foxels auf einem Bein Jasmins mit Jod zu betupfen.

So kam es denn, daß das von Jasmin befreite Paar am heißen Nachmittag wie zwei Studenten durch die Stadt schlenderte. Sie war erholt von der »hündischen« Aufregung des Vormittags, er war wegen seines Mutes und der Schnelligkeit, mit der er ihre Bitte erfüllt hatte, in ihrer Achtung gestiegen.

Nachdem sie durch Straßen und über Plätze spaziert waren, landeten sie in einer Eisdiele, wo Clotilde gierig alle Eisbecher des Hauses probieren und sie mit den Eissorten Beléms, die in ihren Augen die besten von der Welt waren, vergleichen wollte. Vasco bewunderte eine Zeitlang ihren Appetit, als sein Herzschlag plötzlich stillstand: drüben an der Kaiserbrücke – die Eisstube lag in der Rua Aurora, von der aus die alte ehrwürdige Brücke zu überblicken war – hatte er in der dahineilenden Menge eine beleibte schwarzgekleidete Dame mit einem Spitzentuch auf dem weißen Haar erblickt, die ein Kind an der Hand führte. Obgleich er das Gesicht nur eine Sekunde lang gesehen hatte, glaubte er sicher zu sein, in der zärtlichen alten Großmutter, die den Kleinen anlächelte, Carol erkannt zu haben: Vasco vergaß seine Begleiterin, vergaß, daß er Kapitän im aktiven Seefahrtsdienst war, er vergaß, das Eis zu bezahlen, stürzte aus der Tür und rannte in Richtung Rua da Imperatriz davon, wo die flüchtige Vision verschwunden war. Doch er fand sie nicht mehr, rief aber noch ihren Namen mit lauter Stimme, so daß sich einige Passanten verwundert nach ihm umdrehten. Plötzlich merkte er, daß er Clotilde allein in der Eisdiele gelassen hatte, und kehrte eilends zurück.

Sie war in heller Wut und wollte zuerst kein Wort mehr mit ihm sprechen. Er versuchte, ihr die Sache zu erklären, aber sie hatte schon ihre eigene Lesart des Geschehnisses parat: warum hatte er ihr nicht gleich gesagt, daß er die ganze Zeit einer alten Liebe, die natürlich nicht mehr unter derselben Adresse zu finden war, nachgespürt hatte? Deshalb also war er mit ihr so abwesend über Plätze und Straßen gebummelt und hatte die Vorübergehenden so prüfend gemustert.

»Schlagen Sie sich das bitte aus dem Kopf. Ich glaubte allerdings, jemanden gesichtet zu haben, von dem ich seit über zwanzig Jahren nichts mehr gehört habe.«

»Eine Frau?«

Vielleicht würde er es ihr eines Tages erzählen. Aber dazu war der Augenblick nicht geeignet:

»Keineswegs ... Einen Freund, einen Offizier, der zehn Jahre lang mit mir auf mehr als einem Schiff gefahren ist. Wir waren enge Freunde, fast wie Brüder ... Aber er mußte seine Laufbahn von einem Tag auf den anderen aufgeben, und zwar wegen eines Todesfalls in der Familie, daheim in Garanhuns, einem Städtchen im Innern des Staates Pernambuco. Ich habe nie wieder etwas von ihm gehört ...«

Sie möge ihm nachträglich seine plötzliche Ergriffenheit in der Sekunde verzeihen, als er meinte, das Gesicht des so lang verlorengeglaubten Freundes im Menschengewühl der Brücke entdeckt zu haben. Sie waren wie enge Freunde und so miteinander verbunden gewesen, daß der eine stets abmusterte, wenn der andere von Bord ging ...

Je heftiger sich Verliebte zanken, desto zärtlicher versöhnen sich auch wieder. Hand in Hand verließen die beiden bald darauf die Eisbar, um zum Hafen zurückzuschlendern. Sie hatte ein wenig geweint, zwei kleine Tränen, die sie mit einem Seidentüchlein abwischte, in dessen eine Ecke ein Anker gestickt war. Als er auf der Schwelle der Eisdiele den

Arm um ihre Hüfte gelegt hatte, um sie auf den Stufen zum Gehsteig zu stützen, wehrte sie sich nicht mehr; so gingen sie in einem Stillschweigen, das beredter war als Worte, zum Hafen zurück, wo der ITA Ladung und Passagiere aufnahm.

Von der Brücke aus sahen der Erste und der Dritte Offizier die beiden daherkommen, Hand in Hand, mit beschwingtem Tanzschritt, die Gesichter von Sonne und Glück übergossen.

»Dein Kommandant scheint sich gehenzulassen ...«, sagte der Dritte Offizier lachend.

Geir Matos, der Erste Offizier, fragte: »Hast du schon mal einen so beherrschten Kapitän gesehen? Einen so hundertprozentigen Kommandanten? Nur Américo, ein Hansdampf in allen Gassen, konnte so eine Perle finden ..."

»Perle des Meeres ... des japanischen, des chinesischen Meeres, der fernöstlichen Seewege ...«

Die mächtigen Ladebäume hoben Zuckersäcke, schwarze Stauer verstauten die Ballen in den Ladeluken.

Wo der Erzähler die Geschichte ohne jeden Vorwand, aber in größter Not unterbricht

Der Leser möge die Unterbrechung und die vielleicht in den letzten Kapiteln beobachteten Schwächen verzeihen. Wenn ich trotz allem weiterschreibe, so deshalb, weil der vom Staatsarchiv festgesetzte Termin für die Einreichung des Originalmanuskripts (begleitet von zwei maschinengeschriebenen Zweitschriften) in wenigen Tagen abläuft. So weiß ich gar nicht mehr, was ich eigentlich schreibe, denn wie kann ich in einer Stunde, wo die ganze Welt über mir zusammenzubrechen droht, an Stil und Satzbau denken?

Ich meine damit freilich nicht die Atom- oder Wasserstoffbombe, den Kalten Krieg, die schwerwiegenden Probleme von Berlin, von Laos, vom Kongo oder von Kuba, auch nicht die Plattform auf dem Mond, von der aus die Welt in die Luft gesprengt werden kann. Wenn das nämlich geschieht, hat unser aller Stündlein geschlagen, und das Unglück vieler ist der Trost der Armen. Ich würde dann nur gerne die genaue Stunde wissen, damit ich mich mit Dondoca ins Bett legen und gemeinsam mit ihr sterben kann.

Ich spreche von dem, was sich hier, in Periperi, in den letzten Tagen unmittelbar nach dem festlichen Jahresbeginn von 1961 ereignet hat, also eines Jahres, das ich in Anbetracht dieser Arbeit mit Hoffnungen auf Ruhm und Geld und in stiller Freude begonnen habe, dank der friedlichen Eintracht, die bisher im Heim des Beco das Três Borboletas geherrscht hat, wo Dondoca des Nachmittags den Hochverdienten und abends den Verfasser dieser Schrift, eures ergebenen Dieners, empfing.

Jawohl, er hat alles entdeckt, das süße, kostenlose Leben ist nun zu Ende. In den drei vom Sturm der Leidenschaft und der Eifersucht, vom Gewitter der Vorwürfe und der Rachegelüste aufgewühlten Seelen herrscht größte Verwirrung. Der Teufel ist los: es hat Geschrei und Gefluche gegeben, Beleidigungen, hämische Kritik, böse Anschuldigungen, Entschuldigungen, Bitten um Verzeihung, gespannte Verhältnisse, Entzug der monatlichen Unterstützung und der Geschenke, Tränen, flehende Blicke und Blicke tödlichen Hasses, Rachegelübde und sogar eine Tracht Prügel.

Als gewissenhafter Historiker muß ich methodisch vorgehen, weiß jedoch nicht, ob es mir gelingen wird, da mein Herz zerstückelt ist und mein Kopf fürchterlich schmerzt. Eigentlich müßte Herr Dr. Siqueira diese fürchterlichen Kopfschmerzen haben, schließlich wächst das verästelte Geweih auf seiner Stirn und nicht auf der meinen, was mir zum Trost gereichen müßte. Aber das tut es nicht. Wie soll ich mich trösten, wenn über mir das Damoklesschwert schwebt, daß ich meine Dondoca nicht mehr sehen, daß ich ihr aus dem Weg gehen soll und nicht mehr ihr schamlos kristallklares Lachen, ihre verlöschende Stimme hören darf, wenn sie mich bitten will, ihr noch eine Geschichte vom Herrn Kommandanten zu erzählen?

Es geschah ganz plötzlich, wenn auch Argwohn in der Luft, das heißt in den Augen und Gebärden des Juristen, gelegen hatte. Ich habe bereits auf bedeutsame Veränderungen in der Haltung des Herrn Oberlandesgerichtsrats in seinem Verhältnis zu mir und zu Dondoca hingewiesen. Das arme verletzte Vögelchen stellte nämlich eines Tages fest, daß die Leuchte der Jurisprudenz ihr Leintuch beschnüffelte, ob nicht ein fremder Geruch, der Schweiß eines anderen Mannes, festzustellen sei. Daraufhin wurde sein Verhalten mir gegenüber barsch und mürrisch, fortan blickte er mich starr und streng an, ohne sich von meinen eifrigen Lobsprüchen besänftigen zu lassen, wie es früher der Fall gewesen war, wo er als Gegenleistung sogar meine literarischen Bemühungen gepriesen hatte. Nun hatte ich, wenn auch mit größter Anstrengung, die Grenze der ausgepichtesten Speichelleckerei erreicht und sogar einen abgrundhäßlichen gestreiften Pyjama, ein Weihnachtsgeschenk des »Zeppelins«, den der Hochverdiente in jenen Tagen eingeweiht hatte, übertrieben bewundert. Aber nicht einmal das entspannte seinen Gesichtsausdruck. Unruhe packte uns, Dondoca und mich, wir trafen die äußersten Vorsichtsmaßregeln und vereinbarten, abends Leintuch- und Kopfkissenbezug zu wechseln. Was mich betraf, so vermied ich es von jetzt ab, Herrn Dr. Siqueira bei seinen nachmittäglichen Besuchen unserer Vielgeliebten zu begleiten. Früher war ich unbesorgt erschienen, entweder mit ihm oder kurz nach seiner Ankunft, ich trank ein Täßchen Mokka mit ihnen oder schwatzte ein wenig im Kreise unseres Dreierverbands. Dann zog ich mich taktvoll zurück, schließlich stöhnte er unter den Unkosten und durfte dafür auch gewisse Rechte beanspruchen, ich konnte den beiden ja nicht den ganzen Nachmittag auf der Pelle sitzen. Abgesehen davon, daß ich meinen historischen Forschungen und meiner schriftstellerischen Arbeit nachgehen mußte. Ich trat also in den Hintergrund und sah Siqueira nur noch abends, um auf dem Gehsteig vor seinem Haus ein Weilchen mit ihm zu verplaudern und mir vor dem Angesicht des edlen Rechtspflegers, der unter der Fuchtel seiner würdigen, von diesem Widerling »Zeppelin« genannten Gattin Dona Ernestina sich so reserviert gibt, mein tägliches Alibi zu holen.

Aber all das nützte nichts. Vor vier Tagen, in einer heißen Nacht, gerade als ich, in ihrem Bett ausgestreckt, mich an einer Birne labte – aus einem halben Dutzend, die der Herr Oberlandesgerichtsrat aus Bahia mitgebracht hatte –, während sie in einer echt Dondoca'schen Spielerei rittlings auf mir saß und, sich herunterbeugend, mich bald auf die Augen, bald auf die Ohren küßte oder mir ein Stück Birne aus dem Mund biß, gerade als ich während einer dieser Lustbarkeiten die Arme um ihren Rücken schlang und sie auf mich herunterzog, stand in der plötzlich aufgehenden Tür der hervorragende Herr Dr. Siqueira, einen Filzhut tief ins Gesicht gezogen und eine dunkle Brille auf der Nase.

Nach einem hämischen Auflachen rief er mit Grabesstimme:

»Es ist also wahr!«

So sah es wenigstens aus. Wenn ich auch geneigt bin – sofern er mir dazu die Gelegenheit gäbe – über die Angelegenheit mit ihm zu streiten, da ich in Sachen Wahrheit ein wirklicher Könner bin. Bei der Niederschrift dieser Memoiren des Kapitäns auf großer Fahrt habe ich nämlich gelernt, wie gewagt es ist, mir nichts dir nichts eine Wahrheit auszuposaunen, nur weil man im Besitz greifbarer Beweise oder des vom eigenen Blickfeld aus stets überschätzten Zeugen ist. Noch kürzlich haben sich Dona Caçula und Dona Pequena, Gattin und Schwägerin Tinoco Pedreiras, gerühmt, mit ihren zwei Paar Augen, die einst die Erde haben wird, an unserem Periperianer Himmel eine fliegende Untertasse gesehen zu haben. Sie haben das ganze Städtchen auf den Kopf gestellt, sogar Reporter der städtischen Presse haben die beiden alten Frauenzimmer interviewt und Lichtbilder, auf denen sie in den Himmel starren, in der Zeitung veröffentlicht. Hinterher stellte sich jedoch heraus, daß das runde silbrige Ding, das, von zwei Feuerschwänzen begleitet, mit Windeseile dahinsauste, keineswegs eine Untertasse gewesen war. Die Flut schwemmte nämlich einen riesigen Drachen aus Wachspapier an den Strand, der mit seinen zwei roten Kreisen in der Sonne silbern geblinkt hatte. Ein verirrter Drachen mit abgerissenem Schwanz und Leine, vom Winde hergeweht, wurde somit in den Augen der in die Sonne blinzelnden alten Frauen zu einer fliegenden Untertasse; und je nach der politischen Einstellung der Zeitung das eine Mal zu einem Erzeugnis des Mars, das andere zu einem der Sowjetunion gestempelt.

Zu derartigen Betrachtungen war jetzt freilich keine Zeit.

Im ersten Augenblick begriff ich offen gestanden nicht ganz, was jene Erscheinung in der Türe bedeutete – sosehr hatten mich die dunklen Augengläser und der übers Gesicht heruntergezogene Schlapphut beeindruckt. Brille und Hut sollten also irgendwelche Nachtschwärmer von Periperi über die Person des Oberlandesgerichtsrats hinwegtäuschen, man nehme die schlaue Absicht des Hochverdienten zur Kenntnis! Erst als Dondoca mit einem Schrei von meiner Brust auf die andere Seite des Bettes sprang, wurde mir das Drama in seinem vollen Ausmaß klar. Ich verschluckte das Stück Birne, das ich im Munde hatte, und war sprachlos.

Dort, auf der Schwelle, die linke Hand auf der Klinke, um die Tür offenzuhalten, mit dem ausgestreckten Zeigefinger der rechten aufs Bett deutend, mit stockender Stimme und zornbebend, war der hervorragende Jurist das vollkommene Abbild der gekränkten Tugend, des verletzten Vertrauens, der hintergangenen Freundschaft, schließlich auch das vollkommene, klassische Abbild des Gehörnten, des unsterblichen Othello. Ich konnte nicht umhin, ihn zu bewundern.

Aber es ging nicht an, länger liegenzubleiben und den hochverdienten Bock mit offenem Mund anzustarren. Ich stand auf, schlüpfte in die Pantoffeln und hörte alsbald einen Schrei, der aus den Tiefen der Seele, aus einem zerrissenen Herzen drang:

»Raus aus meinen Pantoffeln, Sie Lump!«

Ich schüttelte sie ab und stand mit nackten Füßen auf den kalten Tonfliesen, und diese Kleinlichkeit eines so hervorragenden Mannes brachte mir eine Erkältung ein, die mich noch heute quält.

Der Auftritt, bei dem ich Zeuge und Hauptperson war, nahm sich folgendermaßen aus: auf der Türschwelle stand tragisch und vorwurfsvoll der Herr Oberlandesgerichtsrat im Ruhestand; auf der anderen Seite, am Fenster, lehnte Dondoca, schluchzend und als vielleicht verspäteten Beweis von Schamhaftigkeit und Zurückhaltung versuchend, ihre Nacktheit mit den Händen zu verbergen; zwischen beiden das Bett, Ort des Verbrechens, noch warm; ich saß auf ihm mit dem Gesicht eines Tolpatsches, der seinen Nabel betrachtet. Ich glaube, wir hätten in dieser Regungslosigkeit Stunden und Tage verharrt, wenn Dondoca nicht die wunderschönen Augen zu dem Oberlandesgerichtsrat erhoben und mit sanfter Stimme erklärt hätte:

»Albertchen ... Läuschen ... Zuckerspätzchen ...«

Worte von unbeschreiblicher Wirkung. Zuerst dachte ich, der Hochverdiente würde jeden Augenblick einen Schlaganfall bekommen und wie vom Blitz getroffen der Länge nach auf den Fußboden schlagen – man stelle sich den Skandal vor! – oder einen Revolver zücken und zwei Schüsse abgeben! – einen für Dondoca, den zweiten für mich. Nein, erst wurde er puterrot, dann leichenblaß, sein Körper zitterte, als würde er ausgepeitscht, er versuchte, einen Schritt auf Dondoca zu zu machen, vermochte es nicht, versuchte zu sprechen, brachte jedoch nur eine Art Gurgeln, ein Mittelding zwischen Schluchzen und Rülpsen, heraus. Er blickte die treuherzige Mulattin mit den Augen eines weid- und todwunden Tieres an, warf mir einen drohenden haßerfüllten Blick zu und stieß endlich hervor:

»Hund! Dichterling!«

Ich senkte den Kopf und versagte mir eine Antwort.

»Schlange!«

Das galt Dondoca, aber auch sie hüllte sich in Schweigen wie ich.

»Mein Pimperchen, verzeih doch deinem Häschen ...«

»Nie!« Er zog die Krempe seines Hutes noch tiefer ins Gesicht, spuckte verächtlich, geräuschvoll vor mir aus, kehrte uns den Rücken zu und zog ab. Vom Eingang aus schleuderte er den Hausschlüssel ins Wohnzimmer. Da standen wir zwei, nackt und mit gelähmter Zunge.

Dondoca war untröstlich. Sie hatte sich an das angenehme Leben gewöhnt, sie hatte von einem Mann alles gehabt, was ihr Herz begehrte: Haus, Essen, Kleider und Schokolade. Auch ich hatte mich daran gewöhnt, an die Pantoffeln und das Betthäschen des Oberlandesgerichtsrats. In jener Nacht taten wir kein Auge zu, taten nicht das, was man denken könnte, und dachten nur an das über uns hereingebrochene Unglück. Was würde aus Dondoca werden? Sollte sie in die jämmerliche Hütte ihrer Eltern zurückkehren, wieder die Schläge Pedro Torresmos hinnehmen, der Mutter beim Waschen und Bügeln helfen? Wie sollte sie das bewältigen nach all der Zeit, in der sie nur ihre Fingernägel poliert, sich in Seide gekleidet und parfümiert, nicht einen Handstrich getan und sich nur geziert hatte? Sie auszuhalten, ihr ein Leben zu bieten, welches der Oberlandesgerichtsrat mit seinem Bankkonto ihr ermöglicht hatte, war für mich ein Ding der Unmöglichkeit. Meine spärlichen Einkünfte reichten knapp für meinen eigenen bescheidenen Lebensunterhalt aus und zwangen mich dazu, hier im Städtchen bei meinen Eltern zu wohnen. Sollte ich den Preis des Staatsarchivs gewinnen – daß der illustre Dr. Luís Henrique, der meine frühere Arbeit bekanntlich »eine Sammlung nützlicher Informationen« genannt hat, das Staatsarchiv leitet, ermutigt mich! –, könnte ich ihr vielleicht ein Geschenk machen, etwa Stoff für ein Kleid, ein Paar Schuhe, Ohrringe, vielleicht auch einen richtigen Ring. Aber natürlich nur dann, wenn nicht irgendein Herr Doktor mir die Lorbeeren und den Zaster wegschnappt. Jedenfalls würden die zwanzigtausend Cruzeiros nur kurze Zeit für ihre Ansprüche ausreichen.

Zwischen Worten der Liebe und des Trostes, die ich ihr zuflüsterte, wehklagte Dondoca die ganze Nacht. Sie weinte in meinen Armen und schlief endlich an meiner Brust ein.

Am nächsten Tag spitzte sich die Lage noch mehr zu. Pedro Torresmo, der nach alter Gewohnheit den Herrn Richter für seinen Schnaps anpumpen wollte, wurde aus dem Arbeitszimmer gewiesen, in dem der Oberlandesgerichtsrat in stiller Meditation seine juristischen Aufsätze schrieb. Dort pflegte er Dondocas Vater allein zu empfangen, da Dona Ernestina im allgemeinen seine geistige Arbeit zu respektieren weiß. Pedro Torresmo war vertrauensvoll gekommen, um den Herrn Dr. Richter zu begrüßen und sich nach der Gesundheit der ausgezeichneten Herrin des Hauses zu erkundigen. Er erfuhr jedoch von einem kratzbürstigen Dr. Siqueira mit wütendem Gesicht, daß ihm das Betreten seines Hauses fortan untersagt und daß seine Tochter eine Hure der übelsten Sorte sei, die sein Vertrauen auf das schändlichste mißbraucht habe. Was das Geld beträfe, das für seinen Schnaps und für seine Tochter aufzubringen wäre, so möge er sich an mich wenden; wenn jemand die Verpflichtung habe, seinen Schnaps und seine Tochter zu bezahlen, so sei dieser Jemand ich.

»Aber der ist doch arm wie eine Kirchenmaus ...«, erwiderte Pedro Torresmo und gab damit einen sonnenklaren Überblick über meine finanzielle Lage.

Der Hochverdiente ließ sich jedoch von diesem Argument nicht beeindrucken und schlug dem aufgebrachten Vater kurzerhand die Tür vor der Nase zu. Der Trunkenbold zog von dort aus unverzüglich zum Hause Dondocas; in seiner Ehre und in der Schnapsbeschaffung empfindlich getroffen, verabreichte er ihr eine Tracht Prügel, die sich gewaschen hatte, indem er den Stiel eines neuen Besens auf dem Rücken und Hintern der Unschuldigen zerbrach – ein weiterer Verlust in einem so prekären Moment.

Als ich gegen nachmittag bei Dondoca erschien, nachdem ich mich aus behutsamer Entfernung von der Anwesenheit des Oberlandesgerichtsrats in seinem Arbeitszimmer überzeugt hatte, wo er versuchte, die Pein des Gefoppten durch das Studium der Strafen bei Verführung zu lindern, lag Dondoca auf dem Bett, Rücken und Arme rot von der Züchtigung. Ich war zu Tränen gerührt, ich pflegte den angebeteten Körper, bedeckte ihn mit Küssen und Liebkosungen und versuchte sie zu trösten. Aber das Problem lautete nach wie vor: wer soll ihre Rechnungen bezahlen? Das Monatsende stand bevor und damit die Bezahlung von Miete, Wochenausgaben und teuren Extras.

Dennoch schienen die Dinge auf eine Lösung hinzusteuern. Nach einigen Tagen gelang es Dondocas bekümmerter Mutter, eine Audienz beim Herrn Oberlandesgerichtsrat zu erwirken. Sie erzählte ihm, wie zerknirscht ihr Kind sei, es sei eben auf das seichte Gefasel eines Reimeschmieds hereingefallen, der ihr Gedichte schickte und sie zu Hause besuchte, freilich sei der Herr Richter selber daran schuld.

Was nicht stimmte, aber das wußte der Hochverdiente nicht. Dondoca, die ihre Nächte allein verbringen mußte, sei ein unschuldiges Opfer. Zwar hätte ich sie fast gewaltsam genommen, sie aber denke immer nur an ihren angebeteten Alberto, an ihr undankbares »Bertilein«, wie sie immer wieder jammere. Der Herr Doktor müsse doch Einsehen haben in das Leiden der Armen, die den ganzen Tag weine, ihr Schicksal beklage, die nicht essen wolle und nur noch Haut und Knochen sei, und all das nur, weil sie ihren Herrn Doktor nicht mehr sehen könne ... Er müsse sie unbedingt besuchen, und sei es nur aus Nächstenliebe, um zu verhindern, daß sie womöglich etwas Unüberlegtes tue, denn sie sprach von nichts anderem. Sie, die Mutter, schlafe schon nicht mehr, aus Angst vor dem Schlimmsten: daß ihre Tochter Benzin über ihre Kleider gieße, sich bei lebendigem Leib anzünde und in Flammen aufgehe.

Die illustre Leuchte ließ sich endlich erweichen und bekam es selbst mit der Angst. Wenn die Törin eine Dummheit, einen Selbstmordversuch machen würde, wäre ein Skandal nicht zu vermeiden, es gäbe Gerede, die Polizei würde sich einmischen, die Sache würde Dona Ernestina zu Ohren kommen, und was dann vom »Zeppelin« zu erwarten sei, wollte er sich lieber nicht ausdenken ... »Nur aus Nächstenliebe«, sagte er und kehrte zurück.

Der Friede wurde geschlossen, ja, aber auf meine Kosten. Ich erhielt die Erlaubnis zu einer letzten Aussprache mit Dondoca, aber nicht unter vier Augen: in der Küche befand sich Pedro Torresmo, bewaffnet mit den Resten des Besens, um die Schicklichkeit und das Privateigentum des Oberlandesgerichtsrats zu wahren. Dondoca erzählte mir unter Tränen, Bertilein habe ihr diesmal noch verziehen, aber unter der Bedingung, daß sie nie, nie mehr ein Wort an mich richte. Was sollte sie tun, unglücklich wie sie war? Das Schlimmste war die vom Hochverdienten getroffene Entscheidung, der zufolge Vater und Mutter fortan im Hinterzimmer ihres Häuschens wohnen würden, als Wachhunde ihrer Unantastbarkeit und uneingeschränkten Treue zu dem Herrn Oberlandesgerichtsrat.

»Laß ein paar Tage vergehen, und die Sache renkt sich ein, mein Schätzchen.«

Laß ein paar Tage vergehen, ist leicht gesagt. Wenn Pedro Torresmo mich auf der Straße sieht, wirft er mir einen scheelen drohenden Blick zu. Die Mutter verkündete den Nachbarn ihre Absicht, mich mit ihrem Besen zu verdreschen, sollte ich es nochmals wagen, mich im Beco das Três Borboletas blicken zu lassen. Wie soll ich Dondoca unter diesen Umständen wiedersehen?

Hier bin ich ohne Frau, die Nächte ziehen sich endlos hin, nie habe ich solche Sehnsucht gehabt und eine Frau so begehrt wie diese goldene Mulattin mit den begehrlichen Lippen. Nie habe ich so viel Zeit gehabt, jetzt verfüge ich auch über die Stunden, die ich bisher auf die Plauderei mit dem Herrn Richter verwendete, denn der Hochverdiente hat seine Beziehungen zu mir, seinem rückhaltlosen Bewunderer, bis auf ein bloßes Kopfnicken abgebrochen. Indessen schleppt sich meine Arbeit langsam, langwierig weiter, die Sätze kommen nur stockend, die Ereignisse verwirren sich in meinem Gehirn, es will mir nicht gelingen, mich auf den Kommandanten und seine reife Geliebte, die Jungfer Clotilde, zu konzentrieren. Es gibt hier zwar eine reife, überreife Sommerfrischlerin, die mich am Strand mit den Augen verfolgt. Sie ist eine Witwe, die zum erstenmal die Sommermonate in Gesellschaft einiger Nichten hier verbringt. Sie kann mich nicht sehen, ohne sofort unruhig zu werden, mich in ein Gespräch zu ziehen, mir Avancen zu machen, es fehlt nur, daß sie handgreiflich wird. Aber wer Dondocas kleine harte Brüste, wer ihre wohlgeformten Hüften umfaßt, wer ihren funkensprühenden Bauch berührt hat, – kann der auch nur aus purer – wiewohl verständlicher – Neugierde das geringste Verlangen nach diesem Wrack empfinden, das schleunigst einer Generalüberholung, einer Schönheitsoperation bedarf?

Wie soll ich die Wahrheit über den Kommandanten und seine Abenteuer ans Licht ziehen, wenn mir in diesem Augenblick nur daran liegt, aufzuspüren, in Erfahrung zu bringen, klarzustellen, wie der Hochverdiente von meinen nächtlichen Besuchen im Beco das Três Borboletas Lunte gerochen hat? Ich möchte annehmen, daß er es durch einen anonymen Briefschreiber erfahren hat. Durch einen jener kleinstädtischen spießigen Intriganten à la Telêmaco Dórea oder Otoniel Mendonça, die mich um meine Erfolge in der Geschichtsschreibung und mein Plätzchen in Dondocas Bett beneiden. Chico Pachecos Sippe ist in Periperi noch nicht ausgestorben. Ah, aber wenn ich die Wahrheit entdecke, werde ich den Hundesohn nicht zu einem Duell auffordern, wie es der Kommandant getan hat, ich werde ihm an der nächstbesten Straßenecke den Schädel spalten.

Von der wissenschaftlichen Theorie der Baqueanas

»Da geht der Kommandant und schiebt seine *Baqueana* vor sich her ...«, sagte der paraensische Rechtsanwalt Dr. Firmino Morais, der über literarische Neigungen und beachtliches gesellschaftliches Ansehen verfügt. Dr. Morais befand sich auf der Rückreise von Rio, wo er vor dem Obersten Bundesgerichtshof die Berufung einer Gummi-Exportfirma verfochten hatte. Der kleine Abstecher hatte ihm über hundert Conto de Réis eingebracht.

Im Salon war ein großer Kreis versammelt, geschart um

den Senator, einen Priester, Hochwürden Clímaco, und eine an Jahren vorgerückte Dame mit weißem Ringelhaar und liebenswürdigem Gebaren, deren Schönheit einst wohl betörend gewesen war und die mit Würde und Anstand zu altern wußte. Von Zeit zu Zeit lehnten sich ihre Enkel an ihre Knie, um eine Liebkosung, ein Wort, einen Kuß einzuheimsen. Das Pärchen auf Hochzeitsreise befand sich auch in der Gruppe, außerdem zwei Studenten aus Fortaleza und die neben der alten sympathischen Dame sitzende Mestizin, auf deren »ländliche Schönheit« diese dann und wann einen bewundernden Blick warf. Andere Damen und Herren saßen bequem in Polstersesseln, beglückt, mit Persönlichkeiten wie dem Senator, dem großen Strafverteidiger und Anwalt, dem kirchlichen Würdenträger und jener vornehmen alten Dame verkehren zu können, deren Familie im ganzen Land bekannt war. Alle sahen, wie der Kommandant an der Seite Clotildes an Deck auf und ab schlenderte.

»Sie wollten *Balzaquiana* sagen ...«, berichtigte ein Student mit der üblichen Anmaßung seines Alters.

»Die Frau Balzacs ...«, setzte der Senator mit seiner – wohlbemerkt klassischen – Halbbildung ergänzend hinzu.

»Nein. Ich meinte *Baqueana.* Eines ist die *Balzaquiana,* das andere, ganz andere ist die *Baqueana.* Clotilde Maria da Assunção Fogueira ist eine *Baqueana* ...«

»Ein langer Name, anscheinend adlig ...«, sagte die Frischverheiratete.

»Ihr Vater hatte eine Handelsvertretung und wurde dabei wohlhabend. Ihr Bruder hat die Firma auf die Höhe gebracht und ist heute ein reicher Mann.«

Die weißhaarige Dame hob die Hand, geziert von einem prachtvollen Ring, dessen Schönheit durch die Feingliedrigkeit ihrer Finger noch erhöht wurde. Sie machte eine Gebärde zu dem Rechtsanwalt hin, während sich ihr großes cearensisches Gesicht zu einem Lächeln erhellte:

»Sagen Sie mir, Dr. Morais, was ist der Unterschied zwischen einer *Balzaquiana* und einer *Baqueana?*«

»Sie kennen also nicht die Theorie der *Baqueanas,* Dona Domingas? Eine berühmte Theorie, fußend auf psychologischen und psychiatrischen Studien, über die es eine ganze Bibliothek gibt. Ich glaube sogar, Freud hat dem Thema eine Arbeit gewidmet . . .«, lächelte der Anwalt, glücklich darüber, glänzen zu können.

»Baqueanas?« unterbrach Hochwürden Pater Clímaco und schloß sein Brevier, »kommt das von Bach?« In seinem entlegenen Sprengel, im tiefen Innern von Amazonas, waren Grammophon und Platten sein Trost und sein Leben, und Bach war seine irdische Leidenschaft.

Längs des hellen Küstenstreifens durchpflügte das Schiff grüne stille Gewässer. Kühne *Jangadas* – Segelflöße – stießen vom Ufer ins Meer, Passagiere beobachteten durch die Bulleyes die in der Entfernung winzig wirkenden Segel. Man sah, wie der Kommandant stehenblieb, auf eine *Jangada* deutete und Clotilde sein Glas reichte.

»Nein, heiliger Pater. *Baqueana* kommt nicht von Bach. Der Unterschied, Dona Domingas, zwischen *Baqueana* und *Balzaquiana* ist groß. Kleine Einzelheiten – große Unterschiede!« Der Rechtsanwalt war in Belém für seine Liebe zum Paradoxon bekannt. Er hatte vor Zeiten ein »Gedanken und Maximen« betiteltes Bändchen veröffentlicht, das von einem lokalen Kritiker für »seine eigenartige Anschauungsweise und seine Stilreinheit, die an Herculano, Garret und Camilo erinnerte«, höchlich gelobt worden war. Sein Anwaltsring mit dem von zwei Brillanten gefaßten Rubin sprühte Blitze auf das schwarzgebundene Brevier.

»Dann geben Sie Ihre Theorie zum besten, lieber Doktor, aber lassen Sie sich nicht so lange bitten«, forderte Dona Domingas, sich im Sessel zurücklehnend, um die »boutades« des Herrn Anwalts, den sie von einer früheren Reise kannte, besser genießen zu können.

»Die – wie gesagt – hochwissenschaftliche Theorie bezieht sich auf die Frau eines gewissen Alters ...«

»Meines Alters ...«

»Ihre Schönheit, verehrte gnädige Frau, hat kein Alter. Manch junges Mädchen würde viel darum geben, Ihre großmütterliche Anmut zu besitzen ... Gut: die *Balzaquiana* war laut Balzac die Frau von dreißig Jahren. Heute, dank des Fortschritts und der hochentwickelten Haut- und Gesichtspflege, ist eine Frau mit dreißig Jahren noch ein Springinsfeld. Schauen Sie sich doch die Gattin von Dr. Hélio, jenes Arztes aus Natal, an. Sie ist fünfunddreißig Jahre alt, ich weiß es von ihrem Mann. Trotzdem sieht sie noch wie ein junges Mädchen aus.«

»Eine sehr hübsche Frau, in der Tat«, stimmte der Senator zu. »Distinguiert ...«

»Aber auf verlorenem Posten. Ihr Mann ist ein alter Affe ...«, meinte einer der Studenten.

Hochwürden unterbrach ihn:

»Ein bißchen mehr Nächstenliebe, wenn ich bitten darf, junger Mann ...«

»Denken Sie an das Gebot: ›Du sollst dich nicht lassen gelüsten deines Nächsten Weib‹«, ergänzte der Anwalt.

»Eine hochanständige Frau!« Der Senator blickte den verwirrten Studenten vorwurfsvoll an. »Ihr Gatte ist schwer krank. Die Ärzte in Rio haben ihm wenig Hoffnung gemacht. Und da er selbst Arzt ist, macht er sich auch nichts vor.«

»Lassen wir die arme Dame in Frieden, die unser aller Mitgefühl verdient. Zur Sache, Dr. Morais, Sie spannen mich auf die Folter«, warf Dona Domingas ein.

»Na schön: heute nennt man *Balzaquiana* eine Frau von gut vierzig Jahren, nicht wahr, Dona Domingas? Wenn sie in vollem ....« er schien mit der erhobenen Rechten das richtige Wort zu suchen, »wenn sie in voller Entfaltung ist. Das Alter des Vulkans ...«

»Das ist ja zum Schießen«, sagte der Student, offensichtlich ganz verfehlt.

»Mit vierzig Jahren?« Der Senator erwog die Frage mit der gleichen ernsten Kennermiene, mit der er gegen Regierungspläne stimmte.

»Die *Balzaquiana* hat zwei Formen, zwei Arten, zwei Manieren, ihren Status abzulegen, wenn es an der Zeit ist. Die erste ist die Manier der ›Oma‹, die Sie, Dona Domingas, wie keine andere Frau beherrschen, nicht zuletzt dank Ihrer weißen Haare, die Ihrer Schönheit Würde verleihen ...«

»Das ist ein trauriges Kompliment ...«

»Die anderen, jedenfalls die große Mehrzahl, gehen von der *Balzaquiana* zur *Baqueana* über. Damit kommen wir zu der von einem Wissenschaftler aufgestellten Definition der *Baqueana.* Die *Baqueana,* Dona Domingas, ist die *Balzaquiana,* wenn sie *baqueia,* – scheitert – also eine *Balzaquiana baqueada* wird. Mit anderen Worten: wenn die Vierzigerin – eine gescheiterte Balzaquianerin – auf die Fünfzig zugeht und die Form nicht mehr dem Inhalt entspricht ...«

»Was ist das für eine Geschichte?« wollte die Mestizin wissen, die, die Augen auf den Rechtsanwalt geheftet, stumm und regungslos auf ihrem Stuhl saß.

»Wenn das Äußere nicht mehr den inneren Bedürfnissen entspricht ... Wenn die Falten schlaffes Fleisch werden. Das

Schlimmste ist, daß die meisten *Baqueanas* sich nicht über ihren Zustand klar werden und sich wie Backfische oder wie *Balzaquianas* aufführen. Zum Beispiel die kleine Clotilde ... Ich kenne ihre Familie gut ...«

»Sie sind aber sehr ungerecht gegen sie«, meinte Dona Domingas. »Sie ist noch lange nicht in diesem Zustand. Sie ist eine *Balzaquiana,* aber längst keine *Baqueana.* Da haben Sie, der Sie ein Fachmann sein wollen, vorbeigeschossen.«

»Vorbeigeschossen, und zwar gründlich, haben Sie, meine verehrte Freundin. Sie kennen noch nicht einmal die Grundbegriffe einer Wissenschaft und wollen schon Ihren Lehrer eines Besseren belehren ... Ich habe ja die Theorie der *Baqueana* noch gar nicht zu Ende entwickelt. Keine einzige alte Jungfer, Dona Domingas, gehört einen einzigen Augenblick ihres Lebens der Klasse der *Balzaquianas* an, sondern geht vom jungen Mädchen sofort zur *Baqueana* über.«

Vom Deck drangen Stimmen, die über die Spielregeln des Minigolf stritten. Die neugebackene Ehefrau lehnte den Kopf an die Schulter ihres Mannes, um besser zuhören zu können.

»Wie ist dann die Sache?« fragte einer der Studenten. »Ich habe eine ganze Reihe von alten Jungfern gekannt, die recht brauchbare *Balzaquianas* waren ... Zum Beispiel in einer Pension in Catete, wo ein Freund von mir haust, wohnt eine – und die hat's in sich!«

»Bitte beachten Sie einen übrigens offenkundigen Unterschied, Dona Domingas: die *Balzaquiana,* die verheiratet ist und gelegentlich einen Liebhaber nimmt ...«

»Te esconjuro ...«, sagte Hochwürden.

»... ist fröhlich und lebensfroh. Ihre Unruhe, ihr Leiden beginnt erst dann, wenn die Männer ihr keine begehrlichen Blicke mehr zuwerfen.«

»Das muß aber traurig sein . . .«, sagte die Mestizin leise.

»Und wenn sie umsteigen muß, steigt sie in den Teufelskreis der *Baqueana* hinab . . .«

»Ihre Theorie ist nicht sehr christlich, Herr Doktor«, lachte der Pater.

»Wissenschaftlich, Hochwürden.«

»Die anständige Frau bewahrt die ewige Schönheit der Seele«, deklamierte der Senator.

»Lassen Sie doch Dr. Morais weitersprechen . . .« Dona Domingas gebot dem Kreis Schweigen, dieser Senator war wirklich ein Schwachkopf.

»Sehr richtig, Herr Senator. Aber wenn die Leute eine Frau ansehen, schauen sie nicht auf die Seele, sondern auf die Beine . . . Aber weiter mit der Theorie der *Baqueana:* sobald die Jungfer die Achtundzwanzig überschritten und die Hoffnung auf eine Ehe aufgegeben hat, tritt sie in die Reihen der *Baqueanas* ein. Es ist die Zeit, verehrter Pater, wenn die Jungfern dauernd in die Kirche rennen, den Altar schmücken und tagtäglich zur Beichte laufen. Hochwürden kennen das Thema besser als ich. Sie sind verbittert, zänkisch und haben böse Zungen. Sie gehören zur Kategorie der *Großen Baqueana* . . .«

»Was ist das für eine Kategorie?«

»Es gibt Kategorien und Unterkategorien. Die Wissenschaftler, die das Thema genügend studiert haben, teilen die *Baqueanas* in zwei Grundkategorien ein: in die *Großen Baqueanas,* die alten Jungfern, essigsauer und im allgemeinen der Menschheit feindlich gesinnt, und die Kategorie der *Empfindsamen Baqueanas,* die sich aus verheirateten oder verwitweten *Baqueanas* zusammensetzen. Bei den *Empfindsamen Baqueanas* kommt das Leiden aus der Kenntnis . . .«

»Aus dem Wissen wovon?« wollte die Mestizin wissen.

»Aus dem Wissen des Grundes, Fräulein Moema. Das Leiden der *Empfindsamen*, Dona Domingas, kommt aus dem Wissen und äußert sich im Verlangen.«

»Soll das eine Anspielung sein? Wenn ja, dann trifft sie nicht auf mich zu.«

»Um des Himmels willen, gnädige Frau, Sie gehören doch einer gänzlich anderen Klasse an, der Klasse der ›Schönen erfüllten Großmütter‹.« Er küßte die noch immer schöne Hand. »Bei den *Großen Baqueanas*, den alten Jungfern, kommt das Leiden aus dem Unwissen und äußert sich im Wunsch nach einer Kostprobe.«

»Das muß schrecklich sein ...«, murmelte die Mestizin und ergriff die Hand von Dona Domingas, wie um sich gegen diese beängstigende Möglichkeit zu schützen.

»Einer Kostprobe wovon?« Der Student verstand auch gar nichts.

»Vade retro ...«, sagte der Priester.

»Einer Kostprobe der Sünde ...«

»Die *Empfindsamen Baqueanas* haben im allgemeinen Verständnis für die Fehltritte anderer, für Dummheiten, für ausschweifendes Leben. Sie nehmen aus Vorliebe Verliebte unter ihre Fittiche, stiften gerne Verlobungen und Ehen. Nur darf man ihnen nicht allzusehr trauen, denn Gelegenheit macht Diebe ... Die *Großen Baqueanas* hassen hübsche Frauen, Liebeshändel und Neuvermählte wie Sie, Dona Maria Amélia. Eine schwangere Frau zum Beispiel ist für sie unmoralisch.«

»Wie entsetzlich ...«, lächelte das frischgebackene Ehefrauchen, kuschelte sich an seinen Mann und nahm seine Hand.

»Clotilde ist eine *Große Baqueana*. Aber ein weiteres Merkmal der *Baqueana*, vor allem in der Kategorie der alten

Jungfern, ist ihre Eigenschaft, die Hoffnung nicht aufzugeben. In einigen seltenen Fällen kommt es vor, daß eine *Große Baqueana* zu den *Empfindsamen Baqueanas* übergeht, wenn sie heiratet. Genau das versucht Clotilde, die von ihren Klavierschülerinnen ›die Tickige Tilde‹ genannt wird.«

»Der Kommandant ist ein alter Junggeselle, soviel ich gehört habe«, meinte der Priester. »Es wäre die Begegnung zweier einsamer Seelen, die sich im Herbst des Lebens die Hand reichen ...«

»Sie sind ein Dichter, Hochwürden. Haben Sie nie Gedichte geschrieben?«

»Armselige Reimc zu Ehren der Mutter Gottes und ihres Sohnes ...«

»Hab ich's nicht gesagt? Also: Clotilde Maria da Assunção Fogueira ist somit ein typischer Fall der *Großen Baqueana* mit verwundetem Herzen. Es handelt sich hier um eine Unterkategorie, Dona Domingas. Eine der interessantesten Unterkategorien. Sie setzt sich zusammen aus den *Großen Baqueanas*, die verlobt, für die Ehe vorgesehen und somit dabei waren, den sündigen Stand der Unverheirateten aufzugeben ...«

»Was für eine Ketzerei!« Der Priester hob die Hand.

Die Mestizin lachte befriedigt, Dona Domingas lächelte, der Senator beschrieb eine parlamentarische Gebärde, die ebensogut Zustimmung wie Mißbilligung bedeuten konnte.

»... und eines Tages verschwindet der Bräutigam, und die Verlobung ist aus und vorbei. So erging es Clotilde. Die Sache hat damals in Belém viel Staub aufgewirbelt. Ich war gerade zwanzig Jahre alt, sie dürfte etwa zwei Jahre älter sein als ich. Ich bin soeben dreiundvierzig geworden.«

»Das sieht man Ihnen aber nicht an ...«, entfuhr es der Mestizin.

»Wie ging das zu?«

»Erzählen Sie uns doch den Fall, Herr Doktor.«

»Die Familie Fogueira bestand aus dem Vater und drei Kindern, einem Jungen und zwei Mädchen. Clotilde war die älteste der drei. Der Junge ist heute reich, er arbeitete zuerst mit dem Vater, dann, als dieser starb, vergrößerte er das Geschäft. Die jüngere Schwester hat einen Ingenieur geheiratet und lebt heute in Rio. Clotilde, begabt und gebildet, war sehr umschwärmt. Sie hatte bei einer Polin, der Frau eines englischen Gummi-Exporteurs, Klavierspielen gelernt. Sie hatte Anlage zur Musik, die Eltern waren entzückt über ihre Tochter, die den Tasten so hübsche Melodien zu entlocken wußte. Sie hätte zu jener Zeit eine glänzende Partie machen können. Sie war keineswegs häßlich und hatte vortreffliche Anlagen.«

»Und warum hat sie nicht geheiratet?«

»Sie wollte zu hoch hinaus. Ihr Fehler war die Anmaßung, sie tat es nicht unter einem Märchenprinzen. Ehe sie recht wußte, was geschah, war ihre jüngere Schwester bereits unter der Haube und erwartete ihren ersten Sohn. Zu jener Zeit tauchte in Belém, von São Luís kommend, ein Arzt auf, der den Beau spielte. Er richtete eine Sprechstunde ein und wartete auf Patienten, inzwischen machte er Clotilde den Hof. Da er musikalisch war, eroberte er sie mit Musik. Außerdem war sie nicht mehr so anspruchsvoll wie früher ...«

»Und heute noch weniger ... Der Kommandant ist ja ein Tattergreis ...«

»Der ist gar nicht so übel und noch immer eine sehr gute Erscheinung ...«

»Sie war also etwa einundzwanzig, zweiundzwanzig Jahre alt und zu jener Zeit, als die Frauen im Alter von fünfzehn und sechzehn heirateten, schon ›ein altes junges Mädchen‹.

Die beiden verlobten sich, nachdem er ihr ein oder zwei Monate den Hof gemacht hatte. ›Kurze Liebschaft – lange Verlobung!‹ Er mochte sich auf Musik verstehen, aber von der Medizin hatte er keinen blassen Dunst. Er hatte einen dürftigen Patientenkreis und verdiente kaum das nackte Leben. Er aß im Hause der Braut zu Mittag und zu Abend und wohnte in einer Fremdenpension. Die Verlobung zog sich vier oder fünf Jahre hin.«

»Eine lange Verlobung führt nie zum Ziel ...«

»Eines Tages endlich verschafften Freunde des Arztes, Politiker aus Maranhão, ihm in Rio eine Stelle als Arzt der Stadtverwaltung oder dergleichen.«

»Er reiste ab und kam nie wieder ...«

»Immer mit der Ruhe, Herr Senator. Lassen Sie mich meine Geschichte zu Ende erzählen. Die Hochzeit wurde eilends bestellt, er sollte seine Stellung schon verheiratet antreten. Die Hochzeit sollte mit allem Aufwand gefeiert werden, die Familie war ja stadtbekannt. Die Neuvermählten sollten ein paar Tage nach der Feier gen Rio dampfen. Nun eine interessante Einzelheit: am Tag der Hochzeit fuhr von Belém ein ITA südwärts.«

Wieder sah man durchs Fenster Vasco und Clotilde gemächlich vorbeischlendern, der Kommandant mit seiner Pfeife, sie mit ihrem Hündchen, vermutlich erzählte er eine spannende Geschichte, denn die *Baqueana* war sichtlich Auge und Ohr. Man wartete, bis das Paar in Richtung Bug verschwand.

»Die Hochzeit sollte also im Haus der Braut stattfinden, die standesamtliche wie die kirchliche, das war zu jener Zeit Mode. In vornehmen Familien wurde auf diese Weise Hochzeit gefeiert. Man lud massenhaft Gäste ein, die Tische brachen von Essen und Trinken. Der Arzt hatte im Haus des künftigen Schwiegervaters zu Mittag gespeist, dann fuhr er in die Pension, um sich umzuziehen und seine Koffer ins Hotel zu schaffen, wo das Paar die Hochzeitsnacht verbringen sollte. Die standesamtliche Trauung war auf fünf Uhr nachmittags anberaumt, anschließend sollte die kirchliche Trauung sein. Um vier Uhr war das Haus bereits zum Bersten voll. Um vier Uhr dreißig kam der Priester, ein alter Freund der Familie, zehn Minuten später der Standesbeamte mit seinem Schreiber.«

»Und der Bräutigam?«

»Immer langsam. Der Bräutigam hatte sich verspätet, denn um fünf Uhr zehn, als die Braut in ihrem eleganten Brautkleid das Wohnzimmer betrat, war er noch nicht erschienen. Die Gäste umringten Clotilde, priesen ihren Schleier und das Myrtenkränzchen. Als die Verspätung des Bräutigams das erträgliche Maß von einer halben Stunde erreicht hatte, schickte man einen Boten in die Pension, wo er von der Besitzerin erfuhr, der Herr Doktor sei mit seinen Koffern abgereist, er wolle heiraten. Um zehn Minuten vor sechs Uhr stand der Bote wieder im Hochzeitshaus. Um sechs Uhr drohte der Standesbeamte zu gehen, die Geladenen, die ebenso unbequem wirkten wie sie sich fühlten, begannen Mutmaßungen anzustellen. Um sechs Uhr und zehn Minuten ...«

»Ich werde schon ganz nervös ...«

»... ging der Bruder der Braut zur Polizei und zur Ersten Hilfe. Erst gegen sieben Uhr kehrte er unverrichteter Dinge und ohne Nachrichten zurück; mittlerweile hatte der Standesbeamte gegen ein halb sieben Uhr unter Protest das Haus verlassen. Als er mitsamt seinem Schreiber abzog, hatte Clotilde den ersten Schock, den Herold der *Großen Baqueana*, erlitten. Von sieben Uhr an löste sich die Hochzeitsgesellschaft allmählich auf. Die Gäste gingen neugierig, untröstlich fort, sie hatten nicht einen Bissen zu essen, nicht einen Schluck zu trinken bekommen. Um acht Uhr dreißig räumte der Priester, nach vergeblichen Versuchen, die Braut und ihre Angehörigen zu trösten, die Stellung. Um neun Uhr kehrte der Bruder der Braut, der um acht Uhr zu neuen Erkundigungen ausgezogen war, mit der unglaublichen Neuigkeit zurück: der Elende war auf dem ITA-Dampfer nach Rio abgereist, er hatte seine Passage an Bord bestellt, wo er um Punkt fünf Uhr eintraf, als gerade der Landesteg weggezogen wurde.«

»Donnerwetter ...«

»So geschah es, daß Clotilde Maria da Assunção Fogueira sich in die ›Tickige Tilde‹ verwandelte und unmittelbar in die Unterkategorie der *Großen Baqueanas vom Verwundeten Herzen* eintrat ...«

»Hat sie nie mehr einen Bräutigam bekommen?«

»Nie mehr, Senhorita Moema. Erstens weil sie, in ihrem Stolz verletzt, lange Zeit nicht mehr bei Bällen und Ausflügen zu sehen war und nur noch hinter verschlossenen Türen zu Hause Klavier spielte. Dann, als sie Lust auf einen neuen Verlobten verspürte, fand sie keinen, der Lust auf sie verspürt hätte ... Jetzt lebt sie bei ihrem Bruder, besucht gelegentlich ihre Schwester in Rio, gibt Klavierstunden, pflegt ihren Pekinesen – die *Großen Baqueanas* haben stets Hund oder Katze –, hat ihre Ticks, aber nährt noch immer Hoffnungen, wie Sie sehen. Sie ist eine typische *Baqueana.*«

»Eine traurige Geschichte ...«, sagte Dona Domingas. »Sie tut mir leid.«

»Der Arzt war aber auch kein sehr sauberer Charakter, das könnte man sagen«, warf Hochwürden ein.

»Wenn das in Natal passiert wäre, hätte er den Hals nicht

so leicht aus der Schlinge gezogen. Zumindest hätte er eine gehörige Tracht Prügel bezogen«, erklärte der Senator.

»Und was wurde aus dem Bräutigam?« fragte die Mestizin neugierig.

»Heiratete die Tochter eines reichen einflußreichen Mannes in Rio. Er blieb zwar in der Stadtverwaltung, eroberte sich jedoch mit dem Geld des Schwiegervaters und der Schönheit seiner Frau eine Stellung unter den oberen Zehntausend. Heute ist er jeden Nachmittag im Jockey-Club zu sehen, er besitzt Rennpferde ... Seine Frau ist heute eine *Empfindsame Baqueana.* Eine der empfindsamsten, denn sie hat eine beachtliche Vergangenheit hinter sich. Nach dem, was ich höre, soll sie die berühmteste unter den Stuten ihres Mannes sein ...«

»Oho!« rief der Priester aus, während Dona Domingas herzlich lachte.

»Ich vergleiche dich mit den Stuten Pharaos, meine Freundin ...«, deklamierte der Anwalt. »Das stammt aus der Bibel, Hochwürden ..«

Pater Clímaco öffnete von neuem sein Brevier:

»Drum sage ich Ihnen, Herr Doktor, Gottes Wege sind mitunter überraschend. Vielleicht hat Gott sie für den Kapitän aufgespart.«

»Nur daß Er sie reichlich spät ausliefert, Hochwürden. Eine überreife Frucht ...« Er brach ab, wiegte den Kopf hin und her und setzte hinzu: »Nein, nichts davon. Die überreife Frucht gehört zur *Empfindsamen Baqueana.* Die *Große Baqueana* ist eine verkümmerte Frucht, die nicht gediehen, nicht zur Reife gekommen ist ...«

»Eine verkümmerte Frucht, wie entsetzlich traurig ...«, sagte die Mestizin. Die Gruppe löste sich auf, es war Zeit, sich fürs Abendessen vorzubereiten. Von neuem wanderten draußen der Kommandant und Clotilde, gleichgültig gegen neugierige Blicke, gegen das Dämmerlicht, das auf dem Meer aufglimmte, lachend vorbei. Nur der Senator und der Anwalt blieben sitzen und blickten dem wiegenden Gang der Mestizin begehrlich nach. Diese, dachte der Anwalt, ist eine beständige Gefahr für jeden Mann. Für sie war man imstande, eine Torheit zu begehen, die Familie, Frau und Kinder zu verlassen, Beruf, Ansehen und Pflicht in den Wind zu schlagen. Der Senator dachte nichts, sein Blick trübte sich in stummer Begierde.

Wo kleine scheinbar belanglose Ereignisse erzählt werden, die aber durchweg zum dramatischen Ende beigetragen haben

Der Zahlmeister kratzte sich etwas gereizt am Kopf:

»Ich weiß nicht einmal, ob in Natal überhaupt ein Klavierstimmer aufzutreiben ist ...«

Geir Matos lachte:

»Damit beleidigen Sie die gesamte Bevölkerung eines Staates und verachten die Kultur einer Hauptstadt. Wenn der Senator das hörte ...«

»Aber haben Sie schon so was gehört, Geir? Das Klavier stimmen lassen ... Der Pianist hat das nie für notwendig befunden. Drei Jahre fährt er mit uns, hackt tagtäglich auf dem Ding herum und hat sich nie darüber beschwert. Und schon kommt dieser Lebensmittel-Käptn und will plötzlich einen Klavierstimmer. Er ist wütend, weil ich in Recife keinen besorgt habe ... Er hat mir gehörig die Leviten gelesen.«

»Und warum haben Sie in Recife keinen bestellt? Befehl vom Kommandanten ist Befehl ... Sehen Sie zu, daß Sie in Natal einen bekommen.«

»Auch von einem Operettenkapitän, der wie ein verliebter Gockel eine alte Schachtel an Deck herumschleift? Denn wenn der Pianist sagt, das Klavier brauche nicht ...«

»Hören Sie zu, alter Freund: der Kapitän mag sein, wie er will. Er ist der Kapitän, den wir gekriegt haben, er war der einzige, der in Bahia zu finden war. Aber eines steht fest: die alte Schachtel, die übrigens Klavierlehrerin ist und ihr Handwerk versteht, ich, der kleine Pfaffe, der da draußen herumläuft, ein Heizer oder ein x-beliebiger Matrose der Besatzung, wir alle verstehen vom Klavierspiel mehr als Ihr Herr Pianist. Ich möchte glauben, dieser Bursche hat noch nicht einmal Grammophon gespielt, bevor er an Bord kam. Wenn er auf die Tasten einhämmert, ist das ein reiner Alptraum, Freundchen. Übrigens, Schiffsarzt und Schiffspianist ... Sehen Sie sich unseren Arzt an: Hätte der keinen Heilgehilfen zur Seite, er wäre nicht imstande, ein Klistier zu verschreiben ...«

»Sie haben recht. Nach diesem Kapitän braucht man sich wirklich über nichts mehr zu wundern. So beschissen kann nicht mal der Lloyd ...«

»Was wollen Sie, der Kapitän macht doch eine tadellose Figur! Können Sie das etwa leugnen? Mit seinem Orden auf der Brust, stets das Glas um den Hals gehängt ... Sie sind ein Griesgram, weiter nichts. Machen Sie's wie ich: sehen Sie die Sache von der komischen Seite! Ich lache mich schief und werde mich noch viel schiefer lachen ...« Dabei krümmte er sich im Vorgenuß vor Lachen.

»Was hecken Sie aus, wenn man fragen darf?«

»Kümmern Sie sich um Ihren eignen Kram, und überlassen Sie alles andere mir. Und besorgen Sie einen Stimmer, den besten von Natal.«

Dieses Zwiegespräch auf der Brücke war das Ergebnis der ernsthaften Ermahnung des Kommandanten an den Zahlmeister in Sachen Klavier. Hatte er ihm nicht aufgetragen, als das Schiff in Recife anlegte, einen Stimmer kommen zu lassen, der imstande war, das Klavier spielbar zu machen? Im Vertrauen darauf und in der Hoffnung, daß sein Befehl befolgt werden würde, war er an Land gegangen. Trotzdem hatte Senhorita Clotilde, eine vorzügliche Pianistin, eine ausgebildete Lehrerin, Meisterin in Chopin, Opernarien und den schwierigsten Stücken, ihm gesagt, das Klavier sei auch so nichts als ein alter Blechkasten. Um einen Samba und läppische Tanzmusik darauf herunterzuhacken, mochte es angehen. Die jungen Leute hörten gar nicht, daß das Instrument verstimmt war, und wollten nichts anderes, als engumschlungen übers Parkett gleiten. Aber hat eine echte Künstlerin wie Clotilde kein Recht auf ein anständig gestimmtes Klavier, ist die *Costeira* nicht verpflichtet, ihr ein sauber gestimmtes Instrument zur Verfügung zu stellen?

»Die alte Schachtel ist reichlich anspruchsvoll, Herr Kapitän. Noch auf der letzten Reise hat ein Pianist aus São Paulo ein Bordkonzert gegeben und kein Wörtchen über das Klavier verloren . . .«

Der Kommandant platzte empört heraus:

»Ich darf Sie bitten, Herr Zahlmeister, von den Fahrgästen mit Respekt zu sprechen. Vor allem gebrauchen Sie keine derben Ausdrücke! Was den Pianisten aus São Paulo betrifft, so wird er irgend ein Schnorrer gewesen sein . . . Und in Natal besorgen Sie mir gefälligst einen Stimmer, und zwar endgültig!«

Alte Schachtel . . . Ein haarsträubender Mangel an Respekt, ein Grobian ... Natürlich war sie kein Backfisch mehr, aber alt war sie auch nicht, sie hatte siebenunddreißig Jahre zugegeben, ein paar Jahre weniger, als der Kommandant geschätzt hatte. Er hätte ihr etwa fünfundvierzig gegeben, somit waren sie fünfzehn Jahre auseinander, denn er hatte ja bereits seinen sechzigsten Geburtstag gefeiert, so daß der Unterschied nicht so groß war. Als sie im Lauf einer Unterhaltung von ihren siebenunddreißig Lenzen gesprochen hatte, war er gezwungen gewesen, sich zu einem Fünfundfünfziger zu verjüngen. Aber das waren Belanglosigkeiten, fünf oder sieben Jahre mehr oder weniger spielten keine Rolle. Wichtig – dachte er – war die Begegnung zweier Einsamkeiten, die nach gegenseitigem Verständnis und Zutrauen lechzten, zweier Zwillingsseelen, die bereit waren, einander die Hand zu reichen und, nachdem die Wunden der Vergangenheit vernarbt waren, in einem unablässigen Liebesfest gemeinsam fortanzuschreiten. Der Kommandant war verliebt, und seine Verliebtheit machte ihn stark und energisch, er war nicht gewillt, Laschheit in der Befolgung seiner Anweisungen zu dulden.

Die Reise verlief ohne Zwischenfälle, abgesehen von einer heftigen politischen Auseinandersetzung am Vorabend der Ankunft in Natal, in die sich Passagiere und Schiffsoffiziere mischten. Sie war während des Abendessens am Tisch des Zweiten Offiziers entstanden. Anhänger der Liberalen Allianz auf der einen Seite, Regierungstreue auf der anderen, hatten die Eigenschaften und Vorzüge von Getúlio Vargas und Júlio Prestes und ihre Chancen in den Wahlen und mit den Waffen erörtert. Der Zweite Offizier hatte sich als eiserner »Getulist« entpuppt, er war ein Gaucho, schwor auf Flores da Cunha und sprach nur von den Truppen Rio Grande do Suls, die zu Pferd, den Säbel in der Faust – denn der Säbel ist die klassische Waffe des Mannes der Pampa – in Rio einrücken und den geldgierigen verrotteten Politikern die Köpfe abschlagen würden.

Das Echo der Diskussion drang bis zum Tisch des Kommandanten, wo Clotilde den Platz des in Recife an Land gegangenen Deputierten Othon besetzt hatte. Der Senator rückte unruhig auf seinem Stuhl hin und her, als setzten die von dem General João Francisco befehligten Gauchos ihm schon ihre Degenspitzen auf die Brust. Und schon griff der Streit auf die anderen Tische über. Dona Domingas, Mutter eines Ministers und Bundestagsabgeordneten, führte am Tisch des Kommandanten die Knarren und Repetiergewehre der nordöstlichen *Jagunçada,* der Banditenhorden, gegen die Lanzen und Säbel der Rio Grandenser Kavallerie ins Feld:

»Mit zwei oder drei *Cangaceiro*-Banden räumen wir mit dem ganzen Gelichter auf! Für Ihren General João Francisco genügt Lampião ... Für den brauchen wir nicht mal einen Armeeoffizier mit Uniform und Litzen. Übrigens verdienen diese Deutschen und Italiener, diese Gringos, einmal eine ordentliche Lektion ...« Ihr helles, befehlsgewohntes Organ übertönte die Streitenden und ließ sie verstummen. Selbst ihr Sohn, der Minister, beugte sich zu Hause ihrem Willen, wenn sie, aus der bei ihr gewohnten Ruhe heraustretend, ihre entschiedene Stimme erhob.

»Wir sind keine schlechteren Brasilianer als die anderen«, entgegnete der Zweite Offizier.

Die Studenten waren im allgemeinen für die Allianz, wiederholten Stellen aus Ansprachen der getulistischen Redner, sprachen von einer Erneuerung des Landes, einer Sinnesänderung, von notwendigen Reformen.

Wenig geneigt, sich in Polemik einzulassen, lächelte der Senator bleich und überlegen. So beugte er sich zu dem Kommandanten hinüber, der Neutralität bewahrt hatte und sich nur um Clotilde kümmerte, und fragte mit gesenkter Stimme:

»Seit wann beschäftigt die *Costeira,* eine von der Regierung subventionierte Reederei, Agitatoren?«

»Ich weiß nicht, Herr Senator. Wie ich schon die Ehre hatte, Ihnen mitzuteilen, gehöre ich nicht zum Personal der Schiffahrtsgesellschaft. Ich tue ihr nur den Gefallen, das Schiff nach Belém zu führen ...«

»Ist ja wahr, ich hatte es ganz vergessen ... Jedenfalls scheint es mir unangebracht, daß ein Schiffsoffizier bei Tisch eine Kundgebung inszeniert, die Passagiere aufwiegelt und die öffentliche Ordnung bedroht. Schließlich bin ich Senator der Republik, ich gehöre der Regierung an, und dieser junge Flegel predigt die Revolution, die Schließung von Senat und Kammer, die Ermordung der Autoritäten ...«

»Sie haben gewiß recht, Herr Senator ...«

Die Diskussion nahm ihren Fortgang im Salon, wo die jungen Leute sich beim Tanz von denen verabschieden wollten, die am nächsten Morgen in Natal aussteigen würden. In einer Ecke hetzte eine Gruppe, die behaglich in Sesseln saß, gegen den Präsidenten der Republik, gegen die allgemeine Situation im Lande, gegen die Teuerung, die stets betrügerischen Wahlen, und forderte dringend eine Erneuerung. Empört zog sich der Senator zurück.

Der Zweite Offizier war der Erregteste von allen. »Die verdammten Schweine sollen uns kennenlernen! Sie sollen bei den nächsten Wahlen nur den Sieg des Kandidaten der Freien Allianz mit einem Bleistiftstrich vereiteln, und sie werden sehen, was kommt.« Das Volk sei nicht mehr gewillt, die Tyrannei länger mit anzusehen und Gauner im Parlament zu ernähren. Die Kriegstrompete werde in Rio Grande ertönen und die Brasilianer zum Kampf aufrufen. »Lanzen und Säbel werden ...«

Ein Steward unterbrach seine schmetternde Rede:

»Der Herr Kapitän bittet Sie einen Augenblick nach draußen ...«

»Ich komme sofort ...«

Rasch durcheilte er in seiner Suada Santa Catarina und Paraná; Isidoro und Miguel Costa hatten bereits São Paulo aufgewiegelt, und schon ritt der Zweite Offizier an der Seite von Flores da Cunha und João Francisco in Rio de Janeiro ein. Unwillig kam er der Aufforderung des Kommandanten nach. Was zum Teufel wollte der blöde Kerl bloß von ihm? Gerade jetzt, wo die Mestizin nicht die Augen von ihm ließ ...

»Mein junger Freund, ich habe nichts gegen Ihre Ideen einzuwenden ... Ein jeder denkt, wie er mag. Ich gestehe Ihnen, daß ich mich nicht mehr in die Politik einmische. Ich habe es früher getan, hier und im Ausland. Hier, als der selige José Marcelino in Bahia regierte, dessen Freund zu sein ich die Ehre hatte. In Portugal, anläßlich der Ermordung des Königs Don Carlos, als ich in meiner Empörung gegen das Verbrechen mich dem Königshaus zur Verfügung stellte. Aber danach habe ich nie mehr das geringste von Politik wissen wollen. Sie mögen Ihre Gründe haben, und ich bin nicht derjenige, der sie Ihnen verwehrt ...«

»Die heutige Regierung treibt das Land an den Rand des Abgrunds ...«

»Das will ich nicht bestreiten ... Mag sein ... Aber nehmen Sie es mir bitte nicht übel, wenn ich Ihnen sage, daß es sich in meinen Augen nicht für einen Schiffsoffizier schickt, die Gemüter der Passagiere anzustacheln. Ich mache Ihnen deshalb keine Vorwürfe, das sei fern von mir. Aber sehen Sie: der Herr Senator hat sich bei mir beklagt. Er wollte sich schon bei der Reederei beschweren ... Ich meine, mein junger Freund sollte dergleichen Unterhaltungen unterlassen.«

»Der Senator ist einer der schlimmsten. Ich kenne einige Fälle dieses Burschen, einfach skandalös. Der Fall des Hafens von Natal genügte, ihn für den Rest seines Lebens hinter Schloß und Riegel zu setzen. Und das junge Mädchen, das er im Senat beschäftigt hat? Sogar Mário Rodrigues hat vor zwei Jahren einen Artikel darüber veröffentlicht. Haben Sie ihn nicht gelesen?«

»Er ist ein Passagier, er ist auf dem Schiff, das ist das einzige, was uns hier interessieren darf. Ich bitte Sie, sich nicht mehr an derartigen Diskussionen zu beteiligen.«

»Ich bin brasilianischer Bürger und übe nur meine Rechte aus ... Ich diskutiere, mit wem und wo ich will.«

Vasco Moscoso de Aragão blickte vor sich aufs Meer, dann pflanzte er sich in seiner vollen Größe auf seinem Schiffsdeck auf:

»Und ich bin der Kapitän. Ich gebe Ihnen hiermit einen Befehl. Gute Nacht.«

Damit ließ er den verdutzten Zweiten Offizier stehen – »Das Bürschchen hat vielleicht Nerven.« Im ersten Augenblick wußte der nicht, was er tun sollte. Zuerst dachte er, in den Salon zurückzukehren, aber angesichts der Gereiztheit des Senators und der Drohung eines Beschwerdebriefes an die Kompanie besann er sich eines Besseren und ging auf die Brücke, um seinen Unmut loszuwerden.

Vasco betrat von neuem den Salon, wo Clotilde ihn ängstlich mit den Augen suchte. Er trat auf sie zu und sagte:

»Warten Sie bitte einen Augenblick, ich bin gleich zurück ...«

Er hatte den Senator nicht gesehen und ging daher in das Spielzimmer. Mürrisch blätterte der Parlamentarier in einer Zeitschrift.

»Herr Senator, kommen Sie doch und leisten Sie uns ein bißchen Gesellschaft im Salon. Ihre Abwesenheit fällt schon auf.«

»Ich bin nicht gewillt, Beleidigungen und Drohungen anzuhören. Ich bin ein Senator der Republik.«

»Sie können unbesorgt kommen. Ich habe bereits die notwendigen Maßnahmen ergriffen.«

»Na schön. Denn Sie kennen mich nicht, ich bin jähzornig. Hätte ich noch eine Weile die Abscheulichkeiten dieses Gernegroß anhören müssen, ich wäre imstande gewesen und hätte ihn links und rechts geohrfeigt ...«

»Bitte denken Sie nicht mehr daran. Auf einem Schiff, das unter meinem Kommando steht, ist die Besatzung diszipliniert. In Indien hieß ich sogar die ›Eisenfaust‹!«

Bis Mitternacht tanzte er mit Clotilde. Er erzählte ihr den Vorfall in allen Einzelheiten, dann – ein Wort gibt das andere – berichtete er ihr von den Kämpfen zwischen Monarchisten und Republikanern in Portugal, an denen er aus Dankbarkeit gegen König Don Carlos I. teilgenommen hatte. Anschließend war er von Portugal nach Indien gefahren, wo die Seeleute ihm den Beinamen »Eisenfaust« und »Goldenes Herz« gaben, denn, sanft wie eine Brise und ein Freund der Besatzung, konnte er, die unerbittliche »Eisenfaust«, im Falle von Gehorsamsverweigerung auch aufbrausen wie ein Taifun.

Von einer Verlobung und von Schwüren ewiger Liebe, oder wie der Kommandant bei Mondschein im Herzen der GROSSEN BAQUEANA *ankert*

Das erste Wort über Verlobung und Hochzeit fiel in Natal zögernd aus dem Mund des Kommandanten. Die beiden, er und Clotilde, gingen am Strand Areia Preta entlang, und nicht nur die Schönheit der Landschaft, sondern auch die Anmut der Stadt berückte das Paar und entlockte ihnen bewundernde Ausrufe. Der ITA hatte nur kurzen Aufenthalt und sollte in Kürze nach Fortaleza weiterlaufen. In jugendlicher Eile wollten sie alles sehen, der *Großen Baqueana* entschlüpften verzückte Schreie über den gewundenen Strand, die weißen Häuser, die Festung der Drei Könige aus dem Morgenland, den silbernen sonnenspiegelnden Fluß.

»Sie haben schon soviel gesehen, so viele hübsche Plätze in der Welt, daß Sie es müde sein müssen und vielleicht gar keine Lust mehr auf Neues haben, nicht wahr?« sagte Clotilde, als sie stehenblieben, um den palmengesäumten Strand zu bewundern.

»Ich habe viel gesehen, ja eigentlich die ganze Welt. Aber man sieht wenig, wenn man allein ist. Man verspürt nicht einmal Lust dazu ...«

»Ah!« seufzte die *Große Baqueana.* »Das ist wahr. Man verspürt keine Lust dazu.«

»Wehe dem, der allein ist.«

»Ah!«

»Sagen Sie mir eines: glauben Sie nicht, wenn Sie eines Tages ...«

»Was?«

»... einem lebenserfahrenen, einsamen Manne begegneten ... Einem liebenden Herzen ... Würden Sie dann nicht Ihr Leben an seines knüpfen, ein eigenes Heim haben, glücklich sein wollen?«

»Ich habe Angst. Ich glaube, ich wäre nie glücklich ...«

In ihren Erinnerungen versunken, neigte sie den Kopf. Der Kommandant suchte nach Worten und fand sie nicht. Er hatte nie einer Frau die Ehe angeboten, seine einzige Erfahrung auf diesem Gebiet war jener Walzer gewesen, den er mit Madalena Pontes Mendes getanzt und bei dem er kein Wort herausgebracht hatte. Wie sollte er jetzt vorgehen?

»Ich zum Beispiel, wenn ich heute ein Mädchen nach meinem Geschmack fände, das einen alten Mann verstünde ...«

»Sie und alt? Ich bitte Sie ...«

»Die also imstande wäre, einen ...«

»Herr Kapitän, Herr Kapitän!«

Der Senator kam in Begleitung zweier anderer Herren auf sie zu.

»Widerling!« murmelte Clotilde.

»Wie bitte?«

»Ach, dieser Senator ... Wenn er schon von Bord gegangen ist, was will er dann noch?«

Der Senator wollte sich nur dem Kommandanten gegenüber, dessen Autorität und nautische Kenntnisse ihn beeindruckt hatten, liebenswürdig zeigen. Er stellte seine Freunde vor, einen Landtagsabgeordneten und einen Oberst aus dem Hinterland, zwei angesehene politische Führer aus Rio Grande do Norte und zugleich seine Landsleute.

»Das hier ist Herr Kommandant Vasco Moscoso de Aragão, ein Mann, der viele Reisen und viele Abenteuer hinter sich hat. Er hat die ganze Welt gesehen ... Ein Held.«

Die beiden Politiker stimmten zu, lächelten und bewunderten den von seiner Exzellenz, dem Herrn Senator, vorgestellten Helden.

»Kommen Sie bitte mit, ich möchte Ihnen eine Sehenswürdigkeit von Natal zeigen. Etwas, was es nur hier gibt, einzigartig in Brasilien, eine außerordentliche Errungenschaft. Sie müssen Sie kennenlernen, Herr Kommandant. Ich garantiere Ihnen, daß Sie auf allen Ihren Reisen nie etwas dergleichen gesehen haben.«

So schleppte er die beiden in eine Haushaltungsschule, ein fachmännisch eingerichtetes Institut, dessen Zweck darin bestand, die jungen reichen Töchter des Staates für die Ehe auszubilden und sie mit allen notwendigen Kenntnissen auszustatten. Widerwillig gingen sie mit, der Kommandant verwünschte die Anhänglichkeit des Senators, die seine Unterhaltung mit Clotilde gerade im entscheidenden Augenblick unterbrochen hatte. Clotilde folgte, als schwebte sie in Wolken, mit verschleiertem Blick, mit abwesend versunkenem Gesichtsausdruck.

Auf dem Rückweg zum Schiff mußten sie fast rennen, sie hatten sich länger in der Schule aufgehalten, als vorgesehen war. Die Leiterin erließ ihnen nicht die geringste Einzelheit, sie zeigte alles, erklärte alles, so stolz war sie auf das Institut, auf ihre Schülerinnen und deren Talente.

»Nun sagen Sie mir, Herr Kapitän: haben Sie schon irgendwo auf Ihren Reisen etwas Ähnliches gesehen? Etwas Besseres oder Gleichwertiges?« Sie wartete nicht auf eine Antwort, sondern fuhr fort: »Es gibt nichts Vergleichbares auf der Welt. Selbst die Schweizer – ja, denken Sie nur: die Schweizer! – erkennen das an. Wir haben schon mehrere Anfragen aus der Schweiz über unsere Anstalt bekommen. Aus der Schweiz, jawohl, mein Herr!«

»Sehr beachtlich, in der Tat, äußerst beachtlich!« stimmte der Kommandant zu, enttäuscht über die verpaßte Gelegenheit, über jenen wie geschaffenen Augenblick, als Clotilde ergriffen die Schönheit des Strandes betrachtet hatte.

Aber abends nach dem Abendessen, als sie rasch durch den Salon gingen, wo sie das von einem geschickten Fachmann aus Natal endlich gestimmte Klavier ausprobierte, fragte Clotilde den Kommandanten, ob er nicht eine kleine Runde auf Deck mit ihr machen wolle.

»Heute ist Vollmond ...«, sagte sie und lachte ihr kurzes Lachen.

Vascos Herz machte ein paar heftige Sprünge, die ersehnte Gelegenheit war gekommen. Sie erstiegen das verlassene Sportdeck.

Blutig und golden stieg der riesige Vollmond aus dem Meer.

»Schauen Sie nur ...«, sagte sie, auf die Reling zugehend.

Der Mond entstieg den Wassern, in denen er geschlafen und geruht hatte, jetzt begann er seinen Rundgang, um Verliebte und Liebende am Strand und in den Straßen, am Kai Bahias, in verlorenen Häfen und auf Schiffsdecks zu belauschen. Das dickflüssige Öl des Mondscheins ergoß sich über die grünen nordöstlichen Gewässer, und die Winde des Nordostens, der Landwind aus Pernambuco, der Aracati aus Ceará, kamen aus Süden und Norden, um den Mond mit sanftem Gewoge zu begrüßen. In diesem Mondschein, in jener Zaubernacht, schwamm der Dampfer, als der Kommandant, hinter Clotilde stehend, ihre beiden Hände nahm und mit ängstlich liebevoller Stimme sprach:

»Clotilde! Ach! Böse Clotilde ...«

»Böse, ich?« Sie erzitterte, und ihre Stimme war kaum ein Flüstern. »Warum sagen Sie das, Herr Kommandant?«

»Sehen Sie denn nicht, verstehen Sie denn nicht, fühlen Sie denn nicht?«

»Ich glaube nicht an die Männer ...«

»Auch ich glaubte nicht an die Frauen ... Aber jetzt glaube ich an Sie, ich vergehe vor Liebe ...«

»Ich glaube nicht und habe Angst ...«

Aber sie entzog Vasco nicht ihre Hände, sie lehnte sich an ihn und spürte seinen Atem. Ohne daß jemand gewußt hätte, wie es geschah – es war und blieb ein Meergeheimnis in einer Vollmondnacht, ließ sie ihren Kopf mit der kunstvoll aufgesteckten Frisur an die breite drachen- und ankergeschmückte Brust sinken. Er legte den Arm um ihre Taille, sie erbebte und seufzte. Dann drehte er sie zu sich um, ihre Lippen begegneten einander, ein langer Kuß folgte, der langgenährten, alten Liebeshunger junger Herzen stillte.

»Oh!« seufzte sie, als sie, noch immer in seinen Armen, wieder atmen konnte. »Was hab' ich nur getan, mein Gott? Wie schäme ich mich ... Was wird jetzt nur geschehen?«

»Wir werden heiraten, wenn du mich haben willst ...«

Nun erzählte sie ihm ihre traurige Erfahrung und den Grund ihrer melancholischen Jungfernschaft. Eines Tages hatte sie einen Mann geliebt und ihm ihr jungfräuliches Herz geschenkt, unschuldig hatte sie auf ihn gebaut. Er war Arzt, sehr reich, sehr berühmt, und aus Rio nach Belém gekommen. Er hatte wahnsinnig viel Patienten und konnte seinen Verpflichtungen kaum nachkommen. Er war die beste Partie in Belém und ganz verrückt nach ihr. Außerdem ein Musikkenner. Er spielte sogar etwas Klavier, sie musizierten vierhändig, ihre Seelen fanden sich in der Musik. Clotilde unterbrach ihren Bericht durch Seufzer. Sie verlobten sich, schworen einander ewige Liebe, einigten sich über den Hochzeitstermin. Damals war sie siebzehn Jahre alt, ein schüchternes, einfältiges Provinzmädel. Sie schenkte dem Arzt Herz und Hand, vertrauend auf seine Würde und seine Liebe ...

Und was geschah dann? fragte Vasco sich beunruhigt. Sicherlich mißbrauchte er an einem jener Musikabende, an denen sie vierhändig spielten und die Familie vielleicht ausgegangen war, ihre kindliche Einfalt, tat ihr ein Unrecht an, machte sich aus dem Staub und überließ sie ihrer Enttäuschung und ihrer Schande. Aber bei ihm brauchte sie nichts zu befürchten. Er würde sie deshalb nicht weniger achten, im Gegenteil. Seine glühende Liebe würde nur wachsen, sein Entschluß, ihr die Gattenhand anzubieten, würde sich nur verstärken ...

Vertrauend auf seine Würde und seine Liebe ... Aber die Männer sind falsch, zumindest fast alle. Er möge sich vorstellen, was nun am Vorabend der Hochzeit geschah! ... Sie sprach nicht gerne davon, sie riß damit nur eine schlecht vernarbte Wunde wieder auf, noch immer blutete ihr Herz: Am Vorabend also entdeckte sie, daß er in Rio ein junges Ding ärmlicher Abkunft – eine kleine Näherin, verführt hatte. Die Unglückliche hatte ein Kind bekommen, er schickte ihr jeden Monat Geld. Als sie von seiner Verlobung und der bevorstehenden Heirat erfuhr, schrieb die Betrogene an Clotilde einen Brief, in dem sie ihr alles erzählte und ihr Schicksal und das ihres Sohnes in ihre Hände legte. Was sollte, was konnte sie tun? Mit blutendem Herzen brach sie mit dem Arzt und forderte von ihm, daß er nach Rio zurückkehre und die Mutter seines Kindes heirate. Er tat's. Heute ist er ein bekannter Arzt in Rio, reich und bedeutend, und ist jeden Nachmittag im Jockey-Klub zu sehen. Das kleine Nähmädchen hat sich in eine große Dame verwandelt ... Was sie selbst betraf, so schwor sie sich, ihr Herz nie mehr einem Mann zu schenken ... Die ganzen Jahre hatte sie keinen Mann mehr angesehen. Aber auf dieser Reise ...

Der Kommandant war über so viel Seelenadel, über so viel Opfermut tief ergriffen. Er war nicht würdig, auch nur den Saum ihres Kleides zu küssen. Da aber die Liebe den Menschen erhebt, erhob er sich bis zu ihren Augen, bis zu ihrem Gesicht und ihrem unersättlichen Mund und den Küssen unter dem Mond.

Auch er erzählte ihr die Gründe seines einsamen Daseins und warum er nie geheiratet hatte. Sie hieß Dorothy, der Kommandant trug ihren Namen und ein Herz als Tätowierung auf seinem Arm.

»Als Tätowierung? Die nie mehr herausgeht?«

»Nie mehr. Die Tätowierung wurde von einem Chinesen, einem Meister seines Faches, in Singapur vorgenommen.«

»Das heißt also, daß Sie sie nie vergessen haben und noch immer hinter ihr her sind!«

»Sie ist tot ...« In jenem Augenblick tragischen Schweigens erschien Dorothys Silhouette im Mondschein, ihr schlanker Leib, ihr Liebesfieber.

Sie war vor der Hochzeit gestorben, am Vorabend der Trauung. Sie hatte soeben ihre Scheidungsurkunde erhalten, ihr Mann hatte endlich in die Scheidung eingewilligt ...«

»Ah! Sie war also verheiratet ...«

Ja, sie war verheiratet, als er sie an Bord der ›Benedikt‹, eines großen Passagierdampfers, der zwischen Europa und Australien verkehrte, kennenlernte. Es war eine fast so blitzartige und tiefe Leidenschaft gewesen, wie er sie jetzt, an Bord des ITA-Dampfers, für Clotilde empfunden hatte. Sie reiste mit ihrem Mann, aber was sind Konvention und Gesetze, wenn die Liebe ihr Recht fordert? Er gab sein Schiff auf, sie ihren Mann, sie gingen in einem verwunschenen Hafen Asiens an Land, um dort die Entscheidung ihres Mannes abzuwarten ...

»Die Schamlose ... Verheiratet! ...«

Nein, Clotilde dürfe nicht ungerecht sein, sie dürfe Dorothy nicht falsch beurteilen. Es war zwischen ihnen ja nichts geschehen. Dorothy erzählte alles ihrem Mann und floh nur, weil ihr egoistischer Gatte nicht in die Scheidung einwilligen wollte. Sie waren nicht über ein paar keusche Küsse hinausgegangen. Sie schlüpfte im Hause einer heiligen Missionarin, Schwester Carol, unter, bis alles geregelt war. Erst nach der erfolgten Scheidung und neuen Heirat wollten sie einander gehören. Dorothy hatte es selbst so gewollt. Schließlich wurde die Scheidung ausgesprochen, die Papiere für die Hochzeit wurden gerade vorbereitet, als das Fieber, Asiens furchtbares Fieber, gegen das er immun war, ihr in drei Tagen den Garaus machte, ihr und seiner Laufbahn. Er war wie wahnsinnig, schwor, nie mehr ein Schiff zu betreten, und wenn er jetzt den ITA-Dampfer nach Belém führte, so nur, weil das Gesetz ihn dazu verpflichtete und er seine feierlich eingegangene Pflicht nicht verletzen konnte, da er nach glänzend bestandener Prüfung sein Kapitänspatent bekommen hatte. Das war der Grund, warum er nie geheiratet und sein Herz für immer verschlossen hatte. Aber auf dieser Reise ...

Sie erbat sich Bedenkzeit. Noch vor ihrer Ankunft in Belém würde sie ihm antworten, sie war noch ganz verwirrt und verängstigt. Außerdem müßte sie die Zustimmung ihres Bruders in Pará erwirken. Und natürlich die Jasmins, setzte sie lächelnd hinzu ...

Das Schiff schwamm in der Mondnacht dahin, Himmel und Meer waren in Silber und Gold getaucht. Auf Deck an der Reling tauschten der Kommandant und Clotilde Liebesschwüre. Sie lachten grundlos, seufzten, sprachen unzusammenhängende Worte, stahlen einander Küsse, drückten sich die Hände. Bis sie Geräusche von der Treppe her hörten und im Dunkel des Rettungsbootes Schutz suchten. Ein zweites Pärchen erschien auf Deck. Erst sahen sie den Umriß Dr. Firmino Morais', des paraensischen Anwalts. Dieser spähte umher, erklomm vollends das Deck, machte ein Zeichen und rief leise. Dann tauchte mit ausgestreckten Händen Moema, die Mestizin, auf, und da, auf der Stelle, umschlangen und küßten sie sich mit der Wut und Hast von Verdammten.

»Schamlose ...«, murmelte Clotilde. »Er ist verheiratet ...«

»Die Liebe«, murmelte der Kommandant, »erkennt keine Konventionen an, die Liebe ist ein Sturm.«

Er nahm ihre Hand, sie gingen auf der anderen Seite hinunter und gesellten sich zu den Passagieren im Salon. Clotilde hatte ihn gebeten, ihr im Mondschein gegebenes Versprechen geheim zu halten. Sie wollte ohne Gäste, ohne Hochzeitskarten, ohne Feierlichkeit heiraten, nur sie, Vasco, ihr Bruder und ihre Schwägerin. Und wenn es wirklich Wahrheit werden sollte, wollten sie bald heiraten, sie wollte keine Verlobung, die sich lange hinauszog ...

»Nur die Zeit, um die Formalitäten zu erfüllen ...«

Er wollte mit ihr, mit der auf See gefundenen Frau, nach Periperi heimkehren, mit der, auf die er so lange gewartet hatte, auf den Brücken seiner Schiffe, der erleuchteten Passagierdampfer, der schwarzen Frachter, auf fernen einsamen Seewegen. Sie war in einem Mondstreifen auf ihn zugekommen und hatte seine Einsamkeit für immer durchbrochen, seinem langen Warten ein Ende bereitet.

Ein recht törichtes und überglückliches Kapitel mit dem Anrecht, Maschinen- und Laderäume zu besuchen und ein SOS zu telegraphieren

Der Kommandant war glücklich. Die *Große Baqueana* war glücklich. Die beiden lachten in den Winkeln des Schiffes, sie tauschten zärtliche Blicke und ein schüchternes Lächeln, sie drückten sich verstohlen die Hände, flüsterten einander Liebesworte zu, der eine wie der andere lebte immer wieder in gestohlenen Küssen und kühnen Plänen auf.

Sie war romantisch und hatte viel gelitten. Das Leiden hatte sie anspruchsvoll und mißtrauisch gemacht, ihre schwärmerische Natur liebte das Geheimnis. Aus diesem Grunde hatte sie dem Kommandanten nicht einmal ihren vollen Namen genannt, sie war für ihn nur Clotilde. Auch keine Einzelheiten über ihre Familie, außer daß in Belém ein verheirateter Bruder mit zwei Kindern und in Rio eine mit einem Ingenieur verheiratete Schwester mit fünf Kindern wohnten. Außerdem hatte sie ihm verboten, die Fahrgäste aus Pará über sie auszufragen, sie wollte seine Liebe auf die Probe stellen.

»Ich werde dir am Kai in Belém meinen Bruder vorstellen. Er holt mich ab.«

»Aber Clô ...«

Vor mehr als zwanzig Jahren hatte er eine Clô kennengelernt, eine milchweiße Blondine mit glattem haarlosem Körper, er wußte nur nicht mehr, ob in Island, zwischen Eisbergen und Fjorden, oder in einem Bordell in Bahia, in Carols oder Sabinas Frauenhaus. Zwischen jener Clô des Eises und der Geysire und der jungfräulichen Clô gab es etwas Gemeinsames, vielleicht die vollen Brüste, vielleicht ihre kindliche Art, zu reden und sich zu gebärden. Als er Clotilde Clô nannte, konnte er die Erinnerung an jene vergangenen Nächte und ihre unvergeßliche weiße Haut nicht verdrängen.

»Vergiß nicht, daß ich nicht mit dir an Land gehen kann, mein Schatz. Ich werde noch bleiben und Papiere unterzeichnen müssen. Es ist der letzte Hafen, das Ende der Reise, ich werde vermutlich eine Weile zurückgehalten sein ...«

Sie betete Heimlichkeiten an:

»Bei der Landung werde ich dir ein Stückchen Papier mit meinem vollen Namen und meiner Adresse zustecken. Ich habe es schon geschrieben, hier ist es ...« Damit deutete sie auf ihren Busenausschnitt, sie bewahrte somit in der Wärme ihrer Brust den Zettel auf, der den Schlüssel zur Türe ihrer Familie, zum neuen Heim des Kommandanten, enthielt. »Ich erwarte dich zu Hause, du mußt bei meinem Bruder und meiner Schwägerin zu Abend essen. Ich werde *Casquinho de Carangejo* machen lassen. Es ist sogar besser so, auf diese Weise habe ich Zeit, meinen Bruder vorzubereiten ...«

»Aber warum die Geheimnistuerei, warum diese Heimlichkeiten?«

»Ich möchte dein Gefühl für mich auf die Probe stellen. Ich will wissen, ob du mich um meiner selbst willen oder wegen meiner Familie gern magst ...«

»Hast du das denn noch nicht gemerkt?«

»Ich will die Probe aufs Exempel machen ...«

In diesem Fall hieß es eben, Geduld zu üben, sie sollte ihren Willen haben. In Wirklichkeit spielte es keine Rolle, er heiratete ja nicht ihren Nachnamen, auch nicht ihre Angehörigen. In gewisser Weise hatte sie recht. Trotzdem konnte er nicht umhin, sich Gedanken über diese Geheimniskrämerei zu machen. Vermutlich gehörte Clô einer vornehmen und daher vorsichtigen Familie der oberen Zehntausend, der steinreichen paraenser Elite an, einer Familie mit einem Adelstitel wie Madalena Pontes Mendes. Im übrigen hatte er zu Beginn der Reise, kurz bevor er sie erstmals erblickt hatte, einen Passagier Bemerkungen über die ausgezeichnete finanzielle Lage von Clôs Bruder machen hören. Sie waren wahrscheinlich Millionäre, mit ganzen Gummibaumwäldern, Inseln im Amazonasfluß, mit Indios, Jaguaren und zwanzig Meter langen Schlangen. Wer weiß, vielleicht war das ganze Versteckspielen auch nur die Befürchtung, ihr Bruder könne sich der Heirat einer so reichen Erbin mit einem einfachen Kommandanten, einem Kapitän auf großer Fahrt im Ruhestand, widersetzen? Unter Umständen stellte sich die Familie in ihm einen Abenteurer, einen gerissenen Gauner vor, der es nur auf das Vermögen der Braut abgesehen hatte.

Wenn sie aber so reich war, warum gab sie dann Klavierstunden? Gewiß nur zum Vergnügen. Zum Zeitvertreib und aus Liebe zur Musik. So gab er ihr denn bei der ersten Gelegenheit zu verstehen, daß sein Besitz sich nicht auf sein Ruhegehalt beschränke. Er habe ein eigenes, bildschönes Haus in Periperi, einem der elegantesten Strandbäder von Salvador, er besitze Staatsanleihen in Massen, somit eine Rente, die ihm und ihr ein mehr als bequemes Leben gewährleisten würde. Clô streckte ihm beide Hände entgegen:

»Und wenn du arm wärst wie Hiob ...«

Zu jener Zeit liefen die Schiffe Fortaleza nicht an, da die Stadt noch keine Piers besaß. Daher war die Ausschiffung der Passagiere stets ein erheiterndes Schauspiel, wenn diese über das Fallreep in die kleinen, auf den Wellen hüpfenden Segelboote umsteigen mußten. Das gab bei den Damen Gekreisch, Gelächter und Unentschlossenheit, während die starkbrüstigen, gebräunten Ruderer ihre Fahrzeuge an dem Fallreep festhielten. Der paraensische Anwalt, der mit gespreizten Beinen im Bug eines solchen Schiffleins balancierte, stellte dabei seine Kraft zur Schau: er faßte die auf der letzten Stufe des Fallreeps stehende Mestizin Moema um die Taille, hob sie in die Luft und setzte ihren zitternden Körper neben sich ins Boot. Eine Minute lang standen die beiden auf dem schwankenden Bug nebeneinander fest auf den Füßen, schön und stark, vom Winde zerzaust. Dergleichen konnte der Kommandant sich nicht leisten, nicht daß es ihm an Kraft und Lust gefehlt hätte, aber erstens war die strahlende *Baqueana* zu robust für derartige Turnkunststücke, und zweitens wäre es für ihn unschicklich gewesen.

Vorher war Dona Domingas noch kurz auf die Kommandobrücke hinaufgestiegen, um sich bei ihm für seine Aufmerksamkeiten zu bedanken:

»Sie sind ein vollendeter Kapitän gewesen, es hat mir ein großes Vergnügen bereitet, mit Ihnen zu reisen.« Damit reichte sie ihm die schöne ringgeschmückte Hand. Sie verabschiedete sich auch von dem Ersten Offizier, von den Steuerleuten und setzte hinzu: »Sie haben Glück, einen Kapitän mit den Fähigkeiten des Kommandanten Vasco zu haben.«

»Eines Tages wird er dafür sicherlich Anerkennung ernten«, antwortete der Erste Offizier – ein etwas sonderbarer Ausspruch, der fraglos auf das Durcheinander des Ankermanövers zurückzuführen war.

Auch der sportliche Bankbeamte kam, um ihm Lebewohl zu sagen. Er hatte die ganze übrige Reise damit verbracht, Briefe an das Mädchen aus Pernambuco zu schreiben, in Natal hatte er den Postkasten bis oben angefüllt.

»Ein sehr distinguiertes junges Mädchen ...«, lobte der Kommandant, als er den verliebten jungen Mann umarmte.

Auf der Fahrt vom Schiff an Land wurde viel gelacht. Die Riemen bespritzten die Passagiere mit Wasser, und die *Große Baqueana* drängte sich dicht an den Kommandanten, um sich gegen das Gesprüh zu schützen. Zuerst besichtigten sie die Stadt und fuhren anschließend an den Iracema-Strand. Dort kaufte Clotilde Spitzen für »einige neue Nachthemden«, wie sie erklärte, nicht ohne dabei verschämt das Gesicht mit ihrer Stola zu verbergen. Was bewirkte, daß Vasco in einem plötzlichen Sinnentaumel – er sah die andere Clô mit Brüsten, die unter dem Spitzenhemd tanzten – sie vor den Fischern und Spitzenverkäuferinnen hemmungslos küßte. Als die beiden wieder zur Stadtmitte gelangten, wünschte Clotilde in einer Kirche eine Andacht zu verrichten. Dort betete die *Große Baqueana* mit zerknirscht gesenktem Kopf. Diese Gelegenheit benutzte der Kommandant, um unauffällig zu verschwinden. Als sie nach beendetem Gebet ihn suchte und keine Spur von ihm fand, fühlte sie, wie ihr Herz stehenblieb. Tränen traten ihr in die Augen, während sie mit wachsender Unruhe nach ihm Ausschau hielt. Schließlich sah sie ihn eilends auf sie zukommen. Ihre Stimme klang unwirsch:

»Wo warst du denn? Hast mich einfach stehen lassen ...«

Aber er nahm sie am Arm, führte sie in das verlassene Kirchenschiff zurück, trat mit ihr in die Helligkeit unter einem bleigefaßten Fenster und zog das Etui mit den soeben gekauften Eheringen aus der Tasche. So besiegelten sie ihre Verlobung in der Stille der Kirche. Aber erst draußen im Freien küßte er sie, in der Kirche hatte sie es nicht zulassen wollen und ihn einen Gottlosen und Ketzer genannt. Er war eben so glücklich, der Kommandant.

Am vorletzten Tag der Reise – die Ankunft in Belém war für den nächsten Tag um drei Uhr nachmittags vorgesehen, dort würde der ITA übernachten und erst am Spätnachmittag des darauffolgenden Tages zurückreisen – verursachte eine plötzliche Laune der *Großen Baqueana* Auftrieb und Verwirrung an Bord. Clotilde äußerte den Wunsch, das Schiff zu besichtigen, in den Maschinenraum, in die Laderäume hinunterzusteigen und das ganze Innere kennenzulernen. Waren Schiffe nicht vierzig Jahre lang Vascos Heim gewesen? Es war ein zwar romantisches, aber verständliches Verlangen, und ganz natürlich für eine Braut, alles, was das frühere Leben ihres künftigen Mannes anging, möglichst genau erfahren zu wollen. Das gestand sie ihm, und er versprach ihr mit einem Kuß, ihrer Bitte zu entsprechen.

Eines war klar: der Kommandant war durch seine Leidenschaft so aus dem Konzept gebracht worden, daß er die Schwierigkeiten eines derartigen Unternehmens vollständig übersah. Nicht etwa wegen der Schilder an versteckten Schotten mit der Aufschrift »Verbotener Eingang«. Das bezog sich – wohlbemerkt – nicht auf den Kommandanten und seinen Gast. Aber wie hatte er, der alte Seemann, die gefährlichen Leitern und die spärliche Bekleidung der Heizer vergessen können? So nahm er denn vierundzwanzig Stunden vor dem Reiseziel seine Geliebte an die Hand und stieg mit ihr in den Schiffsbauch hinab. Er öffnete ein verbotenes Schott, drunten gähnte der Abgrund, vor ihnen fiel eine winzigenge Eisentreppe fast senkrecht hinunter. Clô entfuhr ein kleiner Aufschrei, er hatte jedoch bereits den Abstieg begonnen und ihr die Hand entgegengestreckt. Daß die beiden nicht abstürzten, ist ein Geheimnis, das wieder einmal die Existenz eines Gottes der Verliebten beweist.

Der Erste Ingenieur sperrte Mund und Augen auf, dann gab er kurze Erklärungen. Im Kesselraum gab es einen Aufruhr: Kohlentrimmern und Heizern, die praktisch nackt arbeiteten, blieb förmlich die Spucke weg, als sie plötzlich eine Dame vor sich sahen. Clotilde wollte zu allem Überfluß noch eine Schippe voll Kohlen in den roten Rachen werfen. Sie glühte förmlich vor Hitze. Der Kommandant half ihr dabei und sagte, das erinnere ihn an die Zeit, in der er als Schiffsjunge vorübergehend im Kesselraum bei den Heizern gearbeitet hatte.

Die Laderäume waren vollgeladen mit Waren. Der eilends herbeigerufene Zahlmeister war mit finsterer Miene heruntergestiegen. Es fehlte nur noch, daß der bescheuerte Kapitän sich in seinem Dusselkopf einfallen ließ, eine Führung durch das Schiff zu veranstalten ... Bei dem war alles möglich ... Aber der Kommandant grüßte nur nebenbei und nahm nicht die geringste Notiz von ihm, so daß der Zahlmeister wieder auf die Brücke lief und zum Ersten Offizier sagte:

»Ihr Kommandant zeigt seiner alten Schachtel das Schiff. Er war schon im Maschinenraum und im Kesselraum. Ich lehne jede Verantwortung ab ...«

»Seit wann hat der Kommandant nicht das Recht, einem Passagier das Schiff zu zeigen? Besonders seinem Schatz? Lassen Sie ihn doch machen ...«

»Die fallen bestimmt eine Leiter hinunter und brechen sich das Genick ...«

»Das wäre dann der zweite Kapitän, den wir auf dieser Reise beerdigen. Ein Rekord ...«

Kaum war ihr Zwiegespräch beendet, als Vasco und Clotilde auf der Brücke erschienen, so daß der Erste Offizier und der Zahlmeister sich kaum ein Lächeln verkneifen konnten.

Sie waren im Gesicht und an den Armen über und über mit Ruß beschmiert, seine weiße Uniform war ein Bild des Jammers.

»Ich mache mit Senhorita Clotilde einen Rundgang durchs Schiff. Ich möchte ihr jetzt den Funkraum zeigen.«

»Wollen Sie ihr nicht auch die nautischen Instrumente zeigen?«

»Vielleicht später.«

Der Zahlmeister stieg die Leiter hinunter und rieb sich die Hände. Vasco betrat den Raum des Funkers. Dieser lag ausgestreckt auf seiner Koje, sprang aber beim Anblick des Kommandanten flugs auf.

»Sendet man hier ein SOS aus, wenn das Schiff in Seenot ist?«

»Genau hier, Senhora.«

Wenn sie ihn jetzt darum bäte, eine Reihe hochdramatischer »Save our Souls« zu funken? dachte Vasco. Aber der Gedanke schien ihm sogar lustig, er schreckte ihn nicht einmal, es wäre eine urkomische Posse.

Im Vorbeigehen zeigte er ihr seine Kajüte, das Heim des Kapitäns. Sie streckte den Kopf durch die Türe und linste hinein, ohne jedoch einzutreten. Auf dem Tisch stand ein Foto: eine schöne Frau mit Silberhaar, ein Lächeln auf den Lippen, zwei halbwüchsige Knaben neben ihr, der eine etwa fünfzehnjährig, der andere etwas älter.

»Wer ist das?« wollte Clotilde argwöhnisch wissen.

»Frau und Söhne des verstorbenen Kapitäns ...«

Als sie die Treppe hinunterstiegen, sagte sie zu ihm:

»Was ich liebend gern täte, wäre, einen Kapitän zu heiraten.«

»Und was bin ich?«

»Ich weiß, ich weiß ... Aber ihn heiraten und mit ihm an

Bord leben. Mit ihm überall hinfahren, die ganze Welt bereisen, von einem Hafen zum andern.«

»Es ist verboten, Frauen an Bord zu haben. Hast du schon an die Gefahren gedacht? Tag und Nacht auf See, auf einem Frachter, mit einer Besatzung rauher Männer – hast du nicht die Heizer gesehen? – und dabei die Frau eines Kapitäns an Bord? Wie stellst du dir das vor?«

»Ich habe mal einen Film mit so einer Geschichte gesehen, wo der Kapitän die Frau mitnahm. Er war fabelhaft, ich habe aber vergessen, wie er hieß . . .«

Der Kommandant lächelte. Eines Tages, wenn sie in Periperi in seinem Haus mit den aufs Meer gehenden grünen Fenstern eingerichtet wären, würde er ihr an den gemütlichen Abenden, sie strickend und er sein Pfeifchen schmauchend, all das erzählen, was er erlebt hatte: als vor der türkischen Küste eine wahnsinnig verliebte Mohammedanerin sich in seiner Koje versteckt hatte und er sie erst entdeckte, als das Schiff bereits auf hoher See war. Viele Geschichten würde er ihr erzählen, Seenot mit SOS, Gefahren in Opium- und Schmuggelhäfen, er hatte ein aufregendes Leben hinter sich, das er ihr schenken, ihr in den Schoß legen, mit ihr teilen wollte.

Von der vollständigen, seherischen Kenntnis der Seefahrtskunst

Am Morgen des letzten Reisetages, als die lehmigen Wasser des Amazonas-Flusses bereits ins Meer hinausdrängten und in der Entfernung das Raunen der Flußdünung zu hören war, beging der Kommandant Vasco Moscoso de Aragão zum erstenmal in seinem langen bewegten Leben einen Diebstahl, ging jedoch gleich darauf wieder mit größter Korrektheit vor, indem er jede Neugierde unterdrückte und die versprochene Verschwiegenheit strikt einhielt.

Der Diebstahl vollzog sich in dem zu jener frühen Stunde noch verlassenen Salon, als der Kommandant seine letzte Inspektion des Schiffes begann. Er hatte diesen ITA-Dampfer ins Herz geschlossen. Die Reise war ohne aufregende Zwischenfälle verlaufen, es hatten weder Schiffbruch noch Meuterei gedroht, schwierige Fragen der Navigation waren nicht zu lösen gewesen; weder war der Kompaß verrückt geworden, noch hatte der Sextant Zicken gemacht, es war nicht einmal ein Revolutionär entdeckt worden, wie der paraibanische Deputierte gedroht hatte. Er selbst hatte die Disziplin aufrechterhalten, das Schiff geführt und an Deck die Frau seines Lebens gefunden. Mit ihr würde er nach Periperi zurückkehren und sie in die Gesellschaft seiner Freunde einführen, das Haupt erhoben wie einst, denn wer konnte jetzt noch an seinem Titel und an seinen Taten zweifeln? In diesem Augenblick kam ihm der Gedanke an den Diebstahl. Er liebte diesen ITA, er wollte zwischen seinen auf dem großen Wohnzimmertisch seines Hauses aufgestellten nautischen Instrumenten ein Andenken an seine letzte Reise als Kapitän haben. Auf der Rückreise würde er ein Passagier sein, zwar ein Ehrenfahrgast, behandelt mit der Zuvorkommenheit, die einem Kapitän auf großer Fahrt – einem Manne, dem die Schiffahrtsgesellschaft einen so großen Gefallen verdankte – zukam, aber das Schicksal des Schiffs, seiner Besatzung und Passagiere würde nicht mehr in seinen Händen liegen. Er wollte ja nur ein schlichtes Andenken, irgendeinen Gegenstand, der ihn an seine glücklichen Tage an Bord erinnern sollte. Zum Beispiel einen jener Aschenbecher mit dem Wappen der *Costeira* und dem Foto des ITA darauf. Einer war am Vorabend im Bingo verlost worden, andere standen auf den Rauchtischchen. Vasco warf einen raschen Blick in die Runde, es war niemand zu sehen. Flugs verschwand der Aschenbecher in der rechten Rocktasche. Und da Gelegenheit Diebe macht, landete ein zweiter in der linken Tasche. Dies war kein plötzlicher Anfall von Kleptomanie, sondern einfach die Macht der Erinnerung an seinen guten getreuen Zequinha Curvelo. Welch besseres Geschenk konnte er ihm mitbringen, welch schöneren Beweis seiner Freundschaft ihm liefern?

Nach dem behende und gewandt ausgeführten Diebstahl fühlte der Kommandant keinerlei Gewissensbisse. Die »Brasilianische Küstenschiffahrtsgesellschaft« war reich, zwei Aschenbecher mehr oder weniger spielten in ihrer Jahresbilanz keine Rolle. Er hätte sie ja auch nicht entwendet, wenn sie an Bord zu kaufen gewesen wären. Er hatte sich eigenhändig beim Zahlmeister erkundigt und von diesem erfahren, daß der am gestrigen Abend als Preis verteilte Aschenbecher der letzte in jener Ausführung frei verfügbare gewesen war. Einige Gewissensbisse verursachte ihm lediglich die Porzellanfigur, ein etwas erzwungenes Geschenk des falschen Dr. Stênio. Dabei handelte es sich freilich nicht um einen Diebstahl, außerdem hatte es Clotilde unendlich viel Freude bereitet. Noch am Abend vorher, als sie im Anblick des mondübergossenen Meeres voneinander Abschied nahmen, sagte sie, sie habe seine Liebe in dem Augenblick gespürt, als er ihr das Porzellankanapee mit dem romantischen Liebespärchen darauf überreichte.

Diese Gedanken erwägend, schlenderte er auf dem Promenadendeck dahin, als er dem paraensischen Anwalt, Dr. Firmino Morais, begegnete. Der Jurist lehnte an der Reling, den Blick in tiefes Nachsinnen versunken. Beim Näherkommen des Kommandanten drehte er sich um, man begrüßte sich und begann eine Plauderei. Der liebenswürdige Passagier schien besorgt und unruhig und hängte sich sofort an den Kommandanten, als bedürfe er eines Gesprächspartners, der ihn daran hinderte, zu grübeln und mit seinen Problemen und Ängsten allein zu sein. So schloß er sich ihm an und sagte:

»Nun, Herr Kommandant, heute werden wir also in Belém do Grão Pará sein ...«

»Um drei Uhr nachmittags, Doktor Morais.« Er sah auf die Uhr, es war sieben Uhr morgens. »In genau acht Stunden ...«

»Es war ein gute, eine angenehme Reise.«

»Eine friedliche Reise, die friedlichste, die ich je gefahren bin.«

»Friedlich?« fragte der Anwalt. »Ob sie so friedlich gewesen ist?«

»War sie's etwa nicht? Wir haben keinen Sturm, keinen Taifun erlebt.«

»Vielleicht haben andere Stürme gewütet ... In den Seelen der Passagiere, Herr Kapitän.«

Sollte das eine Anspielung auf seine Liebschaft mit Clotilde sein? Vielleicht aber meinte er damit erotische Annäherungen, Ausschweifungen auf dem Sportdeck, wie er, Dr. Firmino, sie mit der Mestizin praktiziert hatte?

»Was mich betrifft, Herr Doktor, so habe ich stets auf äußerste Korrektheit gehalten. Und wenn ich irgendwelchen Gefühlen nachgegeben haben sollte, so waren sie anständig, sauber und gehorchten den ehrbarsten Absichten.«

Wollte der Kommandant damit seinerseits anspielen auf sein Anbandeln mit Moema, auf seine Mondscheinspaziergänge mit ihr auf dem Oberdeck, auf ihre einsamen Plaudereien auf dem Promenadendeck und die Tatsache, daß er sich mit ihr von den übrigen Passagieren mitten auf der Straße in Fortaleza abgesondert hatte? Der Anwalt konnte nicht erwarten, daß sein Techtelmechtel mit dem Mädchen, daß sein verbotenes Idyll unbemerkt und ohne boshafte Bemerkungen geblieben war. Was würde bei der Ankunft in Belém geschehen? Die Vorstellung, sie nicht mehr zu sehen, war ihm unerträglich, sie war tief in sein Blut gedrungen, diese tolle schamlose junge Frau. Er hatte keinen Kopf mehr für einen anderen Gedanken, kein Auge für eine andere Landschaft als ihr Gesicht, er wünschte nichts auf der Welt so sehr, als sie zumindest einmal als Frau zu besitzen. Selbst wenn er sie und sich nachher umbringen müßte, um nicht die eigene Scham und die Reue, die Tränen seiner Frau, das Entsetzen seines halberwachsenen Töchterchens ertragen zu müssen. Warum ging dieser Kommandant nicht an sein Steuerrad und änderte den Kurs, hinaus aufs Meer, und begann eine Reise ohne Ziel und ohne Wiederkehr?

Er war so verzweifelt, daß er das Bedürfnis verspürte, böse zu sein, wie um sich für seine ausweglose Lage zu rächen. Sicherlich hatte die »Tickige Tilde«, die *Große Baqueana vom Verwundeten Herzen* – gerade als er im Salon seine

Lieblingstheorie entwickelte, hatte alles mit Moema begonnen –, sicherlich hatte sie dem verliebten Kapitän nichts von ihrer lächerlichen Fehlhochzeit verraten. Er würde es ihm erzählen, das würde vielleicht sein beklommenes Herz erleichtern.

»Was anderes als ehrbare Gefühle sollte Ihr Herz erfüllen, Herr Kommandant? Sie werden doch heiraten, nehme ich an. Sie werden sogar in eine sehr gute, hochangesehene Familie hineinheiraten. Ich bin ein Freund von Clotildes Bruder, er ist . . .«

Jäh unterbrach ihn der Kommandant:

»Bitte, sprechen Sie nicht weiter.« Er hätte allzu gerne die von Clô so eifersüchtig gehüteten Einzelheiten erfahren. Aber hatte es ihr versprochen, und sein Versprechen war ihm heilig. »Ich möchte kein Wort mehr über die Familie von Clô, von Clotilde hören. Auch nicht über sie . . .«

»Aber warum denn nicht? Ich wollte Ihnen Dinge erzählen, die ihren Wert nur erhöhen.«

»Ich danke Ihnen. Aber ich habe einen Schwur geleistet und wünsche ihn nicht zu brechen.«

Und um jeder weiteren Indiskretion des Anwalts aus dem Wege zu gehen, schützte er Pflichten vor und ließ den Unglücklichen mit seiner Verzweiflung allein.

Das Promenadendeck begann sich zu beleben, Clotilde erschien, Jasmin an der Leine führend, die Äquatorhitze widerstand der Brise. Der Kommandant ging auf die *Baqueana* zu im Bewußtsein eines Menschen, der seiner ruhmreichen Vergangenheit die Treue gehalten hat.

Es war ein nervöser Tag. Nervös waren die Passagiere, die ihre Koffer packen mußten und jeden Augenblick auf die Uhr schauten, aus Angst, die Ankunft zu verpassen. Die letzten Stunden vergingen langsamer als die ganze bisherige

Reise. Nervös war Clotilde im Gedanken daran, daß sie ihre Verlobung ihrem Bruder beibringen, daß sie den Ring, den sie nun am Finger trug, auf irgendwelche Weise erklären mußte. Nervös war der Kommandant, der nicht wußte, wie er jener bedeutenden paraensischen Familie, jenen »hochangesehenen Adeligen« – wie der Anwalt sich ausgedrückt hatte – entgegentreten sollte. Die Stunden zogen sich in die Länge, die Hitze wurde bleiern.

Bei Tisch, beim Mittagessen, brachte Dr. Firmino Morais auf Bitten der anderen Passagiere ein kurzes Hoch auf den Kommandanten aus zum Dank für die erfolgreiche Reise und seine allen Anwesenden erwiesene Zuvorkommenheit. Vasco wurde es weich ums Herz, er dankte und wünschte den Reisenden, jungen Mädchen und jungen Männern, Damen und Herren viel Glück auf ihrem weiteren Lebensweg. Er stieß mit Clotilde an. Dann stand die schöne Mestizin von ihrem Tisch auf, ging auf den Kommandanten zu und gab ihm einen Kuß auf die Wange.

Nun rückte das Land näher, der Augenblick, in dem die Häuser Beléms aus dem Dunst der Ferne hervortauchten. Vasco drückte Clô die Hand und stieg auf die Kommandobrücke.

Das Glas an die Augen gedrückt, überblickte er die Stadt, die Häuser mit ihren portugiesischen Fliesen, den malerischen Trubel des Ver-o-Pêso-Marktes, den Liegeplatz des »Port-of-Pará«, wo der ITA anlegen würde. Alle Schiffsoffiziere, selbst der Zahlmeister, standen auf der Brücke. Der Erste Offizier gab die Kommandos. Das Schiff näherte sich der Mole, Vascos Blick blieb an den Flaggen der festgemachten Frachter und Passagierdampfer haften: Der ITA – so schien es – würde neben einem englischen Frachtdampfer zu liegen kommen, dahinter lagen ein kleineres Fahrzeug des »Brasilianischen Lloyd«, eine Yacht aus Französisch-Guayana, außer den zahlreichen Flußschiffen. Vom englischen Schiff winkten blonde Matrosen herüber. Der Kommandant dachte, daß jetzt seine Mission erfüllt war, denn die Maschinen liefen nur noch auf langsamer Fahrt und hörten fast auf zu arbeiten. Das Schiff war nahe daran, sein Ziel zu erreichen. Jetzt brauchte er nur noch Papiere zu unterzeichnen, dann konnte er über die Gangway an Land gehen, Clotilde suchen und aus ihren Händen jenes Papierchen mit ihrem vollständigen Namen und ihrer Anschrift, jenen von der Berührung mit ihrem jungfräulich-verliebten Busen duftenden Zettel empfangen. Dokumente, die der an der Pier wartende Vertreter der Reederei in der Hand hielt. Wer war wohl unter den vielen Menschen, die die Passagiere abholten, Clotildes Bruder? Vasco glaubte ihn in einem Mann in der Menge zu erkennen, der ungeduldig heraufwinkte und schrie. Gepäckträger, mit dem Finger auf das Nummernschild auf ihrer Brust deutend, boten ihre Dienste an. Nun war es geschafft, dachte der Kommandant. In diesem Augenblick, als ein Lächeln restloser Zufriedenheit über seine Lippen huschte, ertönte in seinen Ohren die Stimme des Ersten Offiziers, den alle Offiziere des Schiffs, einschließlich des Zahlmeisters, umstanden:

»Herr Kapitän!«

»Ja, bitte?«

»Nun, Herr Kapitän, sind wir am Ende unserer Reise.«

»Glücklicherweise ist alles gut verlaufen.«

»Glücklicherweise. Nun brauchen Sie nur noch die letzten Kommandos zu erteilen.« Dabei stellte er sich feierlich vor ihm auf und hob die Stimme:

»Mit wie vielen Vor- und Achterleinen, Herr Kapitän, soll das Schiff an der Pier festgemacht werden?«

»Wie bitte?«

»Mit wie vielen Vor- und Achterleinen, Herr Kapitän, soll das Schiff an der Pier von Belém festgemacht werden?« wiederholte noch feierlicher und ernster der Erste Offizier.

»Ich habe Ihnen doch schon gesagt, mein Freund, daß ich mich in nichts einmischen und keinerlei Kommandos geben möchte. Ich bin hier nur zur Aushilfe, und das Schiff ist in guten Händen.«

»Verzeihen Sie, Herr Kapitän, aber vielleicht haben Sie als alter Seemann, der die Seefahrtsgesetze von Grund auf kennt, im Augenblick vergessen, daß dies der letzte Hafen der Reise ist und daß es im letzten Hafen dem Kapitän, nur dem Kapitän und sonst niemandem zusteht, die Anzahl der Leinen zu nennen, mit denen das Schiff festgemacht werden soll.«

»Der letzte Hafen! Sie haben recht, ich hatte es ganz vergessen ... Die Leinen ...«

Bevor der Dampfer in Salvador auslief, hatte er zwischen dem Ersten Offizier und Américo Antunes, dem Vertreter der *Costeira,* ein verständnisinniges Augenzwinkern wahrzunehmen vermeint, obgleich dieser ihm hoch und heilig geschworen hatte ...

»Herr Kapitän, wir warten auf Ihr Kommando. Wir und die Passagiere. Die Maschinen sind gestoppt, mit wie vielen Leinen soll das Schiff festgemacht werden?«

Vasco blickte ihn mit seinen wasserblauen Augen an:

»Mit wie vielen Leinen?« Die Sehergabe der Dichter erleuchtete seine Stirn, ein Irrtum war ausgeschlossen. »Mit wie vielen?«

Er machte eine Pause und verkündete mit der Stimme eines Kommandanten, der zu befehlen gewohnt ist:

»Mit allen!«

Einen Augenblick blickten die Schiffsoffiziere einander verblüfft an. Diese Antwort hatten sie nicht erwartet. Um die Wahrheit zu gestehen, sie hatten überhaupt keine Antwort erwartet, sondern nur Verhaspelung, Verwirrung und schließlich ein Gesicht, von dem die Maske gefallen war. Aber nach einem kurzen Augenblick der Verblüffung lächelte der Erste Offizier – nun würde der erwartete Spaß ein Mordsspaß werden –, hob das Megaphon an den Mund und übermittelte der Besatzung den unvermuteten Befehl:

»Befehl vom Kapitän: das Schiff mit allen Leinen festmachen.«

Die Offiziere verstanden und hielten ihr Lächeln zurück. Der Zahlmeister lief die Treppen hinunter: man mußte vermeiden, daß die Passagiere ungeduldig würden; man mußte sie aufklären.

Die Besatzungsmitglieder begannen hin- und herzurennen, und das Schauspiel hob an, das nach und nach zahllose Menschen am Kai versammelte und die Offiziere und Seeleute aller anderen Schiffe, einschließlich der Flußfahrzeuge, zu dem festmachenden ITA lockte.

Wieder fragte der Erste Offizier, sich vor den Kommandanten stellend:

»Wie viele Anker, Herr Kapitän?«

»Alle!«

Die Stimme des Ersten Offiziers ertönte am Sprachrohr:

»Befehl vom Kapitän: Alle Anker!«

»Wie viele Ketten, Herr Kapitän?«

»Alle!«

»Befehl vom Kapitän: alle Ketten!« rief der Erste Offizier.

Das Schiff war wie behext, die Ankerketten rasselten mit Teufelsgetöse. Der Zahlmeister ging im Salon der ersten Klasse von Passagier zu Passagier und erklärte, was los war.

»Wie viele Verholleinen, Herr Kapitän?«

»Alle!«

»Befehl vom Kapitän: alle Verholleinen!«

Die Matrosen schleppten die Verholleinen herbei und warfen sie den Schauerleuten am Pier zu, die sie um die massigen Poller schlangen. Alle Trossen ohne eine Ausnahme, alle Leinen flogen durch die Luft.

»Wie viele *Springs,* Herr Kapitän?«

»Alle!«

»Befehl vom Kapitän! Alle *Springs!*«

Jetzt wurden die Stahltrossen und Verbindungsleinen ausgeworfen und machten das Schiff unwiderruflich am Kai fest. Als ob es nicht bereits schon fest verankert wäre, als ob die Anker, die Ketten, die Verholleinen es nicht schon im Überfluß gegen die schlimmsten Stürme und die wütendsten Taifune schützten. Stürme und Taifune, die keine Wetterwarte, auch nicht das erfahrenste Auge des geschultesten ältesten Seemanns voraussahen. Denn die Voraussage lautete: schönes, ruhiges Wetter, frische Brise.

Homerisches Gelächter stieg vom Kai auf, in das die gesamte erste Klasse einstimmte. Der Erste Offizier fuhr fort:

»Auch den Notanker werfen, Herr Kapitän?«

»Auch.« Er hörte das Gelächter anwachsen, er begriff, daß er auf den Leim gegangen war, aber er war besessen und konnte nicht mehr zurück.

Bis zum Kartenhaus stiegen die Salven des Gelächters, eines allgemeinen überwältigenden Gelächters, auf.

»Mit Leine oder Stahltrosse festmachen?«

»Mit beidem.«

»Befehl vom Kapitän: Laßt fallen den Notanker. Sichern mit Leine und Stahltrosse!«

Der Erste Offizier verbeugte sich vor ihm:

»Vielen Dank, Herr Kapitän, das Festmachen ist beendet.«

Vasco Moscoso de Aragão senkte den Kopf, senkte sein weißes Haupt. Er war der Spott, das Gelächter aller geworden, es drang über die Pier hinaus, zog in die Stadt, bewirkte, daß die Leute herbeigelaufen kamen, um den ITA am Kai von Belém liegen zu sehen, festgemacht, als wäre der Jüngste Tag herbeigekommen, als drohte die Welt in Taifun und Todessturm zu enden.

Mit gesenktem Haupt verließ er den Kreis der versammelten Schiffsoffiziere, die sich vor Lachen kaum halten konnten, er ging in seine Kajüte, in der er im Wunsch, so rasch wie möglich wieder bei Clotilde zu sein, schon seine Koffer gepackt hatte. Er nahm sein Gepäck in die Hand. Wem konnte er in Bahia ein Telegramm schicken mit der Bitte, sein Haus in Periperi zu verkaufen und das in Itaparica angebotene zu kaufen? Er besaß keine Freunde in der Hauptstadt, die Zeit des unvergeßlichen Freundeskreises war längst vorüber, und Zequinha Curvelo konnte er ein derartiges Ansinnen unmöglich stellen. Bei Zequinha konnte er sich nie wieder blicken lassen, ihm konnte er nie wieder in die Augen schauen. Das unaufhörliche Gelächter drang jetzt wie eine einzige, riesige Lachsalve bis in die Kabine hinein.

Mit welkem Haupt stieg er auf das Deck der ersten Klasse hinunter, als gerade die Gangway herübergeschoben wurde, er kam so rechtzeitig, daß er hörte, wie der Zahlmeister, der sich vor Lachen bog, Clotilde erklärte:

»... es ist genauso, wie ich Ihnen gesagt habe, Senhora ...«

Sie hielt ein Stückchen Papier in der Hand. Ihre Blicke trafen sich, sie starrte ihn verächtlich an, zerriß den Zettel, der noch warm war von ihrem Busen, ihren Namen, ihre

Anschrift in winzige Fetzen. Die Passagiere deuteten auf Vasco, sie lachten, sie blickten ihn von der Seite an. Clotilde wandte ihm stumm das Gesicht zu, dann schritt sie auf den Landesteg zu, ihren Angehörigen entgegen. Als sie aber auf die erste Stufe trat, blieb sie stehen und warf ihm einen letzten Blick voller Verachtung zu, zog den Verlobungsring vom Finger und schleuderte ihn in seine Richtung. Der Ring rollte übers Deck und fiel klirrend auf Eisenbeschläge. Vascos Augen trübten sich, er mußte sich an der Reling festhalten. Schwankend ging er auf die Gangway zu, als ein Arm nach dem seinen griff, um ihn zu stützen:

»Fühlen Sie sich nicht wohl, Herr Kommandant?«

Es war Moema, die Mestizin, sie als einzige unter all den Menschen an Bord und am Kai lachte nicht und sagte:

»Machen Sie sich nichts draus ...«

Er dankte ihr nicht einmal, seine Stimme versagte ihren Dienst, seine Lebensfreude war dahin, sein Haupt gesunken. Er ging auf den Steg zu, als er von neuem angehalten wurde, es war der Vertreter der *Costeira,* mit Schriftstücken in der Hand zum Unterzeichnen. Er kritzelte seinen Namen darauf, er hatte noch Pflichtgefühl.

»Im Grand Hotel steht Ihnen ein Zimmer zur Verfügung. Das Schiff läuft morgen um siebzehn Uhr aus, wir haben eine Kabine erster Klasse für Sie reserviert.« Der Agent bemühte sich heftig, nicht zu lachen.

Vasco antwortete nicht und begann mit den anderen Passagieren, die Landungstreppe hinunterzusteigen. Seeleute, Offiziere der im Hafen liegenden Schiffe, Zollbeamte, Schauerleute der Kaischuppen und viele, viele andere aus der Stadt herbeigeeilte Neugierige bestaunten den ITA, der mit allen Trossen und Verbindungstauen am Kai festgemacht war. So würde er bis zum nächsten Tag, bis zur Stunde des

Auslaufens liegenbleiben. Die ganze Stadt würde Zeit genug haben, an den Hafen zu laufen und das unerhörte Schauspiel zu begaffen.

Während immer wieder mit dem Finger auf ihn gedeutet wurde und das Gelächter kein Ende nehmen wollte, ging Vasco auf einen Gepäckträger zu:

»Können Sie mir sagen, wo ich eine billige Pension finde?«

»Nur bei Dona Amparo, aber die liegt ein bißchen weit ab...«

»Können Sie mir sagen, wie ich dahin komme?«

»Wenn Sie wollen, trage ich Ihren Koffer und zeige Ihnen den Weg.... Hinterher geben Sie mir, was Sie wollen.«

Droben auf der Kommandobrücke sahen der Erste Offizier und die Steuerleute zu, wie der Kommandant mit gebeugtem Rücken und schwankendem Schritt wie ein ausgesetzter Schiffbrüchiger, mit einemmal uralt geworden, hinter einer Straßenecke verschwand. Das Gelächter am Kai nahm kein Ende.

Wo die Wahrheit von den entfesselten wütenden Winden dem Grund des Brunnens entrissen wird

Gegen fünf Uhr nachmittags gelangte Vasco zum Fremdenheim der Dona Amparo, einer herzensguten, zahnlosen *Cabocla,* einer Halbschwarzen. Er bekam ein Zimmerchen mit einer Hängematte und die Sympathie der Wirtin, die sich durch Vascos linkisches Wesen an einen hilfsbereiten Bekannten aus Acre erinnert fühlte. Sie fragte ihn, ob er krank sei. Die Hitze war drückend. Vasco setzte sich auf die Hängematte und versank in Nachdenken. Krank? Nein, er war nur leer, ja leer, es war ihm unmöglich, Ordnung in seine Gedanken, in seine ungelösten Probleme zu bringen: seine Rückkehr nach Bahia, der Verkauf des Hauses in Periperi, der Kauf eines anderen auf der Insel Itaparica. Die Gasse draußen war still in der erstickenden Föhnluft, aber er hörte noch immer jenes gurgelnde Lachen, er würde nie aufhören, es zu hören, hohl hallte es in seiner Brust wider. Es war ein stechender Schmerz, stechend und ewig. Diesmal gab es keinen Ausweg. Kapitän Georges Dias Nadreau! Der alte Seemann war in ihm zerbrochen, nie wieder würde er stolz sein Haupt erheben können. Er, trauergebeugt, war das Gelächter der ganzen Stadt geworden.

Als Dona Amparo ihn zum Abendessen rief, fand sie ihn in der gleichen Haltung, auf der Hängematte sitzend. Er hatte nicht einmal den Uniformrock ausgezogen.

Nein, er wollte nicht essen. Dona Amparo war eine Frau mit reicher Lebenserfahrung, so sagten Gäste und Nachbarn. Dieser Mann war nicht körperlich krank; körperlich fehlte ihm nichts, das sah sie auf den ersten Blick. Sein Leiden war Kummer, und zwar ein großer Kummer. Vielleicht war ihm der einzige Sohn gestorben. Sie hielt es jedoch für wahrscheinlicher, daß seine Frau ihm weggelaufen war. Sicherlich war er mit einer viel jüngeren Frau verheiratet gewesen, und eines Tages war er nach Hause gekommen und hatte nichts vorgefunden als dies: sie war fort und hatte die Möbel und die Freude des armen Mannes mitgenommen. Dona Amparo kannte verschiedene derartige Fälle.

Wollte er nicht wenigstens etwas trinken, um wieder zu Kräften zu kommen und der Hitze Widerstand zu leisten?

Gegen die Hitze und eine verschwundene Frau gab es nichts Besseres als ein Gläschen sauberen Zuckerrohrschnaps. Alsbald brachte sie ihm die Flasche, ein Schluck allein genügte nicht für seinen Zustand.

Seinerzeit war Vasco ein berühmter Trinker gewesen. In den letzten Jahren jedoch hatte er nur noch hin und wieder einen heißen Grog zu sich genommen, den er mit viel Sachkenntnis in seinem Hause in Periperi zuzubereiten verstand. Nun setzte er die Flasche an den Mund, wie er es als junger Mann getan hatte, und trank ohne Maß und ohne Zaudern. Er hatte sich noch einen Rest seiner alten Widerstandskraft bewahrt, er hielt sich noch auf den Beinen, um in das Eßzimmer zu gehen und sich mehr Schnaps zu holen. Die Gäste, Gummiarbeiter aus dem Innern, blickten ihn neugierig an. Dona Amparo erklärte, als er, die neue Flasche unterm Arm, hinausgegangen war:

»Der Arme. Man bekommt direkt Mitleid. Ein Mann in seinem Alter, mit Uniform und allem, und dann eine Frau, ein verrottetes Weibsstück, das mit einem Korporal durchgebrannt ist, einem erbärmlichen Wicht, der keinen Schuß Pulver wert ist . . . Die Welt ist verlogen und traurig.«

Vasco schlief ein, dank der Hitze, dank dem Schnaps fiel er in einen tiefen traumlosen Schlaf. Kaum konnte er sich die Schuhe von den Füßen und die Uniform vom Leibe reißen. Hose und Hemd auszuziehen, dazu reichten seine Kräfte nicht mehr aus. Den letzten Tropfen Schnaps schluckte er im Halbschlaf hinunter.

So war er der einzige Einwohner der Stadt Belém do Grão Pará, der in jener Nacht in seinem Herzen nicht den furchtbaren Schrecken, die tödliche Kälte und das Gefühl des unerbittlichen Endes verspürte. Denn, als Dona Amparo und die anderen Hausgäste, unsanft aus dem Schlaf gerissen, vor die

Haustüre stürzten und Gott anflehten, dachten sie nicht mehr an die Existenz Vascos. Es waren denn auch wenige, die in dieser verhängnisvollen Stunde sich an Vater und Mutter, an Frau und Kinder erinnerten.

Denn in jener Nacht brach, unerwartet und blitzschnell, ohne jede Vorankündigung, die Fachleute des Wetterdienstes Lügen strafend, die Wettervoraussage in den Sturm schleudernd, die kernigsten alten Seeleute verblüffend – so brach in jener Nacht über dem Hafen und der Stadt Belém ein nie gesehenes Unwetter aus, ein Taifun ohnegleichen, der schlimmste Sturm aller Zeiten in der Geschichte jener Äquatorialgewässer.

Die Winde kamen – wütend, rasend. Sie kamen zornig, wutschnaubend, sie kamen hastig und haßerfüllt. Sie kamen aus den vier Himmelsrichtungen, ein Taifun der Rache, gewillt, alles zu zerstören, um den Traum zu retten.

Es kam der glühende Samum, der heiße Giftwind der Wüste, eine fürchterliche Sandmauer vor sich hertreibend. Es kamen die Monsune aus dem Indischen Ozean, den der Kommandant so lange befahren hatte, sie kamen mit geballter Kraft, rissen die Häuser aus ihren Grundmauern und wirbelten sie durch die Luft wie Herbstlaub. Pechschwarz, ein Todeslied pfeifend, kam der Harmattan aus Afrika, kreisend zerrte er Überseedampfer los, warf sie gegen die Kaimauern, zerbrach ihre Masten und Schornsteine. Die Passatwinde brachten große Schiffe, Segler und Flußkähne zum Kentern. Der Mistral packte die Yacht aus Französisch-Guayana, in todbringendem Spiel pustete er sie wieder auf die Reede hinaus, dann zerfetzte er ihre Segel, brach ihr Ruder und warf sie bei Marajó ans Land, wo die erschrockenen Schildkröten über Dörfer und Gehöfte herfielen. Die plötzlich über der Stadt hängende Kälte kam mit den weißen

Schwingen der eisigen Winterwinde aus der sibirischen Steppe. Sie kamen von weither, sie hatten eine halbe Stunde Verspätung; aber als sie kamen, brachten sie das Ende der Welt. Die Winde des Nordostens, der Landwind und der Aracati, nahmen den englischen Frachter und den brasilianischen Lloyd-Dampfer aufs Korn, rissen ihre unzulänglichen Leinen los und schlugen die beiden Schiffe gegeneinander, daß sie knallten wie leere Blechbüchsen. Der Aracati-Wind warf den Lloyd-Dampfer hinaus aufs Meer, ohne Masten, ohne Decks, ohne Brücke. Der Terral, der erznationalistische Landwind, nahm sich bei seiner Mißhandlung des englischen Frachters Zeit, er fuhr mit der klingenscharfen Zunge, mit seiner nordöstlichen Todeszunge an den Kehlen der semmelblonden Matrosen entlang. Der Terral mit seinem Wirbelsturm versetzte dem Frachter in der Nähe der Kaimauer den tödlichen Schlag, damit er dort liegenbleibe, zum Andenken und zur Warnung.

Mit den Winden kamen die Regengüsse aus der Umgebung, aus nächster Nähe, vom Äquator, wo sie in feuchten Wäldern geschlummert hatten, sie brachten alle stagnierenden Malaria-, Typhus- und Pockengewässer mit. Sie kamen und verwandelten die Stadt in Tausende von Flüssen, Flüßchen, Bächen und Rieselfäden. Der Amazonas begann anzuschwellen, mit seinen gierigen Wasserzähnen Land zu verschlingen, Inseln und Leichname die Fülle zu zaubern. Die Flußdünung verstärkte ihr Raunen und Rauschen so stark, daß sie ein Tonband von vielen Kilometern bildete und an den Küsten Afrikas, in Dakar und den entlegensten Flecken gehört wurde, wo angstbebende Wilde Xangôs Kriegsruf zu vernehmen glaubten.

Das Volk verließ seine Behausungen, der Donner rollte, an die Stelle der elektrischen Beleuchtung trat Wetterleuchten, und die Blitze folgten einander in so blitzartiger Geschwindigkeit, daß man alles genau sehen konnte, die eingestürzten Häuser, die von den Wassern mitgerissenen Ochsenkarren und Autos, die flußaufwärts treibenden Kähne, die auf die neuentdeckten Inseln, auf das den Flußufern entrissene Land aufliefen. Verzweifelt rannte das Volk durch die Straßen, Diebe und Mörder befreiten sich mit eigener Hand, Männer und Frauen knieten unwillkürlich nieder und sprachen selbsterfundene Gebete, ein Pater rief eilends eine Prozession zusammen, die Kirchen füllten sich, es herrschte das Getümmel des Jüngsten Tages.

Und die bisher am Kai festgemachten Schiffe, den Stürmen aller Himmelsrichtungen ausgeliefert, von ihren Leinen losgerissen, waren ein Spielball der Elemente. Und die Regenmassen fielen, die Armen weinten, die Reichen knirschten mit den Zähnen.

Das Ganze dauerte nur zwei Stunden; hätte der Sturm nur eine Stunde länger angehalten, die Stadt Belém mit ihren portugiesischen Fliesen und ihrer alten Anmut wäre vom Erdboden ausgelöscht gewesen.

Die Stadt Belém wäre verschwunden, verschluckt von der Sintflut, fortgeschwemmt vom Taifun, aber der ITA, der auf Befehl des Kommandanten Vasco Moscoso de Aragão, Kapitän auf großer Fahrt – des einzigen unter allen alten Seeleuten, der imstande gewesen war, das Unwetter vorauszusehen und sein Schiff davor zu schützen –, der mit allen Leinen festgemacht worden war, der war heil an seinem Kai geblieben. Dort, an der alten Stelle, unbeweglich und unverrückbar festgemacht mit allen Leinen.

So unerwartet, wie es gekommen war, so plötzlich verzog sich auch das Unwetter. Die Luft wurde wieder rein und leicht, und nun schimmerte die Wahrheit am Firmament.

Nachdem der erste Schrecken überstanden war, begannen die armen Leute ihre Toten und Vermißten, die Reichen ihre Schäden zu zählen. Der Toten waren es wenige, der Vermißten zahlreiche, aber die Verluste an Gütern gingen in die Millionen. In der ihrer Kanalisation beraubten Stadt herrschte Fiebergefahr. Der Kai des »Port of Pará« war ein Bild der Verwüstung. Aber inmitten der Zerstörung ragte furchtlos der ITA mit kühnem Bug, gerettet durch seinen Kommandanten.

Als endlich am späten Vormittag der Vertreter der *Costeira*, die Schiffsoffiziere und das Volk zur Pension Dona Amparos gelangten, deren Entdeckung sie so große Mühe gekostet hatte, schlummerte der ahnungslose Vasco noch friedlich. Die Menge, die am Vorabend gelacht und geweint hatte, schrie am sonnigen Morgen Hochrufe. Dona Amparo, schon erholt vom Schrecken der Nacht, rief an Vascos Zimmertür. Er erwachte, aber als er das Echo des Stimmengewirrs hörte, dachte er, das Volk müsse sehr bösartig sein, um ihn noch hier in seiner Ruhe zu stören und zu beschimpfen.

Sie klopften so kräftig an seiner Türe, sie riefen so laut seinen Namen, daß er schließlich aufmachte und ihnen gegenübertrat: unrasiert, die Füße in Socken, die Hosen zerdrückt, die Zunge belegt von zuviel Schnaps. Vornean stand der Erste Offizier, dahinter, im Hausflur, drängte sich die Menge.

Zu jener Stunde hatten der brasilianische Telegraphendienst und das Überseekabel bereits das ganze Land und die fünf Erdteile von der gewaltigen Naturkatastrophe und von dem Genius des Kommandanten Vasco Moscoso de Aragão in Kenntnis gesetzt, des einzigen, der das Unwetter vorausgeahnt und sein Schiff gerettet hatte. Endlose Telegramme füllten die Schlagzeilen der bahianer Zeitungen, tagelang wurden sie verfolgt, in Periperi gierig verschlungen und von Zequinha Curvelo auswendig gelernt. Einschließlich der drahtlosen Berichte, die von der Ehrung berichteten, die die Reederei dem unbezwinglichen Kapitän auf großer Fahrt zuteil werden ließ: von einem ergreifenden Fest an Bord des von ihm geretteten ITA-Dampfers, auf dem er nun nach Salvador zurückkehrte. Dabei wurde ihm ein Diplom, das seine Tat würdigte, und eine Erinnerungsmedaille in achtzehnkarätigem Gold überreicht. Und von der Kommandobrücke blickte er aufs Meer, erhobenen Hauptes, bescheiden lächelnd.

Von der Moral von der Geschicht und von der üblichen Moral

Ich bin am Ende meiner Arbeit, meiner Forschungsarbeit über die so umstrittene Geschichte. Was kann ich noch hinzufügen? Einen Bericht von der Ankunft des Kommandanten am Kai von Bahia, wo ihn eine Musikkapelle erwartete, außerdem ein Vertreter des Gouverneurs, der Hafenkapitän und Américo Antunes, taumelnd vor Freude? Soll ich von seinen in der Presse erschienenen zahlreichen Lichtbildern erzählen, von der Rede, die er, noch an Bord, für den Rundfunk halten mußte? Von seiner triumphalen Ankunft in Periperi mit dem Zwei-Uhr-Zug, unter sprühenden Raketen und Hochrufen, und wie er von den Freunden auf den Schultern in sein Haus mit den aufs Meer gehenden grünen Fensterläden getragen wurde? Nun waren die Gegner von gestern seine begeistertsten Bewunderer, mit Ausnahme von Chico

Pacheco, der es vorgezogen hatte, umzuziehen. Denn Periperi hatte nicht Platz für beide – für ihn mit seinem Regierungsprozeß und für den Kommandanten mit seinem Ruhm. Soll ich von Zequinha Curvelos Ergriffenheit sprechen, als er den Aschenbecher mit dem aufgedruckten Bild des ITA empfing? Von den Fragen, mit denen alle auf Vasco einstürmten? Wie sie verlangten, er müsse alles erzählen, eine Einzelheit nach der anderen, ohne auch nur ein Komma auszulassen? Von der Unterhaltung abends, in dem großen Wohnzimmer mit dem Teleskop, als die Rede auf Clotilde kam? Das war ein Augenblick lyrischen Überschwangs:

»Und so hübsch ... Dabei waren viele junge Leute an Bord. Sie blickte mich an, und die Leidenschaft packte sie ... Sie war kaum zwanzig Jahre alt, im Mondschein, auf dem Sportdeck nannte ich sie Clô, sie hatte offenes langes Haar, kupferbraune Haut, sie war eine Mestizin vom Amazonas ... Kam auf mich zu und forderte mich zum Tanzen auf, stellt euch vor! Erschien bei der Abfahrt am Kai, um mir Adieu zu sagen!«

Wie man sieht, wird es schon wieder schwierig, die Wahrheit vom Irrtum zu unterscheiden und sie von den Schleiern der Phantasie zu befreien. Schließlich und endlich: wen hat der Kommandant nun geliebt, wem hat er sich in der Vollmondnacht auf Deck erklärt? Clotilde, der *Großen Baqueana*, überreif und mit Ticks behaftet, oder der ländlich schamlosen Moema, deren Hand ihn in schwerer Stunde stützte, der Mestizin, die es eilig hatte, an ihr dramatisch ersehntes Ziel zu gelangen? Was mich betrifft, so weiß ich es nicht und verzichte darauf, es genau wissen zu wollen.

Eines indes scheint mir sicher und der Erwähnung würdig: wenn das Schicksal auf Seiten des Kommandanten blieb und ihn begünstigte, dürfen bei dieser Hilfe nicht Clotildens

Bruch mit Vasco und die Auflösung ihrer Verlobung vergessen werden. Habt ihr euch schon die *Große Baqueana* in Periperi vorgestellt, wie sie das Leben des Strandortes zur Hölle gemacht, auf dem Klavier endlose Opernarien und Sonaten heruntergehämmert, das ruhmreiche Alter des Kapitäns auf großer Fahrt in eine nicht abreißende Kette täglicher kleiner Kräche, in Zwang, Ticks und Gereiztheiten verwandelt hätte? Geehrt und glücklich wie er nun war, hätte er nicht das Alter von zweiundachtzig Jahren erreicht, wenn seine heillose Idee, sie mit nach Periperi zu schleppen, – wenn Verlobung und Heirat Wirklichkeit geworden wären.

So habe ich denn nichts mehr zu erzählen, meine Aufgabe ist erfüllt. Nun will ich diese Arbeit – die mir viel Mühe und Kummer bereitet hat – an die vom Direktor des Staatsarchivs ernannte Jury schicken. Wenn ich den Preis bekomme, werde ich ein Kleid für Dondoca kaufen; dazu eine Blumenvase, denn so etwas fehlt noch im hellen Wohnzimmerchen des Häuschens im Beco das Três Borboletas.

Der Leser entsetze sich nicht und erlaube mir, ihm die letzten Ereignisse von der Front meines Lebenskampfes mitzuteilen. Der Hochverdiente hat eingelenkt. Nun leben wir drei in vollem Einverständnis und Frieden. Dona Ernestina, die würdige beleibte Gattin der illustren Leuchte der Jurisprudenz, hat nämlich – sicherlich durch einen anonymen Brief – Dr. Siqueiras nächtlichen Besuch in Dondocas Haus entdeckt. So haben ihm seine dunkle Brille und sein Schlapphut nichts genützt. Der »Zeppelin« wurde blitzwütend, er schien es dem Gewitter von Belém gleichtun zu wollen. Damit blieb dem Richter im Ruhestand nur die Notlüge. Zwar war er in jenes anrüchige Haus fragwürdiger Moral gegangen, hatte es jedoch nur aus Pflichtgefühl einem Freunde gegenüber getan. Und zwar aus der Pflicht, einen Skandal in

Periperi zu vermeiden: der hilfsbedürftige Freund war der bescheidene Provinzhistoriker und Verfasser dieses Bändchens. Wußte sie, Ernestina, denn nicht, daß der Vater der erbarmungswürdigen Kleinen, Pedro Torresmo, geschworen hatte, das Haus zu überfallen, in dem seine Tochter und ihr Geliebter zusammen wohnten? Als Dr. Siqueira von diesen Drohungen Wind bekam, war er in tiefer Besorgnis um Leben und Ruf des jungen Mannes, seinem innersten Wesen und seinen Grundsätzen zum Trotz, dorthin gegangen, um ihn zu warnen. Das war edel gehandelt, und dieser Handlungsweise brauchte er sich nicht zu schämen.

Der »Zeppelin« forderte jedoch Beweise, so daß der Hochverdiente sich gezwungen sah, auf Knien bei mir angerutscht zu kommen, mich um Verzeihung zu bitten, mich anzuflehen, ich möge doch zurückkehren und mit ihm Dondocas Bett und ihre Ziererei teilen, wobei ich allerdings vor der aufgebrachten Matrone, seiner Gattin, die gesamte Verantwortung für die Mulattin übernehmen müsse. Ich schlug ein, – um ihm dienlich zu sein, wie ich ihm zu verstehen gab, freilich ohne meine Befriedigung und die Freude, die in meiner Brust zu wogen begann, durchblicken zu lassen. Denn ich war schon fast gewillt gewesen, in die Arme der *Empfindsamen Baqueana,* jener überreifen sommerfrischlernden Witwe, zu fallen, deren Züge ich bereits skizziert habe. So sehr bedurfte ich weiblichen Trostes. Jetzt aber konnte ich meinen Hunger wieder in Dondocas Armen stillen.

Seither verläuft in der besten aller Welten alles nach Wunsch, wir sind drei Geschwisterseelen, der Hochverdiente, Dondoca und ich, wir plaudern und lachen zusammen, wir leben unser Leben weiter, solange die Staatsmänner es uns erlauben und sich gegenseitig mit Raketen und Wasserstoffbomben bedrohen. Eines Tages mag versehentlich eine Bombe platzen, dann werden wir eben die Prozeßkosten bezahlen müssen.

Um aber zu dem Kommandanten und seinen Abenteuern, dem einzigen Gegenstand dieser blassen Zeilen, wie ich wiederholen möchte, zurückzukehren, so bekenne ich, zum Ende seiner in Unklarheit und Zweifel getauchten Lebensgeschichte gekommen zu sein.

Denn sagen Sie mir, meine Herren, mit Ihrer Bildung und Erfahrung, wo ist die Wahrheit, die vollständige Wahrheit? Welche Moral können wir aus dieser bisweilen abgeschmackten und gewöhnlichen Geschichte ziehen? Liegt die Wahrheit in dem, was alle Tage vorkommt, in den täglichen Begebenheiten, in der Kleinlichkeit und Dürftigkeit des Lebens, das die Mehrzahl der Menschen führt, oder wohnt die Wahrheit im Traum, der uns geschenkt ist, damit wir unserem traurigen Zustand entfliehen können? Wo findet der Mensch auf seinem Weg durch die Welt das Licht? In einem endlosen Alltag von Erbärmlichkeiten und Widerwärtigkeiten, oder im freien Traum ohne Grenzen und Schranken? Wer trieb Vasco da Gama und Kolumbus auf das Deck ihrer Karavellen? Wer lenkte die Hand der Wissenschaftler, die den Abflug der Sputniks mit einem Hebeldruck auslösten, um neue Sterne zu ergründen und einen neuen Mond im Himmel dieser unserer Vorstadt des Weltalls zu pflanzen? Wo ist die Wahrheit: in der engen Wirklichkeit jedes einzelnen oder im grenzenlosen Traum des Menschen? Wer leitet sie durch die Welt, damit sie den Weg des Menschen erhellt? Der hochverdiente Herr Richter oder der bettelarme Dichter? Der moralisch unanfechtbare Chico Pacheco oder der Kommandant Vasco Moscoso de Aragão, Kapitän auf großer Fahrt?

Rio, Januar 1961.

INHALT

Jorge Amado

Dona Flor und ihre zwei Ehemänner

Eine Geschichte von Moral und Liebe
Roman. Aus dem brasilianischen Portugiesisch von Curt Meyer-Clason. 478 Seiten. Serie Piper 666

»Ein großer humoristischer Roman, eine köstliche Mischung von Satire und Poesie.« Neue Zürcher Zeitung

Tieta aus Agreste

Roman. Aus dem brasilianischen Portugiesisch von Ludwig Graf von Schönfeldt. 581 Seiten. Serie Piper 926

Viva Teresa

Roman. Aus dem brasilianischen Portugiesisch von Ludwig Graf von Schönfeldt. 452 Seiten. Serie Piper 454

»Jorge Amados epischer Belcanto hat mit dieser heißblütigen und blutigen, zärtlichen, sinnlichen Erzählung mehr als eine romantische Moritat geschaffen.« Westermanns Monatshefte

Rubem Fonseca

Bufo & Spallanzani

Roman
Aus dem brasilianischen Portugiesisch von Karin von Schweder-Schreiner.
283 Seiten. Geb.

»Fonseca demaskiert den Magierglauben und den vermeintlichen Frohsinn, der inmitten des Elends bestehen soll, als Legende.
Indem er das abgenutzte Lokalkolorit schonungslos anprangert, rührt Fonseca an den Nerv einer rachitischen und trägen Gesellschaft, der komplexen und widersprüchlichen Gesellschaft des heutigen Brasilien.«

El Pais

»Dieser Roman, den man auskosten muß wie einen Leckerbissen, spricht Phantasie und Sinne gleichermaßen an. Rubem Fonseca hat dieses Buch als ganz und gar uneigennütziger Hedonist geschrieben, der den Leser zum Komplizen seiner Vergnügen macht.« Istoé/Brasilien

Das vierte Siegel

Erzählungen
Aus dem brasilianischen Portugiesisch von Karin von Schweder-Schreiner.
187 Seiten. Geb.

Der Abkassierer

Erzählungen
Aus dem brasilianischen Portugiesisch von Karin von Schweder-Schreiner.
204 Seiten. Serie Piper 1120

Diese Erzählungen faszinieren und überzeugen durch die Kompromißlosigkeit und Wahrhaftigkeit, mit der sie Einblick in das Leben der städtischen Unterschicht vermitteln. Dazu benötigt Fonseca weder Slumromantik noch Wehleidigkeit. Pralle Literatur für Erfahrungshungrige!

Mario Benedetti

Die Gnadenfrist

Roman. Aus dem uruguayischen Spanisch von Willi Zurbrüggen.
223 Seiten. Serie Piper 882

Wenig Erfreuliches gibt es im Leben des bald fünfzigjährigen Büroangestellten Martin Santomé. Seinen täglichen Kampf gegen einen sinnentleerten und ereignislosen Alltag hält er in Tagebuchnotizen fest. Doch kurz vor seinem Geburtstag und der Pensionierung darf er mit der jungen Laura Avellaneda noch einmal die Glückseligkeit der Liebe erleben. Wie die Verbitterung weicht, beschreibt Mario Benedetti unvergleichlich treffend und klarsichtig und in einer Sprache, die auf tiefer Menschenkenntnis beruht. Selten wurde der Ausschnitt eines Lebens und das Wesen der Liebe eindringlicher dargestellt als in diesem Großstadtroman aus Uruguay.

»Es ist Benedettis pessimistischster Befund vom Krisenzustand der Montevideaner, der Kleinbürger, die von den täglichen Niederlagen zermürbt werden und die fortgesetzten Erniedrigungen willenlos ertragen, die zu keiner Geste des Aufbegehrens oder gar des Widerstands fähig sind und den aufgestauten Haß allenfalls gegen ihresgleichen wenden. Die Montevideaner als Beispiel für die Krise der Gesellschaft... Merkwürdigerweise haben die Montevideaner in diesen Spiegel geblickt, Benedettis literarische Arbeiten massenhaft gelesen und ihn bereits Ende der fünfziger Jahre zum Bestseller-Autor gemacht.« Frankfurter Rundschau

PIPER